ANNE-LAURE BONDOUX



# VALENTINE

OU

LA BELLE SAISON

fleuve
ÉDITIONS

Ouvrage publié sous la direction de Xavier d'Almeida


ISBN : 978-2-266-29546-8
Dépôt légal : octobre 2019

Pour ma sœur.
Pour notre sœur.

LUNDI 13 MARS 2017

ACTIVITÉ : VÉLO

DISTANCE : 92 KM

DURÉE : 4 H

VITESSE MOYENNE : 22,9 KM/H

FRÉQUENCE CARDIAQUE MOYENNE : 120 BPM

Encore reçu un appel du cabinet Praquin et Belhomme ce matin. J'étais sur la route, vent de face au beau milieu d'une côte, il commençait à pleuvoir, ça glissait, impossible de décrocher. Maître Praquin m'a laissé un message. C'était ce que je craignais : il voulait savoir si j'avais mis Valentine au courant. Évidemment, depuis le temps que je lui promets de le faire… Mais cette fois, il ne peut plus attendre. Le délai légal arrive à son terme, il va nous envoyer les courriers officiels dans les jours qui viennent. Autrement dit, je n'ai plus le choix : je dois prendre mon courage à deux mains et parler (enfin) à Valentine.

J'ai réussi à joindre FX dans l'après-midi. Il a tout de suite compris l'urgence. Après examen des plannings de l'équipe, nous sommes tombés d'accord. Je vais prendre un congé dès à présent pour tout régler au plus vite. Alice et Swift se partageront mes dossiers, FX fera des heures sup' si besoin (il s'occupera entre autres de Mme Legendre – la vente a encore capoté). Qui a dit que monter une boîte avec son meilleur ami était une bêtise ? Sûrement pas moi.

Donc, à l'agence, ça devrait aller. Reste la maison.

Bien entendu, Laura va me faire une scène. Je la vois déjà s'étrangler : un aller-retour en TGV ? Et pourquoi pas un coup de fil ? À croire que je le fais *exprès*, que je *fuis* la maison, que je me *défile* devant mes responsabilités. Et sur qui ça retombe au bout du compte ? Sur elle, *comme d'habitude*. Quant aux enfants, je pense qu'ils feront la gueule aussi par loyauté envers leur mère. Qu'est-ce que j'y peux ? De toute façon, l'ambiance est pourrie. Depuis des semaines (des mois, en vérité), on s'engueule pour tout, pour une lessive mal essorée, les notes de Lila, le temps qu'il fait, les élections, que sais-je. Hier, sur ce ton sarcastique qui m'horripile tellement, Laura m'a jeté à la figure que si ça continuait, elle allait prendre un amant. J'ai répondu : « Eh ben, vas-y, ne te gêne pas pour moi ! » Je me suis endormi tard, seul, devant la télé.

La nuit, je rêve qu'on me vole mon vélo. Au matin, je m'aperçois qu'il est toujours là, bien à sa place dans le garage. Mais hors de question que je le laisse ici pendant mon absence, Laura serait capable de le mettre en vente sur Le Bon Coin. Un Look carbone à 5 000 balles ! Non, non, c'est décidé : je pars avec. Je le mettrai dans sa housse et s'il le faut, je ferai le voyage debout entre deux wagons, tant pis.

Je vais réserver mon billet de TGV pour mercredi. Ou plutôt jeudi, c'est mieux. Comme ça j'emmènerai les garçons au foot mercredi et je m'épargnerai une énième prise de bec. Ugo et Sam seront contents. J'aime bien les voir jouer, de toute façon.

Maintenant, il faut que j'avertisse Valentine. Je ne peux pas débouler à Paris sans crier gare, avec mon Look à 5 000 balles et la bombe émotionnelle que j'ai dans ma besace.

Je l'appellerai demain. Ou alors je lui enverrai un SMS. Oui, c'est mieux par SMS, ça m'évitera d'avoir à lui expliquer pourquoi j'ai la voix qui tremble.

# Première partie

*« On ne peut cultiver éternellement*
*la vie dans du coton. »*

*Audur Ava Ólafsdóttir*
Rosa Candida

# Chapitre 1

Quelques minutes avant l'entrée du train en gare, Valentine courut s'enfermer dans les toilettes et vomit entièrement le menu Escapade acheté au bar ambulant de l'Intercités deux heures auparavant. Un ingrédient pas frais ? Peut-être. Valentine n'incrimina cependant ni le cheddar ni la tranche de jambon. Habituée depuis l'enfance à ces brutales régurgitations, elle en connaissait par cœur les prémices et en l'absence des symptômes du malaise vagal qui précédait d'ordinaire les vomissements, elle se trouva assez chanceuse.

Une fois les spasmes disparus, pompant l'eau au robinet de la cabine pour se rincer la bouche, elle s'interrogea néanmoins :

— Vomir, énonça-t-elle, songeuse, face à son reflet dans le miroir.

Un reflet pâle et implacable. Valentine entendait déjà les commentaires de sa mère au sujet des poches qu'elle avait sous les yeux : « Dis donc, on pourrait mettre une colonie de kangourous, là-dedans. Tu es sûre que ça va ? »

— Gerber, dégobiller, expulser, rendre…, continua-t-elle avec la concentration d'une candidate sur le plateau de « Pyramide » (le jeu télévisé préféré de sa mère, loin devant « Des Chiffres et des Lettres »). Recracher, rejeter. Bon, d'accord. Mais rejeter quoi ? Un corps étranger, un poison ?

Pour peu d'en savoir assez sur sa vie, n'importe qui aurait compris ce qu'elle vomissait, mais Valentine était Valentine, et malgré sa récente découverte de l'analyse jungienne, elle demeurait comme le commun des mortels, aveugle à elle-même. Elle quitta donc les toilettes sans être plus avancée, alla récupérer son manteau, son écharpe et le gros bouquin de Svetlana Alexievitch qu'elle avait, dans sa hâte, abandonnés à sa place, puis elle saisit la poignée télescopique de sa valise pour l'extraire de son logement, et attendit que le train s'arrête.

Jusqu'à l'âge de 76 ans et demi, Monette était venue la chercher à la gare au volant de son impossible Volvo break. Puis, l'ophtalmo lui ayant interdit de conduire à cause de sa cataracte, la vieille dame avait réduit ses trajets au strict minimum et Valentine avait dû se débrouiller toute seule pour monter à Lestrade. Lorsqu'elle prévenait suffisamment à l'avance, c'était Mme Champdavoine qui venait la chercher avec la voiturette électrique du conseil général, mais cette fois-ci, Valentine s'était bien gardée d'avertir quiconque de son arrivée. Elle s'était décidée subitement, la veille au soir, au retour d'une morne promenade dans les rues de Paris et après deux Martini, seule, debout dans la cuisine. Au moment de s'en servir un troisième, elle avait pris conscience que boire n'apaiserait en rien ses angoisses. Elle avait pêché son agenda dans les abysses de son sac à main, et elle avait consulté les pages de mars, puis d'avril, de mai…

Pure coquetterie, en vérité, car elle le savait déjà : hormis ses rendez-vous réguliers avec Marie-Ange (encore que celle-ci doive s'absenter dix jours à cause d'un séminaire à l'étranger), les prochaines semaines s'annonçaient blanches et vides. Il y avait bien sûr ce boulot pour lequel elle venait de signer son premier contrat en *free-lance* et qui était à rendre avant juin, mais rien qui la retienne chez elle, rien qui l'oblige à demeurer ici plutôt que là. Rebouchant résolument la bouteille de Martini, elle avait pris son ordinateur pour réserver un aller simple en direction de Brive-la-Gaillarde, puis elle était descendue chercher la grosse valise bleue à la cave, y avait flanqué de quoi tenir quinze jours sans faire de lessive (l'électroménager de Monette était en panne une fois sur deux) et elle était allée se coucher apaisée, presque contente.

Devant la gare, coup de pot, elle trouva un taxi. Le chauffeur avait un sourire aimable, sa voiture sentait le neuf, la radio était calée sur une station de musique classique, et comme le soleil perçait à travers les nuages et que Valentine se sentait mieux, elle se laissa gagner par une douce somnolence. À Paris, son corps revêtait une armure dont elle n'avait plus besoin lorsqu'elle revenait dans les collines de son enfance. Ici, l'étau se desserrait ; elle se sentait de taille à affronter le monde.

Bien sûr, Monette allait râler. « Et le téléphone, Valentine ? Ça existe, non ? Tu le sais, bon sang, que je n'aime pas être prise de court ! Regarde, rien n'est prêt ! Le frigo est vide, ta chambre n'est pas faite !

Et combien t'a coûté ce taxi, nom d'un chien ? Si tu m'avais prévenue, j'aurais demandé à Geneviève ! »

Valentine avait l'habitude, elle laisserait passer l'orage. Elle ferait sa chambre, les courses pour deux, rangerait ce qu'il fallait ranger, et sa mère finirait par lui demander pardon de l'avoir si mal accueillie. « Je vieillis », soupirerait-elle, oubliant que ce trait de (sale) caractère lui était probablement venu en même temps que sa première respiration.

Le chauffeur n'était pas du coin, Valentine s'en rendit compte lorsqu'il prit à droite derrière le commissariat du bourg. Elle le laissa errer dans les rues circulaires du nouveau lotissement avant de lui indiquer l'ancienne route, celle qui coupait à travers bois.

— Il y a seulement un mois que je travaille dans le secteur, s'excusa le chauffeur. Avant, j'étais prof de français dans un collège de la banlieue parisienne.

— Ah oui ?

Il arrivait que les conversations avec les chauffeurs intéressent Valentine. En l'occurrence, elle aurait préféré le silence.

— À Rosny-sous-Bois, dans le 93, vous connaissez ?

— De réputation. Jamais mis les pieds.

— Tant mieux pour vous. Moi, une année de plus là-haut, et je vous le dis tout net, j'aurais fini par buter un ou deux élèves. J'ai préféré quitter l'Éducation nationale avant de commettre l'irréparable.

Il lâcha le volant, écartant subitement les bras devant le paysage qui défilait derrière le pare-brise.

— Ici, ça va, c'est bien ! Y a de la verdure et presque pas d'Arabes !

Il jeta un coup d'œil dans son rétro pour voir la tête que faisait Valentine.

— Je vous choque ?

Elle intercepta son sourire dans le miroir ; elle ne sut qu'en faire.

— Vous pouvez le dire si je vous choque. Croyez-le ou pas, mais moi, à une époque, une phrase pareille, ça m'aurait fait saigner les oreilles. Je vous jure, ça m'aurait donné envie de cracher à la gueule du mec qui aurait tenu ces propos devant moi. C'est simple, je crois que j'aurais sauté du taxi en marche.

— Ben…, hésita Valentine.

— C'est triste à dire, soupira-t-il en secouant la tête, mais je suis devenu un gros con.

Valentine s'était redressée contre le dossier du siège, plus très à l'aise finalement en présence de ce type dont elle remarquait à présent la nuque épaisse et la musculature noueuse. Prof de français, lui ? *Mon œil*, songea-t-elle. D'abord, il parlait mal, et tout bien considéré, il avait plutôt l'allure d'un psychopathe en maraude. Elle se surprit à regretter de n'avoir dit à personne où elle était. Qui s'inquièterait de son sort si elle disparaissait ? Son cadavre aurait le temps de pourrir dans les taillis touffus avant qu'une bonne âme (Olympe ou Youri, sans doute, mais les connaissant, ça pouvait prendre dix jours) se demande où elle était ! Pourtant, on arrivait. Encore trois ou quatre lacets et il faudrait qu'elle indique à son tortionnaire l'entrée du domaine de Lestrade ; trop bête de mourir si près du but.

— Je vous demande pardon, se reprit le taxi. Je vois que je vous ai fait peur, je suis désolé, ce n'était pas mon intention. J'espère qu'avec le temps je vais revenir à la raison, mais pour le moment je suis encore sous tension, vous comprenez ? C'est thérapeutique : faut que ça sorte.

Il rétrograda pour prendre le virage en épingle.

— Vous êtes de gauche ? demanda-t-il encore. Je veux dire, vous vous situez comment, politiquement ?

Comme beaucoup de monde en cette période pré-électorale il avait besoin de parler. De vider son sac. Pas forcément de découper une femme en rondelles. Retrouvant un peu d'espoir, Valentine tendit le bras.

— Politiquement, je ne sais plus trop. Mais là, il va falloir prendre ce chemin. Vous voyez ? Celui qui descend, juste après le panneau.

— Mmm, fit le chauffeur de taxi. C'est bien ce que je pensais. Le chemin qui descend *sur la gauche.*

— Quand on vient en sens inverse, il descend sur la droite, lui fit remarquer Valentine qui, malgré la mort atroce à laquelle elle venait d'échapper, tenait à rester relativement neutre.

La voiture bifurqua et s'engagea dans le chemin. *Ça va aller*, se rassura-t-elle, *il va gentiment me déposer, me faire payer la course et s'en aller.*

— Ma mère, elle, c'est clair : elle a toujours été à gauche. Cent pour cent. Une pure.

Mince. Pourquoi se sentait-elle obligée de relancer cette conversation absurde ?

— Communiste ? sursauta le chauffeur.

— Quand même pas, sourit Valentine.

La façade de la maison venait d'apparaître derrière les branches encore nues des châtaigniers.

— Vous pouvez vous garer là.

L'ex-prof de français stoppa son véhicule à l'endroit indiqué, là où Monette aimait qu'on gare les voitures, c'est-à-dire derrière le cabanon et loin de la porte d'entrée. Autrement, elle était contrariée qu'une carrosserie moderne vienne dénaturer l'harmonie de ces lieux plusieurs fois centenaires.

— Je vais vous aider à porter la valise, proposa le chauffeur en ouvrant la portière de Valentine. L'allée est boueuse.

— Merci, je vais me débrouiller.

Elle se dépêcha d'ajouter :

— Mon frère est là. Il viendra m'aider.

— Comme vous voulez, fit le taxi en reculant imperceptiblement.

Valentine se félicita de son mensonge : la mention d'une présence masculine semblait avoir eu un effet dissuasif sur le tueur potentiel. Elle sortit cinquante euros de son portefeuille, refusa la monnaie, et souleva son bagage pour s'éloigner en direction du perron.

— Attendez ! l'appela le chauffeur en revenant à sa hauteur.

Il lui tendit une carte de visite.

— Si vous avez besoin. Pour le retour, par exemple.

— Merci. Je n'hésiterai pas, mentit encore Valentine en fourrant la carte dans la poche de son manteau.

— Pas facile de monter une affaire en milieu rural, vous savez.

— Oui, j'imagine. Je penserai à vous appeler.

— Bon séjour, alors !

Valentine entendit la voiture démarrer dans son dos, puis s'éloigner et elle se détendit enfin. À force de voir tomber les dépêches de faits divers sur son fil d'actu, elle devenait parano. Ces prochaines semaines en tête à tête avec une octogénaire et sans aucune connexion allaient lui remettre la tête sur les épaules.

— Maman ! appela-t-elle une fois sur le perron.

Elle leva les yeux vers l'étage. Têtue comme une bourrique, Monette y avait toujours sa chambre alors qu'il aurait été si simple de descendre ses affaires pour vivre dans une des pièces du rez-de-chaussée ; ce n'était pas la place qui manquait. Valentine avait mis cent fois le sujet sur la table, cent fois elle s'était fait rembarrer. « Et si ça me plaît, à moi, de dormir là-haut ? Je ne suis pas encore impotente, à ce que je sache ! »

Trouvant porte close, elle chercha son trousseau de clés, batailla avec la vieille serrure, puis traîna sa valise sur le carrelage du vestibule avant de la ranger le long du mur sous les vieilles nippes suspendues à leurs patères. Elle alluma la lumière de l'escalier.

— Maman ! chantonna-t-elle. C'est moi ! C'est Valentine !

Un bruit se fit entendre au-dessus sa tête. Aïe. Si son arrivée interrompait la sieste de sa mère, elle allait se faire appeler Arthur. Elle s'avança et tordit le cou dans la cage d'escalier, apercevant la balustrade qui courait le long du couloir au papier peint gondolé.

— Je te réveille, maman ?

Il lui sembla entendre les premiers bougonnements, si caractéristiques. Dans deux minutes, la tête chiffonnée de Monette allait surgir au-dessus de la balustrade et la pièce de théâtre allait commencer. Engueulade, acte 1.

— Prends ton temps ! lança-t-elle vers l'étage. Tu me trouveras dans la cuisine ! Je vais faire du café !

Bien que purement de gauche, Monette avait ses faiblesses et Valentine savait en jouer. Une tasse de café bien corsé était susceptible de l'amadouer. De même qu'un verre de Suze, une partie de Scrabble, les macarons, les films avec Thierry Lhermitte (parce qu'elle le trouvait beau) et le jeu « Pyramide », dont la disparition des grilles de France 2 l'avait tellement contrariée qu'elle avait écrit une lettre à la direction de la chaîne. La réponse, signée d'une certaine Nathalie Grandjean (un prête-nom selon Valentine) était depuis punaisée sur le pêle-mêle au-dessus du lit de Monette, en compagnie des anciens programmes de l'Éden-Club et des vieux tracts syndicaux ou associatifs rappelant ses luttes les plus glorieuses.

Valentine traversa le séjour sans prêter attention au bazar et fila droit vers la cuisine qui avait toujours été sa pièce préférée dans la maison. Gamine, elle s'installait au bout de la table en chêne pour faire ses devoirs, modeler, dessiner, et rester près de sa mère pendant que cuisaient tourtes et tartes dans le ventre dodu du piano de cuisson à double four. Les chats successifs de Monette, eux aussi, y avaient tous établi leurs fiefs, à l'exception du dernier, Léon, qui préférait le rebord de la fenêtre côté sud. Un libre-penseur. Mais les autres, de Jean à Simone, avaient ronronné là, dans les fumets de graisse d'oie et de cassoulet. Depuis quelques années, Monette ne cuisinait plus guère. À peine une omelette de temps en temps, encore qu'elle se contentât souvent d'un bol de lait chaud et d'un morceau de pain pour le dîner.

En cherchant les filtres à café, Valentine constata d'ailleurs qu'à part des boîtes de nourriture pour chats, les placards étaient vides. Elle sortirait donc la Volvo du garage tout à l'heure pour aller faire des courses au Super U avant la fermeture. Et elle s'occuperait du repas. Quelque chose de simple (elle n'avait pas les talents culinaires de sa mère), peut-être une quiche, ou bien une soupe au vermicelle. Ce serait toujours plus digeste que le sandwich du menu Escapade qu'elle avait rendu à la SNCF.

Dans la porte du frigo, elle trouva quand même un paquet de café à peine entamé.

La tuyauterie tapa un peu lorsqu'elle fit couler l'eau, et elle songea que tout était vieux ici. Vieux et déglingué.

Par la fenêtre au-dessus de l'évier, elle aperçut un rapace. L'oiseau survolait le pré en faisant des cercles dans le ciel de printemps changeant et agité ; au loin, sur les coteaux, il pleuvait des hallebardes.

Vingt-huit ans auparavant, lorsqu'elle était montée à Paris pour finir ses études, Valentine s'était juré de ne plus revenir dans la région autrement qu'en touriste. Ce coin de campagne, elle croyait en avoir fait le tour ; les champs, les bois, les vallons, le silence des villages, merci bien. Sa jeunesse réclamait le bruit, les pulsations de la ville, et si elle avait des enfants un jour, juré, ils grandiraient dans la modernité. Dans la mixité, le cosmopolitisme et l'effervescence culturelle.

Elle avait rencontré Kostas dans un amphi de la fac de Nanterre, lors d'un débat organisé par l'UNEF. Ils s'étaient aimés, puis ils s'étaient installés ensemble, et de fil en aiguille, Olympe et Youri étaient nés. Deux petits urbains qui avaient appris à marcher entre les voitures, à respirer les particules de diesel et à faire du vélo autour des squares. Résultat, ils mangeaient bio, ne juraient que par l'air pur de la campagne et sitôt leur bac en poche, ils avaient quitté Paris, l'aînée pour son école d'œnologie à Dijon, le second pour suivre un cursus métiers de la montagne en Haute-Savoie. Depuis dix-huit mois, Valentine vivait seule dans le grand appartement de la rue Charles-Nodier que Kostas avait eu l'élégance de lui laisser lorsqu'il l'avait plaquée, dix ans auparavant.

Alors que l'odeur du café envahissait peu à peu la cuisine, elle ôta enfin son manteau, le déposa sur le dossier d'une chaise et tendit l'oreille. Elle perçut nettement des bruits de pas au-dessus de sa tête, signe que Monette n'allait pas tarder à descendre.

Elle s'empara d'une éponge, l'humecta au robinet et donna un coup sur la table, sortit deux tasses du placard, les disposa face à face, trouva le sucrier, puis attendit l'entrée en scène de Raymonde Cassagne (dite Monette), née Bech le 15 octobre 1935 à Saint-Bazile-de-Meyssac.

## Chapitre 2

Léon pénétra le premier dans la cuisine avec son allure de président du conseil. Le poil propre, la moustache fournie, il ne lui manquait qu'une paire de lunettes rondes pour ressembler définitivement à Blum, son homonyme humain. Il fit le tour de la table, vint se frotter contre les jambes de Valentine, puis sauta sur une chaise, et au même moment, Monette apparut sur le seuil.

Contre toute attente, elle n'était pas en robe de chambre. Les traits détendus, légèrement maquillée, elle semblait presque sortir de chez le coiffeur et portait sur les épaules ce châle à grosses mailles que Valentine lui avait offert pour un anniversaire. Son regard flottait derrière les verres épais de ses lunettes.

— J'ai rêvé de toi cette nuit, dit-elle sans prendre le temps d'un bonjour. Quand je t'ai vue descendre du taxi, tout à l'heure, ça m'a fait drôle.

Elle vint déposer une bise sur la joue de sa fille.

— Tu aurais pu me prévenir, cocotte. Rien n'est prêt. Mais ça me fait plaisir que tu sois là. Très plaisir.

— Vraiment ? fit Valentine, déconcertée par tant de douceur. Eh bien… moi aussi je suis contente d'être là. J'ai fait du café.

— C'est bien. C'est très bien.

Monette jeta un coup d'œil vers la fenêtre ; le rideau de pluie qui arrosait les coteaux progressait à présent vers la maison à la façon d'un arrosage automatique. Elle serra un peu plus le châle sur ses épaules, et lorsqu'elle fut assise, le chat quitta la chaise pour s'installer sur les genoux de sa maîtresse.

— Gros père, sourit Monette en lui grattant le dos.

Valentine remplit les tasses. Alors qu'elle se levait pour reposer la cafetière sur son socle, elle sentit le regard de sa mère peser sur elle.

— Je suis restée empéguée dans ce rêve toute la matinée, soupira Monette. J'ai même fini par prendre un bain chaud ! Tu te souviens ? C'était le remède à tout, quand vous étiez petits, Fred et toi.

Valentine hocha la tête, même si en vérité elle ne se rappelait pas les bains chauds ; elle ne gardait de son enfance avec son frère que des souvenirs désagréables, de coups bas et de chamailleries.

— Tu as une mine affreuse, finit par lâcher Monette.

Retrouvant la franchise légendaire de sa mère, Valentine réprima un sourire.

— J'ai été malade dans le train. Sans doute un truc que j'ai mangé.

— À propos de manger…

— J'ai vu. Je vais filer au Super U avant que ça ferme.

— Je viens avec toi, décréta Monette. Mais avant, tu me sers une autre tasse ? Il est bon, ton café.

Monette au Super U ? Valentine allait de surprise en surprise. Peut-être un effet du bain chaud ?

— J'ai aperçu ta valise dans le vestibule. Tu restes quelques jours ?

— Si ça ne t'ennuie pas. J'ai pris du boulot.

— Ah ! Tu as retrouvé quelque chose ?

— C'est ponctuel, mais c'est déjà ça. Je t'expliquerai.

Au-dessus de la porte, une pendule datant des années 70 et que Valentine avait toujours connue indiquait 17 h 45. Le temps de sortir la Volvo du garage et de descendre jusqu'à la nationale, calcula-t-elle…

— On y va ?

Monette opina, but une dernière gorgée de café et chassa Léon de ses genoux. Le matou précéda les deux femmes dans le séjour, puis dans le vestibule. Là, Monette enfila son imper, des bottines plates, trouva les clés de la voiture dans le tiroir de la commode et un grand parapluie dans le porte-parapluies.

— Je prends le cabas et la cagette à légumes, annonça Valentine, la tête dans le placard sous l'escalier. Je te ferai une tarte aux poireaux, ce soir, qu'est-ce que tu en dis ? Ou bien une soupe au vermicelle, si tu préfères ?

Monette ne répondit pas. Elle était déjà dehors, bien droite sur ses deux pattes, le parapluie ouvert, et Valentine, en se retournant, lui trouva fière allure dans les bourrasques. *Ou bien c'est moi qui vieillis, ou bien c'est elle qui rajeunit*, se dit-elle.

Valentine peina pour sortir, en marche arrière et sans l'esquinter, la large carlingue de la Volvo qui passait de justesse entre les portes du garage, puis pour manœuvrer entre ces satanés pots de fleurs qui bordaient l'allée. À Paris, elle ne conduisait jamais.

Quand elle enclencha enfin la seconde sur le chemin, elle était en nage.

— Tu n'as jamais été une très bonne conductrice, s'amusa Monette.

— J'ai pas le permis poids lourds, ronchonna Valentine. Depuis le temps, tu aurais pu changer ce machin pour une voiture plus petite, non ?

— J'y suis attachée, tu sais bien. Tant qu'elle roule.

C'était un modèle break de 76 que le père de Valentine avait acheté neuf et comptant, à l'époque où l'Éden-Club marchait bien. En mourant à l'âge de 48 ans d'un infarctus, Henri Cassagne avait, de fait, légué le véhicule à sa femme, ainsi que le reste de ses biens terrestres : le domaine familial de Lestrade, la salle de cinéma, et les deux gosses qui entraient tout juste dans l'âge bête. Durant ses premières séances d'analyse, Valentine avait évité de parler de son père. « Il est mort en 1980. Ça fait trente-sept ans, pauvre homme. Il n'a rien à voir avec mes problèmes actuels, *évidemment* ! » Marie-Ange s'était fendue d'une remarque concernant les évidences qui selon elle – surtout dans le cadre d'un travail sur soi – méritaient d'être remises en question. Mais bon, c'était à Valentine de voir. C'était à Valentine de faire le boulot.

Le Super U trônait sur un rond-point, à l'intersection de la nationale et d'une route départementale, juste en face d'un magasin de jardinage, d'un autre d'ameublement et d'une boulangerie industrielle. Commun à l'ensemble des enseignes, le parking était gigantesque ; c'était pratique (surtout lorsqu'on conduisait une Volvo 245 DL), mais c'était tout ce que Monette exécrait.

— Samedi, je te conduirai au marché si tu veux, voulut se faire pardonner Valentine. (Elle dut hausser la voix pour couvrir le bruit de mitraille de la pluie sur le capot.) Ou bien on ira chez Jacynthe, à la ferme ? Les œufs, le lait… Ça te ferait plaisir ?

— Oui, oui, c'est très bien.

Monette semblait toujours un peu flottante, comme perdue dans des pensées agréables. Elle sortit de la voiture, livra bataille un moment contre son parapluie, puis, hardie, fonça vers l'entrée du supermarché, laissant Valentine loin derrière avec sa cagette et son cabas.

Dans le hall, une modeste galerie marchande tentait d'attirer une clientèle jeune : une boutique de téléphonie, une autre de jeux vidéo, une sandwicherie et une marque américaine de prêt-à-porter. D'ailleurs, quelques ados évadés du collège voisin traînaient en petits groupes le long des devantures. Les garçons d'un côté, les filles de l'autre, et Valentine remarqua que deux d'entre elles portaient un voile que l'on pouvait sans doute qualifier d'islamique. Songeant à son chauffeur de taxi, elle glissa une main dans la poche de son manteau pour voir si sa carte de visite y était toujours. Elle y était, et Valentine eut la curiosité de lire ce qui était écrit dessus : *Taxicom'Brive, Anastase Perrin, service de taxi 7j/7, toutes distances, toutes destinations.*

— Tu sais que ça ferme à 19 h 30 ? la pressa Monette.

Sans le vouloir, Valentine avait ralenti le pas.

— Tu as raison, dépêchons-nous. Tu sais comment il s'appelait, le chauffeur de taxi qui m'a déposée tout à l'heure ? Anastase ! C'est marrant, comme prénom, tu trouves pas ?

— Marrant, je ne sais pas, mais ridicule, sans aucun doute.

— En tout cas, c'est rare.

— À mon avis c'est russe.

— Il n'avait pas l'air russe, mais si tu le dis.

— On prend un chariot ?

Pour une raison qui échappait à Valentine, Monette semblait s'amuser à l'idée de faire ses courses dans ce temple du consumérisme qui tuait pourtant à petit feu les centres-villes. Décidément, il se passait quelque chose. Même ici, aux confins de la Corrèze et du Lot, les lignes de démarcation idéologique semblaient soumises à ce vaste mouvement, à cette tectonique souterraine qui troublait chaque jour un peu plus les repères de Valentine.

Lorsqu'elles remontèrent dans la Volvo trois quarts d'heure plus tard, une nouvelle ondée se préparait, et la cagette et le cabas étaient pleins à craquer de cochonneries industrielles.

— C'était quoi, ce rêve ? finit par demander Valentine alors qu'elles filaient sur la nationale.

Depuis qu'elle pratiquait l'analyse de ses rêves en compagnie de Marie-Ange, Valentine s'intéressait aussi beaucoup à ceux des autres et la question lui avait brûlé les lèvres pendant toute la durée des courses. Monette fronça les sourcils, se tourna vers la vitre et contempla le paysage avant de murmurer :

— Tu m'annonçais que tu avais une maladie.

— Ah. Et c'était grave ?

— Oui. Très.

— Mince, fit Valentine sur un ton qu'elle voulut léger. Heureusement que ce n'était pas vrai !

Elle chercha le réglage de la ventilation et remit les essuie-glaces en marche pendant que Monette, qui avait délaissé le paysage pour se tourner vers elle, la scrutait de nouveau sous toutes les coutures.

— C'est bon, maman, c'était juste un cauchemar. Tranquillise-toi. Je vais bien.

— Avec cette mine ? Tu te moques de moi ? Tu as vu les poches que tu as sous les yeux ?

— Je sais. Je compte me reconvertir dans l'élevage de kangourous.

— Quel rapport ?

— Les poches. Pour mettre les bébés kangourous dedans.

— Oui, oh, tu peux toujours faire la maline, mais je suis ta mère et je vois encore assez clair, quoi qu'en dise le docteur Jacquet, pour savoir que tu n'es pas dans ton assiette. Depuis ton arrivée, tu es bizarre.

— Moi, bizarre ? C'est la meilleure ! C'est *toi* qui es bizarre !

Monette fit « Tttt » avec sa langue.

— N'inverse pas les rôles, tu veux ? Tu me caches quelque chose. Je le sens.

Valentine secoua la tête, leva les yeux au ciel et mit son clignotant. Elle resta concentrée sur la route, sa conduite, l'embrayage récalcitrant de la Volvo, et ne chercha pas à démentir. Tête de bois comme elle était, sa mère n'en démordrait pas. Mieux valait détourner la conversation.

— Alors, soupe aux vermicelles ou tarte aux poireaux ? Avec un petit morceau de fromage, un verre de vin… J'ai choisi le merlot, finalement.

— Ne change pas de sujet, s'il te plaît. Je sens que tu as quelque chose sur le cœur. Tu n'es pas venue uniquement pour prendre l'air, n'est-ce pas ?

Valentine poussa un soupir las.

— Ah ! s'exclama Monette. Tu vois !

— Bien sûr que je ne suis pas venue uniquement pour prendre l'air : je suis venue pour te voir, maman. Mais si tu préfères que je m'invente un cancer pour te donner raison, dis-le !

Catastrophée, Monette s'agrippa à la poignée de la portière.

— Tu as un cancer ?

— Non.

— Pas de cancer ?

— Non.

Il y eut un silence circonspect.

— Et un emphysème ? suggéra Monette. Quand on fume comme tu fumes…

— Tu m'as vue fumer depuis tout à l'heure ?

— Non, c'est vrai, tiens, fit Monette après réflexion.

— J'ai arrêté, lui annonça Valentine en rétrogradant à l'entrée du virage en épingle (elles avaient maintenant quitté la nationale). J'ai arrêté depuis six mois et demi. Je te l'avais dit au téléphone, mais bon.

Sans pour autant lâcher la poignée, Monette se détendit un peu et Valentine crut lui avoir cloué le bec.

— Tu te souviens de Jean-Michel Delpeyroux ? reprit la vieille dame.

— L'ancien coéquipier de Fred ?

Monette hocha la tête.

— Quand il a arrêté de fumer, tout le monde l'a félicité, tu penses bien. Il répétait à qui voulait l'entendre qu'il allait reprendre le vélo et qu'il allait même ressusciter l'équipe de vétérans de Seyssac. Tu parles. Il est mort six mois après.

Il restait deux kilomètres avant Lestrade, il pleuvait de nouveau à verse et Valentine se retint de larguer sa mère dans la côte.

— Merci pour cette histoire encourageante, maman. Tu en as d'autres ?

— Plein, répondit Monette.

Ce n'est qu'une fois la Volvo à l'arrêt dans le garage qu'elle se décida enfin à lâcher la poignée. Sans un mot, Valentine sortit les courses du coffre, puis, escortée de Léon et sa mère sur ses talons, les transporta jusqu'à la cuisine. Toujours en silence, elle rangea les boîtes, les paquets, les pots et les bouteilles conformément aux habitudes de Monette, allant jusqu'à respecter son agaçante manie de transvaser les produits secs (pâtes, haricots, lentilles) dans une série de bocaux moyennement propres qu'elle avait toujours connus, alignés en haut du meuble.

Quand elle se retourna, Monette était assise sur une chaise avec le chat dans les bras. Elle lui caressait le poitrail, et derrière elle, la pendule affichait 19 h 38. Valentine joua son va-tout.

— Une petite Suze ?

Par la fenêtre, au-dessus de l'évier, le soir descendait. Une lumière mauve baignait à présent la cuisine, et Monette poussa deux soupirs. Le premier pour marquer son renoncement à titiller davantage sa fille, le second pour dire son plaisir après la première gorgée de son apéritif favori.

Pendant que le four préchauffait, Valentine entreprit de couper les poireaux, puis de dérouler la pâte à tarte feuilletée achetée au rayon frais.

À son grand soulagement, le premier acte s'achevait sur un *statu quo*. Il était cependant entendu que Monette reviendrait à la charge dès que l'occasion s'en présenterait, et que Valentine, qui lui cachait en effet quelque chose, finirait par cracher le morceau.

# Chapitre 3

Chapitre 1 alinéa 5, écrivit Valentine. Dois-je porter un soutien-gorge ?

Bon sang, elle avait les mains glacées.

Elle les frotta et souffla dessus pour les réchauffer.

Depuis son dernier séjour à Lestrade, trois mois plus tôt, sa chambre était restée inoccupée et pour l'heure les deux radiateurs, même poussés au maximum, n'y changeaient rien : l'hiver semblait camper dans la pièce. Valentine se leva, retira l'édredon qui couvrait son lit, s'enroula dedans, et revint s'asseoir devant l'écran de son ordinateur.

Le moins qu'on puisse dire, c'est qu'elle n'était pas concentrée. En temps normal, elle aurait fumé une cigarette, elle serait allée voir des trucs sur Internet et elle aurait ouvert sa boîte mail, histoire de se mettre en route. Bon.

Elle relut le titre de l'alinéa 5 et focalisa son attention sur cette histoire de soutien-gorge. En général, écrivit-elle se référant à l'abondante documentation dont elle disposait à ce sujet, les seins poussent de façon irrégulière si bien qu'au début, il n'est pas rare d'en avoir un plus gros que l'autre.

Elle relut sa phrase, la jugea trop longue et la scinda en deux, supprimant la locution « si bien que » – trop compliquée. L'éditeur avait tellement insisté sur l'accessibilité du texte qu'il valait mieux éviter toute fantaisie grammaticale et privilégier les phrases courtes suivies d'un point. Afin de se conforter dans son choix, Valentine leva les yeux vers un Post-it virtuel placé en haut de son écran, sur lequel sa mission était résumée en quatre points :

- Informer
- Rassurer
- Divertir
- Fidéliser

Elle reprit. Chez certaines jeunes filles, la transformation de la poitrine commence dès l'âge de 9 ans. Chez d'autres, pas avant 13 ans. (Informer.) Bien sûr, tu vas être tentée de te comparer à tes copines, mais pas de panique ! La puberté n'est pas une compétition : chacune son rythme ! (Rassurer.)

Valentine s'éloigna de l'écran, croisa les bras et observa ces quelques lignes. En comptant celles qu'elle avait déjà rédigées à Paris et celles qu'elle avait réussi à pondre dans le train, son premier chapitre commençait à prendre forme, c'était satisfaisant. En temps normal, elle aurait allumé une autre cigarette en guise de récompense. Passons.

Devenir non-fumeuse était un projet. Un projet d'une ampleur considérable, il faut le reconnaître, car Valentine avait commencé à fumer derrière le gymnase de son collège, justement à l'âge où les seins poussent. Elle se souvenait avec précision du renfoncement, à l'arrière du bâtiment, où l'on pouvait se cacher pour s'adonner aux diverses activités illicites de l'adolescence : rouler des pelles, obtenir les sujets des prochains contrôles de maths, ou fumer grâce au négoce d'une grande bringue de 4e qui volait des paquets dans les cartouches de son père pour revendre les clopes à l'unité. Avant de rentrer à la maison, la jeune Valentine se rinçait abondamment la bouche à la fontaine du village, convaincue que l'eau de source suffisait à masquer l'odeur. Des Gauloises brunes, tu parles ! Il lui paraissait aujourd'hui évident que Monette n'avait pu ignorer son petit manège. Mais alors, pourquoi n'avait-elle rien dit ? Question d'époque ? À moins que cette année-là, jeune veuve de 45 ans, Monette n'ait simplement renoncé à exercer toute autorité sur sa fille de 12 ?

Valentine se demanda soudain où pouvaient être ses vieilles photos de classe. Elle se rappelait les avoir sorties d'une vieille boîte à chapeau pour les montrer à Olympe et Youri, un soir de Noël, lorsqu'ils étaient eux-mêmes au collège. Elle se rappelait aussi leurs commentaires sans pitié tandis qu'ils décortiquaient chaque rangée d'élèves. « Oh non, la tête ! Purée, t'as vu ? Le look du gars avec ses épaulettes ? Et elle ? La coiffure, la honte ! Me dis pas que c'est toi, là, maman ? » Sur toutes les photos, Valentine était assise au premier rang, tenant l'ardoise sur laquelle était inscrite l'année scolaire et le numéro de la classe. « T'étais la chouchoute, ou quoi ? » s'étaient moqués les enfants. Valentine leur avait expliqué qu'en sa qualité de déléguée de classe, c'était à elle que revenait de brandir la fameuse ardoise. « Parce que t'étais la déléguée tous les ans ? »

Eh oui ! Dans ce petit collège rural, année après année, de la 6e jusqu'à la 3e, Valentine avait été élue et réélue par ses pairs avec des scores indécents. C'était le temps où, avec ou sans soutien-gorge, Valentine était populaire. Et même si plus tard, au lycée de Brive, son hégémonie avait été contestée par d'autres filles, signant la fin d'un règne sans partage, les années collège avaient ancré en elle une certaine vanité et un goût prononcé pour la politique.

Repenser à tout cela lui arracha un soupir. Où était donc passée la gamine déterminée des années 80 ? Comment avait-elle pu céder sa place à la presque quinquagénaire hésitante qu'elle était aujourd'hui ? Car en cette mi-mars 2017, finies les certitudes, finis les poings en l'air, finis les plébiscites ; Valentine ne brandissait plus aucune banderole, ni aucun drapeau. Pas même une ardoise.

Un sachet de tisane infusait dans le mazagran qu'elle avait déniché dans le vaisselier. Elle le porta à ses lèvres et but deux gorgées de la décoction. Un truc ayurvédique à base de réglisse, de gingembre, de basilic et de zestes d'orange dont la boîte attirait l'attention au rayon des produits bio avec cette promesse : « Joie de vivre ». Dans chaque sachet, une étiquette apportait un supplément d'âme à la consommatrice avide de bien-être, en l'occurrence un message écrit en anglais. Celui qu'avait pioché Valentine disait : « *Am I ready to change myself ?* »

*Mais revenons à nos moutons*, se gronda-t-elle. DOIS-JE PORTER UN SOUTIEN-GORGE ?

Le problème, c'est qu'elle n'était pas bien installée. Non seulement il faisait un froid de gueux dans cette chambre, mais on n'y voyait rien. Elle fit pivoter la lampe de bureau posée derrière l'ordinateur pour orienter le faisceau vers le plafond. Elle leva les yeux et fronça le nez. Monette, qui avait milité toute sa vie contre l'esclavage, refusait au nom de ce principe d'embaucher une femme de ménage, préférant laisser proliférer les toiles d'araignées dans les encoignures. Chaque fois qu'elle venait, Valentine se sentait obligée de passer le balai.

Sur l'écran, la barre du curseur clignotait, pareille à une pulsation cardiaque. Décidément, ce sous-chapitre sur les seins ne lui inspirait que des banalités. Peut-être ferait-elle mieux de s'attaquer à la rédaction du suivant ? Elle fit glisser la souris pour revenir à la table des matières convenue avec l'éditeur. Chapitre 1, alinéa 6, lut-elle. Dois-je m'épiler ?

Elle leva de nouveau les yeux vers le plafond. *7 000 euros d'à-valoir, 7 000 euros, 7 000 euros*, se récita-t-elle en guise de mantra.

Elle consulta l'heure en haut de l'écran. Il n'était pas vraiment tard. Pas vraiment tôt non plus. Monette devait dormir – en tout cas il n'y avait plus un bruit dans la grande maison, hormis les habituels craquements des meubles, des murs et de l'antique charpente.

Elle se revit quelques jours plus tôt, pendant son rendez-vous avec l'éditeur, affirmer avec aplomb sa faculté de s'adresser au public cible. « Les filles de 9/13 ans ? J'adore. Je les connais bien : j'emmenais toujours les amies de ma fille en vacances, et j'en avais une ou deux à la maison chaque week-end. Vous n'imaginez pas le nombre de serviettes hygiéniques que j'ai pu acheter à l'époque, ah, ah ! » Pour le reste, son C.V. plaidait en sa faveur. En vingt-trois ans de carrière dans la presse, elle avait touché un peu à tout, reportages, interviews, enquêtes, portraits. Elle avait même inventé des témoignages vécus pour quelques hors-série d'été, sans compter les quiz, tests, grilles de mots fléchés et pages d'horoscope, ce qui avait achevé de convaincre l'éditeur qu'elle était taillée pour le job : elle saurait travailler vite, seule, et ne pas se montrer gourmande sur le pourcentage. Elle avait désormais quelques semaines pour rédiger les deux cent trente pages que devait compter le guide et répondre à ces questions sur les seins naissants, les poils et les boutons d'acné, elle qui nageait en pleine *midlife crisis* et en plein marasme de la préménopause... Bon sang, même l'adolescence d'Olympe lui paraissait lointaine !

Elle but une dernière gorgée de tisane, bâilla, puis se débarrassa de l'édredon et éteignit l'ordinateur avant de se diriger toute grelottante vers la salle de bains du bas. En traversant le séjour, elle aperçut Léon roulé en boule sur le rebord de sa fenêtre favorite. L'animal cligna des yeux, la regarda passer dans un sens, puis dans l'autre une fois qu'elle eut fini sa toilette. La présence du chat était réconfortante. Exactement le genre de compagnie qu'il fallait à Valentine en cette période difficile.

Dans un demi-verre d'eau, elle compta vingt gouttes de *Valeriana Officinalis* à 1DH de dilution. Elle avala la potion, puis sans même ouvrir *La Fin de l'homme rouge*, elle se jeta sous l'édredon, espérant dormir d'une traite jusqu'au matin, ce qui ne lui était plus arrivé depuis que Kostas l'avait invitée à déjeuner, dix jours plus tôt.

# Chapitre 4

— J'ai rêvé de toi, cette nuit ! lança Monette sans même un bonjour lorsque Valentine pénétra dans la cuisine.

— Mince ! sourit Valentine. Encore ?

Elle s'étira. Au-dessus de la porte, la pendule affichait presque 9 heures : cette victoire sur l'insomnie augurait d'une excellente journée. D'ailleurs, le chat ne s'y trompait pas, qui ronronnait dans un rectangle de soleil, allongé sur le plan de travail près de l'évier.

— C'était un rêve horrible, continua Monette d'une voix monocorde. Tu m'annonçais que tu avais une maladie.

Valentine regarda sa mère en se demandant si c'était du lard ou du cochon. L'octogénaire était en robe de chambre, les cheveux en bataille, attablée au milieu d'un champ du même nom où gisaient des gouttes de café et les restes d'une pile de biscottes ; Monette avait toujours pris son petit déjeuner en faisant beaucoup de miettes. Tout avait l'air *normal*, aussi Valentine choisit-elle d'ignorer cette impression de déjà-vu.

— Eh bien, moi, j'ai dormi comme une pierre, si tu veux le savoir. Je ne me suis même pas levée pour faire pipi alors que j'avais bu une tisane. Ça doit être l'air de la campagne. Ou bien ce truc homéopathique que j'ai acheté à la gare avant de partir. Je t'en donnerai si tu v…

— C'était une maladie grave, l'interrompit Monette. Très grave.

Flûte, elle n'allait quand même pas remettre ça ? Valentine serra les dents et s'avança en apnée vers la cafetière, saisissant au passage un bol sur l'égouttoir.

— Tu m'as déjà raconté ce rêve hier, finit-elle par grogner. Et je t'ai répondu.

— Qu'est-ce que tu m'as répondu ? voulut savoir Monette.

Valentine posa son bol rempli de café sur la table, en face de sa mère, et se pencha légèrement en avant.

— Regarde-moi, maman.

Monette posa ses grands yeux clairs sur sa fille. (Elle avait toujours eu des yeux magnifiques. À l'époque, Henri Cassagne la surnommait Michèle Morgan.)

— Bien. Maintenant, dis-moi ce que tu vois.

— Sincèrement ? s'inquiéta Monette.

— Tu ne sais pas mentir, de toute façon.

— C'est pour ça que je te pose la question.

— C'est bon, vas-y.

— Eh bien, je vois une… une femme de 48 ans et demi, bouffie et pas très épanouie.

— Bouffie ? s'étouffa Valentine.

— C'est le mot qui me vient. Tu préfères « empâtée » ? Dans les deux cas, ça fait sept lettres, se félicita Monette. Scrabble !

Valentine se redressa. Les narines pincées, elle récupéra son bol, alla jeter son café dans l'évier et quitta la cuisine.

— Mais tu m'as demandé de dire ce que je voyais ! se défendit Monette.

— Merde ! répliqua Valentine.

Et elle claqua la porte de sa chambre avec une rage qui lui rappela aussitôt son adolescence, quand les moqueries de Fred lui mettaient les nerfs à vif.

— Merde et merde ! cria-t-elle derechef.

Comme elle n'avait pas ouvert les volets, la pièce était restée plongée dans l'obscurité. Elle grimpa sur son lit et s'y installa en tailleur. Sa poitrine se soulevait, sa respiration sifflait ; les larmes n'étaient pas loin. Ado, il lui arrivait de se venger sur ses cahiers de classe. Elle les jetait à travers la pièce, elle déchirait des pages, piétinait les couvertures. Elle attrapa sur la table de nuit le livre de Svetlana Alexievitch, hésitant à lui faire subir le même sort.

Fred et Monette s'étaient toujours ligués contre elle, ce n'était pas nouveau. Après la mort d'Henri, bien sûr, il y avait eu une parenthèse de quelques mois, comme une trêve de plaisanteries, mais peu à peu, le naturel avait repris le dessus : Fred lançait une pique à sa sœur, Valentine se vexait, Fred se moquait de sa susceptibilité, Valentine s'énervait, Fred prenait Monette à témoin, et Monette se rangeait systématiquement de son côté, reprochant à Valentine de pas savoir désamorcer les attaques. Ils n'avaient qu'un an d'écart : elle n'allait quand même pas brandir indéfiniment son statut de cadette pour excuser son manque de repartie ?

Ce raisonnement achevait de mettre Valentine hors d'elle. Comment Monette pouvait-elle se prétendre de gauche et féministe si elle ne commençait pas par défendre sa propre fille face à l'oppression de l'odieux mâle qu'était son fils aîné ? « Justement ! répliquait alors Monette avec une mauvaise foi crasse. En ne prenant pas ta défense, je t'oblige à trouver *en toi-même* la force de mener ton combat. Pour moi, c'est ça, être féministe : acter le rapport de force, le considérer dans sa cruelle réalité, et trouver le moyen de l'inverser. Tu comprends ? »

Ulcérée, Valentine explosait : ah si seulement son père n'avait pas succombé à cet infarctus ! Il l'aurait protégée, lui !

Elle baissa le bras. Avec respect, elle reposa à sa place le livre de l'auteur russe (ou biélorusse, c'était à vérifier), sauta du lit et alla ouvrir les volets. En même temps que le soleil, un air vif entra dans la pièce et Valentine se pencha à la fenêtre pour respirer.

Dehors, les arbres frémissaient, on entendait le ruisseau cascader dans la ravine et, peut-être, une ou deux alouettes tirelirant dans les taillis.

Elle pensa à Marie-Ange et entreprit de compter jusqu'à cinquante. C'était une des techniques que la thérapeute lui avait suggéré d'utiliser en cas de panique. À chaque chiffre énoncé correspondait un geste, en l'occurrence un léger tapotement de la main sur le rebord de la fenêtre.

— Un, deux, trois, quatre…

Parvenue à cinquante, en effet, Valentine constata qu'elle se sentait moins en colère. Alors ? Allait-elle gâcher cette belle journée en laissant sa mère jouer avec ses vieilles blessures ? Elle souffla, se força à sourire, regarda le ciel et referma la fenêtre avant d'attraper froid. Monette voulait l'affrontement ? Eh bien, soit.

— J'ai pris du poids en arrêtant de fumer, lança-t-elle en revenant au pas de charge dans la cuisine où la vieille dame n'avait pas bougé de sa chaise. Sans parler de la préménopause ! Tous les médecins te le diront : c'est *métabolique*. J'ai seulement besoin de temps pour réguler tout ça.

— Alors tu n'es pas malade ?

— Non, maman. Et merci encore pour ton soutien.

— Bon. Mais quand même, je devine qu'il y a autre chose…

Monette l'implora de ses grands yeux d'actrice.

— Il y a autre chose ?

Valentine se sentit acculée. Elle avait prévu de lui confier ses soucis un peu plus tard, mais c'était compter sans la puissante intuition maternelle de Monette (encore une de ses contradictions).

— D'accord, soupira-t-elle. Tu as raison.

La vieille dame tressaillit devant son bol vide. Ses yeux devinrent encore plus bleus, encore plus clairs.

— C'est au sujet des enfants ? Olympe ? Youri ?

— Olympe et Youri vont très bien, rassure-toi. C'est moi… Enfin non, c'est plutôt Kostas.

— Kostas a un cancer ?

— Arrête avec ce cancer, maman ! Je te répète que ce n'est pas un problème de santé !

— Un problème de quoi, alors ?

*Bonne question*, songea Valentine, qui ne voyait pas comment définir en un mot la situation. Comment traduire ce sac de nœuds ? Un problème de réputation ?

D'image ? Elle se souvint d'un module de psycho-socio qu'elle avait suivi à la fac.

— Disons un problème de… gestion de l'impression, dit-elle.

Et devant la mine interloquée de sa mère, elle se mit à rire ; cela ne lui était pas arrivé depuis dix jours et ce fameux déjeuner avec son ex-mari.

## Chapitre 5

Monette avait toujours éprouvé une affection déraisonnable pour son gendre.

Quoi qu'il ait fait, fasse ou ferait, Kostas pouvait compter sur son soutien car, selon elle, quelqu'un qui avait fui une dictature ne pouvait pas être un mauvais bougre. Chaque fois qu'elle entendait cette sentence idiote, Valentine levait les yeux au ciel.

— Quoi ? s'agaçait alors Monette. Ce n'est pas vrai, peut-être, qu'il a fui une dictature ?

— Si. Mais il avait 2 ans, maman !

L'histoire avait en effet voulu que les Damaskos, intellectuels et opposants au régime des Colonels, quittent la Grèce en catastrophe un matin de 1970. Grâce à un solide réseau de connaissances, les parents de Kostas avaient trouvé refuge à Paris, puis un logement, du travail et des places pour leurs enfants dans les meilleurs établissements scolaires de la capitale. Kostas avait grandi là, entre la diaspora très politisée qui entourait ses parents et ses amis français qui prospéraient sur l'héritage de Mai 68. D'après Valentine, il y avait pire comme situation.

Après un passage remarqué au sein d'une organisation de lycéens trotskystes où (disait la légende) il avait cassé la gueule à un prof qui avait osé mettre son modèle dans le même sac que Staline, Kostas s'était assagi avant de s'orienter vers des études de philosophie. Il était en DEA à l'université de Nanterre lorsque Valentine s'était assise au premier rang d'un amphi clairsemé du bâtiment de lettres, un après-midi de printemps 90, pour suivre un débat autour du droit d'asile.

Tout en réclamant avec véhémence au micro la fermeture des centres de rétention administrative, Kostas reluquait, en contrebas de l'estrade, la jolie brune qui fumait des Silk Cut et prenait des notes sur les pages d'un cahier à grands carreaux. Son discours terminé, il était descendu de l'estrade pour lui taper une clope et il en avait profité pour s'asseoir à côté d'elle. « Alors comme ça, tu t'intéresses au droit d'asile ? » Bien qu'éblouie par le sourire de Kostas, Valentine n'avait pas baissé les yeux ; à l'époque, elle avait l'habitude de plaire, et, pour répondre à la question, oui, elle militait depuis pas mal de temps déjà à Amnesty International.

Un courant très électrique était passé entre le Grec et la jeune Corrézienne.

Comme on était aux beaux jours, la réunion s'était prolongée au soleil, sur les pelouses, autour d'un gobelet de café. Kostas, qui était membre du comité de rédaction d'une revue éditée sur le campus, avait proposé à Valentine d'y écrire un article sur la vie étudiante. Puisqu'elle voulait devenir journaliste, autant commencer tout de suite, non ? « Je te mets le pied à l'étrier », avait-il ajouté. Le soir même, il lui mettait, à un autre endroit, une autre partie de son anatomie.

C'est ainsi que Valentine avait publié son premier article officiel, intitulé « Fast-food, travail précaire des étudiants : matière grise contre matière grasse », jeu de mots dont elle tirait aujourd'hui encore une certaine fierté. C'est ainsi également que, dès le début de leur relation, elle s'était sentie une dette à l'égard de celui qui allait devenir le père de ses enfants.

Prenant l'éponge pour nettoyer la table du petit déjeuner, Valentine tenta d'introduire en douceur son histoire de gestion de l'impression.

— Je sais que tu as toujours eu de l'affection pour Kostas, dit-elle en préambule.

— C'est vrai. J'ai toujours pensé que quelqu'un qui a fui une dictature ne peut pas être un mauvais bougre.

Valentine se retint de lever les yeux au ciel. Son agacement se traduisit par un geste un peu brusque avec l'éponge.

— Oh, je sais ! Tu vas encore me dire qu'il était trop jeune pour s'opposer au régime des Colonels, enchaîna Monette. Mais il n'y a pas d'âge pour souffrir de l'exil, figure-toi. Cette douleur-là est inscrite en lui. C'est inscrit en eux. Tous ! Tu n'as qu'à en parler avec d'autres déracinés. Felipe et Magdalena, par exemple !

Valentine sourit. Felipe et Magdalena : les vieilles lunes de Monette. Le Chili, Pinochet, le couple de réfugiés arrivant dans le bourg en 1974, les collectes de vêtements, les repas improvisés à l'Éden-Club, les chansons de Quilapayún et de Victor Jara, l'amitié, la joie d'accueillir, le bonheur de partager. Comme souvent, Monette mélangeait les époques, les causes, tout.

— C'est comme ce pauvre gosse qu'on a retrouvé mort sur la plage, l'an passé.

— Le petit Aylan ? Quel rapport ? hasarda Valentine.

— Le rapport ? explosa Monette. Mais la honte, bien sûr ! La honte qui devrait nous terrasser !

— Oui, évidemment. Mais disons que là, j'essayais juste de t'expliquer mon problème avec Kostas.

— Oui, oh…, fit Monette avec un haussement d'épaules.

Et elle aurait sans doute démontré à Valentine combien ses malheurs de nantie parisienne comptaient peu en comparaison de ce que vivaient les exilés du monde entier, si au même moment Léon ne s'était pas réveillé, décidant de revenir en trois petits sauts se pelotonner sur les genoux de sa maîtresse.

— Voui, mon pépère, viens là, s'adoucit-elle aussitôt, oubliant du même coup de jeter l'anathème sur sa fille.

Contente de la diversion, Valentine empila les bols dans l'évier et chercha le liquide vaisselle.

Quand elle repensait au parcours de Kostas, elle éprouvait ce que Marie-Ange appelait des *sentiments ambivalents*. En septembre 90, sitôt son diplôme en poche, le jeune militant de l'UNEF avait commencé son ascension. Il était entré au parti socialiste en même temps qu'à l'Éducation nationale et tandis que la seconde lui offrait un salaire, il avait creusé son trou au parti jusqu'à devenir, quelques années plus tard, conseiller technique dans l'équipe de Claude Bartolone tout juste nommé ministre délégué à la Ville dans le gouvernement Jospin. Le professeur Kostas avait alors définitivement délaissé l'enseignement pour se consacrer à la politique, naviguant à son aise dans les eaux rarement limpides des courants partisans, mais aussi dans les couloirs des ministères ou du conseil général.

Durant ces mêmes années, Valentine avait suivi une voie plus discrète. Entre deux articles pour la revue éducative *ONISEP* où elle avait décroché un CDI à temps partiel, elle torchait les fesses d'Olympe et de Youri, nés respectivement en 93 et 96. Pour quelqu'un qui s'était imaginé grand reporter (ou au moins journaliste à *Libé*), ce poste de rédactrice ne ressemblait à rien, mais, comme le lui rappelait parfois Kostas, elle avait ses mercredis, et lui-même étant toujours par monts et par vaux, c'était mieux pour les petits ; Valentine avait fini par s'en accommoder. Par ailleurs, grâce aux relations de Kostas à la mairie de Paris, la famille s'était vu attribuer un logement HLM rue Charles-Nodier, dans le 18e arrondissement. Les fenêtres du séjour donnaient sur le square Louise-Michel, au pied de la butte Montmartre, une compensation à la solitude qui, toujours selon Kostas, n'avait pas de prix – en tout cas, elle l'avait cru jusqu'à leur déjeuner au Wepler.

Tout en finissant de laver les bols, Valentine regarda par la fenêtre. Sous un soleil déjà printanier, les coteaux semblaient se couvrir à vue d'œil d'un vert tendre, presque poudreux. Couleur qui n'était pas sans rappeler certaines des prises de position politique de son ex-mari, aussi variables que le ciel.

En 2006, après s'être présenté sans succès à différentes fonctions électives sous l'étiquette socialiste, le conseiller Damaskos avait décidé de donner un nouvel élan à sa carrière. Pour cela, il lui fallait frapper fort. Le même jour, il avait donc quitté le PS et Valentine, afin de rejoindre Les Verts et une militante de Greenpeace. S'il manqua de tact envers Valentine en lui annonçant son désir de divorcer le soir de son anniversaire, il eut au moins le chic de lui laisser l'appartement et les deux enfants qui vivaient dedans. Onze ans plus tard, elle y habitait toujours et depuis son licenciement en juin dernier, elle mesurait mieux que jamais sa chance de bénéficier d'un loyer modéré au cœur de la capitale. Or, c'était cela dont Kostas voulait l'entretenir lorsqu'il l'avait invitée à déjeuner, dix jours plus tôt.

— Tu savais que Kostas était passé chez Macron ? demanda-t-elle soudain à sa mère.

— Quoi ? sursauta Monette.

Valentine s'essuya les mains et, ménageant ses effets, se dirigea vers un placard d'angle d'où elle sortit le balai.

— Il a rejoint son mouvement depuis quelques mois. Les sondages commençaient à frémir, alors il s'est dit…

— Mais je croyais qu'il était chez Les Verts !

— Oh non, Les Verts, c'est de l'histoire ancienne. Il était retourné au PS depuis quelque temps. Tu ne l'avais pas vu en photo dans *L'Obs*, avec cette fille, là… une des proches de Montebourg ?

Monette secoua la tête.

— Bon, enfin maintenant, c'est fini, ça aussi. Il sort avec une nana qui travaille chez Veolia. Ou chez Alstom, je ne sais plus, l'acheva tranquillement Valentine.

Monette manifesta son dégoût en s'adressant au chat :

— Tu entends ça, Léon ? Kostas chez Macron ! Kostas avec ce… ce produit marketing ! Ce jeune banquier encravaté ! Alors ça… c'est incroyable !

— Kostas a toujours été ambitieux, tempéra Valentine en déplaçant les chaises pour balayer sous la table. Ce n'est pas nouveau, et après tout, ça n'a rien de dégradant. Depuis le temps qu'il fait de la politique, le pauvre, c'est normal qu'il ait envie de sortir de l'ombre.

— Dans ce cas, il ferait mieux d'aller directement au FN.

— Ne mélange pas tout, maman, par pitié.

Valentine venait de rassembler un joli tas de miettes et de poussière au milieu de la cuisine ; elle s'appuya sur le manche du balai, et demeura pensive. Le premier tour de l'élection présidentielle aurait lieu le 23 avril prochain, soit dans quarante jours exactement. Quand Valentine avait vu Kostas débouler au Wepler, elle était loin d'imaginer que cette date puisse devenir la cause de ses insomnies.

Il s'était assis face à elle, il avait commandé une salade, et après avoir pris de ses nouvelles d'une oreille distraite puis prononcé quelques phrases au sujet d'Olympe, de Youri et de leurs étranges études, il était allé droit au but :

— Si Emmanuel passe le premier tour, il va falloir que tu déménages.

Valentine, qui se délectait d'un steak de thon en aller-retour, avait posé sa fourchette. L'embarras de Kostas était visible, mais pas autant que sa surprise à elle.

— Je suis désolé de ne t'avertir que maintenant. Cette histoire d'appartement est tellement ancienne, tu parles, je n'y pensais plus… Mais là, toute l'équipe de campagne a été briefée : c'est opération mains propres. Avec ce qui arrive à Fillon, on ne peut pas se permettre de risquer notre image, tu comprends ? Les journalistes sont des hyènes. S'ils enquêtent sur moi, ils vont remonter jusqu'à toi et l'histoire du HLM ne passera pas.

Pour Valentine, c'était le steak de thon qui ne passait plus. Espérant retrouver la parole, elle avait vidé son verre de vin puis la bouteille de Badoit. Mais que pouvait-elle faire ? Crier à l'injustice alors qu'elle abusait depuis vingt ans d'un logement social obtenu par passe-droit ?

— Au moins, Youri et Olympe ne seront pas concernés, avait dit Kostas en guise de consolation. Ils sont loin de tout ça, tant mieux.

— Oui, enfin… ils ont encore beaucoup d'affaires chez moi, et ils reviennent presque à chaque vacances, quand même ! avait protesté Valentine.

— Je sais. J'en ai parlé avec Jeanne. On est en train d'acheter les deux chambres de bonnes au-dessus de l'appartement. Comme ça, Olympe et Youri pourront y mettre leurs affaires. Ce sera bien, non ?

Leur mère, qui sentait le sol se dérober sous ses pieds, avait hoché la tête.

— Dessert ? Café ? avait demandé Kostas en jetant un coup d'œil à sa montre.

Ils s'étaient quittés sur le trottoir, dans les courants d'air glacé qui balayaient la place, et Valentine, à moitié K.-O., était repartie à petits pas vers ce logement de quatre-vingts mètres carrés dont le loyer était resté quasiment inchangé depuis vingt ans et qu'elle avait fini par considérer comme son chez-elle, son refuge.

Entre la place de Clichy et la rue Charles-Nodier, il y avait une petite demi-heure de marche ; elle avait fait le trajet en somnambule avant de se réveiller au pied de l'immeuble, les joues frigorifiées. Ensuite, elle s'était trompée deux fois en tapant le code de la porte cochère. « Je n'étais déjà plus chez moi », avait-elle dit, d'une voix lugubre, à Marie-Ange lors de la séance suivante.

Elle tenta de sourire en regardant sa mère :

— Voilà où j'en suis avec Kostas, maman. En instance d'expulsion ! À cause d'un problème de « gestion d'impression ». Parce que, si on y réfléchit deux minutes, maintenant que je suis seule et au chômage, j'y ai peut-être droit, à ce logement ! Sauf que les gens auront *l'impression* du contraire, évidemment. Alors zou ! Bye-bye Valentine ! Sacrifiée sur l'autel de l'image publique ! Et le plus drôle dans tout ça, tu vois, c'est que j'avais l'intention de voter Macron. Mais maintenant que je sais ce qui m'attend s'il passe, autant me tirer une balle dans le pied !

Il y eut un silence consterné, avant que Monette finisse par murmurer :

— Je n'en reviens pas.

— Moi non plus, maman, je t'assure !

La vieille dame se dissocia lentement de la chaise où elle semblait incrustée depuis le lever du jour. En souplesse, Léon sauta sur le carrelage et fila vers la pièce voisine, sans doute pour rejoindre son rebord de fenêtre.

— Ce que je veux dire, ma fille, c'est que je n'en reviens pas que tu envisages de voter Macron.

Valentine lâcha son balai et le manche vint taper le carrelage avec un bruit sec. Monette avait-elle vraiment pris la mesure des ennuis qui lui pendaient au nez ?

— Un appartement, c'est rien ! On trouve toujours ! lança Monette en levant un doigt vers le plafond. Alors que les idées, les valeurs, c'est autre chose ! Et ce que tu viens de me raconter, tu vois, c'est la preuve que tu es en train d'abandonner – que dis-je ? – de *trahir* les valeurs que ton père et moi t'avons transmises.

— Mais…

— Arrête ! Tu me brises le cœur.

Drapée dans sa superbe, Monette quitta la cuisine, laissant Valentine les bras ballants devant son tas de poussière. Quelque chose tremblait à l'intérieur de sa cage thoracique. Mais sur quelle planète vivait donc sa mère ? Avait-elle déjà entendu parler de la spirale du déclassement ? Savait-elle qu'à Paris, c'était la foire d'empoigne pour décrocher un logement ? Était-elle consciente qu'à bientôt 50 ans, sa fille risquait de finir sous les ponts ?

*Un, deux, trois, quatre…* se remit à compter Valentine en tapotant sa cuisse du bout des doigts. Quand elle arriva à cinquante, elle se retourna vers la fenêtre. Le soleil était à présent derrière la maison, mais le ciel restait d'un beau bleu vif ; il était temps d'aller prendre l'air.

## Chapitre 6

À une époque lointaine, Valentine avait quand même partagé de bons moments avec Fred. En faisant un effort, elle se rappelait notamment leurs rêves de cabanes.

Quel âge avaient-ils ? 7 ou 8 ans, sans doute. Un âge où la capacité à s'immerger dans l'instant est intacte, où construire une cabane devient la chose la plus importante du monde ; en tout cas, c'était avant la mort d'Henri.

Poussée par ce souvenir, Valentine se dirigea vers le petit bois de châtaigniers qui plongeait dans la combe à l'arrière de la maison. Les ronces avaient envahi le chemin que la boue rendait, par-dessus le marché, très glissant. Elle se félicita d'avoir emprunté à Monette sa paire de chaussures de marche, des Pataugas increvables achetées dans les années 60 chez Manufrance. Comme l'air était frais, elle enfonça les mains dans les poches de son manteau et ses doigts rencontrèrent de nouveau la carte de visite d'Anastase Perrin, le chauffeur de taxi. En admettant qu'il ait dit vrai, ce type avait dû en baver pour renoncer aux avantages de la fonction publique et venir s'enterrer dans ce coin de campagne. Les gens, pensa-t-elle, étaient tellement à cran qu'ils en arrivaient à faire n'importe quoi.

Le bois de châtaigniers descendait en pente douce jusqu'à la rivière. Enfant, combien de fois avait-elle arpenté ces hectares de taillis touffus, en toute liberté, des journées entières, sans que personne s'en inquiète ? En ce temps-là, il suffisait d'un Opinel, d'une gourde et d'un paquet de biscuits pour se sentir en sécurité. Rien que d'y penser, Valentine eut un frisson. Le monde était-il devenu plus dangereux en l'espace de quarante ans ou était-ce encore une question « d'impression » ?

Petite, bien sûr, elle entendait parler des horreurs du monde réel – il y avait Beyrouth, l'Afghanistan, l'*Amoco Cadiz*, les bombes de l'ETA, d'Action directe et l'assassinat d'Anouar El-Sadate – mais lorsqu'elle partait jouer dans les bois, tout ça n'existait plus. Elle se prenait pour Thierry la Fronde, tandis que Fred, armé d'un bâton, affrontait les grizzlis tapis dans les bosquets à la manière de Davy Crockett, et ils n'avaient peur de rien.

Valentine buta contre une racine proéminente et parvint de justesse à rétablir son équilibre en s'écorchant la main contre une souche. Elle lâcha un juron. Elle n'était pas à ce qu'elle faisait, et voilà ! Comme d'habitude, ses pensées divaguaient au lieu de se circonscrire à l'instant présent, le fameux *hic et nunc,* résultat : elle se cognait, elle trébuchait, elle loupait une marche. Furieuse contre elle-même, elle porta la main à sa bouche pour nettoyer la plaie qui avait un goût de terre et de salpêtre.

— Regarde autour de toi, s'ordonna-t-elle. Et arrête de te faire des nœuds au cerveau, bon sang !

Heureusement, elle arrivait à cette petite clairière en surplomb de la rivière, leur camp de base, à son frère et à elle : là où poussait le meilleur arbre à cabanes jamais répertorié sur le territoire. C'était un vieux châtaignier qui avait pris la foudre autrefois. Éventré, il avait cependant survécu, et il s'était remis à croître d'un seul côté tandis que sa partie morte, noircie, tombait en arceau vers le sol, offrant un support idéal pour y appuyer toutes sortes de branchages. Quant à la partie vivante du châtaignier, elle s'élançait en douceur vers les hauteurs, ce qui la rendait facile à escalader. Combien d'heures avait-elle passées là avec son frère, se relayant pour faire le guet à trois mètres du sol, à préparer l'attaque d'une diligence imaginaire ?

Amusée, Valentine leva les bras, s'accrocha aux plis de l'écorce. Calant son pied d'appel à l'endroit où le tronc faisait un V, elle entreprit de grimper. Son jean la boudinait et entravait un peu ses mouvements, mais elle n'avait pas perdu ses anciens réflexes. En quelques appuis, elle parvint à s'affranchir de sa propre pesanteur.

Elle se retrouva bientôt à quatre pattes sur la partie où (elle s'en souvint juste à ce moment-là) Fred avait jadis gravé ses initiales avec la lame de son canif. Oui, elles étaient toujours là ! Le F et le C, même polis par le temps, étaient encore lisibles ! Elle sourit et s'installa à califourchon sur son perchoir pour profiter du paysage.

C'était un endroit délaissé, une friche où plus personne sans doute ne venait, en dehors des cueilleurs de champignons. Monette, à cause de sa mauvaise vue, lui préférait depuis quelques années les sentiers balisés de l'autre versant. Quant à Fred, lorsqu'il rendait visite à leur mère, il passait son temps à réparer ceci cela dans la maison, ne mettant le nez dehors que pour scier des planches ou décaper un volet.

De ses doigts engourdis, elle sortit son téléphone de la poche de son manteau et constata, miracle, qu'il y avait du réseau. Elle vérifia qu'elle n'avait pas de message (pas de message) ni de SMS (pas de SMS), et fit défiler les noms des contacts enregistrés dans son répertoire.

En vérité, elle n'avait envie de parler à personne. Il lui suffisait, perchée dans son arbre, de savoir qu'elle *aurait pu* téléphoner à quelqu'un. Elle aurait pu téléphoner, par ordre alphabétique, à son amie Aude, à son voisin Ben, à Charlotte, à Deborah, à Etgar75 qui avait été son amant quelques nuits, à Fred… Non ! Pas Fred. Car même si le contexte s'y prêtait, elle n'avait aucune envie que son frangin sache qu'elle était à Lestrade, encore moins assise à califourchon sur la branche de leur arbre.

Elle rangea son téléphone, souffla sur ses doigts gourds, et considéra la distance qui la séparait du sol. Enfant, elle n'avait jamais éprouvé de vertige. Agile, casse-cou et sportive, elle sautait de n'importe quel promontoire sans hésiter. Mais aujourd'hui, empêtrée dans son manteau, ses kilos et son jean moulant, Valentine préférait envisager un autre moyen de descendre.

Elle recula d'abord en se râpant un peu les fesses puis voulut se remettre à quatre pattes, mais sentant qu'elle basculait, elle s'aplatit brusquement contre le tronc et l'embrassa pour éviter la chute. Dans le mouvement, son téléphone quitta la poche de son manteau.

Elle le vit s'écraser en bas contre une racine, tandis que la batterie, expulsée du boîtier, retombait dans la mousse un peu plus loin.

Son cœur s'était emballé ; elle se trouva ridicule et s'engueula intérieurement. *Empotée ! Bouffie ! Monette avait raison !*

Vexée, elle entama une lente reptation en marche arrière, cherchant à accrocher ici et là ses mains moites, jusqu'à ce qu'elle n'ait plus d'autre choix que de lâcher prise. Elle dégringola alors jusqu'à terre, perdit dans sa chute un bouton de son manteau et se tordit la cheville en se réceptionnant.

Elle avait eu peur. Elle ferma les yeux, reprit sa respiration avec méthode pour ne pas tourner de l'œil et lorsqu'elle se sentit mieux, elle jeta un regard noir vers la cime du châtaignier. *Saloperie d'arbre.*

Elle ramassa les deux morceaux du téléphone, épousseta son manteau plein d'échardes et décida de rentrer en faisant le tour par la route pour ménager sa cheville endolorie. À l'évidence, ce genre d'expédition n'était plus de son âge. Quand elle retrouva l'asphalte, elle se sentit soulagée. Elle tapa des pieds pour faire tomber la boue qui alourdissait les semelles crantées des Pataugas, et prit cahin-caha la direction de la maison. Elle allait s'engager dans l'allée quand un coup de klaxon dans son dos la fit sursauter. Elle se retourna : c'était la voiturette électrique du conseil général, avec à son bord la légendaire Mme Champdavoine, qui stoppa aussitôt à sa hauteur et baissa sa vitre.

— Ça alors ! Bonjour, Valentine ! Je ne savais pas que vous étiez là !

— Bonjour, Geneviève, répondit Valentine. Comment allez-vous ?

— Bien, bien. Je faisais ma tournée, je voulais passer pour voir le chat. Je ne savais pas que vous étiez là, répéta-t-elle.

— Je suis arrivée hier. J'avais besoin de prendre l'air.

— Oh ça ! Ici, il y en a, de l'air ! Pas comme à Paris, avec toutes ces particules fines. Comme disait toujours V…

— Et votre opération ? esquiva Valentine.

Mme Champdavoine, qui avait les genoux en X à cause d'une scoliose infantile mal soignée, était toujours entre deux interventions chirurgicales ; Valentine la savait intarissable sur le sujet. Elle écouta donc, sans rien en retenir, le récit des dernières aventures médicales de son interlocutrice, avant de trouver le moyen de s'en débarrasser en prétextant un coup de fil urgent qu'elle avait à passer.

— Alors pour le chat…

— Je m'en occupe, comptez sur moi.

— Bon, très bien. Vous restez quelques jours ?

— Une quinzaine, peut-être.

— Oui, il faut en profiter autant que possible, vous avez raison.

Depuis le début de la conversation, la responsable du service de portage de repas à domicile dévisageait Valentine avec attention. Elle avait remarqué, évidemment, son allure dépenaillée. Sa démarche boiteuse, le bouton arraché de son manteau, son jean sali, sa main écorchée.

— Vous êtes certaine que tout va bien ?

— Je me suis aventurée dans les taillis, se justifia Valentine avec un sourire. Le petit bois mériterait un bon coup de débroussailleuse, si vous voulez mon avis !

— Mais oui ! Faites un courrier à la mairie ! Dites-leur ! s'emporta la fonctionnaire territoriale. Vous voulez le numéro du responsable de service ?

— Je le trouverai, merci. Là, il faut que je file. Je vous appellerai quand je m'en irai, ne vous inquiétez pas pour le chat.

Mme Champdavoine remonta sa vitre, fit un signe d'au revoir et la voiturette reprit sa route, s'éloignant aussi silencieusement qu'elle était arrivée. Contrariée, Valentine poussa un soupir et fronça les sourcils. Puis, oubliant sa cheville, elle courut vers la maison.

Elle largua les Pataugas crottées sous la marquise, entra en chaussettes dans le vestibule, où essoufflée, elle s'immobilisa. Les yeux fermés, elle guetta les bruits de la maison.

— Maman ?

Elle passa la tête dans l'embrasure de la porte pour inspecter le séjour. En la voyant, Léon descendit de son rebord de fenêtre et vint se frotter contre ses jambes en miaulant.

— Il a faim, je crois, fit la voix de Monette.

— Ah, tu es là ? tressaillit Valentine.

La voix avait jailli du fauteuil. C'était un de ces fauteuils anglais à oreilles, aussi large que haut, et qui vous enveloppait entièrement. Quand il était tourné vers la fenêtre, on ne voyait pas la personne assise dedans.

— Bien sûr que je suis là, fit Monette en se retournant avec malice vers Valentine.

Elle lui souriait, un livre à la main, un plaid sur les genoux, tandis qu'une lumière irréelle baignait son visage.

— Où veux-tu que je sois, ma cocotte ?

La dispute semblait déjà oubliée. Valentine hocha la tête et, plus émue qu'elle ne l'aurait voulu, avoua :

— J'ai eu peur que tu sois partie.

# Chapitre 7

Alinéa 6, tapa Valentine. Dois-je m'épiler ?

Désormais, il ne fallait plus réfléchir. Il fallait avancer, informer, rassurer, divertir. En entrant dans ~~la période de~~ la puberté, ton ~~organisme~~ corps va ~~sécréter~~ produire des hormones*, écrivit-elle laborieusement. Ces hormones* vont ~~provoquer~~ être à l'origine de changements importants, notamment l'apparition de poils sous tes aisselles et autour de ~~ton sexe~~ ta zone génitale, ce qui est parfaitement normal.

Valentine considéra sa phrase d'un œil courroucé, se demanda pourquoi elle n'assumerait pas le mot « sexe », et supprima l'évasif « zone génitale » pour revenir à sa première idée.

« Il va de soi, avait précisé l'éditeur du guide, que notre positionnement sur le marché éditorial est très grand public. Autrement dit, les lectrices achèteront votre livre au supermarché ; elles le glisseront dans le caddie entre un pack de soda et leurs fournitures scolaires. Ce ne sera pas un achat qualitatif de librairie de premier niveau. C'est clair, pour vous ? »

Très, avait répondu Valentine.

Sauf qu'à présent, penchée sur l'ouvrage et les yeux rivés à l'écran de son ordinateur, ça ne l'était plus autant. Elle s'interrogeait : le mot « sexe » était-il convenable pour un texte grand public s'adressant aux 9/13 ans ? Et pour leurs parents ? Sinon, de quel subterfuge fallait-il user ? La périphrase « zone génitale » ne faisait-elle pas trop élitiste ? En ce cas, Valentine devrait-elle employer des métaphores plus populaires ? Et lesquelles ? « Ton kiki » ? « Ton minou » ? Mais du coup, ce choix n'allait-il pas à l'encontre de la dimension vaguement scientifique revendiquée par l'ouvrage ?

Noyée sous ce déluge de questions sociolinguistiques, Valentine sentit qu'elle s'égarait. Pour éviter la panique, elle eut recours à ce que Marie-Ange nommait la visualisation. Elle respira, leva les yeux vers le mur, et y projeta mentalement l'image d'une famille composée de cinq personnes : le père, la mère, les trois enfants. La famille… Jacquemin, par exemple. Non, pas Jacquemin, ça faisait penser à l'affaire Grégory. Disons plutôt Morin.

Donc, nous sommes début septembre, et la famille Morin au grand complet s'en va faire les courses au Super U de Meyssac. La petite dernière, appelons-la Maurine… Non, pas Maurine. (Maurine Morin, c'est nul.) Appelons-la Léa ou Camille.

Léa-Camille Morin, 11 ans, va entrer en classe de 6e. Sa liste de fournitures à la main, elle circule dans les allées où sont exposés des kilomètres de classeurs, de stylos-plumes et d'agendas, quand soudain elle stoppe net devant une palette de livres à la couverture chatoyante et désirable. *Oh, un guide !* s'extasie-t-elle.

*Un guide pour les filles de 9/13 ans ! Voilà ce qu'il me faut pour m'aider à franchir le cap de ma crise d'adolescence !* Léa-Camille s'empare d'un exemplaire avant de revenir vers le caddie familial en sautillant : « Maman, maman ! » Ses frères (deux grands dadais lobotomisés par les jeux vidéo) se sont éloignés pour feuilleter en douce les revues porno au rayon des magazines. La mère, que nous appellerons Christelle, voit sa benjamine arriver avec quelque chose à la main, peu importe quoi : pour Christelle, qui tient les cordons de la bourse, ce quelque chose signifie une dépense supplémentaire. Elle lui jette un regard oblique. *Qu'est-ce que tu m'as encore trouvé comme cochonnerie ?* Le père (nommons-le Jean-Luc) intercepte Léa-Camille et le livre. Sur la couverture chatoyante et désirable, le mot « guide » produit sur lui l'effet escompté : Jean-Luc se détend, supposant à juste titre qu'il s'agit d'un ouvrage éducatif, sérieux, dont l'achat serait par conséquent valorisant. *Combien ça coûte ?* demande Christelle. Jean-Luc, qui voue une adoration absolue à sa petite dernière, est déjà disposé à lâcher les 14,50 euros qui feront d'elle une adolescente bien dans sa peau. Il ouvre le bouquin, et tombe sur l'alinéa 6 du chapitre 1 : « Dois-je m'épiler ? » Cette question frontale désarçonne le père de famille et provoque chez lui une réaction d'hostilité : *C'est quoi ce bouquin qui parle de poils à mon trésor, à mon bébé d'amour ?* À ce stade de la visualisation, disons-le tout net, Jean-Luc Morin n'est déjà plus enclin à dépenser les 14,50 euros, mais lorsqu'il découvre un peu plus bas le mot « sexe », il referme le guide avec dégoût et dit à sa fille : « Ta mère a raison ! Va remettre cette cochonnerie où tu l'as trouvée. »

Fin du scénario, fin de la visualisation.

Personne n'achètera ce putain de guide. Ni au Super U de Meyssac, ni dans aucune autre grande surface. Et Léa-Camille Morin trouvera plein de vidéos sur YouTube qui lui expliqueront cent fois mieux comment, où, et avec quoi elle pourra épiler ses gambettes, ses aisselles, et même sa « zone génitale », que les youtubeuses appelleront sûrement (et sans se poser de question) sa « chatte ».

Valentine se leva de sa chaise, convaincue que l'entreprise était vouée à l'échec : les livres, les articles de presse, l'écriture en général, tout cela allait bientôt disparaître au profit exclusif de l'image, des tutos, des vlogs, des snap et j'en passe. C'était inéluctable, et à court terme ; comment l'éditeur ne s'en était-il pas encore rendu compte ?

*7 000 euros, 7 000 euros*, se récita-t-elle, mais le mantra n'eut aucun effet : elle était démobilisée.

Le moral dans les chaussettes, elle quitta la chambre, et s'en alla chercher un verre dans la cuisine. Au passage, elle nota sur les aiguilles de la pendule qu'il n'était que 17 heures. Et alors ? Existait-il une loi, dans ce pays en voie de décomposition, qui interdise à une citoyenne de s'envoyer une petite Suze à l'heure du thé ?

Elle n'avait pas plus tôt dévissé le bouchon, que Léon surgit dans la cuisine, suivi de Monette.

— Je croyais que tu faisais la sieste, s'étonna Valentine.

— Tiens ? Tu prends une Suze ? fit sa mère en retour. À cette heure-ci ?

— Juste un fond. J'ai du mal à me mettre au travail. Tu as dormi un peu ?

— Je me suis assoupie, soupira Monette en secouant la tête. Mais j'ai fait un horrible cauchemar et…

Valentine frappa la table du plat de la main.

— Ah non, maman !

Monette sursauta, puis se figea.

— Pourquoi tu cries ?

— Enfin ! Tu me fais marcher, ou quoi ? C'est la troisième fois que tu me parles de ce rêve !

— Mais je n'ai encore rien dit ! contesta Monette avec une sincérité désarmante.

Une bouffée de chaleur fit aussitôt transpirer Valentine.

Depuis quelques mois, ses hormones* lui jouaient des tours pendables. Ça montait d'un coup, sans prévenir, comme le lait dans une casserole. Une fois, elle était allée en Afrique (comme potiche au bras de Kostas, qui à l'époque était lui-même le porte-flingue d'un conseiller mieux placé que lui au ministère des Affaires étrangères, bref) et quand elle était descendue de l'avion, elle s'était crue en enfer, ou bien oubliée par la coiffeuse sous un de ces horribles casques. Ni l'un ni l'autre ! C'était *le climat* qui était comme ça : une bouffée de chaleur continuelle. Syndrome de préménopause pour tout le monde !

Bien décidée à combattre l'adversité, elle se servit un décilitre de Suze, et se l'envoya dans le gosier sous le nez de Monette.

— Tu m'inquiètes, finit-elle par lui dire en évitant de prononcer le mot « Alzheimer ».

— Pourquoi ?

— Parce que tu radotes ! Voilà pourquoi !

— Comment ça, je radote ? Tu sais déjà ce qu'il y avait dans mon rêve ?

— Oui ! Et je te le dis une fois pour toutes : je ne suis pas malade ! Tu as Alzheimer, ou quoi ?

De stupeur, Monette se raidit. Des larmes vinrent brouiller ses yeux clairs, et son visage s'affaissa si subitement que Valentine eut l'impression d'assister à une catastrophe naturelle, à un glissement de terrain en direct. Elle se précipita pour serrer sa mère dans ses bras.

— Oh je suis désolée, maman ! Pardon. Je suis maladroite et brusque. Je n'aurais pas dû te parler comme ça. C'est complètement idiot, je… C'est à cause de ce boulot, là ! Je n'arrive pas à m'y mettre, ça me tape sur les nerfs, tu n'y es pour rien.

Elle s'écarta, croisa le regard humide de sa mère et essaya de lui sourire.

— Bien sûr que tu n'as pas Alzheimer ! Tu veux un fond de Suze, toi aussi ?

Toute chavirée, Monette opina.

— Tu sais quoi ? surjoua Valentine. J'ai une idée ! On va emporter la bouteille, on va s'installer confortablement dans le séjour, je vais faire un feu dans la cheminée, et on va sortir le Scrabble. Ça te ferait plaisir ?

— Oui, d'accord, renifla Monette. Très bien.

Valentine mit son projet à exécution sous le regard placide du chat, car sitôt Monette de retour dans le séjour, il s'était réinstallé à son poste, en sentinelle sur le bord de la fenêtre. Les pattes sous le ventre, il tournait la tête d'un quart de millimètre à gauche, d'un quart de millimètre à droite en fonction des allées et venues de Valentine qui, en parlant à tort et à travers, transportait les journaux, le petit bois, les bûches, cherchait les allumettes, replaçait le plaid sur les genoux de sa mère, tirait la table basse près du fauteuil anglais, dépliait le plateau du Scrabble et positionnait les réglettes face à face pour commencer la partie.

— À toi de piocher ! dit-elle en s'asseyant enfin sur le pouf, dos à la cheminée.

— H, annonça Monette.

Valentine tira la lettre B.

— Pendant que tu réfléchis, tu nous sers encore une goutte ?

Après le deuxième verre, dans les reflets dorés du feu, le visage de Monette se para d'une grâce paisible. Dehors, l'après-midi tirait à sa fin, et Valentine contemplait les sept lettres de son tirage sans rien voir. Elle avait la tête ailleurs.

— Je crois que la première moitié de ma vie est terminée, lâcha-t-elle subitement.

C'était la conclusion d'un long monologue intérieur, la synthèse de maintes et maintes semaines de réflexion, l'expression d'une cassure qui s'était produite et qui aboutissait, en cet instant tranquille, à une sorte d'adieu à elle-même. Du haut de ses 81 ans, Monette n'eut pas besoin d'explications pour comprendre ce qu'éprouvait sa fille. Sans pathos, elle demanda :

— Et que comptes-tu faire de la seconde moitié, ma cocotte ?

— Pour le moment ? Une partie de Scrabble, sourit Valentine.

Se décidant, elle déposa l'une après l'autre six lettres sur le plateau, qui composèrent le mot MAISON.

Je n'ai pas mieux.

Elle sourit encore, et balaya du regard la salle de séjour qui, peu à peu, se nimbait des lueurs du soir. Les meubles, les rideaux, les babioles disposées ici et là, le tapis élimé, le fauteuil à oreilles, les livres de poche entassés dans les rayonnages, le vieux téléviseur, les photos punaisées derrière la porte, tout ici lui était doux et familier.

— Eh bien, moi… Scrabble ! fanfaronna Monette, impitoyable, en plaçant le mot BALÈZES, avec le S au bout de MAISON et le Z sur lettre compte triple. 96 points !

De mémoire familiale, Valentine n'avait jamais battu Monette à un jeu de lettres, ce n'était apparemment pas aujourd'hui que le rapport de force allait s'inverser.

— Et si je revenais vivre ici, à Lestrade ? dit-elle tout à trac.

Surprise par sa propre audace, elle versa de nouveau de la liqueur de gentiane dans leurs verres et la question flotta quelques secondes dans l'air parfumé par le feu de bois.

— Macron ou pas, raisonna encore Valentine, je pourrais larguer l'appartement de la rue Charles-Nodier pour recommencer quelque chose dans le coin, comme Anastase Perrin ? Maintenant que je suis condamnée à bosser en *free-lance*, il suffirait de faire installer l'ADSL, et je pourrais travailler à distance. Qu'est-ce que tu en dis ?

Elle chercha le regard de Monette et le trouva, bienveillant, mais inquiet.

— Dans cette maison, tu as toujours été chez toi, cocotte, tu le sais. Mais…

— Mais quoi ?

— Tu n'as personne, là-haut, à Paris ?

— Un amoureux, tu veux dire ?

— Je ne sais pas, quelqu'un de plus marrant que moi pour partager ton quotidien ? Pour sortir, pour…

Valentine eut une pensée pour Etgar75. Elle eut envie de rire, et secoua la tête. Après dix ans de célibat entrecoupé de relations plus ou moins passionnelles, plus ou moins sexuelles, mais toujours instables et coûteuses, elle était fatiguée. Elle avait supprimé son compte Facebook et arrêté de fumer exactement pour la même raison : la saturation.

— J'ai besoin d'autre chose, résuma-t-elle. Depuis quelque temps, tout est mélangé dans ma tête. Une chatte n'y retrouverait pas ses petits.

— Alors reste autant que tu voudras, lui dit gentiment Monette. Mais pour l'instant, ressers-moi un petit coup. Et joue ! C'est ton tour !

Ce soir-là, elles enchaînèrent quatre parties au cours desquelles Monette aligna cinq Scrabble, dont un assommant GLOXINIA (« C'est le nom d'une plante », dit-elle en guise d'excuse) qui couvrait deux fois la case mot compte triple et qui lui permit de marquer 218 points d'un coup.

À 22 heures, ivre morte, Valentine demanda grâce.

Lorsqu'elle revint dans sa chambre, la lumière bleutée de l'ordinateur lui rappela qu'elle n'avait toujours pas répondu à la question « Dois-je m'épiler ? ». Prise d'un fou rire nerveux, elle s'empara du clavier et tapa n'importe quoi jusqu'à se sentir moins soûle. Elle sauvegarda son charabia, éteignit l'ordinateur, et s'aperçut qu'elle n'avait rien mangé. Elle retourna chercher un morceau de fromage dans la cuisine, vida plusieurs verres d'eau, distilla dans le dernier ses gouttes de *Valeriana Officinalis*, alla prendre une douche bouillante, fit une caresse à Léon, et enfin, elle s'engouffra sous l'édredon en songeant à la vie nouvelle qui l'attendait. Ici. Avec sa mère. Avec le chat. Avec les arbres, la boue des chemins sous les semelles, l'air piquant, le feu de bois.

— Et moins de Suze, se jura-t-elle.

Elle chercha à tâtons la poire de la lampe de chevet.

Sur sa table de nuit, *La Fin de l'homme rouge* demeura résolument fermé.

# Chapitre 8

Il était un peu plus de 6 heures du matin lorsque Valentine fut réveillée par un jour laiteux et la pluie qui cinglait la fenêtre. Dans les vapeurs de sa cuite, elle avait complètement oublié de fermer les volets. Elle eut beau se flanquer un oreiller sur la tête en espérant se rendormir, ses pensées avaient déjà entamé leur ronde infernale et elle comprit que toute résistance serait vaine. Elle repoussa donc bravement l'édredon pour s'asseoir en tailleur au milieu des draps. Par la fenêtre, des troupeaux de nuages passaient derrière la rangée de hêtres dénudés bordant l'allée. Un vent tempêtueux dispersait les oiseaux, les bourrasques tourbillonnaient autour de la maison, dont la charpente gémissait comme un vieux gréement ; Valentine se demanda comment chasser la mauvaise humeur qui, déjà, la gagnait.

Lors de son dernier passage à Paris, Olympe lui avait offert un livre d'initiation au qi gong. On y trouvait des exercices et des méthodes d'auto-massages (antistress, antirides, antiblues) ; Valentine se maudit de ne pas l'avoir emporté. Elle fit de son mieux, toutefois, pour se rappeler les consignes de base. Elle relâcha les épaules, ne pensa qu'à sa respiration, puis entreprit de tapoter son crâne du bout des doigts. Elle appliqua ensuite ses pouces autour de l'orbite oculaire, trouva le point d'acupuncture situé sous l'œil, frotta avec vigueur les ailes de son nez, et tira les lobes de ses oreilles. Revigorée par cette gymnastique sommaire, elle décida de prendre les choses du bon côté. La météo était pourrie ? Parfait. Elle allait travailler toute la journée et d'ici ce soir, elle le sentait, elle aurait fait un sort au chapitre 1. Voire au chapitre 2 !

Elle se leva avec entrain, enfila une veste polaire, des grosses chaussettes et, ainsi accoutrée, fila vers la cuisine pour préparer un café fort.

En traversant le séjour, elle fut surprise de ne pas y voir Léon. Le mauvais temps, sans doute, l'avait poussé à se réfugier à l'étage ; elle l'imagina bienheureux, roulé en boule sur les pieds de Monette.

Une fois dans la cuisine, elle alluma la radio pour se tenir compagnie. Naturellement, le poste était calé sur France Inter, mais après les accusations de trahison lancées hier à son encontre, Valentine hésita à changer de station. Si elle tenait à refaire sa vie dans cette maison, mieux valait filer doux et en respecter les usages. Or l'usage voulait qu'à Lestrade, on écoute France Inter ou rien.

Pendant que le café passait en glougloutant (reléguant les voix des journalistes à un simple bruit de fond), Valentine entreprit de récurer l'évier au Cif. Puis le plan de travail, ce qui entraîna le déménagement provisoire de ce qui s'y accumulait depuis des lustres : boîtes, bocaux, pots, panier à épices et autres bricoles posées là un jour faute de savoir qu'en faire, et enfin la réinstallation de tout ce qui n'avait pas atterri à la poubelle.

Satisfaite, elle s'offrit une pause et un bol de café noir, debout devant la fenêtre. Sur France Inter, il était à présent 7 heures passées et l'élection présidentielle, dont la singularité des enjeux rendait tout le monde à moitié fou, monopolisait chroniqueurs, intervieweurs et experts. Elle tenta de leur prêter l'attention flottante, neutre et dépourvue de jugement que Marie-Ange lui accordait lorsqu'elle la recevait dans son cabinet. N'y parvenant pas, elle tint cinq minutes et préféra couper le son. Depuis quelque temps, elle se sentait en décalage avec les médias qui avaient si longtemps appartenu à son corpus idéologique. France Inter la fatiguait ; *Télérama*, *Libération* et *Le Monde diplomatique*, n'en parlons pas. Cela faisait partie d'un tout, d'un ensemble de changements profonds, de ce mouvement qui, depuis 2015 et les attentats à la rédaction de *Charlie Hebdo*, ébranlait chaque jour un peu plus les certitudes de Valentine. Était-elle toujours l'humaniste de gauche qu'elle était censée être ? Ou bien, pour reprendre les accusations de Monette, était-elle en train de devenir une affreuse réac de droite ?

Le jour se levait péniblement sur les coteaux ; au loin, les cimes des bouleaux ployaient sous les rafales. Elle sortit la confiture de framboises, grignota une ou deux biscottes et envisagea de passer à l'étape suivante : intérieur et dessus des placards, éradication systématique des toiles d'araignées qui proliféraient dans les angles de la pièce.

Alors qu'elle s'agitait, juchée sur une chaise, elle commença à réfléchir aux aspects concrets de son futur emménagement. Il faudrait en priorité faire installer Internet en haut débit. Ensuite, changer la voiture.

Ou si Monette s'y opposait vraiment, la convaincre d'élargir la porte du garage. Réaménager la cuisine, reconvertir une des chambres de l'étage en bureau – elle tenait à profiter de la vue. La liste était loin d'être exhaustive, et bien sûr, tout cela allait engendrer des frais mais ensuite, alléluia : elle n'aurait plus à débourser un centime de loyer ! Elle se lança, de tête, dans une série de calculs réjouissants, puisqu'il s'agissait essentiellement de soustractions : moins 850 euros de loyer, moins 73 euros de carte Navigo, moins 40 euros d'assurance… et plus elle additionnait les soustractions, meilleure son idée lui semblait. Quitter Paris était LA solution.

Après la cuisine, Valentine s'attaqua au séjour. Elle ramassa les verres et la bouteille de Suze presque vide, rangea le Scrabble, glissa le disque d'un quintette pour clarinette et cordes de Brahms dans le lecteur CD et s'équipa d'un chiffon propre pour faire la poussière.

C'est en époussetant les étagères de la bibliothèque qu'elle reconnut, posée sur une pile de *Cahiers du Cinéma*, la boîte à chapeau où Monette rangeait leurs photos de classe, à elle et Fred. Amusée, elle la descendit de l'étagère, la transporta jusqu'au canapé, et souleva le couvercle.

Elle mit de côté les photos de Fred puis tomba enfin sur les siennes, en l'occurrence l'année scolaire 77-78. *Classe de CM1 de Mme Boulesteix*, disait l'ardoise posée aux pieds de la jeune Valentine. Mais ce qui attira aussitôt son regard fut la silhouette d'un des élèves du deuxième rang. Elle avait été recouverte, – entièrement, consciencieusement – au marqueur noir. Valentine fronça les sourcils. Plus rien n'apparaissait sous ce badigeonnage, si bien qu'on n'arrivait même pas à savoir si l'élève était une fille ou un garçon. Intriguée, elle détacha la photo de son support en papier Canson et la leva vers la fenêtre, espérant y découvrir en transparence les traits de l'élève ainsi masqué. Mais le papier était épais, le marqueur indélébile, et rien ne filtra.

Elle déposa la photo devant elle sur le guéridon, et prit la suivante. Année scolaire 82-83, sa classe de 3e. On y voyait Valentine, assise au premier rang, veste en jean et bandana rouge autour du cou, tenant l'ardoise comme toujours. Cette fois, la photo était intacte, aucun élève n'avait été gribouillé. Mais lorsqu'elle piocha la suivante, elle eut un coup au cœur. C'était son année de CP, 74-75, et sur la rangée du fond, de nouveau, une petite silhouette disparaissait sous une couche de feutre noir. Qu'est-ce que ça voulait dire ?

D'une main hésitante, Valentine sortit une quatrième photo et rebelote, une des silhouettes était noircie ! Devant la répétition de cet étrange vandalisme, elle sentit son estomac se contracter. Qui avait pu faire cela, en dehors de sa mère ou de son frère ? Et surtout, pourquoi ?

Fébrile, elle entreprit d'examiner la totalité du contenu de la boîte à chapeau. Elle étala les clichés par terre, puis les classa par ordre chronologique. Depuis son entrée en maternelle (1971-1972) jusqu'à sa classe de terminale au lycée de Brive (1985-1986), elle compta quatorze photos. Sur neuf d'entre elles, quelqu'un avait pris soin de faire disparaître un visage et un corps. Les cinq autres, en revanche, étaient intactes. Et, mystère supplémentaire, impossible de mettre la main sur la photo correspondant à l'année 80-81, la terrible année de la mort d'Henri.

Au comble du trouble, Valentine leva les yeux vers le plafond. Que faire ? Monter et frapper à la porte de Monette au risque de la réveiller ? Brandir sous son nez les photos caviardées et exiger des explications ? Ou au contraire remettre tout ça dans la boîte, continuer le ménage, attendre patiemment qu'elle se lève pour enquêter en finesse ? Ou alors… appeler Fred ?

La clarinette et le quatuor de cordes, qui poursuivaient leur dialogue, conféraient à la scène une tension dramatique insupportable. Valentine se leva pour éteindre la chaîne, mais quand le silence retomba, elle se rendit compte que la musique n'y était pour rien : la tension était en elle, dans tout son corps.

Elle se baissa et choisit une des photos – celle de sa classe de 6e, 79-80. À l'époque, la plupart des élèves de son collège habitaient les environs de Lestrade et avaient auparavant fréquenté l'école primaire du bourg. Leurs parents les avaient emmenés, sans doute, aux projections du mercredi après-midi à l'Éden-Club. Elle avait été amie avec nombre d'entre eux, elle avait fait du sport avec certains, ou bien des boums, des séjours linguistiques. Ils avaient appartenu à sa vie, à son décor. Aussi, malgré le temps écoulé et son désir de laisser tout ça derrière elle, il lui semblait possible de se remémorer leurs noms, ou au moins leurs prénoms. Et ainsi, peut-être, de retrouver ceux de l'élève fantôme ?

Valentine emporta la photo dans sa chambre, ralluma son ordinateur, ferma sans état d'âme le fichier intitulé « Guide 9/13 », et en créa un nouveau qu'elle nomma « classe de 6e ».

Les premiers noms lui revinrent tout de suite : Sandrine Vialle, Valérie Magne, Carole Labrejac, ses trois meilleures amies au collège. Ensuite, ceux des garçons avec qui elle était sortie au fil des années, Yannick Paulin, Stéphane Humbert, Benoît Delpeyrac, Damien Bessens et le grand Franck Rondeau qui faisait rigoler tout le monde et embrassait comme un poulpe. Elle fut surprise de constater que d'autres visages, plus discrets, avaient imprimé leur trace dans sa mémoire : Priscilla Grosselin (que les garçons appelaient Gros-Seins), Philippe Cazès, Jean-Marc Pointu (le pauvre), Nadège quelque chose et le fils du maire, Antoine Genestoux. Elle se souvint également du nom de la prof de biologie qui posait avec la classe : Mme Schlumberger. Puis elle se rappela que José Pineira, debout au troisième rang, se faisait traiter de « sale Portos » ou simplement de « Tos » par la brochette d'imbéciles goguenards installés à côté de lui : David Soubeyran, Nicolas Jugnac et Rémi Petitjean, les caïds du village, les loubards de Seyssac. Elle hésita sur deux ou trois trombines. Lui, c'était peut-être Luc ? Ou Jean-Luc ? Et elle, Myriam, à moins que ce ne soit Muriel ?

Elle nota tout cela sur son fichier, en vrac, pour commencer. En comptant avec ses incertitudes, elle venait d'identifier peu ou prou dix-neuf élèves. Il ne lui manquait plus que cinq noms, dont celui du fantôme. Si elle avait pu, elle aurait aussitôt cherché sur des sites comme copainsdavant.com pour essayer de reconstituer la liste, mais cette foutue baraque n'était pas reliée au reste de la planète ! Elle allait par conséquent devoir extirper la Volvo du garage pour descendre à la médiathèque. Là au moins elle disposerait d'une connexion.

9 h 20, indiquait son ordi. Que Monette dorme encore ne l'étonnait guère, après leur soirée arrosée, même si dehors le vent mugissait et continuait d'arracher les branchettes, soulevant par paquets les feuilles mortes de l'automne précédent. C'était un temps à rester calfeutré, sauf cas de force majeure.

Valentine retourna dans le séjour, ramassa les photos éparpillées, et les rangea dans la boîte qu'elle replaça ni vu ni connu en haut de l'étagère, sur la pile de *Cahiers du Cinéma*. Prendre une douche l'aurait retardée, elle décida de s'en passer. Elle s'habilla comme la veille, glissa la photo de l'année 79-80 dans la housse de son ordinateur portable, prit les clés de la voiture dans le vestibule, et s'en alla dans la tempête, sans même verrouiller la porte.

## Chapitre 9

Dans les années 20, Lucien Cassagne, le grand-père de Valentine, avait acheté un relais de poste à l'abandon au bout de la rue principale pour en faire un garage automobile, le seul du canton. Pendant plus de trente ans, ce grand gaillard moustachu et fondu de mécanique y avait réparé les Delage, les premières Citroën, les fabuleuses Hispano-Suiza, avant qu'une arthrose sévère ne l'oblige à remiser ses outils. Au début des années 50, il avait légué le garage à son fils unique, Henri. Mais ce dernier n'avait ni la passion ni le talent de son père pour bichonner les moteurs. Après des disputes homériques, il avait décidé, contre l'avis du vieux garagiste, de transformer à son tour le bâtiment, et c'est ainsi qu'en 1955 le garage Cassagne était devenu l'Éden-Club.

Au début des années 60, tout le monde dans la région connaissait la salle de cinéma : 380 fauteuils fixés sur un plancher bateau, deux projecteurs National 35 mm, Cinémascope et ambiophonie, écran anti-éblouissement en toile aluminisée micro-perforée. Six séances par semaine ; trois les jours fériés.

Monette y venait chaque samedi, et souvent le dimanche, dans une robe à pois, sur sa bicyclette

Hirondelle. Entre deux projections de *La Dolce Vita* et des *Misfits,* Henri en était tombé amoureux.

L'Éden-Club avait été la deuxième maison de Valentine. Toute son enfance, elle y avait joué, dormi, mangé, chanté, et selon la programmation, pleuré ou ri à gorge déployée. Puis Henri avait été terrassé par cet infarctus, et plus rien n'avait été pareil. Grâce à un comité de soutien et à la mobilisation de certains élus, Monette était parvenue tant bien que mal à maintenir l'activité de la salle, mais quelques années après le décès de son mari, elle avait dû se résoudre à fermer, puis à vendre.

Aujourd'hui, il ne restait du cinéma qu'une façade et un fronton en ciment sur lequel on pouvait encore deviner le nom de l'ancien garage. Au cours de ces dernières décennies, l'espace avait été successivement occupé par un bowling, un restaurant, une boîte de nuit, et enfin, une coopérative de produits bio, « La cueillette du jardin ». Chaque fois qu'elle passait devant, Valentine éprouvait un mélange de nostalgie, de colère et de fatalisme. Une grande compassion, aussi, pour l'homme qui était mort tout seul, un soir de septembre, en faisant sa compta dans le petit bureau installé au-dessus de la salle de projection.

Elle gara la Volvo devant la mairie et sortit dans une ambiance de fin du monde. Des canettes de bière et de soda vides roulaient çà et là ; un calicot annonçant les prochaines festivités municipales s'était décroché du frontispice et claquait dans les bourrasques. Elle remonta son col, et marcha à grandes enjambées vers le fond du parking, où se trouvait l'entrée de la médiathèque.

Quand la porte coulissante se referma derrière elle, Valentine se sentit à l'abri. Elle avait toujours aimé les bibliothèques pour cette raison : on pouvait y entrer sans motif particulier, sans être inscrit, sans même un sou en poche, et à condition de ne pas déranger, personne ne vous demandait rien. Elle s'était toujours dit que si un jour elle devait se retrouver à la rue, elle se réfugierait dans une bibliothèque. Mais pour l'heure, elle n'était pas SDF (pas encore), et elle avait des recherches à mener.

Elle installa son ordinateur sur une table, entre les étagères des ouvrages documentaires, des usuels et des encyclopédies. Un homme et une femme étaient là, qui levèrent à peine le nez de leurs journaux à son arrivée. Sur le mur, une affichette avec les modalités de connexion et le code d'accès au wi-fi.

Valentine le recopia dans le champ de saisie, le cœur battant, et la page d'accueil du moteur de recherche s'afficha. Enfin, la modernité !

Elle consulta d'abord sa boîte mail. Elle y trouva une quarantaine de messages non lus, dont les trois quarts furent à mettre à la poubelle. Elle laissa de côté les appels à signer des pétitions contre ceci ou cela, les newsletters professionnelles auxquelles elle s'était abonnée pour se sentir encore dans le coup, et il lui resta finalement quatre messages personnels : un d'Hélène, qui tenait absolument à organiser un dîner avant les vacances de Pâques, un de l'éditeur du guide pour les 9/13 ans qui avançait l'échéance pour la remise du texte définitif (13 mai *dernier carat*), une photo marrante de Bianca adressée collectivement aux filles de la Gaîté depuis son centre de rééducation sur la côte basque (on la voyait débarrassée de son corset !) et un de Kostas qui, grand prince, lui proposait de faire jouer ses relations pour trouver un appartement en banlieue. *J'ai un ami à la mairie de Houilles*, écrivait-il. *C'est une banlieue agréable, tu y trouverais sans doute quelque chose dans tes prix.*

— Va te faire foutre, grogna Valentine avant de cliquer sur l'icône poubelle.

Elle sortit la photo de la housse de l'ordinateur et entra sur copainsdavant.com.

Le site suggérait une inscription en bonne et due forme afin de bénéficier des fonctionnalités avancées. Mettant de côté ses réticences habituelles, Valentine renseigna les champs obligatoires – identité, date de naissance, noms des établissements scolaires qu'elle avait fréquentés – puis elle inventa un mot de passe et valida.

Le moteur de recherche lui proposa aussitôt quelques anciens élèves qu'elle aurait pu croiser. Certains noms, en effet, lui étaient familiers. Elle bougea sur sa chaise, jeta un regard aux deux lecteurs de journaux silencieux et tourna l'écran de l'ordinateur vers le mur pour s'assurer que personne ne voie ce qu'elle était en train de faire. Il n'y avait rien de honteux à cliquer sur les profils des inscrits, néanmoins Valentine éprouvait une sensation de transgression, un peu comme lorsqu'elle s'était inscrite sur un site de rencontres. Cette fois, elle se sentait d'autant plus vulnérable qu'elle avançait à visage découvert, sous sa véritable identité.

Elle fit dérouler les noms, jusqu'à tomber sur un Nicolas Jugnac qui avait fréquenté le collège à la même époque qu'elle. Elle cliqua sur sa page. Il avait mis une photo, et elle reconnut instantanément le visage tout en longueur de ce garçon, un redoublant pas futé qui traînait avec les cancres. Nicolas Jugnac avait désormais 50 ans, il vivait à Toulouse, marié, trois gosses, et affichait fièrement sa profession de technicien dans la téléphonie. *Comme quoi*, pensa Valentine. Mais ce qui l'intéressait, c'étaient les photos de classes alignées dans le menu déroulant, à droite du profil de Nicolas. Elle cliqua sur chacune, espérant y retrouver celle de leur classe de 6e, intacte. Pas de chance, elle n'y était pas.

Valentine revint à la liste des élèves, et recommença la manœuvre à partir d'autres noms suggérés. Elle apprit ainsi que Benoît Delpeyrat (à qui elle avait roulé deux ou trois patins en classe de 4e) habitait à Rome, et qu'il travaillait dans le tourisme. Que le discret Jean-Marc Pointu, divorcé, père d'un enfant, exerçait une profession agricole en Dordogne, et que la pauvre Priscilla Grosselin s'était mariée à un certain Vandenbreuck qu'elle avait suivi dans le Nord. Malheureusement, aucune des photos de classes rattachées à ces trois-là ne correspondait aux siennes, et elle faillit se décourager. Ce retour vers un passé qu'elle avait tenu si longtemps à distance pesait sur sa poitrine ; elle n'éprouvait aucun plaisir à fouiller, aucun amusement à retrouver ces visages vieillis, ces bouilles d'enfants déguisés en quinquagénaires souriants. Ce qui la poussa à continuer n'avait rien à voir avec la nostalgie, mais avec l'urgence du présent : elle était désormais convaincue que seule Monette avait pu effacer, à coups de marqueur indélébile, la figure de cet élève sur la photo. Et plus elle y pensait, plus cet acte lui paraissait dérangeant.

Parmi la liste des noms surgis de l'enfance, elle finit par repérer celui de Carole. Carole Labrejac, avec qui Valentine avait partagé tant de mercredis après-midi, de fous rires et de confidences, jusqu'à ce qu'un déménagement les éloigne, l'année de leurs 14 ans. Elle était là, sur le site, avec la même tête qu'autrefois, sérieuse, jolie comme un cœur. Elle ne disait rien d'elle, à part son lieu de résidence dans les Alpes maritimes, mais sur la droite de l'écran, il y avait LA photo : celle de l'année 79-80.

Valentine cliqua dessus et l'agrandit au maximum. C'était celle dont le tirage papier se trouvait posé devant elle sur le clavier de l'ordinateur sauf que sur l'écran, aucune silhouette du deuxième rang ne disparaissait sous un barbouillage de feutre. À la place de l'élève mystère, il y avait le visage, le corps d'une fille que la mémoire de Valentine identifia aussitôt : Claire Macieira.

La tension retomba d'un coup et Valentine sentit son buste qui s'affaissait malgré elle contre le dossier de la chaise.

Claire Macieira : ce nom, ces traits, appartenaient bel et bien au paysage de son enfance, même s'ils n'avaient jamais figuré au centre, seulement sur les contours. Pour Valentine, Claire était l'éternelle camarade de classe, discrète, un peu insignifiante, qu'on retrouvait année après année, et qui ne faisait pas de bruit, pas d'étincelle ni d'ombre. Celle qu'elle oubliait de citer le jour de la rentrée lorsque Monette lui demandait avec qui elle était, celle que personne ne pensait à convier aux anniversaires. Et soudain, quarante ans plus tard, voilà que cette fille prenait de l'importance, une consistance extraordinaire.

Valentine revint sur la page d'accueil du site et écrivit le nom et le prénom de sa trouvaille dans le champ de recherche. Aucun résultat.

Elle quitta donc Copains d'avant pour effectuer la même recherche directement dans Google, mais là non plus, rien de probant.

Évidemment, songea Valentine, son ancienne camarade de classe avait pu changer de nom en se mariant, ce qui compromettait ses chances de la retrouver.

Elle leva les yeux de l'écran. Sur sa gauche, entre deux étagères, la baie vitrée laissait voir l'extérieur, le ciel tourmenté, le clocher de l'église et le parking de la mairie. Quelle folie avait bien pu s'emparer de Monette pour qu'elle se mette à barbouiller la tête de Claire Macieira sur ses photos de classe ?

Le mieux, c'était encore de lui poser la question.

Décidée à retourner à Lestrade, Valentine referma son ordinateur, rangea la photo dans la housse, se rhabilla, salua d'un hochement de tête les deux lecteurs de journaux et se dirigea vers la sortie. Mais comme elle passait devant le comptoir de prêt, une voix l'interpella par son prénom. Valentine sursauta, et tourna la tête. Une femme lui souriait, petite, brune, les cheveux bouclés, manifestement heureuse de la voir ici.

— Tu ne me reconnais pas ?

— Désolée, s'excusa Valentine, je…

— Oh non, ne t'excuse pas. Ça fait tellement longtemps, continuait de sourire la femme. J'ai beaucoup changé depuis l'époque de l'Éden-Club.

La petite brune posa le livre qu'elle était en train de lire sur le comptoir et vint à la rencontre de Valentine.

— Je suis Agnès, dit-elle. La fille de Georges !

— Georges ? répéta Valentine. Georges Eckstein ? Le projectionniste ?

— C'est ça ! La petite Agnès ! La sale gosse qui sautait toujours sur les fauteuils, tu te rappelles ? Combien de fois je me suis fait engueuler par ton père !

— Agnès, murmura Valentine. Ça alors !

Elle eut un éblouissement, une bouffée de chaleur lui coupa soudain la respiration. Elle retira son écharpe, l'arracha, plutôt, comme si celle-ci menaçait de l'étrangler.

— Mince, s'inquiéta Agnès. Tu veux un verre d'eau ?

Valentine fit signe que oui et, tandis qu'Agnès courait chercher l'eau, elle chancela jusqu'à la première chaise qui se présentait, lâcha son ordinateur sur le comptoir de prêt, et déboutonna son manteau. Elle suffoquait. Son cœur tapait entre ses oreilles et il lui fallut fermer les yeux quelques secondes.

Quand Agnès lui tendit le verre, elle se jeta dessus et le vida à moitié.

— Eh bien, sourit Agnès. Désolée de te faire autant d'effet ! Tu veux quelque chose à manger ?

Avant que Valentine ait le temps de répondre, la bibliothécaire lui apporta un paquet de madeleines.

— J'en ai toujours dans mon tiroir. Premiers secours, plaisanta-t-elle.

Au bord de l'évanouissement, Valentine se força à manger un gâteau, puis elle avala le reste du verre d'eau, respira profondément plusieurs fois et sentit enfin le malaise refluer.

— Tu es pâle comme un linge, constata Agnès. Tu comptais reprendre ta voiture ?

— Je rentrais, oui.

— Pas question de te laisser repartir pour l'instant, affirma la bibliothécaire. Avec ce vent, en plus, c'est un coup à se retrouver dans la ravine.

Valentine en fut contrariée, mais elle dut admettre qu'elle ne tenait pas debout.

— On ferme dans une heure, ajouta Agnès. Je t'emmène dans les coulisses. Il y a un endroit pour s'allonger.

Elle lui offrit son bras ; Valentine s'y accrocha sans protester.

La réserve de la médiathèque était sombre, encombrée de chaises et de piles de livres, mais dans un coin, quelqu'un avait installé un lit de camp derrière un paravent.

— Notre responsable est une adepte des siestes expresses, expliqua Agnès.

Valentine se sentit mieux une fois à l'horizontale, et encore mieux lorsque d'un geste maternel, Agnès déplia sur elle une couverture. Elle avait froid, à présent. C'était le contre-coup.

— Repose-toi. Je reviens dans une heure.

— Mon ordinateur…, souffla Valentine.

— Tu veux que je te l'apporte ?

Elle hocha la tête, mais le temps qu'Agnès aille le récupérer sur le comptoir de prêt, elle s'était endormie.

Elle ressuscita en sursaut, cueillie en plein rêve par la lumière crue des néons du plafonnier.

— Je ne savais plus comment te réveiller, s'excusa Agnès. Comment tu te sens ?

Valentine se mit sur un coude, bascula sur le côté et, une fois assise, put affirmer que ça allait. Elle était un peu sonnée, mais elle pouvait se lever et marcher.

— J'ai posé ton ordinateur ici, dit Agnès en montrant la table qui servait à couvrir les livres. Je te demande pardon, mais en le prenant, j'ai fait tomber le document qui était dans la pochette. Quand j'ai vu que c'était une photo d'école, je n'ai pas pu m'empêcher de la regarder.

Elle tordit la bouche, embarrassée :

— C'est toi qui as… ?

Valentine poussa un soupir.

— Non, je l'ai trouvée comme ça.

Constatant qu'Agnès la dévisageait d'une manière étrange, elle se sentit obligée de se justifier, de lui raconter son ménage matinal, la boîte à chapeau, puis ses recherches sur Internet. Finalement elle lâcha le nom de Claire Macieira.

— Ça te dit quelque chose ?

— Non, reconnut Agnès. Mais tu sais, j'étais trop jeune à l'époque. Vous, vous étiez les « grands ». Si mon père n'avait pas travaillé avec le tien au cinéma, je ne t'aurais pas fréquentée. Qui a pu faire ça, d'après toi ?

— Le gribouillage au feutre ?

— Oui.

— Franchement, je ne sais pas, mentit Valentine.

Agnès enfila son manteau, éteignit le plafonnier, et conduisit Valentine au bout d'un long couloir à l'arrière du bâtiment, vers la sortie de secours. Avant d'ouvrir la porte, elle se retourna.

— C'est beaucoup d'émotions, tout ça. Pas étonnant que tu fasses des malaises.

— Non, je t'assure, ça va. Je me suis juste réveillée un peu trop tôt ce matin.

— Je sais ce que c'est, compatit Agnès. Georges est mort il y a trois ans. Tu étais au courant ?

Valentine secoua la tête et s'empressa de bafouiller quelques mots de condoléances maladroits.

— C'est pour ça que je suis revenue ici, continua Agnès, la main sur la poignée de la porte. Ma sœur vit en Australie depuis la fin de ses études, il fallait bien que quelqu'un vienne trier les affaires de papa… Au début, je voulais tout vendre et retourner à Paris. J'avais une bonne place là-haut. Et puis finalement, les choses ont traîné avec le notaire, j'ai commencé à douter et à me dire que la vente n'était peut-être pas une bonne idée. Quand j'ai su qu'un poste se créait à la médiathèque, j'ai candidaté. Si bien que j'habite la maison de mon enfance, maintenant. Tu te rappelles ? L'ancienne boulangerie, un peu plus haut ? C'est facile à trouver. Si jamais tu veux passer…

— C'est gentil, sourit Valentine. Mais j'ai beaucoup de travail, je ne peux rien te promettre. Une commande à rendre bientôt. Pour un éditeur de guides.

— Je comprends, acquiesça la bibliothécaire. C'est super que tu sois occupée dans un moment pareil. Mais au cas où, sache que la porte est ouverte. Et si tu viens, tu tomberas sur une tête connue !

Ayant dit cela avec un brin de malice, elle désigna l'ordinateur que Valentine avait calé sous son bras.

— En étant plus jeune de cinq ans, je ne risquais pas de sortir avec un garçon de ta classe, mais en vieillissant, cinq ans, qu'est-ce que c'est ?

— Tu veux dire que…

— Exactement ! On s'est mariés l'année dernière. Si tu viens prendre l'apéro, tu le verras. Je suis sûre qu'il se souvient de toi. Après tout, tu étais un peu la vedette du collège. Et peut-être que lui, se rappellera cette Claire.

Là-dessus, elle appuya vigoureusement sur la poignée de la porte anti-incendie, et le vent s'engouffra dans le couloir, obligeant Valentine à se taire et à baisser la tête.

Elles sortirent, Agnès donna un tour de clé, et elles contournèrent le bâtiment à la hâte pour regagner le parking, relevant leurs cols. Avant de s'installer au volant, Valentine se retourna.

— C'est d'accord ! dit-elle en criant pour couvrir le vacarme du vent. Quand est-ce que je peux passer pour cet apéro ?

Agnès sortit le menton de son col.

— Ce soir ? 19 heures ?

# Chapitre 10

Le temps qu'elle remonte à Lestrade, il se mit à pleuvoir. Emportées par le vent, les gouttes cinglaient le pare-brise comme des paquets de mer et Valentine renonça à rentrer la Volvo dans le garage. Elle se gara au pied du perron (tant pis pour ce que dirait Monette), récupéra son ordinateur sur le siège passager, cavala jusqu'en haut des marches, et s'arrêta net sous la marquise. La porte était entrebâillée. Immobile dans l'embrasure, Léon avait l'air du sphinx s'apprêtant à lui soumettre l'énigme d'Œdipe.

— Eh bien ? C'est toi qui as ouvert ? demanda-t-elle.

Impavide, le chat l'accompagna dans le vestibule, où quelques débris végétaux poussés par les bourrasques jonchaient le carrelage. Elle referma la porte en douceur, et écouta la maison. Il était un peu plus de midi et demi. Monette était sûrement levée. Elle posa son ordinateur sur la commode, accrocha son manteau par-dessus les pulls et les imperméables à l'abandon, puis toujours précédée du chat, entra dans la salle de séjour. Là, elle fit un bond en arrière et hurla de peur.

— C'est moi, c'est juste moi ! voulut la rassurer le type assis sur le canapé en tenue de cycliste.

Il levait les mains comme un repris de justice, son téléphone dans la main droite.

— Tout va bien, Valentine ! Du calme !

Agrippée au montant de la porte, Valentine essayait de reprendre sa respiration.

— Je suis désolé, dit encore le cycliste en secouant la tête. Je pensais que tu verrais mon vélo dans le garage et que tu comprendrais.

Valentine ferma les yeux, avala sa salive, et lâcha un soupir.

— Merde, Fred. T'es dingue de me faire un coup pareil !

— Je viens d'arriver. J'étais en train de t'écrire un message pour te prévenir, mais j'ai pas eu le temps de…

Il abandonna son téléphone sur le canapé et se leva. Ils ne s'étaient pas revus depuis début décembre. Dans l'intervalle, contrairement à Valentine, Fred avait maigri. Il n'était pas aussi sec qu'à 20 ans, bien entendu, mais c'était tout de même spectaculaire.

— Comme tu le vois, je suis un peu sale. Mais je peux venir t'embrasser ?

Il s'avança vers elle, les pieds en canard (les cales sous les chaussures de vélo rendaient la marche un peu maladroite), puis se pencha pour poser un baiser rapide sur la joue de sa sœur ; il puait la transpiration.

— Je ne savais pas que tu t'étais remis à rouler, grimaça Valentine. Il est super moche, ton maillot.

— Pff, tu n'y connais rien : c'est celui que portait Pantani quand il a gagné à l'Alpe d'Huez en 95. Il est splendide.

Content de lui, Fred bomba le torse et écarta les bras.

— Tu as vu ça ? Trois petites sorties par semaine et deux grosses le week-end. Je fais le métier. En trois mois, j'ai perdu onze kilos. Et surtout, j'ai l'impression d'avoir rajeuni de vingt ans !

— Bravo, fit Valentine sans enthousiasme. Et qu'est-ce que tu fais là ? Tu passais dans le coin ? demanda-t-elle un peu narquoise, car Fred habitait les environs d'Angoulême, cent cinquante kilomètres plus au nord.

— Je suis en congé depuis hier. J'avais besoin d'un but. Je me suis dit que j'allais venir jusqu'ici. Pour voir Léon.

— Arrête. Tu savais que j'étais là, c'est ça ?

Fred hocha la tête.

— Geneviève Champdavoine m'a appelé.

— Bingo.

— Elle t'a croisée hier matin. Tu revenais d'un tour dans les bois, paraît-il. Elle a jugé bon de me prévenir.

— Je vois.

Fred retira ses chaussures et alla les déposer dans le vestibule, où il enfila une paire de vieilles pantoufles et un cardigan informe trouvé parmi les nippes suspendues là.

— Je meurs de faim, annonça-t-il. Pas toi ?

Valentine le suivit jusqu'à la cuisine en traînant les pieds. L'arrivée inopinée de son frère la contrariait au plus haut point, elle se sentait incapable de cacher sa mauvaise humeur.

— Tu as fait le ménage, constata-t-il.

Puis, ouvrant le frigo :

— Et les courses, aussi. Une grosse omelette, ça te dit ? Avec des lardons ?

Valentine se retint de lui dire qu'elle prévoyait d'utiliser les lardons pour une quiche. Tandis qu'il cherchait une poêle, elle s'adossa contre le placard et croisa les bras, l'air buté.

— Cent cinquante bornes avec ce vent, il faut le vouloir. Tu aurais pu attendre un jour ou deux, non ?

— Non, répondit simplement Fred en craquant une allumette sous la poêle.

Ce « non » sans appel fit taire Valentine. Elle le regarda casser six œufs dans un saladier, les battre à l'aide d'une fourchette, et mettre les lardons à revenir tandis que des pensées hostiles surgissaient dans son esprit. Son frère avait toujours été un emmerdeur. Un emmerdeur doublé d'un phallocrate autoritaire ; elle avait juste envie qu'il disparaisse.

— Tu l'aimes baveuse ? s'enquit Fred en versant le contenu du saladier sur les lardons frémissants.

Un instant plus tard, Valentine se retrouva malgré tout assise en face de son frangin, en train de manger sa foutue omelette, pendant que Léon rôdait entre les pieds de leurs chaises en quête d'une miette à récupérer. Fred se baissa pour lui caresser la tête.

— Pauvre matou, soupira-t-il.

— Léon va très bien, répliqua sèchement Valentine. Regarde-le. Il a le poil soyeux.

— Si tu veux. De toute façon, il va y avoir du changement pour lui aussi. (Il prit une profonde inspiration.) J'ai eu le notaire au téléphone.

*Et voilà ! Nous y sommes !* songea Valentine. Le mot était lâché, et elle constata au passage qu'il comptait sept lettres ; Monette aurait été contente. Rien que pour l'embêter, elle eut envie de faire l'étonnée, de dire : « Comment ça ? Quel notaire ? » Mais à quoi bon ? Maintenant que Fred était là, dans son affreux maillot, son cuissard taché de boue et son nouveau corps d'athlète, elle ne pouvait plus faire abstraction de lui. Ni du reste, hélas.

Elle s'en voulait. Mais pourquoi avait-il fallu qu'elle sorte hier matin ? Pourquoi avait-elle pris le risque de passer par la route ? Elle le savait, pourtant, que cette fouine de Geneviève sillonnait le canton à bord de sa voiturette ! Et encore, si elle ne s'était pas écorché la main, si elle n'avait pas perdu un bouton, si elle n'avait pas eu cet air paumé de la fille qui descend de son arbre, peut-être que la responsable du service de portage de repas à domicile n'aurait rien remarqué.

— Qu'est-ce qu'elle t'a dit au téléphone ?

— Mme Champdavoine ?

— Oui.

Fred termina son omelette, vida son verre d'eau, et regarda sa sœur droit dans les yeux.

— Elle m'a dit que tu avais l'air bizarre. Comme l'autre fois, début décembre.

Le dos raide, les mâchoires serrées, Valentine soutint son regard. Et alors, t'es de la police ? avait-elle envie de lui hurler. Tu me surveilles, c'est ça ? Tu me fliques ? Tu te crois supérieur parce que tu as un an de plus ? Tu te crois plus malin, avec ton sport et tes muscles ? Tu cherches à m'écraser, comme d'habitude ? Au lieu de quoi, elle demeura silencieuse, en proie à une nouvelle crise de panique. Ce qu'elle s'était efforcée de mettre à l'écart, ce qu'elle avait voulu nier, repousser, toute cette ignoble *réalité* lui revenait en pleine poire avec la violence d'un coup de poing.

— Pour être franc, j'ai eu peur que ça te fasse un choc de revenir ici toute seule, continua Fred.

— Je ne suis pas seule.

Elle laissa un silence et Fred lui jeta un regard inquiet, pointu comme une flèche. Elle s'en amusa.

— Je parlais du chat. Qu'est-ce que tu t'imagines ?

Il faillit répliquer sur le mode agressif, mais il préféra se pincer les lèvres. Avec sa sœur, s'il voulait maintenir le dialogue, il avait intérêt à ruser. Il poussa son assiette, posa ses mains sur ses cuisses, et il regarda autour de lui comme un visiteur venu d'une autre planète.

— Tu es arrivée quand ? demanda-t-il.

— Avant-hier.

— Et depuis ton arrivée, tu…

Valentine croisa de nouveau les bras et reprit son air buté en attendant qu'il finisse sa phrase. Elle aurait parfaitement pu la compléter elle-même, cette phrase, mais elle n'avait pas l'intention de lui faciliter la tâche.

— Valentine…, gémit son frère.

— Quoi, « Valentine » ? Qu'est-ce que tu veux savoir ? Vas-y, accouche !

Cherchant sans doute le courage qui lui manquait, Fred ferma les yeux un instant. Lorsqu'il les rouvrit, Valentine se figea sur sa chaise, sa colère refroidie. Ce qu'elle lisait dans ce regard, ce n'était pas du mépris. Ni de la moquerie, ni de la pitié, ni quoi que ce soit de déplaisant. C'était autre chose. Une inquiétude sincère doublée d'une affection, d'un amour désarmé. Elle se rendit compte qu'elle n'avait pas vu autant de tendresse dans le regard d'un homme depuis des lustres, ce qui la chamboula complètement. Elle tenta de gagner du temps.

— Tu as vraiment roulé depuis chez toi jusqu'ici, malgré cette tempête ? Pour me voir ?

Il hocha la tête.

— Je suis parti de la maison à 6 heures ce matin. Il faisait à peine jour.

— Je sais, murmura Valentine, j'étais réveillée. Et Laura ?

Fred chassa la question d'un haussement d'épaules.

— L'important, c'est toi. Je me suis arrangé avec FX. J'ai pris huit jours de congé. Je reste.

Le menton de Valentine se mit à trembler. La douceur inattendue de Fred fragilisait son système de défense. Comble de malchance, ce fut ce moment que choisit le chat pour sauter sur la table et venir vers elle, à pattes de velours, avec une évidente envie de caresses. Ce chat ! Ce malheureux chat qui avait tenu compagnie à Monette durant ces huit dernières années… Elle le prit contre elle, et Léon se laissa faire.

Il était le dernier à avoir vu Monette vivante. Le dernier à qui, peut-être, Raymonde Cassagne née Bech avait adressé une parole, un sourire, voire (la connaissant) une réprimande. Depuis, Valentine prêtait à Léon des qualités magiques. Il était devenu le veilleur, le psychopompe, l'incarnation de l'âme de sa mère ; c'était pour cette raison qu'elle s'était tant bagarrée, refusant de l'arracher à cette maison. Tant qu'il restait là, Monette aussi : telle était sa conviction.

Elle renonça d'un coup à faire semblant et ses larmes tombèrent en cascade sur le pelage de Léon. Déjà, en décembre dernier, Fred avait menacé de l'envoyer à l'hôpital psychiatrique ; cette fois, elle allait devoir mettre le paquet pour lui démontrer qu'elle maîtrisait la situation.

— Tu te rappelles quand on attaquait les diligences depuis la grosse branche du châtaignier ? finit-elle par demander.

Fred répondit d'un signe de tête. Bien sûr qu'il s'en souvenait.

— Toi et moi, on savait bien qu'il n'y avait pas de diligence, continua Valentine d'une voix tremblante. Et pourtant, on arrivait à y croire. On la *voyait* !

— C'est vrai, mais on était des gosses.

— Et alors ? Pour moi, aujourd'hui, c'est pareil. Je sais que maman est morte, se força à énoncer Valentine (et elle serra le chat contre elle), mais je n'arrive pas à l'accepter. J'ai besoin de temps, c'est comme ça. J'ai besoin d'une transition, d'une bulle où je peux continuer à la croire vivante, à lui parler… Même ses coups de gueule et sa mauvaise foi me manquent, Fred. Alors je joue. Comme une gamine. Et ça marche : je la *vois*. Je l'entends. Je sais que c'est une illusion, mais ça me réconforte. Est-ce que tu comprends ?

Les larmes de Valentine dégoulinaient et Fred eut le plus grand mal à contenir les siennes. Le 25 novembre dernier, lorsqu'il avait appris le décès brutal de leur mère, il avait senti, lui aussi, des fissures apparaître à la surface de son monde bien ordonné. Ce n'était pas faute, pourtant, d'avoir compagnonné avec la mort. Mais contrairement à l'infarctus d'Henri, la chute de sa mère l'avait cueilli à un moment où lui-même se sentait vulnérable et vieillissant : son boulot ne le passionnait plus autant qu'avant, sa femme ne le faisait plus bander, ses enfants l'emmerdaient. Alors après l'enterrement, au lieu de tout casser ou de sombrer dans la mélancolie, dans un éclair de génie, il avait tiré son vieux vélo du garage. En voyant son Colnago couvert de poussière, il s'était soudain demandé ce qu'il avait foutu pendant les vingt années qui venaient de s'écouler. Vingt ans sans monter sur cette selle ! Un millier de week-ends passés le cul sur son canapé, à s'abrutir de télé ou à picoler avec les voisins, les collègues, les parents d'élèves : à quoi ça avait rimé ?

En quelques heures, il avait changé les câbles et les boyaux, graissé le pédalier et la direction, remplacé la guidoline, avant d'exhumer cuissards, maillots et chaussures, qui dormaient dans des cartons. Il avait cru ne jamais pouvoir remonter la fermeture Éclair d'aucun maillot à cause de sa bedaine, mais à force de volonté, il y était parvenu et, faisant fi du ridicule, il était parti, tout seul sur la petite route, le cœur soudain léger, le sourire aux lèvres, à la reconquête de lui-même. Valentine avait raison. La mort de Monette engendrait un désir, une nécessité impérieuse de revenir en arrière, à l'état d'enfance.

— Je connais mes limites, Fred, plaida encore Valentine. Je fais la part des choses. C'est juste un moyen que j'ai trouvé pour atténuer mon chagrin, pour…

Rassasié de caresses, Léon lui échappa, et à regret, Valentine le regarda filer vers la pièce voisine. Elle poussa un soupir, revint à Fred et acheva sa phrase.

— Pour ne pas devenir dingue, justement.

— OK, dit Fred. Je te crois.

Dehors, le vent grondait toujours ; on l'entendait qui mugissait dans le conduit de la cheminée et faisait trembler les vitres dans leurs châssis. Le frère et la sœur – petits orphelins de 50 ans – demeurèrent immobiles et silencieux, humbles face à ce déchaînement extérieur qui se substituait au déchaînement de leurs propres émotions.

Le matin du 24 novembre 2016, Monette avait fait une chute dans la salle de bains, à l'étage. Une glissade idiote en sortant de la douche. Sa tête avait cogné le rebord du lavabo, mais d'après le médecin, l'hémorragie cérébrale était probablement la cause et non la conséquence de la chute. Geneviève Champdavoine, l'employée de la mairie qui lui apportait ses repas tous les deux jours, l'avait trouvée le lendemain midi, inerte et nue sur le carrelage froid.

Le soir même, Valentine et Fred étaient à Lestrade. Les jours suivants, incrédules, ils avaient dû affronter les démarches, les coups de fil, la paperasse et l'organisation de l'enterrement. Surtout Fred, en vérité, car Valentine, submergée, n'était bonne qu'à errer de pièce en pièce en brassant de l'air. Il avait passé des dizaines de coups de fil. Répété comme un robot ces mots absurdes : « Monette est morte. L'enterrement aura lieu mercredi prochain. »

La veille de l'inhumation, alors que toute la famille était réunie dans la maison, Valentine avait éprouvé le besoin d'être seule un instant. Abandonnant la table du dîner où les conversations se croisaient, elle s'était réfugiée dans le séjour, auprès de Léon, pelotonné sur le rebord de la fenêtre. Soudain, le chat avait sauté de son perchoir et s'était dirigé vers le vestibule. Alors qu'il franchissait le seuil, il s'était retourné pour regarder Valentine. S'il avait été doué de parole, il lui aurait dit : « Viens, suis-moi » ; elle l'avait suivi, d'abord dans le vestibule, puis sur la première marche de l'escalier.

— Tu veux m'emmener là-haut ? s'était-elle affolée.

Depuis son arrivée, elle n'avait pas trouvé le courage de monter. Mais ce soir-là, conduite par Léon marche après marche, elle était parvenue à l'étage, et c'est à partir de là qu'elle avait commencé à croire que le félin possédait un don.

Elle s'était avancée jusqu'à la chambre de sa mère, puis, se mordant l'intérieur des joues, elle avait poussé la porte.

Cinq jours après le drame, rien n'avait bougé dans la pièce. Les volets étaient fermés, le lit défait, les draps chiffonnés, comme si Monette venait de se lever. Il y avait un livre sur la table de chevet, posé à l'envers et lu aux trois quarts : *La Fin de l'homme rouge*, de Svetlana Alexievitch. Sur le pêle-mêle au-dessus du lit, les tracts, les photos et les vieux programmes de l'Éden-Club prenaient la poussière, et sur une chaise face à la coiffeuse, il y avait ce châle en laine que Valentine avait offert à sa mère pour un anniversaire. Elle s'était approchée. Elle avait pris le châle et plongé son visage dedans pour respirer son odeur et y étouffer un cri. Lorsqu'elle avait relevé la tête, Monette était là, qui se reflétait dans le miroir de la coiffeuse.

Sur le coup, évidemment, Valentine avait eu peur, mais pas tant du fantôme (il n'avait rien d'effrayant, au contraire) que de sa propre capacité à le percevoir.

Que se passait-il dans son cerveau ? Était-elle en train de perdre la boule à cause du chagrin ?

— Dis donc, ma cocotte, tu ne sais pas où j'ai pu mettre mes lunettes ? lui avait alors demandé Monette (le fantôme).

Médusée, Valentine n'avait pas répondu. De son vivant, sa mère était tout le temps à la recherche de ceci ou cela ; morte, elle conservait apparemment cette manie d'égarer ses affaires.

Puis, comme l'hallucination perdurait et que Valentine ne voyait pas quoi faire d'autre, elle avait mis sa raison entre parenthèses et elle s'était lancée, avec Monette (le fantôme), dans une perquisition de la chambre jusqu'à ce qu'elle retrouve les lunettes, tombées derrière la table de nuit.

Finalement, c'est Olympe qui avait mis fin à son délire. Quand Valentine avait entendu la voix de sa fille qui l'appelait depuis le vestibule, elle avait préféré redescendre fissa pour l'empêcher de la rejoindre et, peut-être, de tomber nez à nez avec la morte, debout sur ses deux jambes. Bien sûr, elle n'avait rien dit à personne, pensant avec une sorte de logique que le phénomène d'apparition ne se reproduirait plus après l'enterrement, puisque le *corps* de Monette serait alors sous la terre, enfermé dans une boîte.

Mais la logique n'avait rien à voir là-dedans.

Le lendemain de l'inhumation, Monette était revenue. Plus exactement elle s'était assise sur le lit de Valentine au moment où celle-ci croyait s'endormir. Et à partir de là, chaque fois qu'elle était seule, Valentine avait pu non seulement voir sa mère, mais lui parler, dialoguer avec elle, exactement comme avant.

Les membres de la famille étaient partis les uns après les autres, jusqu'à Fred qui devait reprendre le boulot à l'agence. « Je vais rester un peu », lui avait annoncé Valentine, libre comme l'air depuis qu'elle était au chômage. « Tu es sûre que c'est une bonne idée ? » s'était inquiété son frère. Elle l'avait convaincu que oui, et le dimanche après-midi, elle s'était retrouvée enfin seule à Lestrade.

Le mercredi suivant, Geneviève Champdavoine, qui passait à l'improviste pour prendre des nouvelles, avait surpris Valentine dans la cuisine, attablée devant deux assiettes, en pleine conversation avec le vide et totalement sourde au reste du monde. La pauvre femme était restée pétrifiée quelques minutes sur le seuil de la pièce, ne sachant que dire ou que faire, pendant que Valentine discutait, riait aux éclats ou se fâchait selon les réponses que semblait lui faire le fantôme assis en face d'elle.

C'était peut-être un phénomène de décompensation psychologique, toujours est-il que Valentine était rentrée chez elle avec la consigne impérative de consulter un psy-chologue-chiâtre, qu'importe pourvu qu'elle aille voir *quelqu'un*. Une connaissance de Fred, qui habitait Paris et s'y connaissait un peu, lui avait recommandé Marie-Ange. Avec un prénom pareil, avait songé Valentine, cette personne ne pouvait pas lui vouloir de mal, et c'est ainsi qu'elle s'était retrouvée dans son cabinet quelques jours avant les fêtes de Noël, d'abord mutique sur le fauteuil en rotin où elle avait choisi de s'asseoir, puis en larmes, avant de trouver la force d'exposer, dans les grandes lignes, ce qui l'amenait à consulter. Marie-Ange l'avait écoutée attentivement. La succession des faits était éloquente : un divorce douloureux et non digéré depuis dix ans, le départ des enfants devenus étudiants vers la province, la cinquantaine en embuscade, les relations affectives impossibles, un licenciement économique en mai dernier, et pour couronner le tout, le décès brutal de la mère qui venait sans doute réveiller les non-dits entourant celui du père survenu dans son enfance.

« Bien. Je vous propose de faire un travail sur vous, avait conclu la thérapeute. Dans un premier temps, je peux vous recevoir deux fois par semaine. »

L'air grave et cependant bienveillant, elle avait ajouté : « Si vous ne faites rien, vous risquez de déclarer une maladie grave d'ici peu. Un cancer, par exemple. » « Justement, avait reniflé Valentine, j'ai arrêté de fumer l'été dernier. » Marie-Ange l'avait chaudement félicitée. Pour elle, c'était le signe que sa patiente était prête à changer. « Vous pouvez revenir vendredi ? »

— Je continue de voir ma psy, tu sais, reprit Valentine, cherchant toujours à rassurer Fred sur sa santé mentale. Là, elle est partie pour un séminaire, mais sinon, je la vois deux fois par semaine.

— Et elle est au courant pour tes… Enfin, tu lui as dit que tu avais des hallucinations ?

— Bien sûr, mentit Valentine.

— Et elle en pense quoi ?

— Elle est confiante. Elle dit que ce sont des choses qui arrivent en cas de traumatisme et que ça passera avec le temps.

Fred se leva de table, débarrassa les assiettes, fit couler de l'eau dans la poêle, et tournant le dos à sa sœur, entreprit de faire la vaisselle. Le discours de Valentine le rassurait un peu. Mais comment allait-elle réagir lorsqu'elle apprendrait ce qu'il avait à lui dire ? En janvier, lorsque lui-même avait eu maître Praquin au téléphone, il avait cru que le ciel lui tombait sur la tête encore une fois. C'est la raison pour laquelle ils étaient convenus ensemble de ne rien dire à Valentine : tant qu'elle ne serait pas plus solide psychologiquement, il valait mieux lui éviter un stress supplémentaire. Le problème, c'est que les semaines avaient passé et que le délai légal pour le dépôt de la déclaration de succession approchait.

— Tu te souviens d'Agnès Eckstein ? demanda soudain Valentine.

Ce changement de sujet libéra Fred d'un poids.

— La fille de Georges ? Le projectionniste ?

— C'est ça. Figure-toi que je l'ai vue, ce matin. Elle travaille à la médiathèque.

— Ah ? Tu étais à la médiathèque ?

— J'avais besoin d'une connexion Internet, expliqua Valentine qui, elle aussi, avait quelque chose à annoncer à son frère. Des recherches à faire.

— Pour un boulot ? s'enquit Fred en essuyant les verres avec un torchon propre.

— Non.

Valentine se demandait par quel biais aborder le sujet des photos de classe. Elle craignait que Fred ne la croie assez dingue pour les avoir barbouillées elle-même, mais maintenant qu'il était là et se montrait assez gentil, elle n'imaginait pas lui cacher sa découverte plus longtemps. Elle se leva donc, alla chercher son ordinateur sur la commode du vestibule, et revint dans la cuisine.

— Café ? proposa Fred.

Pendant qu'il comptait les doses, elle sortit de la housse la photo de sa classe de 6e et la posa sur la table.

— Regarde ce que j'ai trouvé ce matin.

Fred appuya sur le bouton de la cafetière avant de se retourner. Quand il vit la photo, et surtout les coups de feutre sur la silhouette du deuxième rang, il eut un coup au cœur. Il fronça les sourcils et consulta Valentine du regard.

— Elle était dans la boîte où maman rangeait nos photos d'école. Je n'y ai pas touché, je te jure ! Elle était déjà dans cet état. Et le pire, c'est qu'il y en a d'autres. Une dizaine. Toutes gribouillées.

Mise en confiance par l'attention que lui prêtait Fred, Valentine déroula à toute vitesse ce qu'elle avait fait à la médiathèque. Quand elle en arriva au résultat de ses investigations, Fred fit un geste de la main.

— Attends ! Stop !

Interloquée, Valentine se tut. Elle supposa que, comme elle, il avait besoin de temps pour encaisser les informations ; pas un instant, elle n'envisagea ce qui allait suivre.

— Je sais de qui il s'agit. La fille, sur tes photos de classe. Je connais son nom. Et je crois savoir pourquoi maman a voulu l'effacer à coups de marqueur.

— Quoi ? fit Valentine d'une voix étranglée. Elle t'en avait parlé ?

— Non. Le notaire. Maître Praquin.

Les sourcils de Valentine se rapprochèrent. Pendant que Fred continuait, le visage de sa sœur prit l'expression de l'élève cherchant à comprendre une consigne compliquée écrite au tableau.

— Tu te souviens, juste après le décès de maman, du mal que j'ai eu à réunir les papiers qu'on nous réclamait ? J'ai retourné la maison de la cave au grenier, mais impossible de remettre la main sur certains documents. Le livret de famille, notamment.

— Maman n'a jamais été une as du rangement, c'est sûr.

— C'est sûr. Quoi qu'il en soit, sans ce fameux livret de famille, l'étude du notaire m'a signalé que la procédure serait plus longue. Il fallait faire des recherches pour établir l'acte de notoriété avant d'entamer la liquidation de la succession. Je te passe les détails, toujours est-il que courant janvier, maître Praquin m'a rappelé. Il avait reçu un courrier recommandé de la part d'un de ses collègues à Paris. Au début, j'ai cru à une blague – ou pire à une arnaque –, mais maître Praquin venait d'effectuer toutes les vérifications et il était catégorique. Alors écoute, Valentine… (Fred déglutit.) Nous sommes les héritiers de maman, toi et moi, pas de problème. Mais il y a quelqu'un d'autre.

Au milieu d'un brouillard de pensées saugrenues, Valentine commençait à faire les recoupements qui s'imposaient et à deviner où Fred voulait en venir. De l'index, elle désigna la silhouette noircie sur la photo de classe et, à peine étonnée, elle demanda :

— Tu veux dire… elle ?

# Chapitre 11

Henri est juché sur un escabeau, les bras levés. Valentine se tient au pied de l'escabeau, sérieuse, concentrée. Quel âge a-t-elle ? Peut-être 8 ans. Peut-être 9. Elle porte la salopette bleu canard en velours côtelé qu'elle adore, dont elle a appris à régler les bretelles toute seule malgré le passage compliqué du tissu dans la boucle à double cran, une fierté d'enfant qui égale celle de savoir faire ses lacets. Henri lui dit : « Je te fais confiance, hein ? Tu ne lâches pas ! »

Il peut compter sur elle, elle ne lâche pas, les deux mains rivées au rebord du profilé en Plexiglas. Tandis qu'elle maintient le caisson ouvert, son père détache l'ancienne affiche qui s'affaisse comme une voile avant de tomber au sol. Il tourne de nouveau son visage vers Valentine. « Passe-moi la nouvelle, mon poussin. Je tiens. » Valentine lâche la vitre du caisson, saisit l'affiche neuve par les coins, et se coule avec la souplesse d'une anguille entre le Plexiglas et le mur. L'affiche est plus grande qu'elle. Elle veille à ne pas marcher dessus. Elle tend les coins à Henri. « Parfait », sourit son père. « Très bon travail, moussaillon. » Valentine reprend son poste. La tête penchée en arrière, elle admire son père pendant qu'il accroche l'affiche du film de la semaine. C'est un immense dessin, très attirant pour la petite, avec trois personnages de jeunes filles au premier plan.

Avant de refermer le caisson, Henri demande à Valentine de s'éloigner un peu et de lui dire s'il n'y a pas de pli, si tout est bien droit, si rien ne cloche.

Il n'y a pas de pli.

Tout est bien droit.

Rien ne cloche.

Cette semaine, à l'Éden-Club, on joue *Diabolo menthe*, un film de Diane Kurys avec Éléonore Klarwein et Odile Michel.

Pourquoi, près de quarante ans plus tard, alors qu'elle ne garde pratiquement aucun souvenir de son père vivant, cette scène remonte-t-elle à la surface avec la puissance d'une lame de fond ? Et pourquoi, alors que la séquence semble, sinon anecdotique, du moins pleine d'une tendre complicité, éprouve-t-elle une légère nausée ?

# Deuxième partie

*« Mais souvent, pour faire la paix,*
*il était nécessaire de savoir faire la guerre. »*

*In Koli Jean bofane*
Congo inc.

# Chapitre 12

MERCREDI 15 MARS 2017, 18 HEURES

ACTIVITÉ : VÉLO

DISTANCE : 157 KM

DURÉE : 6 H 47

VITESSE MOYENNE : 23,1 KM/H

FRÉQUENCE CARDIAQUE MOYENNE : 135 BPM

Ça y est. Valentine est au courant.

Sur le coup, j'ai eu peur. On se serait cru en plein tournage de *Vol au-dessus d'un nid de coucou*. Immobile, bouche ouverte, regard fixe, elle ressemblait à Nicholson après les électrochocs. J'avais beau dire « Valentine », elle ne captait plus, elle s'était absentée dans une contrée inaccessible, loin à l'intérieur d'elle-même.

Puis d'un seul coup, elle s'est levée de sa chaise et elle a filé dans le salon avec l'air de quelqu'un qui a oublié un truc sur le gaz. J'ai crié « Valentine ! Attends ! Faut qu'on parle ! », mais elle ne m'écoutait pas du tout. Je l'ai pistée, du séjour à sa chambre et jusque dans le vestibule, sans comprendre ce qu'elle cherchait. Quand elle a commencé à monter l'escalier, j'ai flippé. Pour moi, depuis la mort de maman, l'étage de la maison est un sanctuaire. Une *no-go zone*. Qu'est-ce qu'elle allait faire là-haut ? Recommencer son délire avec son fantôme ? J'ai voulu la retenir, je lui ai proposé qu'on aille s'asseoir devant la cheminée, tous les deux. J'ai dit : « Je vais faire du feu » (j'étais glacé), mais elle m'a envoyé chier comme il faut et j'ai compris que si j'avais le malheur de la suivre, elle m'arracherait la tête.

Les colères de Valentine m'ont toujours terrifié. Quand on était gamins, elle claquait les portes. Elle hurlait, elle jetait des trucs. Je faisais celui qui s'en fichait, mais je la sentais capable de se transformer en monstre pour me réduire en bouillie. Bref, je l'ai laissée monter toute seule et je suis allé prendre une douche bouillante dans la salle de bains d'en bas.

Une fois propre et réchauffé, je me suis servi le reste de café dans la cuisine et je l'ai attendue. Ce qui m'inquiétait, c'est qu'il n'y avait plus un bruit au-dessus de ma tête. Au bout d'un moment, je me suis dit : « Fred, ton histoire de *no-go zone,* c'est débile, il faut que tu ailles voir. » J'ai bien fait.

Je l'ai trouvée par terre, à moitié dans les vapes sur le seuil de la petite pièce au fond du couloir, là où maman mettait son linge et sa table à repasser. Le chat était roulé en boule dans la panière vide, l'air indifférent. Ma sœur, elle, s'était recroquevillée sur le flanc, comme un blessé grave qu'on aurait mis en position latérale de sécurité après un accident de la route. Je l'ai attrapée par l'épaule, je lui ai parlé doucement, elle a soulevé les paupières, et elle a murmuré quelque chose comme « ça ne marche pas » ou « ça ne marche plus ». Puis elle m'a regardé, et elle a fait une grimace de dégoût avant de bondir sur ses pieds, une main sur la bouche. Je l'ai vue courir, enfoncer la porte de la salle d'eau. La SALLE D'EAU, bordel de merde ! Là où maman… Enfin, bon. Pour finir, je l'ai entendue dégobiller dans le lavabo. Quand elle a pu parler, elle m'a crié : « Mais c'est quoi, ton déodorant, Fred ? »

Ça m'a surpris. J'ai senti passer de l'air entre mes oreilles, un effet de soupape ou quelque chose dans ce genre, et j'ai eu envie de rigoler. Je me suis relevé. Tout m'a subitement paru moins dramatique : l'étage, le sanctuaire, maître Praquin, papa, maman, l'héritage. En passant la tête par la porte de la salle d'eau, je n'ai même pas pensé à la scène macabre qui s'y était déroulée. Valentine s'aspergeait le visage à grandes giclées. Elle avait une mine de papier mâché, mais elle était vivante ; je l'aurais embrassée.

Elle m'a dit : « Ben quoi, qu'est-ce qu'il y a ? Pourquoi tu rigoles ? »

J'ai dit : « Rien, rien. » Mais j'ai su à ce moment-là qu'on n'avait pas d'autre choix, elle et moi, que de se serrer les coudes.

Quand elle s'est enfin assise dans le fauteuil du salon près de la cheminée, elle semblait mieux. Quasi normale. Elle m'a dit qu'elle était prête à m'écouter, alors je lui ai résumé ce que je savais : l'action en recherche de paternité entreprise par Claire Macieira, les preuves qu'elle avait pu réunir, et l'aboutissement de sa requête en 1995 confirmant sa filiation avec Henri Cassagne, quand bien même papa était mort des années auparavant. Depuis cette date, sans que nous le sachions, elle était donc, aux yeux de l'état civil, notre sœur et, depuis le décès de Monette, un ayant-droit dans la succession.

Valentine m'a écouté attentivement, sans rien manifester de particulier. J'ai ajouté que j'étais désolé d'avoir gardé tout ça pour moi, que j'avais eu tort, mais que j'avais eu peur, vu sa fragilité psychologique, qu'elle passe définitivement dans la stratosphère. Elle a haussé les épaules, puis il y a eu un silence assez long et soudain, elle m'a demandé :

— Tu as vu *Diabolo menthe* ?

Ouh là. De quoi était-elle en train de parler ?

J'ai rétorqué : « *Diabolo menthe* ? Le film de Diane Kurys ? Quel rapport ? »

Elle a hésité, puis secoué la tête en faisant un geste qui signifiait « laisse tomber ». Elle s'est levée du fauteuil. Elle était pâle, elle avait besoin de dormir un peu. Avant de quitter le séjour, elle a ajouté : « Je suis invitée chez Agnès Eckstein, ce soir, elle habite au bourg. Ça s'est décidé ce matin. Tu m'accompagnes ? »

Maintenant, elle est enfermée dans sa chambre, moi dans la mienne, à l'autre bout de la maison. Il est 16 h 30. Je suis crevé, mais impossible de fermer l'œil. J'ai mal aux pattes, dehors le vent souffle, les radiateurs sont à fond et j'ai froid. Laura m'a envoyé plusieurs SMS dans l'après-midi. Vu le ton, je n'ai pas répondu. En revanche, j'ai répondu à FX qui voulait savoir comment allait ma frangine. Réponse : « Comme le lait sur le feu. À surveiller de près. » Réponse de FX : « Ma grand-mère mettait un anti-monte-lait au fond de la casserole. Un truc lourd qui ressemblait à un cendrier ou à un porte-savon. » « Et ça marchait ? »

ai-je demandé. « Une fois sur deux », a-t-il écrit. Ça m'a plu. J'adore la franchise de ce mec.

C'est bizarre d'être ici, seul avec Valentine. J'ai l'impression d'avoir 15 ans. Les enfants ont beau me casser les pieds la majeure partie du temps, ils me manquent déjà.

D'après mes souvenirs, la fille de Georges Eckstein était une sale gamine ; j'espère qu'elle s'est arrangée en grandissant et qu'on ne rentrera pas tard. Demain, tempête ou pas, je ferai une petite sortie. Une soixantaine de bornes à 30 de moyenne, histoire de monter le cœur. Ça me décrassera les pattes et ça me videra la tête. Ce ne sera pas du luxe.

# Chapitre 13

À 18 h 45, Valentine sortit de sa chambre avec une envie de vin blanc.

— Fred ! appela-t-elle en direction de la pièce opposée. On y va ?

Elle n'avait pas dormi. Enfin si, elle s'était sans doute assoupie, parce qu'à peine allongée, alors qu'elle contemplait le plafond en essayant de comprendre ce qui arrivait, elle avait fait une sorte de rêve éclair. Dans ce rêve, il y avait un arbre au milieu d'un paysage d'hiver. Sur la plus haute branche, il restait une feuille, la dernière, tremblante et fragile, qui menaçait de se détacher. Valentine s'était empressée de noter l'image dans un nouveau fichier de son ordinateur pour en parler à Marie-Ange quand elle retournerait la voir.

— Fred ! Tu es prêt ? On y va ?

En traversant le séjour, elle vit que Léon avait repris sa place sur le bord de la fenêtre. Elle marqua sa déception par un haussement d'épaules : ce chat ne marchait plus. En tout cas, il n'avait pas fait revenir Monette dans la buanderie. Connexion coupée, plus de réseau avec l'au-delà. Pouvait-elle en vouloir à Léon ? Non, le problème était certainement lié à la présence de Fred.

Avec son esprit sceptique et raisonnable, son frangin était à lui seul un obstacle à l'imagination.

Dans le vestibule, elle décrocha son manteau de la patère et fit tinter les clés de la voiture.

— Fred !

Avant de quitter son ordinateur, elle avait relu la liste des noms de garçons dans son fichier « classe de 6e » en se demandant lequel d'entre eux avait pu devenir, si longtemps après, le mari d'Agnès Eckstein. Rémi Petitjean ? Philippe Cazès ? Stéphane Humbert ?

— J'arrive ! annonça la voix de Fred.

*Pas Franck Rondeau alias « le poulpe », tout de même ?* songea Valentine avec amusement. Fred apparut, sobrement vêtu d'un jean et d'un pull noir. L'odeur de son déodorant s'était atténuée ; il était sortable.

— Tiens ! fit-elle en lui lançant les clés de la Volvo. Toi qui adores conduire.

La nuit était tombée, le vent avec. Ils montèrent dans la voiture, Fred alluma les phares et recula dans l'allée pour faire demi-tour. Alors qu'il s'engageait sur la petite route à la sortie du chemin, Valentine demanda :

— Qu'est-ce qui a pu se passer, tu crois ?

Fred prit le temps de réfléchir à la question. Le levier de vitesses était capricieux. Après quelques tâtonnements, il parvint à enclencher la seconde, puis la troisième. Du coin de l'œil, il devinait le profil de sa sœur à côté de lui. C'était peut-être la première fois qu'ils se trouvaient assis tous les deux dans cette voiture, sans leur mère. Sans femme ni mari, ni aucun enfant attaché à l'arrière. Cette intimité l'émouvait.

— Pour papa, à l'époque, tu veux dire ?

— Non. Pour maman. Qu'est-ce qui s'est passé, d'après toi, pour qu'elle barbouille les photos ?

Depuis janvier, Fred avait eu le temps d'échafauder des hypothèses concernant Henri, sa maîtresse et la naissance secrète de Claire, mais le saccage des photos était une énigme supplémentaire qui résistait pour l'instant à l'analyse.

— Depuis quand tu n'avais pas ouvert cette boîte à chapeau ? reprit Valentine. Un an ? Deux ans ? Dix ans ?

— Franchement, c'est plutôt à Laura qu'il faudrait demander. Elle aime bien montrer les vieilles photos aux enfants.

Valentine sortit son téléphone de sa poche, et Fred sursauta.

— Qu'est-ce que tu fais ?

— J'envoie un SMS à Laura.

— Non, attends ! Je préfère le faire moi-même… Je l'appellerai tout à l'heure.

Au ton embarrassé de son frère, Valentine comprit qu'il valait mieux renoncer : elle rangea son téléphone.

— C'est un peu tendu entre nous, ces derniers temps, s'excusa-t-il.

— Un peu ?

— Beaucoup, admit Fred.

Valentine poussa un soupir et tourna la tête vers la vitre. Dans la lumière des phares, les arbres défilaient. La route était jonchée de mousses et de branchettes cassées par le vent. Entre deux troncs, elle aperçut, fugaces, les yeux d'un petit animal qui réfléchissaient la lumière. Un renard peut-être.

En 2000, lors du mariage de Fred et Laura, si on le lui avait demandé, elle n'aurait pas misé un kopeck sur les chances de survie du couple. Trois ans plus tard, après la naissance de Lila, elle se souvenait avoir dit à Kostas que la relation n'allait pas résister à l'épreuve des couches-culottes. Finalement, à sa totale stupéfaction, c'était son couple à elle qui s'était défait. Quand les jumeaux étaient nés, en 2008, elle avait eu l'humilité de reconnaître son erreur de jugement : Laura avait réussi à dompter son frangin, et plus étonnant encore, Fred semblait supporter Laura.

— Décidément, dit Valentine en secouant la tête, la famille idéale n'existe pas.

— Non, confirma Fred. Les contes de fées non plus. On nous a menti toute notre enfance.

Valentine réprima un frisson. Elle revit l'arbre nu de son rêve, sentit sa gorge se nouer, et elle eut envie de fumer une cigarette pour dénouer ce nœud. Pour tuer l'émotion qui, telle une bête au fond d'un terrier, lui raclait la poitrine.

— Tu trompes Laura ? demanda-t-elle brusquement.

Pris de court, Fred pouffa. Puis, dans un geste d'impuissance, il lâcha le volant.

— Mais non ! Pas du tout !

Il reprit le volant et, devinant ce que cette apparente agression signifiait, il ajouta :

— Les hommes ne sont pas tous comme ça, tu sais.

— Mmm, grogna Valentine.

Quand Kostas lui avait avoué sa liaison avec la connasse de Greenpeace, elle avait éprouvé un dégoût total, immédiat. Son estomac s'était soulevé et elle avait quitté la table où ils dînaient (sur les conseils d'un ami, Kostas avait choisi un lieu public pour faire son annonce – c'était censé obliger Valentine à garder une certaine retenue) en espérant atteindre les toilettes à temps. Malheureusement, elle n'avait pas couru assez vite. Ce souvenir la consumait encore de honte aujourd'hui ; elle n'avait plus jamais remis les pieds dans cette brasserie.

— Pas besoin d'avoir une maîtresse pour rendre une femme jalouse, finit par ajouter Fred avec un peu d'amertume. Un Look carbone peut suffire.

— Laura est jalouse de ton vélo ?

— C'est plus compliqué que ça, mais oui. Depuis que je m'y suis remis sérieusement et que j'ai acheté un vélo neuf, elle est deux fois plus en colère qu'avant.

Valentine observa son frère à la dérobée tandis qu'il ralentissait au rond-point à l'entrée du bourg. Il mit son clignotant et tourna dans la rue principale.

— Pauvre Laura, je la comprends, soupira Valentine. Déjà, quand on était mômes, tu étais super pénible avec ton vélo…

— Comment ça ?

— Ben oui. Maniaque, obsessionnel. Les crises d'hystérie que tu piquais ! Tu t'en souviens pas ? Mon vélo ci, mon vélo ça, et interdiction de toucher à ci, de toucher à ça, gnagnagna…

— Peut-être. Mais j'avais 15 ans et je voulais devenir un champion ; c'était toute ma vie, Valentine ! Rien à voir avec aujourd'hui.

Il se gara subitement sur le bas-côté, mit le moteur au point mort et se tourna vers sa sœur, le regard noir.

— Tu ne vas pas t'y mettre, toi aussi ? Pourquoi tu prends ce ton méprisant ? C'est pas juste ! Toi aussi, tu adorais faire du vélo, à l'époque !

— Moi ? Pff…

— Mais si, parfaitement ! T'étais même vachement douée ! Je te revois sur ton petit Lejeune rouge, là… Tu pédalais à fond, tu voulais toujours que je te chronomètre. Tu t'étais même inscrite à des courses où il n'y avait que des garçons, tu te rappelles pas ?

— Arrête, Fred… J'ai dû faire ça une fois. Deux, à tout casser. Je voulais t'imiter, c'est tout.

— N'empêche que tu étais forte. Et super motivée. Je me souviens très bien de cette période. Dès qu'il y avait une course quelque part, hop, maman nous y emmenait. Avec cette Volvo, tiens ! s'exclama-t-il en frappant le volant du plat de la main. (Il en avait presque les larmes aux yeux.) J'ai jamais compris pourquoi tu avais arrêté.

Valentine haussa les épaules. C'était si loin ! Le rideau était tombé depuis belle lurette sur ces années-là.

— Allez, dit-elle, gare-toi mieux, on va finir à pied. L'ancienne boulangerie est juste au-dessus.

Fred finit sa manœuvre, serra le frein à main et coupa le moteur de la Volvo. Il soupira. Pendant quelques instants, il s'était revu, tout gosse, au plus bel âge de sa vie, quand Henri et Monette étaient vivants et ses rêves encore intacts.

— Tu pourrais t'y remettre, suggéra-t-il en sortant de la voiture.

— À quoi ? Au vélo ? fit Valentine, interloquée.

— Ben oui, pourquoi pas ? On irait rouler ensemble, ça te ferait du bien, ce serait chouette.

Valentine claqua sa portière, tourna le dos à la voiture, à Fred, et dans un éclat de rire, elle lança :

— Si tu arrives à hisser mes grosses fesses sur une selle, Fred, je te fais citer à l'Ordre national du Mérite !

— Chiche !

— Allez, viens. Pour l'instant, j'ai soif !

## Chapitre 14

Depuis la fin des années 30, aucune baguette n'était sortie de *l'ancienne boulangerie*, mais le lieu, qui avait servi d'imprimerie clandestine aux maquisards de l'Armée secrète pendant la guerre, avait conservé le nom de code qui rappelait sa fonction d'origine. Dans les années 60, Georges Eckstein avait racheté la bâtisse à l'abandon et entrepris de la restaurer pour transformer le fournil en musée, y rassemblant par centaines tracts, journaux, revues et photos liés à cette page tragique et glorieuse de l'histoire locale.

— Je vous laisse imaginer ce que c'était quand j'ai commencé à vouloir faire le tri dans ce fatras après la mort de papa, soupira Agnès en refermant la porte derrière Fred et Valentine. J'ai beau avoir le sens du classement, c'était au-dessus de mes forces. Du coup, j'ai renoncé à vendre.

— Tu as bien fait. Un endroit comme celui-ci, ça n'a pas de prix.

— Et Fred sait de quoi il parle, il est agent immobilier, précisa Valentine.

— Ah oui ? s'étonna Agnès. C'est marrant, dans mon souvenir, tu étais plutôt sportif. Cycliste, ou quelque chose comme ça.

— Quelque chose comme ça, confirma Fred en riant. Mais je n'étais qu'un modeste amateur. Il faut bien faire bouillir la marmite.

— En tout cas, ce sera pratique si jamais vous décidez de vendre la maison de Lestrade. Tu pourras t'en occuper directement !

— Oui, sans doute…

— On verra, trancha Valentine.

— Voilà, conclut Fred. On verra.

Comprenant qu'il valait mieux changer de sujet, Agnès ramassa un T-shirt qui traînait sur la rambarde de l'escalier et fit un commentaire amusant sur son mari qui semait toujours ses affaires. Ils revinrent dans le vaste séjour cathédrale, à l'avant de la maison, où la bibliothécaire avait prévu de prendre l'apéritif. Au moment où ils s'installaient dans les fauteuils, la porte d'entrée s'ouvrit.

— Ah, voilà le plus beau ! s'exclama Agnès en jetant un regard malicieux vers Valentine. J'espère que tu vas le reconnaître !

Un homme dégarni, de corpulence moyenne, entra avec un cabas de supermarché dans une main et une caisse en bois calée contre la poitrine. Il était suivi d'un autre homme, plus grand et plus costaud, qui portait également une caisse coincée entre son bras et sa hanche. Le visage du premier ne raviva aucun souvenir chez Valentine. En revanche, elle reconnut instantanément le second. C'était son taxi psychopathe.

— J'ai croisé Anastase sur le parking du caviste, annonça le mari d'Agnès. Je l'ai invité à condition qu'il m'aide à porter les munitions : une caisse de côtes de bourg, et une de pessac-léognan !

Agnès alla à la rencontre des deux hommes qui se délestaient de leur chargement sur la table de la cuisine.

— Sois le bienvenu, Anastase !

Elle l'embrassa sur chaque joue avant de se retourner.

— Anastase est notre nouveau voisin.

— On se connaît, dit Valentine. C'est vous qui m'avez conduit à Lestrade depuis la gare, l'autre jour, vous vous en souvenez ?

Anastase Perrin hocha la tête en souriant. Bien sûr qu'il se souvenait d'elle ! Comment oublier sa seule cliente de la semaine ?

— Menteur, intervint le mari d'Agnès. Tu venais de déposer quelqu'un quand on s'est rencontrés, tout à l'heure. Bon sang, on n'est pas à Paris, ici, mon gars ! Je te l'ai déjà expliqué : la clientèle est sauvage, il faut du temps pour l'apprivoiser !

— Je suis de mauvaise foi, s'excusa le chauffeur de taxi en s'approchant de Fred et Valentine pour leur serrer la main à tour de rôle. Mais promis, ce soir, j'arrête de faire mon Parisien. J'arrête de me plaindre et… on ne parle pas de politique, ajouta-t-il avec un clin d'œil à l'adresse de Valentine.

— Oh oui, par pitié ! s'écria Agnès en joignant ses mains sous son menton. Avec ces foutues élections, on a déjà passé le week-end dernier à s'engueuler avec le frère d'Antoine, alors merci bien !

— Antoine ? répéta Valentine.

Elle dévisagea le mari d'Agnès tandis qu'il approchait à son tour, hilare et content de lui, en se dandinant à la façon d'un mannequin sur un podium.

— Antoine… Antoine Genestoux ?

Il écarta les bras.

— Lui-même ! Le véritable, l'authentique Antoine de l'école communale ! Ne me dis pas que j'ai changé, je ne te croirais pas.

— Mince, souffla Valentine, sincèrement stupéfaite.

— Merci, plaisanta son ancien camarade en se trémoussant de plus belle. C'est vrai que j'ai su garder la ligne ces quarante dernières années. Regardez ça : pas un gramme de trop ! N'est-ce pas, chérie ?

Agnès riait derrière ses mains, visiblement attendrie par les poignées d'amour de son homme. Heureuse que sa surprise ait fonctionné, elle résuma pour Anastase les circonstances qui avaient permis, le matin même, à la médiathèque, d'organiser ces retrouvailles.

— Les parents de Fred et Valentine travaillaient avec mon père. Ils étaient les propriétaires du cinéma du bourg, à l'époque où il y en avait encore un.

— Ah, parce que vous êtes frère et sœur ! pigea soudain Anastase.

— C'est vrai qu'on ne se ressemble pas, admit Fred. Valentine est le portrait craché de papa. Moi, il paraît que je ressemble plutôt à notre grand-père.

— Celui qui tenait le garage ? demanda Agnès.

— Non, l'autre. Le père de maman. L'agriculteur.

— Raymond ?

— C'est ça. Raymond le Muet.

— Votre grand-père était muet ? s'intéressa Anastase.

— Non. C'est maman qui l'avait surnommé comme ça parce qu'il ne lui adressait plus la parole. On n'a jamais trop compris pourquoi. Une vieille rancœur.

La conversation s'engagea alors à bâtons rompus sur l'histoire de la famille Cassagne, puis, plus largement, sur celle du bourg. On évoqua les transformations qui s'étaient produites au fil des décennies : créations et fermetures d'entreprises, fluctuation de population, et les quelques événements remarquables restés dans la mémoire collective tels que l'incendie du Crédit Agricole (une arnaque à l'assurance d'après Antoine), l'accident du car scolaire sur la nationale (dix-sept morts), ou le sinistre crime du camping.

— Ça remonte à 1998, expliqua Antoine à Anastase. Deux jeunes Allemandes. Une horreur. On les a retrouvées à moitié éviscérées dans le bois communal. Vingt ans plus tard, on ne sait toujours pas qui les a tuées.

— Eh bien, grimaça Anastase, moi qui voulais quitter Paris pour être tranquille, vous allez me faire repartir !

— Pff ! Antoine adore raconter ces trucs glauques, mais en vérité, il ne se passe jamais rien ici, intervint Agnès en secouant ses boucles. Allez, finis les faits divers ! On passe aux choses sérieuses : blanc ou rouge ?

La soirée se poursuivit joyeusement. Plus personne ne parla des deux Allemandes, le sujet brûlant des élections fut soigneusement évité, et le pessac-léognan aidant, Valentine finit presque par oublier qu'elle venait de découvrir un secret de famille. On parla de sport (Fred donna à Anastase l'envie de s'y remettre sérieusement), d'immobilier, d'isolation thermique (Antoine avait monté sa boîte de matériaux écologiques – laine de chanvre, de coton, panneaux alvéolaires) et des dégâts provoqués par la tempête de la veille, notamment sur les installations électriques du canton. De fil en aiguille, Antoine ouvrit une deuxième bouteille et Agnès, les joues en feu, proposa de faire cuire des pâtes « pour éponger ». Elle chaloupa vers la cuisine, Fred l'accompagna pour lui donner un coup de main, Anastase en profita pour aller fumer une cigarette dans la cour et Valentine l'aurait volontiers suivi si, à ce moment-là, Antoine n'avait pas posé devant elle, sur la table basse, un gros album rempli de photos.

— Je voulais te montrer ça, dit-il. Elles y sont toutes, depuis la maternelle jusqu'à notre année de 3e. Aucune n'est gribouillée.

— Ah, fit Valentine en fronçant le nez. Agnès t'a raconté ?

Antoine hocha la tête, ouvrit l'album et pointa du doigt le visage de Claire Macieira sur une des photos. C'était celle de leur classe de CE1 (1975-1976).

— Elle était discrète, comme toutes les Portugaises à l'époque, mais je me souviens d'elle. Sa mère travaillait à la mairie, alors ça nous arrivait de jouer ensemble.

Valentine fixa longuement le visage de la petite fille sur la photo. Une gamine maigrelette, brune, mal habillée, le genre qu'on ne remarque pas ; elle ne lui trouva aucun air de famille, ni avec Henri, ni avec elle-même. Tout cela n'était peut-être qu'une erreur.

— Je me souviens qu'elle dessinait vachement bien, poursuivit Antoine. Papa nous autorisait à prendre des feuilles dans son bureau. Je lui demandais de me faire des Goldorak.

— Des Goldorak ? répéta Valentine, amusée par le souvenir de son dessin animé favori.

— Ouais. Elle les dessinait super bien. De tête, sans modèle ! Ça m'épatait carrément. J'en avais même accroché quelques-uns dans ma chambre.

Valentine tourna les pages et s'arrêta plus loin, sur les clichés des années de collège. Claire figurait parmi les élèves de 6e, de 5e, mais pas sur les suivantes. Étant donné qu'il n'y avait qu'une seule classe par niveau, soit elle avait redoublé, soit elle avait quitté l'établissement.

— Tu sais ce qu'elle est devenue ?

— Non. Mais je pourrais interroger mon père, si tu veux. Il a toujours eu bonne mémoire. Il saura peut être.

Sans quitter des yeux la photo de l'année de 5e, Valentine opina. Joseph Genestoux, le père d'Antoine, avait été le maire (sans étiquette) de Seyssac pendant près de vingt ans. Il connaissait les histoires de chacun, alors pourquoi pas ?

— Je peux faire une photo de celle-ci ? demanda Valentine. C'est la seule qui me manque.

— Bien sûr.

Elle alla chercher son téléphone dans la poche de son manteau et prit plusieurs clichés de la photo de classe 1980-1981, avant de s'apercevoir qu'elle avait deux appels en absence et deux SMS, l'un d'Hélène, l'autre d'Olympe. La première s'inquiétait de son silence (« On ne te voit plus, Valentine ! T'es où ? Réponds ou je lance un avis de recherche – smiley »), la deuxième voulait « lui parler d'un truc » *(sic)* ; Valentine jugea qu'elle pouvait attendre le lendemain pour les rappeler.

— Et toi ? voulut savoir Antoine. Tu es restée amie avec Carole et Sandrine ?

Valentine secoua la tête. En choisissant une option rare pour pouvoir entrer au lycée de Brive dès la seconde, elle était passée dans un autre monde, celui de l'internat, celui des « humanités » comme on disait, et peu à peu, elle avait perdu de vue ses anciennes amies, qui s'étaient toutes orientées vers des sections agricoles ou technologiques.

— De toute façon, je n'ai jamais été nostalgique, conclut-elle. Sauf maintenant, peut-être.

— C'est l'âge, sourit Antoine. Moi aussi, ça me fait drôle de remuer ces vieux souvenirs.

Il se pencha soudain vers l'oreille de Valentine et murmura :

— J'ai toujours eu un petit béguin pour toi, tu sais.

Bêtement, Valentine se sentit rougir. Elle recula jusqu'à l'accoudoir du canapé, mais son geste ne sembla pas dissuader Antoine – qui à l'évidence avait trop bu. Il essaya de lui prendre la main, Valentine croisa les bras en fronçant les sourcils.

— Oh, c'est bon, détends-toi, je ne fais rien de mal, protesta Antoine en riant. Un petit béguin, c'est gentil, non ? Toi, Carole et Sandrine, vous étiez tellement mignonnes ! Les plus sexy du collège… Alors forcément !

— Qui est sexy ? voulut savoir Anastase, qui revenait enveloppé d'une puissante odeur de tabac blond.

— Ben, elle ! Valentine Cassagne ! s'exclama Antoine en écartant les bras. La plus bandante des filles du collège de Seyssac, à égalité avec Carole Labréjac et Sandrine Vialle ! Sans blague, tu les aurais vues, mon vieux, à l'époque ! Elles nous rendaient dingues…

— Je te crois, répondit Anastase en dévisageant délibérément Valentine avec le plus grand sérieux.

— N'importe quoi, maugréa Valentine.

Elle se sentait plus troublée qu'une écolière, c'était pathétique. Pour se donner une contenance, elle se pencha vers la table basse et voulut se servir un énième verre de vin, mais Antoine intercepta sa main avec autorité.

— Je vais le faire.

À son contact, Valentine bondit carrément du canapé. Elle s'éloigna en annonçant qu'elle allait aider Agnès en cuisine, mais cette dernière surgit à ce moment-là avec le plat de spaghettis et Fred sur ses talons.

— À table ! chantonna-t-elle.

Au retour, dans la voiture, Fred déclara qu'il avait passé une agréable soirée. Même s'il n'avait pas bu une goutte de vin, l'ébriété générale l'avait mis de bonne humeur ; entre le boulot, la rigueur de ses entraînements et les tensions à la maison, il y avait longtemps qu'il n'avait pas eu l'occasion de se détendre un peu.

— Agnès est plutôt fêlée et les mecs devenaient un peu cons à la fin, mais sinon, ça va, ils sont sympas. Tu sais qu'Anastase a un vélo ? On ira peut-être rouler ensemble. Je lui montrerai le coin.

La tête lourde d'alcool et de sommeil, Valentine se contenta d'opiner. Elle avait passé une fort bonne soirée, elle aussi. À table, le chauffeur de taxi les avait fait mourir de rire en racontant les pires anecdotes de sa carrière d'enseignant à Rosny-sous-Bois (et sans tenir de propos racistes, c'était à souligner), puis Antoine avait embrayé en relatant ses souvenirs d'élève médiocre en milieu rural. Quant à Agnès, elle avait évoqué la grande époque de l'Éden-Club et tous les films qu'elle avait pu voir, cachée dans la cabine de projection où son père la laissait entrer en douce certains soirs.

— *Orange Mécanique* à 6 ans, quand même, c'est trash, commenta Fred en faisant les yeux ronds. Et *La Grande Bouffe* à 8 ! Tu imagines ? Les années 70, sans rire, c'était vraiment n'importe quoi…

— Elle a dit que Georges croyait qu'elle dormait.

— Tu parles. Georges s'en fichait. Tout le monde s'en fichait. C'était la contre-culture, il fallait briser le carcan moral, libérer la sexualité des enfants, ce genre de conneries…

Valentine se laissa aller contre la portière, sa tête dodelinant au gré de la série de dos-d'âne à l'entrée du bourg.

— *Diabolo menthe*, c'est sûr, c'était moins violent, estima Fred en riant. Tu en as encore parlé ce soir, comment ça se fait ?

Valentine n'eut pas le courage de lui donner des explications. Cette journée l'avait épuisée. Elle haussa les épaules et ferma les yeux.

# Chapitre 15

Valentine est debout dans le hall de l'Éden-Club. Elle pleure. Henri est accroupi devant elle. Elle sent son odeur familière, tabac, vieux cuir et after-shave. Elle a froid. Elle claque des dents et ses cheveux dégoulinent sur le carrelage. Pourquoi est-elle trempée de la tête aux pieds ? Henri ouvre ses bras pour consoler sa petite. Juste derrière lui, placardée sur le mur, il y a l'affiche du film. Le grand dessin. Les trois jeunes filles dans leurs blouses d'écolières. Mais Valentine recule : elle ne veut pas que son père la touche. Henri se redresse, brusquement fâché. Il hausse la voix. Une sueur métallique couvre le dos de Valentine. Elle tremble de tous ses membres. Elle a mal au ventre. Elle va tomber malade, c'est sûr. Mais pourquoi a-t-elle soudain si peur d'Henri ? Pourquoi ?

## Chapitre 16

Valentine se réveilla sans se rappeler comment elle s'était couchée. Prise dans le sarcophage des draps, elle demeura immobile, les yeux mi-clos, savourant le calme. La tempête s'était éloignée, Fred avait dû partir rouler ; dehors comme dedans, il n'y avait pas un bruit. Qu'allait-elle faire de sa journée ? Avec délices, elle laissa retomber ses paupières. Chaque parcelle de son corps pesait sur le matelas, et elle songea qu'elle pourrait dormir encore, longtemps, très longtemps. S'absenter du monde, se soustraire à ses obligations et aux impératifs de l'époque. Oublier Paris, l'éditeur du guide, les élections présidentielles, les poils des jeunes filles, les infidélités de son père, le notaire et les ramifications de son arbre généalogique. Quel repos !

Non sans amusement, elle repensa aux propos d'Antoine, la veille. Certes, son ancien camarade d'école s'était exprimé sous l'emprise de l'alcool et d'une voix assez pâteuse, mais tout de même, il avait dit *mignonne*. Il avait dit *sexy*. Il avait dit *bandante*. Elle soupira d'aise.

La dernière fois qu'elle avait voulu coucher avec un homme (ça remontait au mois dernier), Etgar75 avait été victime d'une panne et il n'avait pas réussi à la pénétrer. C'était (déjà) leur troisième rendez-vous et ça sentait (déjà) la fin. Mais attention ! Ce n'était pas la faute de Valentine, s'était-il empressé de s'excuser. Il la trouvait super ! Très chouette, vraiment ! Mais ce soir-là, sans doute se sentait-il un peu déprimé, bref, il avait surtout besoin de parler. Et Valentine, bonne fille, s'était farci les problèmes d'Etgar75, ses histoires de famille (une sombre querelle avec son frère), ses soucis de santé (un truc au foie), jusqu'à ses conflits de voisinage. C'était bien sa veine, tiens. Tomber sur un compliqué alors que le site de rencontres regorgeait de types sans scrupules qui se contentaient volontiers d'embrocher la première venue.

Après ce flop – Valentine étant elle-même du genre compliqué –, elle était retombée plus bas que terre. Alors la veille, sans le savoir, Antoine lui avait rendu un peu de fierté. Elle ne risquait pas de coucher avec lui, ça non (depuis Simon, les hommes mariés, c'était *niet*), mais pourquoi pas avec Anastase ? Il s'affichait en célibataire et il n'avait pas eu l'air réticent, hier soir, à en juger par les regards appuyés qu'il lui avait lancés. Pendant un instant, elle s'imagina en train de baiser avec lui sur la banquette arrière de son taxi et ça lui fit plaisir. Elle allait glisser une main entre ses jambes, quand elle entendit le chat miauler derrière sa porte.

— Merde.

Elle hésita, aux aguets, mais les appels de Léon étaient si impérieux qu'elle renonça à sa tranquillité : elle quitta son lit et enfila un pyjama. Quand elle ouvrit la porte, elle trouva le chat qui l'attendait, et Monette, en robe de chambre, debout au milieu du salon. Elle eut un coup au cœur.

— Maman ?

— Ah tout de même, tu te lèves ? Tu sais quelle heure il est ?

Éberluée, Valentine secoua la tête.

— 11 heures ! s'exclama Monette, la bouche pincée. Enfin bon. L'essentiel n'est pas là. Aide-moi à attraper ce truc, ordonna-t-elle en désignant la boîte à chapeau que Valentine avait replacée en haut de la bibliothèque. J'ai quelque chose à te montrer.

Valentine plaqua ses deux mains sur son visage et ferma les yeux. Ce n'était pas possible ! Monette était de retour, plus vraie que nature, *alors qu'elle était morte*. Morte, MORTE, MORTE ! Elle respira par le nez et souffla fort par la bouche. Derrière ses mains et ses paupières closes, elle se mit à souhaiter que l'apparition disparaisse. Et dans le même temps, à espérer que non. Là aussi, c'était compliqué.

— Eh bien, qu'est-ce que tu fabriques, cocotte ? Encore un de tes étourdissements ?

Valentine écarta les doigts et entrouvrit les yeux. Monette était toujours là, solide comme le roc, formidablement réelle. Elle avait réussi à traîner une des chaises de la cuisine devant la bibliothèque ; elle attendait que Valentine se hisse dessus.

— Non, c'est bon, tout va bien, maman. Je… Je vais t'aider à attraper ce truc, mais j'ai besoin d'un café, d'abord.

Elle évita le regard de Monette et fila se réfugier dans la cuisine, le temps de reprendre ses esprits. Sur la table, il y avait une baguette fraîche, son téléphone portable et un mot de Fred : « Me suis levé tard. Serai de retour en début d'après-midi. Tu as reçu plusieurs messages. Le café est au chaud, bisous. » Elle flanqua son téléphone dans la poche de son pyjama et s'approcha de la cafetière qui cliquetait. Ainsi, son frère avait pris le temps d'aller chercher du pain frais, *pour elle*, avant de partir s'entraîner. Depuis quand n'avait-elle pas bénéficié d'une si gentille attention ? Les larmes aux yeux, elle prit un bol sur l'évier et se servit. Soudain, elle sentit Léon frôler ses jambes. Elle se retourna. Sur le seuil de la pièce, Monette la regardait. Elle avait chaussé ses lunettes, elle souriait.

— J'ai vu ton frère, tout à l'heure.

— Quoi ? tressaillit Valentine.

— Rassure-toi, je ne me suis pas montrée ! s'amusa Monette. Je l'ai vu de là-haut, par la fenêtre de ma chambre. Dis donc, c'est bien qu'il se soit remis au vélo ! Il a fondu, tu ne trouves pas ? Tu devrais suivre son exemple, cocotte.

— Ah non, tu ne vas pas recommencer, maman…

— Je recommence si je veux. Regarde-toi ! Tu étais si sportive, autrefois. C'est dommage ! Tu te souviens, quand je vous emmenais aux courses, toi et Fred ? Tu adorais ça. Avec ton petit vélo rouge, tu te prenais pour Bernard Thévenet !

Son bol de café à la main, Valentine plissa les yeux. Ce nom s'était perdu dans les limbes de sa mémoire, mais elle sentait qu'il résonnait en elle – *bernartévenè* –, évoquant une kyrielle d'autres noms, d'autres visages, d'autres souvenirs. Un folklore parfaitement saugrenu qu'elle ne parvenait pas à intégrer dans sa biographie.

— Qui est-ce qui m'avait poussée à faire du vélo ? Papa ?

— Henri ? Mais non, quelle idée ! C'est Fred qui avait réclamé d'en faire, rappelle-toi, il voulait suivre son copain Bruno. Bruno Bevilacqua, tu te souviens ? Ils étaient toujours fourrés ensemble à l'école primaire.

— Bruno Bevilacqua ? répéta Valentine.

De même que *bernartévenè*, les sonorités familières composant ce nom – *brunobévilakoi* – surgirent soudain des oubliettes où Valentine les avait jetées. Elle revit le regard rieur du copain de Fred, ses taches de rousseur, son allure héroïque lorsqu'il enfourchait son vélo, et l'évidence la foudroya : voilà pourquoi elle avait tant insisté pour s'inscrire aux courses ! Comme son frère, elle voulait être avec Bruno Bevilacqua ! Faire pareil que Bruno Bevilacqua ! Briller devant Bruno Bevilacqua ! Comment avait-elle pu rayer de sa mémoire sa toute première histoire d'amour ?

— Alors bien sûr, teigneuse comme tu étais, tu as voulu te mesurer aux garçons, continuait Monette. Et le pire, c'est que tu étais douée. Je me souviens d'un jour, à la fête de Beaulieu – quel âge tu avais ? 9 ans ? – tu avais passé la ligne d'arrivée la première, devant tous les garçons ! Tu avais remporté le premier prix. Un jambon entier ! Qu'est-ce qu'on avait ri ! Tu ne vois vraiment pas ?

— Si, peut-être, murmura Valentine.

Elle fronçait les sourcils dans un effort de concentration intense, pour ramener à la lumière les pans entiers de cette enfance qui s'étaient enfoncés dans l'ombre. Bruno, la fête, le jambon.

— Et pourquoi j'ai arrêté, alors, si j'étais si douée ?

— Quand tu as eu ton appendicite. Après l'opération, tu n'as plus jamais voulu remonter sur un vélo. Ça te faisait peur, je suppose. Ou bien c'était un caprice.

Son appendicite ! Ça aussi, Valentine l'avait oublié ! Mais à présent que Monette l'évoquait, tout revenait : les douleurs qui lui tordaient le ventre, la fièvre qui l'avait terrassée et le lit de l'hôpital où elle n'avait eu le droit de manger que des compotes.

— C'était en quelle année, ça ?

— 77, je dirais. Ou 78, rectifia Monette après réflexion. Ce qui est sûr, c'est que ton père était encore là. C'est lui qui t'a veillée à l'hôpital. Le pauvre, il était dans tous ses états, il avait eu peur que tu fasses une péritonite.

Pensive, Valentine but quelques gorgées de café. Elle avait l'impression d'avoir subi une greffe après une amputation et qu'elle commençait à prendre. Les images, les sensations étaient floues, mais quelque chose était en train d'émerger qui liait étrangement tous ces éléments : Bruno, le vélo, l'appendicite, Claire.

— Je suis au courant, lâcha-t-elle soudain. Je suis au courant pour Claire Macieira.

Derrière les verres de ses lunettes, Monette cligna des yeux.

— Macieira... Macieira, répéta-t-elle. C'est portugais, ça, non ?

Valentine ouvrit la bouche, mais à ce moment-là elle sentit son téléphone vibrer contre sa cuisse à travers la poche de son pyjama, et Monette sembla se figer. Contrariée, Valentine saisit l'appareil qui continuait de vibrer. Le nom d'Olympe s'affichait sur l'écran. Elle décrocha.

— Ah ! Maman, enfin ! s'exclama la voix de sa fille dans son oreille. Je t'ai laissé deux messages, je me suis inquiétée toute la matinée. Pourquoi tu ne m'as pas rappelée ? Tout va bien ?

— Je viens de me lever, ma puce.

— J'entends ça. Tu as une voix bizarre.

— Je me suis couchée tard. Comment ça va ?

— Moyen, fit la voix d'Olympe. J'ai eu papa, hier. Il était comme un fou avec les derniers sondages, et il m'a expliqué pour l'appart. Tu vas vraiment devoir déménager ?

Rattrapée par la réalité, Valentine éprouva le besoin de s'asseoir. Elle posa son bol sur la table, et s'y accouda, le téléphone calé à son oreille droite, le front dans l'autre main. Nom d'un chien, mais pourquoi Kostas ne pouvait-il pas tenir sa langue ? Il savait bien, pourtant, qu'Olympe était d'un tempérament anxieux !

Elle prit sur elle et tenta de retrouver une voix normale.

— Attends, attends, ma puce, pas de panique, d'accord ? Rien n'est fait, pour l'instant. On ne va pas se mettre la rate au court-bouillon pour quelque chose qui n'existe pas, hein ?

— Mais papa avait l'air hyper sûr de lui ! D'après lui, maintenant que Fillon est mis en examen, c'est foutu, il passera pas le premier tour. Du coup, si c'est Le Pen/Macron, il dit que c'est dans la poche.

— Oui, enfin… Je le trouve un peu optimiste, quand même. Avec le nombre d'électeurs indécis…

— C'est ce que je lui ai dit, mais il est complètement buté. Il m'a trop énervée. D'accord, Hamon est nul. Mais il nous reste Mélenchon, non ? C'est lui qu'on doit faire monter ! C'est notre seule chance si on veut sauver la gauche, tu n'es pas d'accord ?

Amusée par la ferveur de sa fille, Valentine ne put s'empêcher de sourire. Elle leva les yeux, prête à claironner devant Monette qu'Olympe était une *vraie*, une *pure* électrice de gauche (pas comme sa traîtresse de mère), mais elle ne claironna rien du tout car la vieille dame n'était plus là.

— Maman ? appela Valentine d'une voix inquiète.

— À qui tu parles ? s'inquiéta à son tour Olympe dans son oreille droite.

Valentine se mordit la lèvre. Merde, elle s'était grillée. Elle eut un rire de gorge qui sonnait faux et tenta de noyer le poisson.

— « Maman, sors de ce corps ! », improvisa-t-elle en prenant une voix théâtrale. Tu me fais penser à ta grand-mère, ma puce, c'est pour ça. Elle aurait adoré t'entendre défendre la gauche avec autant d'enthousiasme, tu sais. Elle aurait été fière de toi !

Au silence qui suivit, Valentine devina qu'Olympe n'était qu'à moitié dupe. Depuis l'épisode hallucinatoire de décembre, sa fille, à l'instar de toute la famille, se préoccupait de sa santé mentale.

— Tu es où, là ?

— À Lestrade, avoua Valentine dans un soupir. Je suis descendue pour quelques jours.

— Ah. Et ça t'a pris d'un coup, comme ça ?

— J'avais besoin d'air. C'est encore chez nous, non ? Et d'ailleurs, tu sais pas ? fit-elle sur un ton un peu trop enjoué, ton oncle est avec moi ! Enfin, là non, parce qu'il est parti faire du vélo, mais il ne va pas tarder à rentrer. C'est fou ce qu'il a minci, tu n'en reviendrais pas. Il a décidé de rester quelques jours.

Elle savait que la présence de Fred (avec son esprit sceptique et raisonnable) rassurerait sa fille. Ce fut le cas. Et pendant qu'elle lui racontait, en essayant d'être drôle, la frayeur qu'il lui avait faite la veille quand elle l'avait découvert assis sur le canapé dans sa hideuse tenue moulante, Valentine quitta la cuisine et retourna dans le salon à la poursuite du chat et de Monette. Elle ne trouva que le premier, roulé en boule sur le fauteuil anglais. Quant à la seconde, elle avait disparu pour de bon et elle en conclut que les vibrations des téléphones portables faisaient fuir les fantômes aussi sûrement que les cyclistes.

— Sinon, je voulais te demander un truc, finit par dire Olympe.

— Je t'écoute.

— C'est pour les vacances de Pâques…

— Oui ? dit Valentine, méfiante.

— En fait, j'ai une copine – elle s'appelle Félicie – qui me propose de faire un stage détox. C'est à Malaga. Dans le sud de l'Espagne. Tu vois ?

— Merci, ma puce, je situe.

— Alors en fait, il faut juste payer le billet d'avion et l'hébergement. J'ai demandé à papa, mais il avait pas l'air chaud. Il est en train d'acheter les chambres de bonnes au-dessus de chez Jeanne et du coup…

— OK, OK, l'interrompit Valentine qui n'avait pas envie d'entendre parler des projets immobiliers de Kostas. Alors, c'est combien ?

# Chapitre 17

JEUDI 16 MARS 2017

ACTIVITÉ : VÉLO

DISTANCE : 63 KM

DURÉE : 1 H 55

VITESSE MOYENNE : 32,8 KM/H

FRÉQUENCE CARDIAQUE MOYENNE : 129 BPM

Super sortie, bien rythmée. Les petites bosses au sprint, du plat pour tourner les pattes et surtout, bonheur : aucune douleur aux cervicales ! FX m'a envoyé un message : il a invité Mme Legendre à déjeuner. Entre deux verres d'un bon bourgogne, il lui a annoncé l'échec de la vente. Elle a bien réagi, paraît-il. Ouf. Tout ça a libéré une telle dose d'endorphines qu'à peine mon vélo posé dans le garage, j'ai envoyé un SMS à Laura. « Pardon d'être invivable ces temps-ci. » Ça devrait arrondir les angles, mais pour le moment elle n'a pas répondu. Affaire à suivre.

En rentrant, j'ai trouvé Valentine dans le salon, assise par terre au milieu de nos vieilles photos. Elle avait étalé le contenu de la boîte sur le tapis, il était 13 heures, elle était encore en pyjama, et en voyant sa mine, j'ai compris qu'on était dans *Usual Suspect* et que l'enquête avait commencé. Pourtant, le premier truc qu'elle m'a demandé ne concernait pas Claire.

— Tu te souviens de Bruno Bevilacqua ?

Bruno Bevilacqua ? La vache ! Mon copain d'enfance, mon poto Bruno ! Évidemment que je me souvenais de lui, tu parles ! C'était mon guide, mon dieu, mon modèle ! Le seul mec à qui je voudrais faire ériger une statue pour m'avoir fait découvrir le vélo.

— J'étais amoureuse de lui, m'a avoué Valentine d'une voix lugubre.

Ça m'a fait sourire et je lui ai dit que ça n'avait rien d'étonnant. Toutes les filles étaient amoureuses de Bruno, à l'époque. Même moi, d'une certaine façon. C'est ce qu'on appelle le charisme, et contre ça, personne ne peut lutter.

— Non attends, tu ne comprends pas : j'ai été amoureuse de lui du CP au CM2 ! a insisté Valentine. Est-ce que tu te rends compte ?

Elle avait l'air vaguement affolée, un peu comme quelqu'un qui découvre de mauvais résultats d'analyses sanguines.

— Et alors ? j'ai demandé. Tu as une crise de nostalgie ? Tu te dis que tu es passée à côté de ta vie ? Tu veux essayer de le retrouver ?

— Mais non, andouille, a soupiré ma frangine. Ce que je veux te dire, c'est que Bruno Bevilacqua a été une personne très importante pour moi… et pourtant, je l'avais complètement oublié. Je te jure, je ne me souvenais même pas de son nom ! C'est vachement troublant, quand même.

Bien que sale et puant de transpiration, je me suis accroupi près d'elle, devant les photos. Je savais que la mort de papa avait provoqué dans la mémoire de Valentine une césure, quelque chose qui ressemblait à de l'amnésie ; un voile noir comme on dit. Nous en avions déjà parlé, surtout quand les enfants nous posaient des questions sur leur grand-père, mais jamais Valentine n'avait semblé en souffrir. Elle disait juste qu'elle ne se rappelait rien, ou presque rien, et c'était comme ça.

— J'ai des flashes, Fred. Je revois des scènes avec papa.

Je lui ai demandé des détails, elle n'a pas répondu. Sombre et préoccupée, elle a continué :

— Et mon appendicite ? Tu t'en souviens, toi ?

— Ben… oui. Pas toi ?

Elle a secoué la tête. D'un seul coup, elle s'est levée. Elle s'est frappé les cuisses avec ses paumes. Elle donnait l'impression d'avoir mal quelque part.

— Il faut que tu m'aides, Fred.

Ça tombait bien, j'étais venu pour ça.

— J'ai besoin de preuves, tu comprends ? Il faut chercher des éléments tangibles. Mon carnet de santé, par exemple. Maman a dû le ranger quelque part. Des traces de mes participations aux courses de vélo, aussi. Et les vieux programmes de l'Éden.

Ça, même si je ne voyais pas le rapport, je savais où les trouver : maman en avait punaisé certains sur le pêle-mêle au-dessus de son lit, les autres étaient empilés dans une des deux tables de nuit. Le hic, c'est que pour les récupérer, il fallait monter et entrer dans la chambre. *Sa* chambre. C'était au-dessus de mes forces.

Mais est-ce que Valentine me laissait le choix ? Elle tournait en rond, le regard rentré à l'intérieur d'elle-même ; à tout moment elle pouvait basculer. Faire une nouvelle crise – une psychose ou que sais-je – alors j'ai dit d'accord.

J'ai réclamé un sursis, le temps de prendre une douche chaude et de me changer. Elle me l'a accordé et j'ai pris un peu de rab pour écrire tout ça.

Maintenant, elle m'attend. J'ai l'impression d'être un profanateur de cimetière.

# Chapitre 18

Le lendemain de l'enterrement, Geneviève Champdavoine s'était proposée pour faire le ménage dans les pièces du haut – gratuitement, bien sûr, étant donné les liens d'amitié qu'entretenait la responsable du service de portage de repas à domicile avec Monette. Incapables de s'en charger eux-mêmes, Valentine et Fred avaient accepté.

Au préalable, ils avaient dressé la liste de ce qu'elle pouvait jeter : les produits de toilette, la brosse à dents, les médicaments, certains vêtements que Monette ne mettait jamais. Le reste, c'est-à-dire les vêtements qu'elle mettait tout le temps, les livres, les lunettes, les bibelots, les bijoux, les carnets, les agendas, le contenu des tiroirs, tout cela devait impérativement être conservé. Mme Champdavoine pouvait faire la poussière, aérer, retaper le lit et récurer les sanitaires à la Javel, ça oui. Mais en aucun cas elle ne devait déplacer les objets. Les objets témoignaient de la vie, des gestes, des états d'âme de Monette. Dans leur simplicité même, dans leur extrême banalité, ils revêtaient désormais un caractère sacré. Valentine ne s'était autorisé qu'un emprunt : le livre resté ouvert sur la table de nuit à la page 458, et qu'elle emportait désormais partout avec elle malgré son poids, *La Fin de l'homme rouge* de Svetlana Alexievitch.

Elle entra dans la chambre en prenant soin de respirer lentement. Puis elle appliqua les conseils de Marie-Ange : ancrer ses deux pieds dans le sol, y faire descendre son attention, son énergie, et, au lieu de se laisser submerger par les émotions, les reconnaître et les accueillir comme elles viennent.

— Ça va ? s'inquiéta Fred, qui était encore dans le couloir.

Valentine ne bougeait pas, les bras le long du corps. Dans la lumière un peu grise de ce jour de mars, le décor était identique à celui du 24 novembre, au moment où Monette s'était levée pour prendre sa dernière douche. Hormis le lit qui avait été fait, rien n'avait changé. On avait l'impression que d'une minute à l'autre, la vieille dame allait venir s'asseoir à son bureau, ou passer prendre son châle plié sur le dossier du fauteuil.

— Valentine ? répéta Fred.

Elle se retourna. Elle ne pleurait pas. Elle souriait.

— Viens, dit-elle à son frère, et dans un geste d'un naturel déconcertant, elle tendit la main vers lui.

En septembre 1980, Valentine venait juste de fêter ses 12 ans, Fred en avait treize et demi. Depuis un an ou deux – sans doute une conséquence de l'entrée dans l'âge bête –, ils étaient comme chien et chat : toujours au bord de la dispute, toujours au bord des hurlements. Le matin du 26, Monette les avait réveillés plus tôt que d'ordinaire. Il se passait quelque chose, ils devaient descendre dans la cuisine. Oui, maintenant.

Sans protester, Valentine avait enfilé ses chaussons. Dans l'escalier, étreinte par un mauvais pressentiment, elle avait eu besoin de prendre la main de son frère, et elle l'avait serrée fort.

Presque trente ans plus tard, les deux orphelins se tenaient de nouveau par la main, debout dans la chambre de leur mère.

— Tu crois qu'elle savait, pour papa ?

— Qu'il la trompait et qu'il avait un autre enfant ? Aucune idée.

— Moi, je pense que non. Je pense qu'elle l'a appris récemment. Et que c'est la raison pour laquelle elle a gribouillé les photos.

— Peut-être… Mais dans ce cas, elle s'en serait plutôt prise aux photos de papa, non ? C'est contre lui qu'elle aurait dû se sentir en colère. Pas contre Claire.

— Pas faux.

Sur une des deux tables de chevet, il y avait un cadre dans lequel Monette avait gardé une photo d'elle avec Henri. C'était sa préférée, même si les couleurs étaient un peu passées. On les voyait tous les deux, devant la façade de l'Éden-Club, en 61 ou 62. Lui en veste et pantalon à pinces, elle dans une robe à boutons serrée à la taille ; ils étaient particulièrement beaux.

— Tu as demandé à Laura si elle a ouvert la boîte de photos l'été dernier ?

— Pas encore. Je lui ai envoyé un message tout à l'heure. Dès qu'elle m'aura répondu, je lui poserai la question. Qu'est-ce qu'on fait, maintenant ?

— On fouille. Ce que je veux, c'est trouver la date de programmation de *Diabolo menthe*.

— OK, inspecteur Valentine. Je ne comprends toujours pas ton obsession pour ce film, mais je suppose que tu m'expliqueras ?

— C'est ça. Tu t'occupes du pêle-mêle, moi de la table de nuit.

Valentine lâcha la main de son frère et passa à l'action.

Au bout d'une demi-heure, le lit était couvert de petits dépliants de toutes les couleurs. Des verts, des bleus, des roses, des jaunes, sur papier buvard pelucheux ou lisse et brillant, selon les époques, les modes, ou plus certainement en fonction des prix proposés par l'imprimeur.

— Je l'ai ! annonça-t-elle soudain.

Elle était assise au bout du lit et tenait entre ses mains un rectangle orangé qui annonçait la projection du fameux film. Fred vint s'asseoir à côté d'elle.

— Semaine du 9 au 15 juin 1978, lut Valentine à haute voix.

— Bon. Tu m'expliques pourquoi c'est si important ?

— Pas avant que j'aie toutes les pièces du puzzle.

Le téléphone de Fred tinta à ce moment-là. C'était Laura. Un SMS.

« Invivable ? avait-elle écrit. C'est le mot. » Elle joignait à son message la photo d'une facture impayée et d'une amende majorée dont Fred ne s'était pas occupé.

— Alors ? s'enquit Valentine.

Fred remit son téléphone dans la poche de son jean et comme Valentine le dévisageait avec insistance, il fit un geste de la main, l'air de dire que tout allait bien.

— Qu'est-ce qu'on fait, maintenant ? demanda-t-il. On descend au sous-sol ?

C'était là que Monette (qui n'aimait pas ranger et encore moins jeter) avait entassé les paperasses, les reliques, les vieilleries. Ça allait des pliants de camping aux pots de confiture vides, en passant par les bobines rescapées de la vente de l'Éden et les innombrables dessins réalisés par les enfants. Fred se montra confiant :

— En s'armant de patience et d'une pelleteuse, on devrait trouver ce que tu cherches.

Quelques heures plus tard, en effet, ils avaient mis la main sur ce qu'ils cherchaient, mais aussi – c'était le risque à courir – sur ce qu'ils ne cherchaient pas. Comme l'écrirait Fred le soir même dans son carnet de bord, on était passé de *Usual Suspect* à *Sur la route de Madison*.

— Range ça, dit-il en fourrant le paquet de lettres entre les mains de Valentine. J'ai l'impression d'être un pilleur de sarcophage.

Valentine replaça la pile de papiers jaunis dans la boîte de galettes bretonnes qu'elle avait descendue du haut de l'armoire. Il faut dire qu'elle l'avait ouverte en espérant y trouver autre chose que ces échanges entre Monette et un certain Charles. Elle comprenait le malaise de son frère, mais c'était trop tard : ils avaient lu l'essentiel des courriers, apprenant ainsi que le Charles en question, fils d'un ami et voisin de la famille Bech à Saint-Bazile-de-Meyssac, avait été fiancé avec Monette entre 1956 et 1960.

Appelé sous les drapeaux, le malheureux avait passé deux ans et demi en Algérie, laissant sa jeune promise profiter seule des Trente Glorieuses dont les effets se faisaient sentir jusque dans ce coin reculé de la Corrèze. Parmi les nouveautés, un cinéma avait ouvert à Seyssac.

Sous l'impulsion d'un passionné et d'une poignée de militants de l'association Peuple et Culture, la salle flambant neuve projetait des œuvres d'auteurs engagés. Dans ses lettres, Monette ne parlait que de ça ou presque : des films qu'elle avait vus, des films qu'elle avait envie de voir et des conférences données dans le cadre de PEC. Elle ne mentionnait jamais Henri, mais il était évident qu'elle avait beaucoup changé, durant ces deux années-là.

— Au moins, maintenant, on sait pourquoi grand-père n'adressait plus la parole à maman, soupira Valentine. Rompre des fiançailles, à l'époque… Maman a dû entendre parler du pays !

Assis sur une table en Formica entre l'armoire et une antique machine à coudre à pédale, Fred hocha la tête. Monette ne leur avait jamais donné d'explication digne de ce nom concernant la brouille avec son père et quand Raymond le Muet était mort au milieu des années 70, plus personne n'avait songé à lui en demander.

— Moi qui croyais être née dans une famille normale…

— Elle *est* normale, justement. Tu en connais beaucoup, des familles où tout le monde s'aime, se parle sans hypocrisie ni jalousie, et ne cache rien à personne ?

Valentine prit le temps de réfléchir sincèrement à la question et dut admettre que Fred n'avait pas tort.

— En tout cas, ça prouve que maman était vachement moderne, sourit-elle.

— Et drôlement amoureuse de papa, ajouta Fred.

— Sans doute. Alors que lui…

Valentine secoua la tête et referma la porte de l'armoire sur les secrets de sa mère. Pour l'heure, elle avait bien assez à faire avec ceux de son père.

Elle s'accroupit devant le petit tas de documents qu'ils avaient mis de côté à mesure qu'ils fouillaient la cave. Aucun courrier, aucune photo n'avait brusquement surgi des archives pour témoigner de la double vie d'Henri Cassagne, néanmoins le frère et la sœur avaient sélectionné divers documents qui, peut-être, les aideraient à reconstituer le passé. Les tracts et les procès-verbaux du CA de PEC, ceux des associations de parents d'élèves, les livres comptables de l'Éden-Club, leurs vieux cahiers de correspondance et au milieu, ce qui intéressait par-dessus tout Valentine, son carnet de santé. Elle survola la page de ses vaccinations, celles de sa petite enfance, s'arrêta un instant sur ses courbes de croissance et de poids (elle n'était pas épaisse, à l'époque), et arriva enfin à la page qu'elle cherchait : le compte rendu de son hospitalisation pour l'appendicite.

— Putain.

Fred leva les yeux du trésor qu'il venait de récupérer : son classeur noir rempli de coupures de journaux collectées à la rubrique Sports et Festivités durant toute son adolescence et qu'il croyait avoir égaré.

— 10 juin, merde ! 10 juin 1978 ! annonça Valentine en donnant des chiquenaudes sur la couverture bleu marine de son carnet de santé.

Elle était pâle, elle respirait trop vite, elle répétait « putain, putain », et elle roulait les yeux. *Alerte maximum*, pensa Fred. Il posa précipitamment le classeur et sauta de son perchoir en appelant « Valentine ! » ; elle s'affaissa sur le sol en ciment du sous-sol et ce fut tout.

# Chapitre 19

« Si tu le dis à maman, je me fâche tout rouge.
Si tu le dis à maman, tu vas la tuer.
Si tu le dis à maman, tu passeras pour une menteuse.
Si tu le dis à maman, je ne t'aimerai plus. »

# Chapitre 20

— Comment tu te sens ?
— …
— Elle reprend des couleurs, c'est bon signe.
— Passez-moi la serviette, s'il vous plaît.
— Voilà.
— Valentine, tu as soif ?
— …
— Tenez, de l'eau à température ambiante. Il ne faut jamais boire trop froid, à ce qu'on dit. C'est impressionnant, quand même. Vous êtes certain de ne pas vouloir faire venir le docteur Jacquet ?

— Non, ne vous en faites pas. On a l'habitude. Valentine fait ce genre de malaises depuis toujours. C'est sans gravité. Un problème de nerf vague.

— C'est drôle, parce qu'elle n'a pas l'air fragile quand on la voit. Elle fait costaud, même.

— C'est vrai.

— Bah. On a tous notre talon d'Achille. Moi, c'est les genoux. Et le dos, aussi. Je vous ai parlé de ma dernière opération ?

— Oui, madame Champdavoine. Vous m'en avez parlé.

— Ah. Et votre pauvre maman ? Elle ne s'inquiétait pas pour votre sœur ? De la voir partir dans les pommes, comme ça ?

— Maman n'était pas de nature inquiète.

— Un peu quand même ! En tout cas, les derniers temps. Mais c'était surtout à cause de ses insomnies, ça la rendait nerveuse. Pauvre Monette.

— Des insomnies ? Je ne savais pas.

— Elle vieillissait, que voulez-vous, elle commençait à avoir des idées noires.

— Quel genre ?

— Sur la mort, bien sûr. Ça la taraudait.

— Elle vous en avait parlé ?

— Non. Mais je voyais bien qu'elle était bizarre. Je les connais, les anciens : un jour tout va bien, et le lendemain, boum, c'est la descente.

— Mais bizarre comment ?

— Je ne saurais pas dire… Inquiète. Elle surveillait les fenêtres, le téléphone, tout. Elle m'avait même demandé de klaxonner trois coups en haut de l'allée pour la prévenir que c'était moi.

— Ah, regardez ! Elle ouvre les yeux. Valentine ? Tu m'entends ?

— Qu'est-ce que vous avez dit ?

— Qui ça ?

— Madame Champdavoine, qu'est-ce que vous avez dit au sujet de maman ?

— Eh bien, j'ai dit… qu'elle semblait nerveuse, qu'elle m'avait demandé de klax…

— Qu'elle surveillait les fenêtres et le téléphone ?

— Oui, aussi.

— Tu devrais rester couchée, Valentine. Tu es encore toute pâle. Où veux-tu aller ?

— C'est bon. Je vais bien. Regarde, je peux me mettre debout.

— Tu ne vas pas vomir ?

— Non. Où est le chat ?

— Il était sous la marquise quand je suis arrivée. Dans le pot de géraniums.

— Attends ! Valentine ! Laisse-moi t'accompagner, bon sang !

— Ça va, je suis pas en sucre.

Nettoyé par la tempête de la veille, le ciel s'était éclairci et un franc soleil les accueillit lorsqu'ils surgirent tous trois sur le perron. Mme Champdavoine cligna des yeux et Fred protégea les siens avec ses mains. Valentine, elle, écarta les bras, et pencha la tête en arrière. Elle respira profondément. Dans les bois alentour, les arbres s'ébrouaient, les oiseaux pépiaient ; on entendait, à intervalles réguliers, tomber les dernières gouttes, et ça sentait bon.

— Tenez, regardez qui est là, dit Mme Champdavoine.

Léon quitta le pot de fleurs et vint se frotter contre leurs jambes, le dos rond, la queue en l'air. Même si elle en mourait d'envie, Valentine n'essaya pas de lui demander où était Monette. Elle se contenta de s'agenouiller et de l'attraper pour lui masser les côtes, ce que le matou sembla apprécier.

— Je me suis toujours demandé pourquoi elle l'avait appelé Léon, fit savoir Mme Champdavoine. C'est en hommage à Zitrone ?

Fred eut envie de rire.

— Non, madame Champdavoine ! C'est en rapport avec Blum. Maman a toujours eu des chats progressistes. Il y a eu Jean pour Jaurès, Simone pour Beauvoir, Antoinette pour… Pour qui, déjà ?

— Pour Antoinette Fouque, lui rappela Valentine. Une militante féministe.

— C'est vrai que votre maman avait des idées précises sur tout ça…

— Elle était de gauche, résuma Fred.

— Eh ben ! Je me demande pour qui elle aurait voulu voter ce coup ci, alors !

— Pour Hamon sans doute, avança Fred.

— Ah oui, fit Mme Champdavoine. Il a l'air gentil, c'est vrai. Avec ses oreilles, il me fait penser à mon neveu. Vous savez, celui qui a une entreprise de BTP.

Valentine les laissa dire. Encore un peu ailleurs à cause de sa syncope, elle caressait le chat.

— Mais vous savez, on ne parlait pas trop de ces choses-là, avec votre maman, reprit la responsable du portage de repas à domicile. On bavardait simplement. On se donnait des nouvelles des gens du coin, de notre santé, on faisait des parties de Scrabble, on buvait une petite Suze…

L'émotion fit trembler sa voix, alors Fred posa une main réconfortante sur son épaule. Valentine en profita.

— Pourquoi avez-vous dit qu'elle surveillait les fenêtres et le téléphone ?

— Je l'ai remarqué, c'est tout.

— Vous croyez qu'elle avait peur de quelque chose ?

— D'un cambriolage, peut-être, suggéra Mme Champdavoine. On en voit tellement ! Il y a de quoi se sentir stressé, c'est certain. Il y en a encore eu deux sur la commune, ce mois-ci. Vous savez, dans les pavillons du nouveau lotissement. Et le mois dernier, c'était sur le chantier de la future cuisine centrale. Ils ont piqué les câbles électriques, vous vous rendez compte ?

— D'accord, mais pourquoi le téléphone ? C'est rare que les cambrioleurs vous passent un coup de fil pour annoncer leur arrivée…

Mme Champdavoine haussa les épaules et tenta de passer à un autre sujet.

— Cette grande maison, soupira-t-elle. Elle aurait bien besoin d'un coup de jeune ! Si jamais vous décidez de faire quelques travaux… avant de vendre, par exemple, ou bien…

— Pour l'instant, vous savez, on n'a rien décidé, l'arrêta Fred. Il reste encore beaucoup à régler.

— Bien sûr. C'est normal. La succession, se rattrapa Mme Champdavoine. Vous avez fait appel à maître Praquin, paraît-il ?

— C'est ça.

— Il est bien. Je connais plusieurs personnes qui lui ont fait confiance.

— Bon. C'est gentil d'être passée nous voir, en tout cas, dit Fred. Je vous raccompagne jusqu'à votre voiture ?

Conformément au souhait de Monette, elle s'était garée un peu plus haut, derrière le cabanon. Fred lui prit le bras et la conduisit au bas de l'escalier pendant que Valentine grattait la tête du chat qui ronronnait comme une forge, les yeux clos.

— Prenez soin de vous ! lui lança encore Geneviève.

— Je m'occupe d'elle, la rassura Fred. Je vais la remettre au sport, vous allez voir ! Ça va lui faire du bien.

Valentine leva les yeux au ciel, fit une grimace à son frère et un signe d'au revoir à Mme Champdavoine. Puis elle attendit qu'ils soient à bonne distance et elle se pencha vers l'oreille de Léon.

— Toi, mon vieux, murmura-t-elle, que tu le veuilles ou non, tu vas passer la nuit avec moi. On a des trucs à éclaircir.

Quand elle releva la tête, elle vit la voiturette électrique qui démarrait et Fred qui revenait lentement vers la maison, les mains dans les poches de son jean. Elle lui trouva une allure de jeune homme – svelte, énergique, déterminé, le contraire du type morose qu'elle avait vu s'étioler au cours de ces vingt dernières années – et elle eut soudain envie d'une promenade. Le temps était clément, il n'était pas tard, et elle avait besoin de se changer les idées, de revenir au présent, de faire le vide.

— Et si on allait se balader ? lança-t-elle à Fred. Ça me ferait du bien.

— On irait où ?

— Au bord du lac ?

— Bonne idée.

— Et je te paie un café au snack du camping !

— S'il est ouvert.

— On pourrait même faire un tour de pédalo ? ajouta Valentine avec un enthousiasme enfantin. Ce serait le début de mon entraînement !

Fred leva un pouce en guise d'approbation.

— Je conduis !

# Chapitre 21

Aménagé le long des rives, un sentier pédestre proposait de faire le tour du plan d'eau, soit une promenade de sept kilomètres à travers les bosquets de saules et de peupliers. Quand Olympe et Youri étaient petits, Valentine les emmenait souvent ici, l'été, pour profiter de la baignade et des activités de la base de loisirs. Il y avait des moustiques, mais l'endroit était calme, et entre les toboggans, les pédalos, le parcours de santé et les balades à dos de poney, on pouvait y passer toute la journée sans s'ennuyer. Pourtant, en ce jeudi du mois de mars, l'activité touristique se trouvait encore au point mort, les pédalos empilés étaient sous un hangar et le camping, en cours de rénovation, était envahi par les engins de chantier.

— Zut, grogna Fred, déçu de ne pas pouvoir commencer le coaching.

Ils laissèrent la plage, les tables de pique-nique, les bungalows et s'engagèrent sur le chemin. Valentine avait remis les vieilles Pataugas de Monette, Fred, une de ses anciennes paires de baskets retrouvée à la cave. Ils marchèrent un moment en silence. Au loin, on apercevait les contreforts de la retenue d'eau et quelques pêcheurs à la ligne juchés sur un muret. Hormis un couple qui promenait ses chiens, il n'y avait personne sur le sentier. Il faisait presque chaud ; Valentine ôta son manteau et le plia sur son bras.

— Comment vont Olympe et Youri ? demanda Fred.

Elle sourit, heureuse de parler d'autre chose, heureuse surtout de parler d'eux. Durant des années, comme bien des mères divorcées, actives et fatiguées, elle avait eu envie qu'ils grandissent vite, qu'ils deviennent autonomes, qu'ils n'aient plus besoin d'elle pour faire leurs lacets, leurs devoirs, leurs repas et à présent qu'ils étaient loin et se débrouillaient sans elle, évidemment, ils lui manquaient. Depuis bientôt trois ans, Olympe vivait à Dijon et étudiait à l'université de Bourgogne où elle tentait de combiner sa curieuse passion pour les grands crus avec les exigences de sa génération en matière de santé et de bien-être (elle avait même entrepris de convaincre les responsables de son école d'ouvrir une section hybride « Vin et Yoga » – pour l'instant c'était à l'étude) ; quant à Youri, perché à 1500 mètres d'altitude dans son centre de formation au cœur du massif des Aravis, il envisageait aux dernières nouvelles de passer son brevet de moniteur de parapente. Tous deux semblaient bien dans leurs pompes ; Olympe lui avait réclamé trois cents balles pour les prochaines vacances, mais bon.

— Ça doit être génial, le parapente, commenta Fred en ouvrant les bras pour mimer un oiseau en train de planer.

Valentine fit la grimace.

— Franchement ? Je préfère ne pas y penser.

Depuis un an et demi, elle ne comptait plus les insomnies que lui valait l'engouement de son fils pour les sports extrêmes. Elles s'additionnaient à celles provoquées par le départ d'Olympe un an plus tôt. Le total des deux était égal à la profondeur des poches qu'elle avait sous les yeux.

— Et les tiens ? demanda-t-elle à son tour.

— Franchement ? répondit Fred avec un sourire triste.

Valentine shoota dans un caillou et laissa passer un ange ou deux.

— Depuis quand ça ne va plus, avec Laura ?

Fred tourna la tête vers le lac. Les arbres aux ramures bourgeonnantes se reflétaient en couronne autour des berges et plus loin, c'était le ciel ; le tout composait un tableau vibrant, de toute beauté, qui faisait penser à ceux de ce peintre anglais dont Fred avait une reproduction à l'agence, comment s'appelait-il déjà ?

— Ça fait un mois que je dors sur le canapé.

Valentine se pinça les lèvres et évita de formuler le moindre commentaire.

— Tu connais Laura, elle n'a jamais été très douce. Mais c'est de pire en pire. Elle crie tout le temps. Sur tout le monde. Je sais qu'elle est malheureuse. Je sais qu'elle exprime sa souffrance comme ça, mais moi, je ne le supporte plus. Je viens d'avoir 50 ans, je sais pas si c'est la raison. En tout cas, depuis la mort de maman, je me sens différent. Détaché. Je n'ai plus envie de faire semblant. Alors au milieu de tout ça, évidemment, les enfants dégustent. Les notes de Lila sont en chute libre. Ugo a de l'eczéma. Sam se bagarre dans la cour de l'école.

— Je vois.

Le sentier montait à présent vers les vestiges du château qui dominait autrefois la petite vallée engloutie par la retenue d'eau. Ils grimpèrent jusqu'au sommet sans un mot, chacun mesurant l'étendue des dégâts et son impuissance à les réparer. Un peu essoufflée, Valentine s'arrêta devant la table d'orientation que le syndicat d'initiative avait fait poser face au panorama. Elle s'amusa à situer les points culminants du paysage et les noms familiers de son enfance : le château de Turenne, les gorges de la Dordogne, le pays de Brive, et là-bas, à l'horizon, l'ombre lointaine des monts d'Auvergne. Toute une toponymie émouvante, qu'elle se sentait prête à aimer de nouveau – à chérir même – alors qu'elle l'avait rejetée avec mépris dans sa jeunesse, lui préférant celle des stations de métro parisien.

— Tu m'expliques pourquoi tu es tombée dans les vapes, tout à l'heure ? demanda Fred.

Un joggeur venait d'arriver par le sentier, sur la rive opposée. Valentine suivit des yeux la silhouette avec ses chaussures fluo et son T-shirt zébré, qui courait dans le sens inverse des aiguilles d'une montre.

— Si je te le dis, tu vas me prendre pour une cinglée.

— Trop tard. Je te prends *déjà* pour une cinglée.

— Très drôle.

Le joggeur croisa les promeneurs et leurs deux chiens, dont l'un fit mine de le poursuivre. Le coureur fit un écart. Le maître rattrapa son chien.

— J'ai trouvé d'autres pièces pour ton puzzle, reprit Fred. Dans mon classeur noir. C'était ça que j'étais en train de regarder quand tu t'es mise à crier : « 10 juin,

10 juin 1978 ! » Tu aurais pu te fracasser le crâne sur la machine à coudre. J'ai juste eu le temps d'amortir ta chute.

Valentine lâcha le lac du regard et se tourna vers son frère.

— Qu'est-ce qu'il y a dans ce classeur ?

— Comme tu me l'as gentiment fait remarquer hier soir, à l'époque j'étais un peu maniaque et légèrement obsessionnel s'agissant du vélo. Je gardais tout. Mais quand je dis tout, c'est *tout*. J'ai découpé dans la presse locale chaque article, chaque annonce, chaque palmarès où figurait mon nom, celui de Bruno. Et le tien, évidemment.

— Tu m'as retrouvée ?

— Plusieurs fois. Avec toutes les informations : date, lieu, circuit, et même nos numéros de dossard. Je n'ai pas eu le temps d'éplucher le classeur en détail, mais c'était bien ça que tu voulais, non ? Des preuves tangibles de ta carrière de jeune cycliste ?

Valentine hocha la tête.

Ils allaient se remettre en route, quand le joggeur surgit sur le chemin. Lorsqu'il arriva au sommet du petit promontoire, il releva la tête et Valentine se rendit compte que ce n'était pas un homme, mais une femme. Les cheveux pris sous un bonnet, elle les salua d'un sourire, et dévala l'autre versant à petites foulées avant de disparaître entre les arbres. Une brève apparition, un courant d'air. Valentine lui envia sa légèreté.

— On rentre ? proposa-t-elle. J'ai envie de voir ce qu'il y a dans ton classeur noir.

Fred soupira, mais n'opposa pas de résistance.

Avant de monter dans la voiture, il reçut un appel et décrocha. Valentine comprit qu'il ne s'agissait pas de Laura, mais de quelqu'un avec qui il était question de rouler, bref de vélo. Elle-même avait encore reçu un appel d'Hélène – c'était le troisième –, elle se jura de lui répondre en arrivant à Lestrade.

— C'était Anastase, dit Fred, tout content, en posant son téléphone dans le vide-poche de la Volvo. Il est super motivé : je l'emmène faire un tour demain ! Je lui ai donné rendez-vous à la maison à 8 heures.

— Du matin ?

— Ben oui, évidemment.

— Tu vas le tuer, le pauvre... Avec tout ce qu'il a bu hier soir ! Et tu as vu comme il fume ?

— Justement, il a envie d'arrêter. J'irai doucement, fais-moi confiance.

Pour une raison obscure, Valentine se sentit contrariée. Elle mit sa ceinture et attendit que Fred démarre. C'était bien un truc de mecs, ça : passer d'un excès à un autre. Du paquet de clopes à l'exploit sportif. Sans transition, en force.

— Tu peux venir avec nous, si tu veux.

Valentine dévisagea Fred. Il semblait sérieux. Elle haussa les épaules.

— J'ai même pas de vélo.

— J'en ai vu deux dans le fond du garage. Je peux t'en réparer un.

— D'ici demain matin ?

— Je peux essayer.

Sans parvenir à se l'expliquer, Valentine se sentit plus contrariée encore. Elle grommela qu'elle n'avait pas de tenue adaptée, qu'elle n'était pas d'humeur, qu'elle les retarderait, bref il valait mieux qu'ils y aillent sans elle.

— De toute façon, je peux pas, j'ai du boulot.

— Ah ? s'étonna Fred. Tu as retrouvé des piges ?

— Mieux. Un contrat avec un éditeur. Pour un livre.

— C'est génial, ça ! Un livre sur quoi ?

Valentine fronça les sourcils et lui fit signe de démarrer. Elle n'avait pas envie d'en parler pour l'instant, elle se sentait fatiguée, elle mourait de faim et Fred n'insista pas.

Ils quittèrent le parking de la base de loisirs.

Un peu plus loin, ils dépassèrent la fille en bonnet qui courait à présent sur le bas-côté en direction du village. Valentine eut le temps de noter qu'elle était grande, assez costaud pour être confondue, de loin, avec un homme et que malgré cela, elle se mouvait avec une certaine grâce. Elle la regarda disparaître dans le rétroviseur.

Des pâtes à la sauce bolognaise, voilà ce qui lui faisait envie pour l'instant.

# Chapitre 22

« Ah bon, disait la voix d'Hélène dans le téléphone, mais tu seras rentrée avant les vacances de Pâques ou pas ? Tu as eu mon mail ? » Oui, Valentine avait bien eu son mail, mais elle ne pouvait pas lui répondre pour le moment. Elle vivait au jour le jour. Elle ne faisait pas de projet. Hélène estima que, dans son état, vivre au jour le jour n'était pas indiqué. Il lui fallait, au contraire, des contraintes. Avait-elle avancé la commande pour l'éditeur du guide, au moins ? Parce que ça, c'était concret, précis, ça lui donnait un cadre. Valentine la rassura : elle travaillait. Hélène se demandait par ailleurs pourquoi son amie avait supprimé son compte Facebook. C'était si pratique pour communiquer ! Sans compter que professionnellement, aujourd'hui, les réseaux sociaux étaient indispensables. Personne ne lui demandait de poster des commentaires ou des photos à tout bout de champ. Pourquoi se montrer si radicale ? Est-ce qu'elle allait bien ? Valentine lui certifia que oui. Elle allait bien. Mais rien à faire, Hélène doutait que Valentine puisse aller bien, enfermée toute seule dans la maison de sa mère fraîchement décédée. Elle trouvait que ça puait la déprime.

En plus, Valentine avait toujours dit qu'elle détestait la campagne. Qu'est-ce qu'elle faisait de ses journées, bon sang ?

— Je me suis remise au sport.

— Comment ça, tu t'y es *remise* ? Depuis trente ans qu'on se connaît, je ne t'ai jamais vue faire de sport. Quel sport ?

— Course à pied.

— Tu vas te bousiller le dos, Valentine.

— Non, ça va. J'ai des super chaussures. Fluo.

— Si ce n'était qu'une question de chaussures, ça se saurait ! Tu as vu un médecin ? Parce que commencer à courir à 50 balais…

— J'y vais doucement, expliqua Valentine d'autant plus patiemment qu'elle inventait à mesure qu'elle parlait. J'ai commencé en douceur. Quatre kilomètres. La prochaine fois, j'en ferai un peu plus.

Hélène semblait incrédule.

— Toute seule ?

— Non. J'ai fait la connaissance d'un type. Il m'accompagne, continua d'inventer Valentine.

— Ah bon ? Quel type ?

— Le chauffeur de taxi qui m'a emmenée à Lestrade depuis la gare de Brive quand je suis arrivée. Au début, je me suis demandé s'il n'allait pas me découper en rondelles, parce qu'il avait l'air d'un psychopathe. Mais finalement non. Il est sympa. Il s'y connaît en sport. Il va me coacher.

La perplexité d'Hélène était à son comble, Valentine pouvait imaginer sa tête ; elle eut une irrépressible envie d'enfoncer le clou.

— Il s'appelle Anastase. Marrant, non ? On a rendez-vous demain, à 8 heures.

— Du matin ?

— Évidemment. Il m'emmène faire un tour à vélo. Tu sais que j'étais forte, sur un vélo, quand j'étais gamine ?

Tout en parlant, Valentine feuilletait le classeur noir que Fred lui avait confié. Dans chaque pochette en plastique, une coupure de presse jaunie par le temps témoignait de l'intense activité associative dans la région au cours des années 70 : fêtes votives, comices agricoles, foires et processions étaient chaque fois l'occasion d'organiser des concours de belote, de quilles, des randonnées équestres et des courses de vélo pour tous les âges. Parmi les participants, les noms de Bruno, de Fred et de Valentine avaient été minutieusement soulignés au stylo.

— Si ça t'amuse, finit par soupirer Hélène. À part ça, tu as vu les derniers sondages ?

Quand elle raccrocha dix minutes plus tard, Valentine se sentit soulagée. Elle posa son téléphone sur la table de nuit et continua d'inspecter le classeur.

Hélène et elle s'étaient connues au sein du syndicat étudiant, alors que Valentine arrivait tout juste de sa province. Elles avaient milité ensemble, au milieu d'une petite bande parmi lesquels Kostas et Simon, le futur mari d'Hélène, faisaient figure de meneurs. Par la suite, Simon et Hélène avaient suivi un chemin, Valentine un autre, la fracture idéologique s'élargissait et elle devinait que ces élections allaient achever de les éloigner. À moins que ce ne soit à cause de ce moment d'égarement qui l'avait conduite à coucher avec Simon – trois fois de suite quand même – l'été dernier ? Difficile de faire la part des choses.

Aux deux tiers du classeur, elle tomba enfin sur ce qu'elle cherchait : son nom était là (ainsi que ceux de Fred et Bruno), souligné au stylo, parmi les inscrits au départ d'une course d'enfants qui s'était déroulée le dimanche 6 juin 1978 lors de la fête votive de Martel, une petite commune située à une vingtaine de kilomètres de Seyssac.

Elle s'allongea sur son lit et fixa le plafond. Elle sentait que ces dates, ces bribes de souvenirs éparses faisaient un tout. Elle sentait que cela avait un rapport avec Claire, mais de quelle façon ?

Elle se releva, alla s'asseoir à son bureau et ralluma son ordinateur. Il était 19 heures passées, il faisait nuit derrière la fenêtre, et Fred, qui avait proposé de s'occuper du dîner, avait mis le son de la télé assez fort pour entendre les nouvelles depuis la cuisine. À travers le mur de sa chambre, Valentine percevait les voix graves des spécialistes qui péroraient au sujet des différents candidats, jugeant Untel trop à gauche, Unetelle trop à droite, et le troisième pas assez, si bien qu'on en revenait toujours au même point : la France était sur le fil, personne n'y comprenait plus rien et c'était passionnant.

Elle relut d'abord son fichier « Classe de 6e », puis elle rouvrit le document où elle avait noté son rêve (celui de l'arbre), et enfin son fichier de travail « Guide 9/13 » auquel elle n'avait pas touché depuis sa cuite à la Suze de l'autre soir. Elle se souvenait avoir écrit pas mal. L'alcool lui avait peut-être inspiré de bonnes choses ? Curieuse, elle fit descendre le curseur, mais lorsqu'elle découvrit ce qu'elle avait rédigé, elle eut un coup au cœur.

Il n'y avait qu'une seule phrase. Une seule et même phrase, tapée en majuscules et répétée à l'identique sur cinquante, soixante… peut-être même cent lignes ! J'AI DES POILS ET JE T'EMMERDE J'AI DES POILS ET JE T'EMMERDE J'AI DES POILS ET JE T'EMMERDE J'AI DES POILS ET JE T'EMMERDE J'AI DES POILS ET JE T'EMMERDE J'AI DES POILS ET JE T'EMMERDE J'AI DES POILS ET JE T'EMMERDE…

— C'est prêt ! annonça soudain la voix de Fred depuis la pièce voisine.

Valentine sursauta quand il ouvrit sa porte.

— C'est prêt ! Tu viens ?

Assise devant son écran, elle le dévisagea avec la même expression que Shelley Duvall voyant surgir Jack Nicholson dans la fameuse scène de *Shining*.

— Qu'est-ce qui t'arrive ? s'inquiéta Fred en faisant un pas vers elle.

Valentine referma en hâte le capot de son ordinateur.

— Rien. Ça va. Je travaillais un peu.

— Tu préfères dîner plus tard ?

— Non non, j'arrive.

Fred jeta un coup d'œil interrogatif vers le P.C., puis il inspecta le reste de la chambre. Le classeur noir était resté ouvert sur le lit.

— Tu as trouvé ce que tu cherchais ?

— Oui. Enfin, non. Je ne sais pas. Je ne suis pas sûre de…

Il la laissa s'embourber dans ses phrases incomplètes et Valentine finit par baisser la tête.

— Je ne sais pas ce que j'ai, murmura-t-elle. J'ai peur de devenir vraiment cinglée.

— Mais non. Ne dis pas n'importe quoi. Tu en prends plein la figure, ces temps-ci, c'est normal d'être perdue. Moi aussi, je suis paumé. Allez viens. Ça ira mieux quand tu auras englouti ton assiette de pâtes.

— Tu crois ?

— Parfaitement. La faim est un état dépressif. C'est connu.

Fred s'approcha, lui offrit son bras et l'aida à quitter son bureau.

— L'antidépresseur t'attend sur la table. Avec un verre de vin, si tu veux.

Il conduisit Valentine jusqu'à la cuisine qui sentait bon les herbes de Provence. Rien qu'en voyant la casserole pleine de tagliatelles à la bolognaise, en effet, Valentine se sentit mieux. Elle n'était pas folle. L'autre soir, quand elle avait écrit cette phrase en boucle, elle était juste salement éméchée. Ceci expliquait cela. *Et tout bien considéré*, se dit-elle après deux ou trois bouchées, *« j'ai des poils et je t'emmerde » est une phrase plutôt sensée !* Exactement ce qu'il faudrait apprendre aux filles de 9 à 13 ans au lieu de leur expliquer la différence entre un ticket de métro et un maillot brésilien, non ?

— Tu te souviens de la première fille avec qui tu as couché ?

Fred haussa les sourcils, enroula des tagliatelles autour de sa fourchette et prit le temps de réfléchir.

— Farrah Fawcett.

— En vrai, espèce d'idiot !

— OK, alors… c'était Sandrine Vialle.

Valentine en lâcha sa fourchette.

— Quoi ? Tu as couché avec Sandrine ?

Fred eut un sourire jusqu'aux oreilles ; apparemment, c'était un bon souvenir.

— La vache, elle ne me l'a jamais dit, cette cachottière ! C'était quand ?

— En 1re. Le soir de mon anniversaire. Pourquoi tu veux savoir ça ?

— C'est sans importance, se rétracta Valentine qui n'avait pas envie de connaître des détails sur l'épilation de sa vieille copine.

Pour changer de sujet, elle prêta l'oreille aux infos qui lui parvenaient du salon.

— Tu sais pour qui tu vas voter, toi ?

Fred hocha vigoureusement la tête.

— Farrah Fawcett.

Une fois la vaisselle terminée, Valentine donna au chat le reste de la sauce bolognaise et attendit qu'il ait tout mangé pour le prendre dans ses bras et se diriger vers sa chambre.

— Bonne nuit, lâcha-t-elle en passant près de Fred qui regardait un débat à la télé, bien calé dans le fauteuil à oreilles.

— Tu dors avec Léon, maintenant ?

— C'est ma psy qui m'a conseillé d'essayer. La ronron-thérapie plutôt que les somnifères.

— Pas bête.

— C'est le mot, sourit Valentine en refermant la porte derrière elle.

Elle lâcha Léon sur l'édredon, et l'animal s'assit sagement, la queue enroulée autour de lui.

— OK, mon vieux. Alors écoute-moi bien. J'ai une tonne de choses à éclaircir avec Monette, j'espère que tu es prêt à collaborer, parce que j'ai besoin de toi, pigé ?

Naturellement, Léon ne répondit rien, mais Valentine crut déceler une lueur d'assentiment dans l'œil gris du matou. Elle se déshabilla en frissonnant, enfila son pyjama (elle n'aimait guère l'idée de dormir nue avec le chat) et se mit au lit. Sur la table de chevet, un radio-réveil Sonoclock 300 avec horloge à volets tournants (probablement acheté sous Giscard mais toujours en parfait état de marche) indiquait 21 : 58 ; trop tôt pour les fantômes, jugea Valentine, qui cala un deuxième oreiller sous sa nuque, et s'empara du livre de Svetlana Alexievitch, qu'elle avait délaissé depuis son voyage en train, à la page 193.

Elle lisait ce livre depuis des mois, à une allure extrêmement lente, une page par-ci, une page par-là, revenant en arrière, prenant parfois des notes et traquant le moindre signe qui pourrait lui révéler ce qui avait plu (ou déplu) à Monette : une page cornée, un trait de crayon, une tache de café, une cassure dans la reliure, tout pouvait faire sens.

Valentine se demandait ce que sa mère avait pu retirer de cette lecture instructive. Y avait-elle vu le tombeau définitif de ses anciens idéaux ? Avait-elle, à la lumière de ces pages, fait un retour sur elle-même et sur sa jeunesse exaltée ou bien s'était-elle contentée d'y lire la confirmation que les Soviétiques avaient dévoyé une idée généreuse et toujours valable ?

— Qu'est-ce que tu en penses ? demanda-t-elle au chat qui s'était pelotonné contre sa hanche.

Léon ronronnait ; il continua.

Pour Valentine, *La Fin de l'homme rouge* était une pierre supplémentaire dans le jardin de ses illusions. Au fil des chapitres, elle s'était rendu compte non sans stupeur qu'elle avait longtemps partagé avec les Soviétiques des années 60 une étrange croyance selon laquelle l'Homme serait « foncièrement bon ». D'après les témoignages, c'était (avec l'amour de la patrie et le mépris de l'argent) un des enseignements prodigués dès les petites classes dans l'ex-URSS. Mais pour elle qui avait grandi en Corrèze ? Où, dans quelle école, dans quelle bible – elle qui n'en avait jamais ouvert aucune – avait-elle pu piocher une idée pareille ?

Elle soupira et reprit sa lecture. Il était question, page 193, de la perestroïka et de l'espoir que cela avait suscité à l'époque : celui d'une vie nouvelle où les magasins regorgeraient de saucissons – mais de saucissons « à des prix soviétiques » précisait une femme qui racontait le choc et l'hébétude du peuple russe lorsque, en effet, les saucissons avaient envahi les étagères des magasins privés, mais à des prix capitalistes. « Ce que nous pouvions être naïfs ! C'en est répugnant », concluait-elle.

Valentine comprenait ce dégoût, ce sentiment humiliant qui saisit quiconque a cru à une jolie histoire et s'aperçoit qu'on s'est moqué de lui : elle l'avait éprouvé quand Kostas l'avait quittée, mais surtout au lendemain des attentats de Paris en 2015. Sa sidération datait du 7 janvier ; son effondrement du 13 novembre. Depuis, c'était aussi bête que ça, elle ne croyait plus en l'intrinsèque bonté de l'Homme. Et, un excès en produisant un autre, elle en arrivait à croire l'inverse.

Impossible pour l'instant de replacer le curseur au milieu.

Les ronrons de Léon traversaient l'épaisseur de l'édredon. Une onde de bien-être envahissait peu à peu Valentine ; elle bâilla.

Pourvu que le chat accepte de jouer son rôle de médiateur ! Elle avait tant de questions à poser à Monette, tant de souvenirs à réexaminer, tant de nuances à apporter, tant de mystères à percer, tant de…

Quand elle se réveilla, il faisait grand jour.

Restée allumée toute la nuit, l'ampoule de sa lampe de chevet grésillait. Le livre était tombé par terre, le chat avait disparu. Le réveil giscardien indiquait 8 : 47 ; elle n'avait même pas entendu Fred claquer la porte.

# Chapitre 23

VENDREDI 17 MARS 2017
ACTIVITÉ : VÉLO
DISTANCE : 45 KM
DURÉE : 1 H 50
VITESSE MOYENNE : 24,5 KM/H
FRÉQUENCE CARDIAQUE MOYENNE : 116 BPM

« Alors tu vois ! Je l'ai pas tué ! »

Voilà ce que j'ai dit à Valentine à notre retour, après avoir posé mon Look contre la porte du garage.

Anastase s'est écroulé sur les marches du perron, protestant que si, il était mort, mais avec un sourire radieux qui prouvait le contraire.

Je me suis assis à côté de lui, face au soleil, c'était chouette, et Valentine a eu l'excellente idée de nous apporter du café avec un paquet de biscuits. Pour une fois, elle avait l'air reposée (sans doute un effet de la ronron-thérapie qui l'avait plongée dans un sommeil de plomb, à en croire sa totale indifférence aux miaulements de Léon que j'avais délivré de sa chambre juste avant de partir). Elle a voulu savoir où nous avions roulé, et je lui ai décrit le parcours en détail : Les Granges, Le Treuil, le bois Bernoux, La Gardelle, Les Quatre-Routes. J'avais fait en sorte que ça ne grimpe pas trop et Anastase s'était super bien débrouillé. Il a dit, je cite :

— Fred est un très bon prof, tu devrais venir avec nous la prochaine fois !

À ma grande surprise, Valentine a répondu pourquoi pas. Alors on s'est mis à rigoler en imaginant qu'on pourrait bientôt reconstituer l'équipe des vétérans du Pays de Seyssac.

— On s'appellerait *Les Vieux Roulants* ! a suggéré Anastase.

J'ai profité de la bonne humeur pour sortir les deux vélos de femme qui rouillaient au fond du garage, un Motobécane couleur caca d'oie et un Peugeot dix vitesses muni de sacoches poussiéreuses avec lequel maman descendait autrefois faire les courses au bourg. Valentine a fait la grimace, mais devant Anastase, elle n'a pas voulu passer pour plus pimbêche qu'elle n'est.

— Si tu arrives à en réparer un, d'accord.

— Je ne travaille pas dimanche, s'est empressé d'annoncer Anastase. Il paraît qu'il fera beau, on pourrait en profiter ?

Ça me laissait deux jours, j'ai dit banco.

— Super ! Alors à dimanche ! a lancé Anastase avant de filer.

En voyant rosir les joues de Valentine quand il lui a fait la bise, j'ai su que le chauffeur de taxi serait mon meilleur allié dans l'affaire qui m'occupait, c'est-à-dire ramener Valentine parmi les vivants. Du coup, après son départ, j'en ai rajouté une couche.

— Il est vraiment sympa, ce mec, je suis content d'avoir fait sa connaissance. Il est dynamique, marrant, il a une bonne tête, et en plus, il est célibataire… Son seul défaut, finalement, c'est qu'il fume.

— Et qu'il vote Front national, a lâché Valentine.

Ça m'a douché.

— Sans rire ? Comment tu sais ça ?

— Il me l'a plus ou moins avoué.

— Comment ça, *plus ou moins* ? Il te l'a dit ou il ne te l'a pas dit ?

— Il a fait des allusions. Du genre, « je peux plus voir un Arabe en peinture ». Ça m'a paru clair.

Merde. Pour un mauvais point, c'était un mauvais point, d'autant que Valentine était d'une intransigeance totale sur les questions politiques, raison pour laquelle j'avais moi-même botté en touche la veille quand elle m'avait demandé pour qui j'allais voter.

— Peut-être qu'il plaisantait ?

— M'étonnerait.

— Et tu… enfin, je veux dire, ça ne te…

Elle a haussé les épaules avant de m'expliquer qu'elle pouvait, malgré tout, supporter l'idée d'une balade à vélo en compagnie d'Anastase ; il suffirait d'éviter les sujets qui fâchent, et tout irait bien.

— Sinon, par les temps qui courent, on risque de ne plus voir personne…

J'étais scié qu'elle dise ça. D'habitude, si quelqu'un franchissait d'un millimètre la ligne médiane de ses grands principes, elle partait au quart de tour.

Ne voulant pas réveiller les vieux démons, je n'ai rien dit, j'ai annoncé que j'allais prendre une douche, et à tout hasard je lui ai proposé de m'accompagner à l'Hyper Sport de la ZAC du Mazaud pour acheter les pièces de rechange dont j'aurais besoin. Elle a accepté. Je ne sais pas si c'est pour le mieux, mais une chose est sûre : Valentine a changé.

Sinon, pendant ma sortie à vélo, Laura m'a encore bombardé de messages désagréables (quatre). J'ai répondu par un SMS qui disait : « Arrête de me casser les burnes. » Ça m'a fait du bien, mais je ne lui ai pas envoyé.

# Chapitre 24

La dernière fois que Valentine avait mis les pieds dans un magasin de sport, c'était pour acheter à Youri un skateboard et une paire de baskets, à l'époque où il passait ses week-ends à « rider » (comme il disait) place de la République. Sans ça, les gens comme elle se ruaient rarement dans ces temples du muscle et de la forme – Valentine les trouvait horriblement culpabilisants. Mais cette fois, elle passa outre et pendant que Fred disparaissait entre les présentoirs de porte-bidons et les rangées de chambres à air, elle s'en alla fureter au rayon « running ».

Depuis la promenade au bord du lac, et surtout depuis qu'elle avait raconté n'importe quoi à Hélène au téléphone, elle avait repensé plusieurs fois à la joggeuse avec son bonnet et ses chaussures fluo. Il lui aurait été difficile de décrire son visage, ou même de dire si elle était blonde ou brune, mais la fille lui avait fait une forte impression. Elle avait ressenti sa légèreté, sa liberté – en tout cas le plaisir qu'elle avait à courir. Plaisir qui semblait, ici, à la portée de tout le monde. Il suffisait de rien : une bonne paire de chaussures, et zou.

Valentine se planta devant le mur de modèles pour femmes et fronça les sourcils. Il y en avait de toutes les couleurs, avec des semelles plus ou moins épaisses et à des prix généralement exorbitants (des prix *capitalistes*, auraient dénoncé les Soviétiques du bouquin).

— Je peux vous renseigner ? lui proposa un vendeur qui passait par là, les bras chargés de textiles multicolores.

D'ordinaire, Valentine n'aimait pas ça. Qu'on la renseigne. Elle se méfiait des pièges et s'enorgueillissait de ne pas être de celles qu'on pouvait prendre dans les rets du système : elle répondait toujours : « Non merci, ça va, je regarde. » Mais depuis quelques mois, plus rien n'était ordinaire dans la vie de Valentine.

— En fait, je ne sais pas… Qu'est-ce que vous conseilleriez à une débutante ?

Le vendeur sourit et déposa son fardeau sur un siège. Il n'y avait pas grand monde dans le magasin, il semblait heureux de pouvoir rendre service à cette nouvelle cliente ; le badge fixé au revers de sa chemise disait *Guillaume, à votre écoute*.

— Tout dépend de ce que vous avez envie de faire, commença-t-il. Vous n'avez jamais couru ?

— Jamais.

— OK, c'est super que vous ayez envie de commencer.

— J'ai arrêté de fumer. Il y a six mois.

— Ça alors, moi aussi ! s'exclama le vendeur, les yeux brillants. C'est dur, hein ? Mais – je ne sais pas vous – moi, je revis. J'ai pris cinq ou six kilos, mais je m'en fiche.

Cette fois, ce fut Valentine qui sourit, presque fière d'annoncer qu'elle en avait pris plus.

— Chez les femmes, c'est souvent le cas, mais ne vous découragez surtout pas. On peut commencer le running, même avec des kilos en trop. Il suffit de bien s'équiper et de ne pas vouloir aller trop vite. Les premiers jours, par exemple, je vous conseille dix minutes de marche rapide, puis dix minutes en petites foulées, c'est tout. Ou même cinq minutes de marche, cinq minutes en courant doucement, puis cinq minutes de marche.

— Ça me semble possible, opina Valentine, toute contente de constater qu'elle avait tenu des propos similaires à Hélène.

— L'erreur que font les gens, en général, c'est de courir trop longtemps et trop vite. Dès la première sortie, ils s'épuisent, ils se blessent, après ils sont dégoûtés et ils en concluent qu'ils n'aiment pas ça. Il existe des applis très bien faites pour mesurer les progrès et éviter les excès. Je vous donnerai quelques noms si ça vous intéresse.

Valentine se détendait à mesure que Guillaume lui parlait. Il formulait les choses avec simplicité, elle comprenait son langage, elle ne se sentait pas complètement nulle face à lui. Il était un peu plus grand qu'elle, le regard vif et pétillant. Sa voix était chaude, ses gestes n'avaient rien de brusque. Dans l'ensemble, il dégageait quelque chose de rassurant. Quel âge pouvait-il avoir ? Une bonne quarantaine ?

— Le sport, c'est comme tout, ajouta-t-il, il faut rester humble et apprendre à se connaître.

— Apprendre à se connaître, c'est un bon programme !

Elle avait dit ça sans aucune malice, en pensant au travail entamé avec Marie-Ange. Elle se rendit compte que sa phrase pouvait être équivoque quand Guillaume haussa un sourcil amusé, mais il eut le tact de ne pas insister. Professionnel, il lui demanda si elle avait une idée du budget qu'elle souhaitait consacrer à son équipement, puis il se lança dans le descriptif des différents modèles de chaussures. Savait-elle si elle était pronatrice ou plutôt supinatrice ?

— Supi… quoi ?

— Montrez-moi vos chaussures, proposa Guillaume en s'agenouillant soudain devant elle. Selon l'usure de la semelle, on peut se faire une idée.

Valentine baissa le nez vers ses pieds. Avant de partir, elle avait chaussé, sans réfléchir, les Pataugas de Monette.

— Zut, dit-elle. Ce ne sont pas mes chaussures. Je suis ici en vacances, enfin, pas vraiment, disons que je suis de retour sur les terres familiales. Je les ai empruntées à ma mère.

— Eh bien, votre maman est supinatrice, énonça Guillaume en soulevant légèrement le pied de Valentine.

— Était. Elle est décédée en novembre.

Sous sa barbe de trois jours, le vendeur pâlit.

— Oh, je suis désolé.

— Y a pas de mal. Elle n'a pas souffert, d'après le docteur. Une hémorragie cérébrale.

Guillaume se releva avec lenteur. Il paraissait affecté.

— Mon père a fait un AVC il y a tout juste deux semaines, dit-il. Il est dans le coma.

Valentine se pinça les lèvres et offrit au vendeur quelques mots maladroits qu'il accueillit avec un sourire triste.

— C'est dur à avouer, mais parfois je regrette que les pompiers l'aient sauvé. À 84 ans, il ne s'en remettra pas. Et comme ma mère n'est plus là, je me dis que…

Valentine s'étonna elle-même lorsqu'elle posa une main sur son épaule. Ce geste ne lui était pas familier. Il avait jailli d'elle, pareil à un sanglot.

— Le mien est mort quand j'avais 12 ans. Crise cardiaque.

Guillaume et Valentine se tenaient à présent face à face, reliés par un fil invisible, envahis par une émotion complètement inappropriée au milieu de ce hangar rempli d'articles de sport. Mais le décor – le mur de chaussures aux couleurs vives, les textiles flashy, les chronomètres, les podomètres, les housses à téléphone et les barres énergétiques – n'avait plus qu'une existence floue et relative, comparé à ce qui animait leurs regards. Même la musique d'ambiance tombait à pic, qui passait Sam Smith, *Stay with me*.

C'était à n'en pas douter un moment de grâce. Une parenthèse magique au cœur de la ZAC du Mazaud. Un de ces instants rares que la vie propose à qui sait les saisir, et Valentine avait l'impression d'être suspendue entre le ciel et la terre, ou plus exactement entre la moquette et les plaques du faux plafond dissimulant le réseau de climatisation. Fallait-il qu'elle soit à fleur de peau pour s'autoriser, en ce banal vendredi après-midi, un sorte de coup de foudre – disons les choses – avec un vendeur de chaussures de sport ?

— Valentine ! Ben alors ! Tu fais quoi ?

C'était Fred. Il venait de surgir au bout de la travée, traînant derrière lui un petit chariot à roulettes en plastique rempli d'accessoires ; les regards que lui jetèrent Valentine et Guillaume le clouèrent sur place.

— Je te cherchais partout, s'excusa-t-il. Je pensais que tu… Je ne savais pas que…

— Je vous présente Fred, dit Valentine à Guillaume. C'est mon *frère.* (Elle prit soin de bien articuler ce mot.) Il est cycliste.

Le charme était rompu, mais dans l'élan, Guillaume serra la main de Fred avec une chaleur aussi débordante qu'inattendue.

— Vous vous connaissez ? demanda Fred.

— Oui, sourit Valentine. Enfin, on vient de…

— On ne se connaît pas très bien, reconnut le vendeur en riant. Je m'appelle Guillaume.

— Je vois, dit Fred en lisant son badge. Manifestement, vous avez su écouter Valentine…

— Oui. On parlait running.

— Je vais m'acheter des chaussures. Et une tenue complète, aussi. Avec un bonnet.

— Très bien, très bien, mais… Et le vélo, alors ?

Fred avait l'air perplexe, un brin agacé peut-être par cet enthousiasme subit de Valentine pour la course à pied.

— Bah, je peux faire les deux, non ?

— Moui, sans doute…

— Personnellement, je pratique le triathlon, intervint Guillaume. Alors je ne vais pas vous dire le contraire !

— Le triathlon ? Rappelez-moi…, s'intéressa Valentine en le dévorant des yeux.

— Natation, cyclisme et course à pied. Mille cinq cents mètres de nage, quarante kilomètres de vélo et dix de course. Pour l'instant.

— Et tout ça en fumant ?

Guillaume éclata de rire, secoua la tête et expliqua qu'il s'était mis au triathlon au début de l'année scolaire précédente, pour accompagner l'arrêt du tabac, justement.

— Un changement de vie, ajouta-t-il en haussant les épaules. Divorce, déménagement, nouveau boulot, vous connaissez la chanson…

— Oh oui, acquiescèrent ensemble Fred et Valentine.

— Ah, vous êtes divorcés aussi ? Tous les deux ?

— Elle, oui. Moi, pas encore. Mais c'est en bonne voie.

C'était sorti tout seul. Fred sourit et éluda.

— Bon, alors, tu fais quoi ? Tu essaies des chaussures ?

Une bonne heure plus tard, lorsqu'ils quittèrent l'Hyper Sport, Valentine et Fred avaient dépensé cinq cent dix-sept euros et convié Guillaume à leur sortie vélo du dimanche matin. Ce dernier avait aussitôt accepté, ce qui avait donné lieu à des échanges de noms, d'adresses, de numéros de téléphone. « Ce sera à la bonne franquette, hein ? » avait tenu à préciser Fred. Parfait parfait, ça lui allait. Valentine rayonnait.

— Guillaume Kaufman, soupira-t-elle en traversant le parking. C'est allemand, tu crois ?

— Alsacien, peut-être.

— Il n'a pas tellement l'air alsacien.

— Ni spécialement allemand.

— Quel âge tu lui donnes ?

— Je ne sais pas, Valentine.

— Plutôt 40 ? 45 ?

— Il a l'âge de coucher avec toi, si c'est ce qui t'inquiète.

Il y eut un petit « ding » dans la main de Valentine et elle se mit à rire.

— Oh, c'est lui ! Il vient de m'envoyer un SMS !

— Dingue. Et qu'est-ce qu'il dit ?

— Qu'il est content de venir dimanche !

— Eh bé.

Pendant que Fred ouvrait le coffre de la Volvo pour y ranger leurs courses, Valentine prit place à l'avant et tapa une réponse, ce qui provoqua un nouveau « ding », puis une nouvelle réponse de sa part, et toute une série de « ding » entrecoupée de gloussements.

— Tu veux bien mettre ton truc en silencieux ? lui demanda Fred en empruntant le troisième rond-point à la sortie de la ZAC.

— C'est bon, j'arrête, excuse-moi.

Elle rangea son téléphone dans sa poche, un sourire idiot sur la figure.

— Tu savais que maman était supinatrice ?

— Je savais qu'elle était emmerdante, comme toi, mais supinatrice…

— Ça veut dire que l'appui de son pied se faisait vers l'extérieur. D'après Guillaume, j'ai le même.

— Et c'est grave comme handicap ?

— Non, pas trop, répondit Valentine avec le plus grand sérieux. Il faudra seulement que j'aille voir un podologue si j'éprouve des douleurs en courant. Il me fera des semelles spéciales. Guillaume m'a montré les siennes, c'est bien fait, ça épouse parfaitement la courbure du…

— Attends, Valentine. Tu es en train de me dire que ce type t'a montré ses semelles orthopédiques ?

— Ça te choque ?

— Non non.

Fred laissa un instant avant de demander, narquois :

— Et tu sais pour qui il va voter ?

« Ding » fit encore le téléphone de Valentine, si bien qu'elle ignora la question autant que le sarcasme. Elle sortit l'appareil de sa poche, le régla en mode discret, et fit le reste du trajet en silence, penchée sur l'écran, ce qui valut à Fred le même sentiment de solitude que les matins où il conduisait sa fille de 14 ans au collège.

# Chapitre 25

Chapitre 3 : Les ~~hommes~~ garçons, écrivit Valentine. Alinéa 1 : Serais-tu amoureuse ?

Tant que tu étais dans les petites classes de l'école primaire, tu avais des copines et des copains. Tu jouais avec tout le monde sans te soucier ~~de la différence des sexes~~ du genre. Mais cette année, les choses te paraissent compliquées ! Il y a peut-être un garçon, en particulier, qui te fait de l'effet ? Tu rougis quand il te parle ? Tu soupires devant ton miroir, tu rêves, tu dessines des cœurs sur tes cahiers ? Aïe, que se passe-t-il ?

*Mais oui, que se passe-t-il ?* s'interrogeait Valentine en relisant les SMS échangés avec Guillaume (une vingtaine) au long de la journée. Maintenant qu'elle était seule devant son ordinateur, elle se remémorait la séquence de l'Hyper Sport sans vraiment y croire. Cet enchaînement improbable de petits riens, ces coïncidences, cette émotion partagée, cette complicité immédiate… était-ce cela qu'on appelait une « rencontre » ?

Elle soupira, se leva de sa chaise, et s'approcha de la cheminée. Le miroir posé dessus lui renvoya un reflet légèrement piqué, mais pas trop désagréable. Pour son âge, Valentine avait un visage plutôt juvénile et les ridules n'altéraient pas (ou pas encore) la régularité de ses traits. Ses cheveux, peut-être, avaient tendance à ternir, mais tant qu'on ne regardait que le haut de sa personne, ça allait. C'était le reste qui péchait : la gelée flasque sous les bras, les bourrelets au niveau du ventre, le gras sur les hanches façon soufflé au fromage, la cellulite sur les fesses, l'épaisseur des cuisses, l'ensemble manquait de galbe, de tonus.

Elle ramassa le sac posé au pied du lit et en sortit ses achats qu'elle disposa sur l'édredon : un corsaire noir, deux T-shirts (dont un rose bonbon), une brassière maxi-maintien, des chaussettes anti-frottements, la fameuse paire de baskets pour foulée universelle et un chouette bonnet en polaire. Dans un de ses messages, Guillaume avait déclaré vouloir une photo d'elle dans sa tenue. « J'assure aussi le service après-vente », avait-il précisé avec des smileys.

Valentine se débarrassa de son pantalon et enfila le corsaire. Elle avait pris du L, mais elle était tout de même moulée comme une saucisse dans ce truc, franchement c'était moche. Elle serra néanmoins le cordon à la taille, et troqua son pull pour la brassière (une tannée à enfiler) et le T-shirt rose bonbon. Dans la cabine de l'Hyper Sport, elle s'était montrée enthousiaste. À présent – c'était à prévoir – elle déchantait : tous ses bourrelets étaient soulignés, rendus bien visibles par la matière et la coupe de ces satanés vêtements techniques… Elle tira sur le tissu en élasthane prétendument respirant, mais c'était elle qui ne respirait plus, occupée qu'elle était à rentrer son ventre. N'aurait-elle pas mieux fait de choisir la taille XL ? Le bonnet, en revanche, lui allait bien. Quant à la paire de baskets, c'était un plaisir de les porter et Valentine retrouva le sourire. Elle plia un genou à angle droit, puis l'autre, recommença ainsi plusieurs fois, puis elle essaya de toucher le sol jambes tendues, avant de se mettre à trottiner sur place. Pas de doute, l'habit faisait le moine ; maintenant qu'elle était équipée, autant en profiter.

Elle jeta un regard vers la fenêtre : il faisait encore grand jour. Elle s'empara de son téléphone pour faire un selfie (visage et buste) qu'elle envoya à Guillaume, accompagné du commentaire suivant : « Vous croyez que je serai prête pour les J.O. de 2024 ? », puis, sans attendre la réponse, elle jeta l'appareil sur le lit, et quitta sa chambre à petites foulées.

Fred avait étalé une bâche devant la porte du garage. Muni de pinces, de tournevis, d'un trousseau complet de clés Allen, d'une bombe de dégrippant et de câbles, il commençait à désosser les vieux vélos de Monette.

— Déjà ? s'étonna-t-il en voyant Valentine dévaler l'escalier.

— J'avais envie d'essayer mes chaussures ! Je travaillerai plus tard !

— Tu vas où ?

— Juste là, sur la route.

Fred fit une moue admirative.

— Rien à dire, tu es magnifique !

— Bof.

— Si. Ça te va super bien, je t'assure.

— En tout cas, c'est confortable. Je ne serai pas longue ! À tout à l'heure !

Valentine regarda droit devant elle, conquérante. Ce regain d'énergie après des mois d'abattement était aussi inespéré que grisant. Suffisait-il d'y croire et de se glisser dans la peau du personnage pour que la magie opère ?

Modérant ses ardeurs, elle prit la côte boueuse en marchant et en faisant des moulinets avec les bras, jusqu'à la sortie du domaine. Ce n'est qu'une fois arrivée en haut, sur l'asphalte, qu'elle commença à courir, s'engageant sans réfléchir en direction du bourg. Les semelles des chaussures amortissaient ses pas, et bien qu'elle sente le poids de son corps à chaque impact, dans un premier temps, l'exercice se révéla plutôt agréable.

Bordée par les hêtres et les châtaigniers, la route descendait en pente douce. Le ciel était clair, strié de traces d'avion, les odeurs d'humus se mêlaient à celles du lilas et de l'aubépine ; Valentine écarta les bras et respira à pleins poumons comme après une longue apnée. Elle atteignit le creux de la route, releva la tête et maintint son regard pointé vers le sommet de la bosse.

Courir en côte s'avéra, bien sûr, plus difficile. Elle sentit son cœur s'emballer, taper fort dans sa poitrine et elle ouvrit la bouche en essayant d'aspirer davantage d'oxygène, mais elle grimaça aussi sec en devinant les prémices d'un point de côté. Elle referma la bouche et ralentit jusqu'à faire quasiment du sur-place.

La dernière fois qu'elle avait couru, ce devait être l'année du bac, sur l'anneau en ciment du stade qui jouxtait le lycée. Entre-temps, son corps avait connu trente années de tabagisme débridé, deux grossesses et diverses maltraitances à base de beurre, de chocolat et d'alcools plus ou moins forts. Le bilan n'était pas glorieux, autant dire qu'elle partait de très loin. Mais il y avait en elle – bien enfouies – des mémoires qui se réveillaient.

Elle franchit le sommet de la côte, continua sur le replat jusqu'au deuxième virage et s'arrêta sur le bas-côté. De là où elle se trouvait, elle pouvait apercevoir le clocher de l'église et les toits en ardoise de schiste des maisons du bourg. La distance pour y arriver ne semblait pas énorme, du moins à vol d'oiseau. Valentine sourit. Si elle s'entraînait régulièrement, elle pourrait peut-être courir jusque là-bas ?

Le défi lui plut.

Elle étira son dos et l'arrière de ses jambes, souffla plusieurs fois, puis repartit en sens inverse. Des perspectives s'ouvraient. Un projet se dessinait. Modeste, certes, mais il fallait bien commencer par quelque chose !

Dans la portion de route qui redescendait, une sensation de chaleur et de fourmillement l'envahit. Secouées par la course, les zones graisseuses de son corps qui d'ordinaire se contentaient de faire bloc semblaient près de se disloquer, pareilles à des morceaux de banquise au printemps. Et si, au cours des semaines à venir, elle arrivait à perdre un, deux, trois kilos ? Et si, de fil en aiguille, elle réussissait à courir dix kilomètres ?

Elle s'arrêta à l'entrée du chemin de terre.

L'effort n'avait pas été spécialement violent, pourtant elle était essoufflée, elle avait soif et des gouttes de sueur perlaient déjà sur ses tempes, sous le bonnet. Elle les essuya du revers du poignet. Et d'un coup elle s'immobilisa. Ce geste ! Ce geste venait de lui rappeler un souvenir. Elle en resta pétrifiée.

## Chapitre 26

Valentine est assise sur la selle de son vélo rouge. Elle touche le sol, mais tout juste, de la pointe des pieds. Il fait chaud, il y a beaucoup de monde dans cette rue, sur cette place. De la musique. La voix d'un speaker dans un micro. Il fait vraiment *très* chaud. Une chaleur lourde d'orage. Valentine tire son bidon du logement fixé au cadre. L'eau a un goût de plastique et de grenadine : Monette en met toujours trop ou pas assez ; cette fois, ce n'est pas assez. Le speaker annonce les noms des concurrents. Entre deux chansons des Bee Gees, Valentine entend le sien, celui de son frère et celui de Bruno Bevilacqua. Elle range le bidon. Ils sont une cinquantaine, peut-être, à patienter sur cette place de village enguirlandée comme au 14 Juillet. Des garçons, et de rares filles qu'on prend pour des garçons. La course n'a pas encore commencé que Valentine est déjà en nage. Elle essuie son front du revers du poignet. Elle y a enfilé un bracelet en mousse avec des rayures noires et blanches que Fred a bien voulu lui prêter. Elle aime faire ce geste copié sur les joueurs de tennis, qu'elle admire autant que les coureurs du Tour de France – Borg contre Vilas, cette année-là, sur la terre battue de Roland-Garros – ; elle a tout suivi avec passion, scotchée au téléviseur du salon.

Elle aimerait être comme eux. Athlétique, inépuisable, héroïque. Elle veut gagner, et pour ça, il faut souffrir, elle le sait. Il faut en baver. Aller jusqu'au bout, dépasser ce qui semble indépassable. Elle est là pour ça, la petite Valentine assise sur son vélo rouge. Mais aussi, pour Bruno. Pour qu'il l'admire. Pour qu'il l'aime d'amour. Elle le cherche parmi la foule des enfants qui se pressent sous les platanes. Les tignasses hirsutes sous les casquettes. Les dossards qui flottent entre les épingles à nourrice. Les parents agglutinés autour des barrières. Les encouragements qui fusent : *Vas-y, mon Jojo ! T'es le plus fort, Loulou, on t'attend à l'arrivée !*, et les conseils de dernière minute prodigués par des pères anxieux. Le papa de Valentine, lui, n'est pas là. Henri n'a pas pu venir. Un problème de dernière minute à régler, *urgentissime*, à l'Éden-Club. Il a dit : « Désolé, mon poussin, mais je dois rester, tu me raconteras tout ça ce soir, hein ? » Il l'a embrassée sur le front et il a filé au cinéma. Monette est là, elle, comme à chaque course, les yeux sous son chapeau. Elle fait un signe de la main à Valentine, elle sourit, elle lève le pouce pour dire qu'elle y croit. Où est Bruno ? Avant le départ, Valentine a besoin de croiser ses yeux rieurs, de contempler sa bouille d'ange… Elle se hisse sur sa selle, elle le cherche du regard. Là-bas ! Elle vient de l'apercevoir, dans son maillot arc-en-ciel floqué avec les lettres C&A, semblable à celui que porte Eddy Merckx cette année-là. Le cœur de Valentine se fige.

Mais que fait-il ? Avec qui est-il en train de parler et de rire ? Valentine est trop petite pour voir. Elle doit se faufiler, avec son vélo, fendre la foule des concurrents qui attend en troupeau. Elle avance en jouant des coudes, elle ordonne qu'on se pousse. Enfin, Bruno n'est plus qu'à quelques mètres. Et que voit-elle juste derrière lui ? Un morceau de tissu à fleurs. La manche bouffante d'une robe. Et dans la robe à fleurs, une fille. Avec de longs cheveux. Des nattes. Un museau de souris. Une fi-fille. Fragile et gracieuse. Qui minaude. Qui pépie plus qu'elle ne parle. Une de ces princesses ! Tu la mets sur une selle, elle tombe. Tu lui donnes un ballon, elle roule dessus et s'étale, les quatre fers en l'air. Tu lui files une raquette, elle en fait une poêle à frire. La conne. Et pourtant, Bruno est là qui la dévore des yeux. Pourquoi ?

Quelque chose se serre dans la poitrine de Valentine, on dirait qu'un poing se referme sur son cœur et le presse de toute sa force pour en extraire le jus, le sang, l'amour. Pour le réduire à rien, à une pelure morte et sans substance. Bruno plaît à la fille, et la fille plaît à Bruno, ça crève les yeux. Valentine a envie de s'enfuir. Mais trop tard. Le speaker invite les coureurs à s'avancer. La sono crache les premières mesures d'une chanson de Toto. *Hold the Line*. Le départ va être donné. Alors Bruno se penche, embrasse la joue de la fille et monte sur son vélo.

Valentine est immobile. Il fait cent degrés en dessous de zéro à l'intérieur. Une taïga gelée, un champ de ruines, tandis que, rayonnant, Bruno traverse la place.

Elle baisse la tête. La douleur provoquée par cette morsure est insoutenable. Les pleurs enflent. Elle réajuste son dossard. Elle s'avance vers la banderole. Elle se noie dans la foule. Elle voudrait y disparaître. Les coureurs s'élancent, et elle se laisse entraîner par la vague. Elle glisse ses chaussures dans les cale-pieds et pédale sans conviction, en bon petit soldat du peloton. À son poignet, le bracelet en mousse de Borg ne lui paraît plus si chouette. À quoi bon être une guerrière si Bruno préfère les princesses de porcelaine ?

Le parcours fait une large boucle dans les champs et les collines aux alentours du village. Valentine suit le mouvement, en pilote automatique. Elle se cale dans la roue du garçon de devant, les façades des maisons s'effacent, tandis que le ciel s'assombrit à l'horizon, comme son cœur.

Peu à peu, pourtant, elle retrouve des forces. Elle accélère, elle se prend au jeu, s'accroche au guidon, tire sur les bras, et franchit la première bosse en danseuse. Dans la descente, elle lâche les freins. Elle coupe un, puis deux virages ; elle dépasse plusieurs coureurs et se retrouve dans le groupe de tête. Le maillot arc-en-ciel de Bruno danse devant ses yeux. Elle serre les dents. Elle se bat.

Les premières gouttes de l'orage mouchettent le bitume sous les roues de son vélo rouge. Le ciel gronde. L'électricité de l'orage lui fait du bien. Sa colère s'agglomère aux nuages. Et plus ça tonne au loin, plus Valentine pédale.

Au milieu du second tour, alors qu'elle attaque la bosse, quelque chose lâche. C'est le dérailleur arrière ! Le câble vient de casser ! Incident technique ! Avarie moteur ! *Help !* Valentine arrive en haut de la bosse avec les autres, mais ensuite, c'est compliqué. Bloquée sur le petit pignon, elle ne peut plus changer de vitesse. Les autres la distancent. Le maillot de Bruno s'éloigne ! C'est terminé, elle ne pourra plus les rattraper !

Elle se retrouve seule, maintenant, en rase campagne, sur une portion plate cinglée par la pluie qui vient. Sa belle colère se mue en rage impuissante. Elle frappe du poing sur son guidon. Maudit vélo ! Elle imagine l'humiliation que ce sera d'arriver après tout le monde sur la place du village. Sous les yeux rieurs de Bruno. Devant la fille aux nattes de princesse. Elle en pleure des torrents.

Au moment où elle parvient à l'intersection – d'un côté la route qui remonte vers son naufrage, de l'autre, celle qui retourne vers la maison (Scyssac : 12 km sur le panneau) –, la décision s'impose : elle préfère quitter la course et s'épargner le spectacle d'un Bruno victorieux qui frime devant une autre. Alors elle bifurque, elle s'enfuit.

Et la voici, la petite Valentine, qui mouline sous la pluie hors des sentiers battus avec son dérailleur bloqué. C'est dimanche, il n'y a personne sur ces petites départementales. Elle n'a qu'à suivre les flèches pour rentrer à la maison. Mieux ! Elle s'arrêtera à l'Éden-Club ! Elle trouvera refuge entre les bras d'Henri. Lui, c'est sûr, il saura la consoler.

Talus, bocages, murets moussus, promontoires, rivières, châteaux à tourelles, Valentine ne voit rien. Elle connaît ça par cœur, elle s'en fout, des paysages, tout ce qu'elle veut c'est effacer cette journée, la rayer de sa mémoire. Elle fixe la route devant elle, la tête rentrée dans les épaules, tandis que l'encre de son dossard dégouline et tache son cuissard, et que les crampes lui tétanisent les cuisses. Quand elle arrive au bourg, elle est épuisée. Sous la pluie battante, elle mobilise ses dernières forces pour atteindre le cinéma. Elle lâche son vélo à l'arrière du bâtiment, elle le jette presque et se faufile par la petite porte, par l'entrée des artistes, comme dit son père. Elle ne s'étonne pas de la trouver ouverte, puisque Henri est là.

Elle est à l'abri, à présent. Grelottante au milieu du couloir plongé dans la pénombre. Les battements de son cœur ralentissent. Elle est glacée, elle tient à peine sur ses jambes et le maillot lui colle au dos comme une peau de serpent. Elle prend conscience à présent qu'elle a fait une bêtise. Quitter la course sans prévenir, c'est certain, on va s'inquiéter et elle se prendra une bonne engueulade. Tant pis. Elle avance sur la pointe des pieds en direction du bureau, là où Henri fait ses comptes, reçoit les factures, les coups de téléphone et règle tous les problèmes. Puisqu'il est capable de régler des problèmes d'adulte, songe Valentine, il saura régler des problèmes d'enfant, c'est forcément moins compliqué, et, plaçant toute sa confiance en lui, elle pousse la porte du bureau.

# Chapitre 27

Victime d'un nouvel éblouissement, Valentine eut besoin de s'asseoir.

Il y avait une souche non loin, elle y posa ses fesses et mit son visage dans ses mains. Ce souvenir ! Mais d'où remontait-il ? De quelles catacombes ? De quel marécage putride ? Elle en avait la nausée.

Quand elle ôta les mains de son visage, Léon était assis devant elle et la fixait de ses yeux gris. Elle tressaillit.

— Maman ?

Elle se redressa d'un bond et tourna sur elle-même. Monette arrivait par la route, marchant d'un pas énergique, munie d'un bâton, un panier au creux du bras. Elle portait ses vieilles Pataugas et la chemise de bûcheron qu'elle enfilait jadis lorsqu'elle entamait de menus travaux dans la maison ou au jardin : désherbage, réfection d'une clôture, grand rangement du garage, lessivage de la cuisine. Tant que ses forces le lui avaient permis, Monette n'avait jamais négligé d'entretenir le domaine.

— Regarde ça ! s'écria-t-elle, joyeuse, en levant son bras. Pondus de ce matin !

Valentine l'attendit, sourire aux lèvres, puis se pencha au-dessus du panier. Les œufs étaient énormes, posés sur un lit de haricots, de tomates jaunes et de petites salades rougettes.

— Tu reviens de chez Jacynthe ? À pied ?

La ferme de Jacynthe était sur les hauteurs, à trois bons kilomètres ; Monette en avait donc parcouru six, ce qui n'était pas arrivé depuis longtemps. En la regardant mieux, Valentine lui trouva d'ailleurs un visage plus lisse, un corps plus vigoureux.

— Et toi ? s'étonna Monette. Qu'est-ce que tu fais dans cet accoutrement ?

— Ben… j'ai couru un peu, je…

Interrompant la conversation, Léon vint frotter ses flancs contre les jambes de Monette qui lâcha son panier et s'accroupit.

— Viens là, mon gros père. Mooh oui, voilà… Je ne sais pas ce qu'il a, celui-ci, à me coller aux basques depuis des semaines, un vrai chewing-gum. Dès que je m'absente, il part à ma recherche. C'est curieux. Simone n'a jamais fait ça. Ni Jean, d'ailleurs ! Tu te souviens de Jean ? Quel snob, ce chat !

— Il est peut-être inquiet ? suggéra Valentine.

— Inquiet de quoi ?

— Je ne sais pas. Tu n'es pas inquiète, toi ?

— Ce n'est pas tellement dans ma nature, tu le sais, cocotte.

— Peut-être, mais d'après Geneviève, tu as des insomnies. Tu surveilles les fenêtres. Tu sursautes quand le téléphone sonne. C'est vrai ?

Monette haussa les épaules.

— Bah. Si tu écoutes tout ce que raconte Geneviève…

— Pourquoi surveilles-tu les fenêtres ?

Le chat s'était couché sous les caresses, offrant son poitrail hirsute aux rayons du soleil, et Monette fit mine de ne pas entendre la question. Debout, Valentine observait la scène : le chat au sol, sa mère accroupie près du panier rempli de produits frais. Le tableau était charmant, et surtout *si réel* ! C'était à la limite du supportable.

Comprenant qu'elle n'obtiendrait pas de réponse à des questions trop directes, elle changea de sujet.

— Tu te rappelles le jour où j'ai fugué au milieu d'une course de vélo ?

— À Martel ? Tu penses si je m'en souviens ! J'ai eu la peur de ma vie ! On t'a cherchée partout pendant des heures. J'ai cru qu'on t'avait enlevée.

— Comment tu m'as retrouvée, finalement ?

— C'est ton père, tu ne t'en souviens pas ? Tu étais rentrée directement à la maison sans rien dire à personne. Je nè sais toujours pas quelle mouche t'avait piquée. En remontant à Lestrade, Henri t'a trouvée plongée dans un bain chaud. Tu avais une fièvre de cheval.

— C'est ce qu'il t'a raconté ?

— C'est ce qu'il a dit aux gendarmes, surtout. Quand il a compris que tu avais fichu le camp en douce depuis plusieurs heures, il s'est douté qu'on te cherchait. Il les a aussitôt contactés, bien sûr.

— Il a menti, maman. Je ne suis pas allée directement à la maison.

Monette cessa de caresser le chat et tourna la tête pour regarder Valentine.

— Ah bon ? Mais où, alors ?

Valentine se baissa pour s'accroupir à côté de sa mère. Le chat ronronnait, allongé de tout son long dans les feuilles et les brindilles qui jonchaient le bord du chemin. Elle entreprit de le caresser à son tour. Il lui semblait que s'occuper du chat allait lui faciliter la tâche pour avouer à sa mère ce secret vieux de quarante ans.

— Je suis allée à l'Éden-Club. Je savais que papa y était. J'avais besoin de lui. Quand je suis entrée dans son bureau, il ne m'a pas vue tout de suite parce qu'il… Parce qu'il me tournait le dos (elle prit sa respiration) et qu'il était très occupé. Entre les jambes d'une femme. Qui n'avait plus rien sur elle. Ni robe, ni culotte, ni soutien-gorge.

Le visage de Monette demeura impassible, indéchiffrable. Juste un peu plus pâle, peut-être – encore que Valentine ne fût pas en mesure d'en juger tant elle était émue d'entendre les mots qui sortaient de sa propre bouche.

— Je suis restée sur le seuil, dans ma petite tenue de cycliste. Finalement, c'est la femme qui m'a vue. Elle a poussé un hurlement, elle s'est débattue pour échapper à l'étreinte de papa, et surtout à mon regard. Après, je ne sais plus, c'est flou, mais il n'y a pas trente-six possibilités. Papa a dû se retourner. Est-ce que j'ai vu son sexe en érection ? Peut-être. En tout cas, quand il a découvert ma présence, il a dû débander assez vite…

— Le con, lâcha Monette. Et ensuite ?

— J'ai des flashes. Papa qui me secoue par les épaules dans le hall du cinéma. Il me crie dessus. Si tu le dis à maman, je me fâche tout rouge. Si tu le dis à maman, tu vas la tuer… Des menaces comme ça. Je suppose qu'il a dû me ramener à la maison en voiture et m'envoyer au lit avant d'appeler les gendarmes.

Les pattes en l'air, le chat ne bougeait plus. Il regardait Valentine, interrogatif. Pourquoi ne continuait-elle pas ses caresses ? Pourquoi regardait-elle au loin, vers nulle part ?

— La fête de Martel a eu lieu un dimanche. J'ai vu la coupure du journal local que Fred a conservée dans son classeur noir : c'était le 6 juin 1978. Le 10, j'ai été opérée de l'appendicite. Tu crois qu'on peut tomber malade comme ça ? Par peur ? Par dégoût ?

À peine Valentine avait-elle formulé cette question que la nausée revint, fulgurante. Elle se leva d'un bond et alla vomir derrière la souche.

Juste après, il y eut un bruit de moteur. Une voiture approchait, qui se gara à sa hauteur sur le bas-côté. Une portière coulissa.

— Valentine ? Mince… Valentine, ça va ?

Reprenant son souffle, elle parvint à jeter un coup d'œil derrière elle. C'était Antoine. Il venait de surgir d'un gros utilitaire blanc avec le nom de sa boîte de matériaux isolants écrit dessus : « Écorrèze ».

— Ben merde, qu'est-ce qui t'arrive ? Tu as trop couru ou quoi ? demanda-t-il en remarquant sa tenue toute neuve.

À moitié couchée sur la souche, Valentine secoua la tête et réclama un Kleenex. Antoine alla fouiller la boîte à gants de son véhicule, puis revint avec un paquet. Elle cracha plusieurs fois et s'essuya la bouche avant de se redresser pour faire face, pâlotte mais souriante, à son ancien camarade d'école.

— Pourquoi tu souris comme ça ? J'ai dit un truc drôle ?

— Non. C'est parce que je viens de retrouver quelque chose.

— Derrière la souche ?

— Mais non, couillon, dans ma mémoire !

— Ah. Et c'est un souvenir marrant ?

— Si on veut.

Valentine aperçut le chat qui redescendait vers la maison ; elle sourit de plus belle. Il avait joué son rôle ! Malgré la présence de Fred ! Malgré l'imminente apparition d'Antoine ! Elle pouvait de nouveau compter sur lui.

— Tu as l'air bizarre, constata Antoine. Viens, je te raccompagne.

Il verrouilla la camionnette et proposa son bras à Valentine pour prendre le chemin en pente. Elle se laissa faire.

— Après ça, tu ne pourras plus dire que je suis la fille la plus sexy du collège… J'ai cassé le mythe !

Antoine rigola avant de faire une grimace gênée.

— Pardon si je t'ai mise mal à l'aise, l'autre soir. Quand je bois, je déraille facilement…

— Ne t'excuse pas. J'étais surprise, mais en vérité, ça m'a fait plaisir.

— Vraiment ? Alors tant mieux. En tout cas, tu es épatante avec tes baskets !

— Merci ! Neuves de ce matin. J'ai l'impression qu'elles vont devenir mes meilleures amies.

— J'ai croisé Anastase, qui m'a aussi parlé d'une balade à vélo. C'est quoi, cette bougeotte, chez les Cassagne ? Vous préparez les prochains J.O. ?

— Va savoir ! Dimanche matin, c'est Fred qui nous emmène. Il est en train de réparer ma monture, regarde.

Antoine siffla en découvrant les pièces détachées qui gisaient sur la bâche, et Fred penché sur le cadre du Peugeot avec ses chiffons et ses outils.

— Mince, quand vous décidez de vous y mettre, vous deux, c'est pas de la rigolade. Vous auriez dû nous demander : Agnès a un vélo tout neuf et elle ne s'en sert presque jamais ! Il n'y a qu'à regonfler les pneus.

— Et si elle venait avec nous, dimanche ? suggéra Fred. Toi aussi, Antoine ! On remonte l'équipe vétérans de Seyssac, ça te dit ? On a même un nom : les Vieux Roulants !

En riant, Antoine leva les mains pour signifier que le sport et lui, merci bien, ça faisait deux. Il promit cependant de transmettre la proposition à Agnès, mais pour l'heure, il n'était pas là par hasard, il était venu pour leur parler d'un truc.

— J'ai rendu visite à mon père à l'EHPAD de Colnac, aujourd'hui. Depuis qu'il est là-bas, le pauvre, j'essaie d'aller déjeuner avec lui une fois par semaine. Bref, entre la poire et le fromage, je lui ai raconté l'histoire de la photo de classe et je lui ai parlé de Claire Macieira.

Fred posa son chiffon plein de cambouis et Valentine braqua sur Antoine un regard attentif.

— Alors ? Il se souvient d'elle ?

— Difficile à dire. Quand j'ai prononcé ce nom, j'ai vu un changement dans ses yeux. Une sorte de gêne. Il s'est refermé, il a fait celui qui n'avait pas entendu et quand j'ai insisté, il a prétexté une migraine. Tu parles. J'ai dû le raccompagner dans sa chambre, il m'a joué toute une comédie pour que je l'aide à se mettre au lit, que je lui ferme les volets… Impossible de lui tirer les vers du nez. Je suis certain qu'il se rappelle quelque chose et qu'il n'a pas voulu me le dire. Je ne sais pas si c'est important, mais ça m'a tracassé tout le long de la route, alors comme je passais pas loin…

Valentine le remercia d'avoir pris la peine de faire le détour. Elle ne voulait cependant pas que ces vieilles histoires perturbent Joseph. Il ne devait plus être tout jeune, à présent.

— 87 ans depuis le mois dernier, soupira Antoine. Ceci dit, à part son problème aux jambes, physiquement il tient le coup. C'est le moral qui flanche. Depuis cet automne, surtout. D'après mon frangin, c'est saisonnier, mais maintenant que le printemps arrive, je ne vois pas d'amélioration. J'ai l'impression que c'est plus profond.

Fred avait repris son chiffon et, tout en discutant, il se remit à sa tâche. Il se rappelait avoir vu quelquefois Joseph à Lestrade au cours de ces dernières années. Un homme dynamique, toujours souriant, qui aimait rendre visite à Monette et à l'ensemble de ses anciens « administrés », comme il disait. Quand on est resté maire pendant presque trente ans, on ne se refait pas.

— Il conduisait une drôle de voiture, non ? Je m'en souviens parce que c'était le seul véhicule que maman tolérait au pied du perron !

— Bien sûr ! Sa fameuse Jeep des années 40 ! Pauvre papa. C'était sa petite coquetterie. Quand il s'est retrouvé paralysé, c'est ça qui a été le plus dur. Mon frangin a essayé de faire installer des commandes adaptées, mais sur ces modèles de collection, c'était trop compliqué. Finalement, il nous a demandé de la vendre. Je ne vous dis pas le crève-cœur.

— Qu'est-ce qu'il a eu aux jambes ? voulut savoir Valentine.

— On ne sait pas vraiment. Du jour au lendemain, il s'est senti trop faible pour marcher et en l'espace d'un mois ou deux, ses jambes ont carrément arrêté de fonctionner. D'après le toubib, ce serait une atteinte du système nerveux, mais il n'a pas été capable de mettre un nom précis sur sa maladie. Il a juste dit que c'étaient des choses qui arrivaient. C'était inespéré de lui trouver une place à l'EHPAD. Ils sont gentils, là-bas. Mais bon… il vivote.

Quand on avait connu le vaillant et suractif maire de Seyssac, c'était assez triste à entendre. Dans une certaine mesure, Fred et Valentine comprirent la chance qu'ils avaient eue de ne pas assister au déclin d'Henri, ni même à celui de Monette. Dans leurs souvenirs, le premier était un éternel quadragénaire, la seconde une vieille dame pimpante à jamais.

— Ils s'étaient rencontrés comment, Joseph et Henri ? questionna encore Valentine. À l'école de Seyssac ?

— Non, Henri avait quelques années de moins que papa.

— D'après moi, c'était à Peuple et Culture, intervint Fred.

— Oui, je crois, dit Antoine. Cette association, c'était leur truc, hein ? Moi, quand j'étais môme, chaque fois que j'entendais le mot PEC, je voyais un flacon de liquide vaisselle…

— C'est vrai ? Moi aussi ! rigola Valentine. J'imaginais des réunions où les hommes et les femmes faisaient la vaisselle tous ensemble. Je croyais que c'était ça, l'égalité des sexes !

Antoine eut l'idée d'une blague, mais ce n'était pas le moment.

— Ce qui est sûr, ajouta-t-il, c'est que papa a toujours soutenu Henri. Même si, au départ, l'Éden-Club était un projet complètement fou. Après, je sais qu'il a remué ciel et terre pour que Monette puisse continuer seule, mais bon… Quelle tristesse. Je me souviens de la foule, le jour de l'enterrement. Je vous regardais, tous les deux. J'essayais de me mettre à votre place. Je ne devrais pas le dire, mais j'étais fasciné. C'est bête, hein ? Quand on est gosse, parfois, on envie les autres, même dans les pires moments. Et ce jour-là, évidemment…

— C'étaient nous, les stars du cimetière, soupira Fred. D'ailleurs, je crois que ça a été le plus grand jour de gloire de ma vie.

Il avait dit cela sans ironie ni amertume, comme un simple constat, pourtant Antoine se sentit un peu idiot. Il regarda soudain sa montre, et avec quelques mots d'excuse annonça qu'il devait filer. Son dernier rendez-vous de la journée l'attendait, à l'autre bout du village. Un couple de Belges qui construisait une maison en bois et hésitait entre le chanvre et la laine de coton recyclée pour isoler les combles.

— Mais si ça vous intéresse, je retournerai voir mon père la semaine prochaine. Je le cuisinerai. Je le connais, il finira bien par me dire ce qu'il cache.

Valentine et Fred le saluèrent et le regardèrent remonter l'allée à grandes enjambées puis disparaître derrière les arbres avant de démarrer sa camionnette.

— Peuple et Culture…, soupira Valentine. Toute notre enfance.

Fred acquiesça.

— Tu te souviens des soirées de soutien aux exilés chiliens ? Felipe et Magdalena ? Les collectes de vêtements, les chansons de Quilapayún ? J'avais même appris à jouer *El pueblo unido* à la flûte de Pan !

Il empoigna son trousseau de clés Allen, et faisant mine de souffler dedans, il se mit à chantonner la mélodie de l'hymne révolutionnaire. Valentine retrouva aussitôt des bribes de paroles qu'elle commença à fredonner en espagnol : « *El pueblo unido jamás será vencido, ¡el pueblo unido jamás será vencido ! De pie, cantar, que vamos a triunfar…* » Ces airs avaient bercé tant de soirées ! Tout revenait avec : les notes de la guitare sous les doigts de Roland (le barde attitré du groupe, qui était aussi prof de physique-chimie au collège), les odeurs des grillades à l'abri de l'auvent, les cavalcades endiablées des enfants jouant à cache-cache entre les rangées des fauteuils de la salle de projection (la petite Agnès sautant comme une furie sur les sièges au risque de les casser), les éclats de voix des adultes entassés dans le foyer, souvent assis par terre ou sur des coussins, les ateliers de libération créative où chacun s'emparait d'un pinceau et d'un pan de mur pour improviser des fresques sous la houlette de Michel et Michèle, un couple de Parisiens venu monter une coopérative laitière dans le coin, et puis les rires, les disputes, les slogans scandés, les joints qui tournaient de main en main… Combien de fois Valentine s'était-elle endormie là et réveillée le lendemain dans son lit, sans aucun souvenir du moment où Monette et Henri l'avaient transportée jusqu'à la maison ?

— Je sais pourquoi j'ai voulu arrêter le vélo, lâcha-t-elle soudain.

Fred cessa de siffler *El pueblo unido* et regarda sa frangine.

— Ah ? Encore un de tes flashes ?

— Oui. Et j'ai une idée de balade pour demain. Tu vas venir avec moi, on déjeunera là-bas.

— Très bien, chef. Et où ça ?

— À l'EHPAD de Colnac.

# Chapitre 28

VENDREDI 17 MARS 2017, 22 H
ACTIVITÉ : DISPUTE
DISTANCE : 3 OU 4 KILOMÈTRES DANS LE JARDIN
DURÉE : 1 H 12
FRÉQUENCE CARDIAQUE MOYENNE : 160 BPM

Le 1er janvier dernier, quand j'ai commencé ce carnet, c'était juste pour noter mes progrès à vélo. Le côté journal intime, franchement, c'était pas mon truc. Et puis c'est venu. Petit à petit. Quand je feuillette les pages, je constate que j'ai surtout écrit à partir du 16 janvier, c'est-à-dire le jour où j'ai eu maître Praquin au téléphone au sujet de la succession : la première fois qu'il m'a parlé de Claire. Maintenant, j'avoue que j'aurais du mal à m'en passer. Ça me fait du bien d'écrire ce qui me trotte dans la tête.

Laura m'a appelé ce soir. Je venais de m'asseoir devant les infos avec ma bouteille de Vichy Célestin (pour les minéraux), mon téléphone était posé sur la table basse, il s'est mis à clignoter avec la musique du *Parrain* (j'adore cette sonnerie) et Valentine a vu le nom de sa belle-sœur s'afficher sur l'écran.

— Tu devrais décrocher, Fred.

— Pas envie.

Sur BFM, les titres défilaient : l'enquête sur la fusillade au lycée de Grasse, Fillon et l'affaire des costumes, la clôture des dépôts de candidature pour l'élection présidentielle…

— Pourquoi tu ne décroches pas ?

— Mêle-toi de tes oignons, Valentine.

Et là, cette peau de vache attrape mon téléphone et accepte l'appel à ma place ! Putain !

— Salut, Laura, c'est Valentine. Oui, oui, désolée mais Fred a les mains dans le cambouis, là, il m'a demandé de répondre.

Pas un tremblement dans la voix. Je m'en doutais, Valentine est une menteuse professionnelle.

— Non, non, il va te parler, évidemment. Juste le temps de poser ses outils et d'aller se laver les mains. Il bricole quand il est ici, tu sais bien. Mais ça tombe à pic qu'on puisse discuter un peu, j'ai un truc à te demander…

J'étais cloué dans le fauteuil, hors de moi, mais que faire ? J'avais beau fusiller ma sœur du regard, ça ne l'a pas empêchée de continuer. Et la voilà qui parle à Laura de la boîte à chapeau où sont rangées nos photos d'école.

— Fred m'a dit que tu aimes bien fouiller là-dedans pour les montrer aux enfants.

J'entendais vaguement les réponses de Laura. Rien qu'aux vibrations de l'air, je devinais qu'elle était en mode pétage de plombs et que j'allais prendre une décharge fatale dès que je toucherais l'appareil. En tout cas, Valentine a fini par avoir ce qu'elle voulait : Laura avait bien mis le nez dans cette foutue boîte l'été dernier, quand on était venus tous ensemble passer une semaine ici avec maman. C'était en août. Est-ce qu'elle avait vu nos photos de classe ? Oui, sans doute. Avec Sam. Avait-elle remarqué quelque chose de bizarre ? Des coups de feutre, par exemple ? Non, Laura n'avait rien vu de la sorte. Sûr ? Archi sûr.

— OK, merci beaucoup pour ton aide, a conclu Valentine. Tiens, voilà Fred qui revient. Je te le passe !

Et vlan ! elle m'a rendu mon téléphone.

Je me suis levé comme si j'avais été éjecté du fauteuil et je suis sorti dans le jardin en me jurant de l'étrangler plus tard.

Comme prévu, la litanie de reproches a commencé, volume maximum. Laura gueulait comme un putois. Elle hurlait qu'elle en avait marre, qu'elle se tapait tout le boulot à la maison avec les enfants *en plus de son boulot de merde (sic),* qu'elle n'en pouvait plus, mais alors vraiment plus, et que moi, pendant ce temps, je prenais des *vacances* comme un connard d'égoïste, et qu'à cause de moi, elle était en train de passer à côté des dernières belles années de sa vie, etc. D'habitude, quand elle m'incendie, c'est en direct. Je vois sa bouche déformée, la colère dans ses yeux, ses grands gestes : ça me tétanise. Je me réfugie quelque part au fond de moi, dans l'endroit le plus reculé qui soit, je fais le dos rond et j'attends que ça passe. D'une certaine façon, les colères de Laura me rappellent celles de Valentine quand on était ados. Je m'en prenais plein la gueule, mais j'y revenais quand même, inlassablement, tel un papillon vers une ampoule. Finalement, je réagis en homme battu. C'est ça. Je suis un homme maltraité, comme on le dirait d'un animal. Pas physiquement (même si j'ai déjà eu peur qu'elle me flanque une baffe), mais psychologiquement. Pourquoi je me laisse faire ? Mystère.

Toujours est-il que, là, avec la distance, peut-être parce que j'étais dans ce jardin si familier, peut-être parce qu'on était à la tombée du jour, peut-être à cause de tout ce que je remue depuis la mort de maman, j'ai eu moins peur.

J'ai écouté Laura avec une sorte de curiosité. Sa voix aigre, sa rage monumentale. Je me suis senti triste pour elle. Alors, au lieu d'essayer de me justifier ou de me défendre comme les autres fois, d'un coup, j'ai baissé les bras. J'ai dit :

— Tu veux qu'on se sépare ?

Elle a senti que c'était grave. Que ce n'était pas une parole en l'air. Ni une menace, d'ailleurs. Juste une question. Une véritable question. J'étais là, debout dans la nuit, au milieu des arbres et des vallons, sous le ciel sans lune et je désirais *véritablement* savoir ce que cette femme furieuse voulait. Dans le silence qui a suivi, j'ai su que j'avais fait mouche : toute sa hargne venait de s'écraser contre la surface en béton armé de ces quelques mots. *Tu veux qu'on se sépare ?*

Ensuite, on a parlé. Pour de bon.

J'ai marché plus d'une heure dans le jardin. Depuis les allées en friche du potager où j'aimais autrefois ramasser les haricots avec maman jusqu'au bord de la route, en passant par la cour, le cabanon où j'avais perdu mon pucelage, le garage où dormait notre vieille Volvo, je suis même descendu vers le petit bois. J'ai fait des tours et des tours.

C'était la première fois depuis des lustres qu'on se parlait à cœur ouvert.

Quand je suis rentré, Valentine avait déjà mangé. Elle était dans sa chambre. J'ai frappé à sa porte. Elle était en train d'écrire sur son ordi, mais en voyant ma tête, elle s'est arrêtée. Je me suis assis sur son lit, lessivé, pire qu'après mes cent bornes de l'autre matin. Elle est venue s'asseoir à côté de moi. Elle m'a souri et là, elle m'a pris dans ses bras.

Je dois l'écrire encore : elle m'a pris dans ses bras.

Oui. *Valentine. M'a pris. Dans ses bras.*

# Chapitre 29

Le lendemain matin, Valentine se présenta seule à l'Établissement d'Hébergement pour Personnes Âgées Dépendantes de Colnac. Fred avait préféré aller rouler et compte tenu des circonstances, elle n'avait pas insisté pour qu'il l'accompagne ; chacun sa thérapie.

Le bâtiment était un cube discrètement posé au fond d'une impasse. En entrant, Valentine se souvint de l'hôtel en périphérie de Dijon, où elle avait passé deux nuits la dernière fois qu'elle avait rendu visite à Olympe. Même carrelage blanc, mêmes murs ocre rouge, mêmes fauteuils bleus, même odeur de détergent et mêmes ficus poussiéreux dans le hall. Sauf que les résidents de cet hôtel-là n'étaient pas près de remballer leurs valises, ou alors pour un séjour définitif au cimetière.

Elle s'adressa à l'accueil et demanda à voir Joseph Genestoux. Non, elle n'était pas de la famille. Juste une vieille connaissance. Cela posait-il un problème ? Les personnes âgées de l'établissement croulaient-elles tant sous les visites qu'on se méfie de son initiative ? Sur un ton pincé, la nana de l'accueil lui fit savoir qu'il existait un règlement, d'autant plus strict que le pays était sous état d'urgence, fallait-il le lui rappeler ? Il y avait encore eu une tentative d'attentat ce matin-là à Orly, un type qui avait voulu tirer dans la foule.

— Les militaires l'ont descendu avant, une chance. Vous n'êtes pas au courant ?

Valentine secoua la tête ; l'autoradio de la Volvo était HS depuis 1990 et les seuls échanges qu'elle avait eus avec le monde extérieur se résumaient à une demi-douzaine de SMS envoyés par Guillaume qui, décidément, était un homme attachant. La nana soupira, exigea une pièce d'identité, puis attendit le feu vert de sa responsable avant d'autoriser Valentine à franchir la ligne de démarcation imaginaire qui passait le long de son comptoir et qui séparait l'extérieur de l'intérieur.

— Ce matin, les résidents participent aux ateliers de développement personnel, précisa-t-elle avec une pointe de vanité. Si M. Genestoux s'est inscrit au yoga, par exemple, il vous faudra patienter.

— Je patienterai, répondit Valentine qui eut toutefois de la peine à imaginer un paralytique en train d'exécuter la salutation au soleil.

Elle emprunta un couloir et déboucha dans une salle hexagonale où une douzaine de têtes blanches étaient penchées sur des coloriages. Renseignement pris auprès de l'animatrice, Joseph n'était pas à l'atelier mandala.

— Allez voir à côté, à l'atelier mémoriel.

Il n'était pas non plus parmi les participants qui, en petits groupes, respiraient des flacons de parfum, malaxaient des échantillons de tissus ou retournaient des cartes de Memory.

— Il y a le yoga dans la pièce du fond, lui indiqua le jeune animateur. Sinon, il est peut-être à l'atelier voix.

— Et c'est où ?

— Dans la chapelle. Vous passez dehors, c'est au fond du parc.

Par acquit de conscience, Valentine jeta un coup d'œil dans la salle de yoga, mais n'y vit que des dames allongées sur des tapis, bercées par le son de bols tibétains. Finalement, elle trouva la sortie qui donnait à l'arrière du bâtiment. À l'extrémité d'une vaste pelouse, entre deux magnifiques saules pleureurs, perçait le clocheton d'une chapelle dont la pierre moussue semblait avoir mille ans.

Valentine traversa l'étendue verte, ses pieds s'enfonçant dans des parties molles qui dégorgeaient encore un peu d'eau de pluie. Sur sa gauche, une pergola couverte de clématites offrait un passage secret vers une autre partie du jardin. Des insectes bourdonnaient autour des pétales roses, tout était si calme et suranné qu'elle eut l'impression d'être entrée par effraction dans un film de Peter Greenaway.

Lorsqu'elle parvint devant la petite chapelle, elle s'arrêta pour en contempler la façade. Du pur style roman, songea-t-elle, retrouvant tout à coup les mots de ce vocabulaire – les arcs, les ogives, les volutes – qu'elle avait dû apprendre par cœur pour un contrôle en classe de 6e. Elle se revit même assise à la table de la cuisine, avec sa trousse et ses crayons de couleur, en train de compléter le feuillet ronéotypé ; en se concentrant, elle aurait presque pu sentir la fameuse odeur d'alcool qui imprégnait le papier.

Sous la voûte en berceau du portail, elle poussa une minuscule porte qui s'ouvrit sans bruit sur le narthex. Quelques pensionnaires étaient regroupés dans la modeste nef. Cette fois, il n'y avait que des hommes qui, telles des fleurs de tournesol, braquaient leurs visages vers un même point : une jeune et jolie femme blonde, debout devant l'autel, qui fermait les yeux sur les premières notes d'un morceau de piano. La musique émanait d'une petite enceinte Bluetooth posée à ses pieds. C'était déjà très beau, ainsi renvoyé par les vieilles pierres, mais au moment où Valentine allait discrètement se joindre au groupe, la jeune femme ouvrit la bouche et un son cristallin, indescriptible et mystique s'éleva sous la voûte. *Ave Maria*, fit la voix, saisissant Valentine, la cueillant, la fauchant d'un seul coup, lui coupant les jambes et la laissant pétrifiée derrière un pilier au chapiteau de style dorique. *Erhöre einer Jungfrau Flehen, aus diesem Felsen starr und wild*, implorait la voix.

Suspendue, Valentine écouta.

Elle avait déjà entendu cet *Ave Maria*, peut-être dans cette compilation des plus beaux chants classiques que Kostas lui avait offerte pour un Noël, à l'époque où l'on s'offrait encore des disques… Mais dans une église ? Dans une petite chapelle moussue, tout droit sortie d'un film anglais ? C'était tellement inattendu qu'elle en pleura. *Wir schlafen sicher bis zum Morgen*. Depuis la mort de Monette, Valentine ne se sentait plus à l'abri de rien. Elle était comme écorchée, tout l'atteignait : la violence et la beauté, le chagrin et la musique ; elle n'avait plus de filtre. *O Mutter, hör ein bittend Kind*. Elle aurait pu, elle qui n'avait jamais cru en Dieu, elle qui n'avait jamais formulé de prière, tomber à genoux ici même pour recevoir la grâce.

Quand la jeune femme blonde cessa de chanter, il y eut un long silence, puis quelqu'un se mit à applaudir, entraînant d'autres applaudissements parmi le public plus ou moins parkinsonien qui venait d'assister à ce miracle. Valentine n'osa pas se montrer. Elle laissa la cantatrice remercier les vieux messieurs, puis elle l'entendit s'adresser à eux dans un français hésitant, leur demandant s'ils avaient reconnu Schubert, s'ils avaient déjà entendu cet air, interprété par la Callas, par exemple. L'un d'eux répondit quelque chose d'inaudible. Il y eut un murmure, quelques coups de canne et la succion caoutchouteuse d'une roue de fauteuil sur la pierre, avant qu'un autre, d'une voix plus assurée, demande à la cantatrice si elle pouvait leur chanter autre chose.

— Bien sûr. Avec plaisir.

— Lucienne Boyer ? suggéra une voix chevrotante.

La jeune femme dut avouer qu'elle ne connaissait pas.

— Édith Piaf, réclama un autre vieux.

— Oui, oui, opinèrent ses camarades chenus.

— OK, répondit la cantatrice sans se démonter, mais vous chantez avec moi, d'accord ?

Et sans perdre un instant, elle lança un puissant « Nooon, rien de rien… Noooon, je ne regrette rien » que son accent rendait étonnamment moderne.

Derrière le pilier, Valentine était revenue à la réalité. Amusée, elle sourit, et quand au deuxième refrain quelques messieurs se mirent à chanter aussi, elle eut envie de voir la scène et sortit de sa cachette. La cantatrice marqua une légère surprise en la voyant surgir, mais sans se déconcentrer, elle continua de battre la mesure des deux mains pour stimuler ses élèves qui reprenaient pour la troisième fois et avec plus ou moins de justesse « Non, rien de rien, non, je ne regrette rien ». À la fin, Valentine applaudit de bon cœur.

— Venez, approchez ! lui suggéra la chanteuse.

— Je ne veux surtout pas vous déranger. Je peux attendre dehors, si vous préférez.

— Non, c'est bien, au contraire ! Venez chanter avec nous ! Vous êtes soprano ou plutôt mezzo ?

Valentine s'avança dans la nef et les pensionnaires la dévisagèrent avec curiosité lorsqu'elle arriva à leur hauteur (sauf un qui s'était endormi, le menton sur la poitrine).

— Je n'en sais rien. Je suis venue voir Joseph. Joseph Genestoux, précisa-t-elle en cherchant le père d'Antoine parmi les participants de l'atelier, dont plusieurs étaient en fauteuil roulant.

— C'est moi, dit l'un d'eux, interloqué. Mais vous, qui êtes-vous ? Je n'attendais pas de…

Il n'acheva pas sa phrase car il venait de reconnaître Valentine. Il se contenta de froncer les sourcils et de reporter son attention sur la cantatrice, qui proposait de voir ça plus tard et de poursuivre l'atelier par des « exercices amusants », si bien que Valentine ne parvint pas à savoir si sa présence plaisait ou non à l'ancien maire de Seyssac.

— Posez tous vos mains sur votre ventre, ordonna la blonde cantatrice. Oui, comme ça, très bien. Vous aussi, madame.

Valentine prit place sur un banc, à côté d'un nonagénaire qui puait un peu la pisse. Elle fit ce qu'on lui demandait, c'est-à-dire inspirer, expirer, imaginer un ballon de baudruche qu'on gonfle et qu'on dégonfle ; sous ses doigts, elle sentit rouler les bourrelets de son abdomen replet.

— Maintenant, tirez la langue, proposa la jeune femme. C'est ça, comme des enfants ! Allez, on ouvre en grand, et on tire ! Encore ! Vous sentez que ça détend les muscles du visage ?

Valentine continua d'obéir aux consignes : elle ouvrit et tira, puis elle palpa et bâilla, elle souffla et tapota ses joues, son crâne, sa poitrine. Elle toussa, elle rit, elle éternua, tant et si bien que toute grâce mystique l'abandonna. Mais ce fut au profit d'une sensation agréable qui, malgré l'inconfort du banc d'église où elle était assise, se mua peu à peu en une cotonneuse somnolence. Envahie par le bien-être, elle laissa son esprit vagabonder. Elle se demanda si Fred allait vraiment quitter Laura. Si Marine Le Pen pouvait passer le premier tour des présidentielles, comme son père en 2002. Elle se demanda si Youri allait bien, là-bas dans ses montagnes (elle évita de l'imaginer en train de s'élancer dans le vide avec son parapente). Elle se demanda comment Guillaume, le cas échéant bien sûr, trouverait son ventre. Quant à sa langue, elle l'espérait douce. Douce et veloutée contre la sienne.

— Madame ?

La cantatrice lui souriait en lui serrant doucement l'épaule.

— L'atelier est terminé. Vous vous êtes endormie.

— Mince, sursauta Valentine.

Elle réalisa qu'elle avait glissé contre l'épaule du vieux qui sentait mauvais. Ce dernier la regardait en biais, une lueur lubrique dans l'œil, en faisant « hé hé ».

— Ce sont des choses qui arrivent quand on lâche prise, dit encore la femme blonde.

— J'ai lâché prise ?

— Apparemment.

D'un bond, Valentine se leva du banc.

— Je vous prie de m'excuser pour…

— Oh non, surtout pas. Je m'appelle Ineta. Je suis musico-thérapeute.

Elle lui tendit sa carte de visite : Ineta Cilinska.

— Je travaille en atelier collectif ou en cours individuel. J'essaie de faire connaître ma pratique. Ça ne fait pas longtemps que je suis dans la région.

— Vous êtes russe ?

— Lettone.

Valentine s'étonna qu'une cantatrice lettone ait pu s'égarer ici, en pleine Corrèze, mais elle n'était pas venue pour étudier la question et elle lui demanda où était passé Joseph.

— Il vous attend dehors. Il avait froid, je l'ai conduit au soleil.

— Merci. C'est vraiment intéressant, ce que vous faites, dit Valentine en reculant vers la sortie. Votre voix… est magnifique. Je ne sais pas dire mieux. Quand on vous écoute, on pourrait se mettre à croire en Dieu.

Ineta éclata d'un rire clair.

— Si jamais vous avez envie d'apprendre à chanter ou disons, si vous connaissez des gens qui ont besoin d'aide, alors pensez à moi.

— Promis ! fit Valentine en rangeant la carte de visite dans sa poche.

Et elle se dépêcha de rejoindre Joseph qui attendait devant la chapelle, son fauteuil garé dans une flaque de soleil.

Maigre et pâle, le vieil édile lui jeta un regard méfiant.

— Valentine Cassagne… Mmm. Deux fois en deux jours que j'entends parler de toi.

— Bonjour, Joseph.

— Tu te rends compte que je t'ai connue haute comme ça ? Si ça se trouve, je t'ai même poussée dans ton landau, et maintenant, c'est toi qui dois me pousser. Misère.

— J'ai besoin de vous parler.

— Tu me tutoyais, autrefois.

— C'est vrai. Vous préférez ?

— Franchement, oui.

— D'accord. Je ne veux pas que tu prennes froid. On retourne là-bas ?

Joseph regarda le bâtiment cubique et secoua la tête.

— Ce mouroir me donne la migraine et me coupe l'appétit. Tu ne veux pas m'emmener ailleurs ? Il y a une pizzeria au pied du château. C'est pas trop mal.

Valentine sourit. Elle saisit les poignées du fauteuil et lui fit emprunter le chemin goudronné en direction du parking. En passant près du cube, elle désigna le hall d'accueil :

— Il faut les avertir que je t'enlève ou on s'en fout ?

— On s'en fout.

*Drôle de matinée*, songea-t-elle en aidant Joseph à s'asseoir à l'avant de la Volvo, puis en s'escrimant à plier le fauteuil pour qu'il rentre à l'arrière, comme à l'époque où elle s'arrachait les cheveux avec le matériel de puériculture d'Olympe et Youri. Tout se mélangeait dans son esprit, les époques, les gens, les sentiments. Il lui semblait que la vie n'était plus qu'une grande énigme dont elle n'avait pas les codes.

La pizzeria était équipée d'une rampe d'accès pour les personnes à mobilité réduite et d'une véranda qui donnait sur la pierre rouge du château de Colnac (XIIe siècle). Dans la salle, il y avait des familles avec des enfants et des couples qui auraient pu postuler pour une place à l'EHPAD. Valentine fit rouler Joseph jusqu'à une table du fond et lui laissa la meilleure place, avec la vue sur l'extérieur.

Une serveuse, une brunette mignonne et courte sur pattes, vint se poster devant eux.

— Ces messieurs dames prendront un apéritif ?

— Mettez-nous deux portos, ordonna Joseph sans laisser à Valentine le temps de dire ouf. Avec des cacahuètes.

La serveuse s'éloigna et Joseph soupira.

— Ils n'ont même pas de cacahuètes, là-bas, tu te rends compte. Principe de précaution : ils ont peur qu'un vieux s'étouffe avec. Résultat, on bouffe que des trucs mous. Misère de misère. Je dis pas que mes fils sont dégueulasses de me laisser là, je les comprends, ils ont leurs boulots, leurs familles, leurs divorces, leurs histoires de garde partagée, que sais-je. Je dis seulement que j'ai plus envie de vivre. Tu comprends ?

— Eh bien…

— Ah non, Valentine. Pas de ça, d'accord ? Pas d'hypocrisie. Tout à l'heure, pendant que la nénette nous faisait faire ses simagrées dans la chapelle, j'ai bien réfléchi. Je sais pourquoi tu es venue et j'ai décidé de répondre à tes questions sans me défiler. Mais si tu veux que je te parle franchement, ça doit être réciproque. Quand je dis à mes fils que j'ai envie de crever, bien sûr, ça ne passe pas. Ils essaient de me prouver que j'ai tort, que la vie est encore belle, et « regarde les fleurs, papa », ce genre de conneries. Ils jouent leur rôle, normal. Mais toi ? Tu t'en fiches, non ? Alors épargne-moi tes jolies phrases, tu veux ?

La serveuse revint déposer sur la table les verres de porto et un ramequin de cacahuètes, ce qui laissa à Valentine le temps de respirer.

— Trinquons ! proposa Joseph en levant son verre. À la santé de Monette !

Valentine leva son verre avec lui et le vieil homme se jeta sur les cacahuètes.

— Tu auras noté, peut-être, que je ne suis pas venu à l'enterrement de ta mère. Je boycotte les cimetières depuis la mort de ma femme (deuxième poignée de cacahuètes). Ça fait plus de vingt ans, maintenant. Pauvre Thérèse. À sa santé aussi, tiens !

Ils trinquèrent de nouveau.

Valentine n'avait que de rares souvenirs de Thérèse Genestoux, qui remontaient à l'époque des fameuses soirées organisées à l'Éden-Club, mais il y en avait cependant un, très précis, qu'elle n'avait jamais oublié : c'était le jour où elle lui avait appris à faire les cocottes en papier. Elle le raconta à Joseph, ajoutant que par la suite, chaque fois qu'elle avait fait des pliages avec ses enfants, elle avait pensé à Thérèse.

— Nos existences se résument à peu de choses, soupira Joseph.

— Ce n'est pas ce que je voulais dire, tenta de rectifier Valentine. C'est juste un souvenir de môme, je me doute qu'elle avait beaucoup d'autres talents et qu'elle…

— Mais non, pourquoi tu t'excuses ? C'est joli, les cocottes en papier. Et ça lui correspond bien. Thérèse a toujours été plus à l'aise en compagnie des enfants que des adultes. Elle était timide, calme, un peu fragile. Le contraire de ta mère. Elles s'entendaient bien, d'ailleurs, à l'époque. Tu as remarqué comme c'est plus facile d'être ami avec des personnes très différentes de soi ? Henri et moi, c'était ça : on avait des tempéraments tellement éloignés qu'on ne pouvait pas s'engueuler. Pas comme avec Georges, par exemple ! Ce con-là, il m'en a fait voir ! Quand Antoine a quitté sa femme pour se mettre avec Agnès, je lui ai dit : « Heureusement que Georges n'est plus là, on vous aurait pourri vos repas de famille ! »

Il but une gorgée de porto et Valentine l'imita. Parti comme il l'était, les questions semblaient superflues. Joseph abattait ses souvenirs comme des cartes, il n'y avait plus qu'à piocher dans le tas.

— C'est ton père, tu sais, qui a été au départ de tout. Sans lui, j'aurais vécu une jeunesse sans relief. Fade et stupide. Jamais je n'aurais osé me présenter aux municipales, surtout ! Tu imagines ce que c'était d'avoir 20 ans, ici, en 1950 ?

La petite serveuse leur apporta la carte, interrompant Joseph pour préciser qu'il n'y avait hélas plus de lasagnes et que le plat du jour était une escalope milanaise accompagnée de sa garniture. Commerçante, elle leur demanda s'ils souhaitaient un autre apéritif.

— Oui, trancha Joseph en finissant son verre. Et une recharge de cacahuètes.

Valentine haussa les épaules, souriant à la jeune fille pour signifier qu'elle n'avait pas son mot à dire.

— Un papa reste un papa, commenta la serveuse. Il décide, on obéit ! Le mien est pareil.

Valentine fut tentée de lui expliquer que Joseph et elle n'avaient aucun lien de parenté, mais c'était trop compliqué.

— Vous êtes d'origine portugaise ? s'intéressa soudain Joseph en dévisageant la jeune femme.

— Oui. Comment vous avez deviné ?

— Il y a eu une communauté assez importante par ici, dans les années 60.

— C'est mon grand-père, acquiesça la serveuse. Il est arrivé ici en 67 pour travailler aux carrières de calcaire.

— À Lissac-sur-Couze, compléta Joseph.

— Vous connaissez ?

— Un peu. D'où était-il originaire, votre grand-père ?

— De Cabeceiras de Basto. C'est dans les terres, au nord de Porto. Ne me dites pas que vous connaissez aussi ?

— Non. Mais j'ai fréquenté des gens, à l'époque, qui ont fait à peu près le même voyage.

— Peut-être que mon grand-père était ami avec eux ? Ce serait amusant. Vous vous rappelez leur nom ?

— Macieira, intervint alors Valentine qui avait compris où Joseph voulait en venir.

Il la dévisagea avec gravité et hocha la tête.

— Macieira ? répéta la jeune serveuse. Ça ne me dit rien. Mais c'est un nom de chez nous, c'est sûr.

— Apportez-nous le deuxième porto, qu'on puisse trinquer au courage des travailleurs portugais.

Contente qu'on s'intéresse à elle, la jeune fille sourit et s'éclipsa. Joseph reporta son regard sur Valentine.

— Tu ne vas pas le regretter, j'espère.

— De quoi ? D'être venue ? Certainement pas. Je veux entendre ce que tu as à dire.

— Bien, dit Joseph.

Il passa une main sur son menton rasé de près, prenant le temps de rassembler ses idées.

— Elle s'appelait Rosalia, mais tout le monde l'appelait Rose, ça faisait plus local. C'était son souhait, d'ailleurs, de passer inaperçue, de se fondre dans le décor. C'est pour la même raison que, par la suite, elle a choisi un prénom français pour la petite Claire. Elle avait quitté le Portugal de Salazar en 64, j'ignore comment. Une chose est sûre, elle en avait bavé avant d'arriver chez nous. Une histoire de mariage arrangé par sa famille avec un gars qui travaillait aux carrières – à Lissac, justement. Mais sous ses dehors timides, Rose avait du tempérament. Quand elle avait compris quelle vie l'attendait, elle s'était enfuie. À quoi bon s'exiler si c'était pour connaître le même sort qu'au pays ?

Le cœur de Valentine s'était rétracté dans sa poitrine ; elle ne respirait plus très bien. Entendre parler de cette femme par la voix de Joseph revenait à valider son existence, sa réalité. Or, d'une manière générale, Valentine avait du mal avec la réalité. Elle cala son dos contre le dossier de sa chaise et regarda dehors. Il y avait la rue, les voitures garées le long du trottoir, la Volvo, les devantures de quelques boutiques. Et plus haut, le château. Avec sa pierre rouge, veillant sur la campagne alentour depuis huit siècles. Ça aussi, c'était *réel*.

— Je vais trop vite, se reprit Joseph. L'histoire ne commence pas à l'arrivée de Rosalia chez nous. Il faut que je remonte quelques années avant. Mais tu as l'air pâle. Tu veux aller prendre l'air ? Passer aux toilettes ?

Valentine secoua la tête. Elle regrettait que Fred ne soit pas venu. Ils n'auraient pas été trop de deux pour recueillir la parole de Joseph et elle eut soudain l'idée qu'elle pourrait enregistrer la conversation. Elle chercha son téléphone dans la poche de son manteau.

— Ça t'ennuie si je t'enregistre ?

Joseph haussa les épaules et déclara que ça lui était égal. Ce qu'il avait à raconter, Valentine pouvait bien en faire ce qu'elle voulait, il ne serait sans doute plus là pour le voir. Elle posa donc son téléphone sur la table et enclencha la fonction dictaphone.

— Hier, quand Antoine m'a dit que tu avais trouvé tes photos d'école barbouillées de feutre, ah nom de Dieu… ça m'a rendu malade. J'ai imaginé Monette, seule, avec sa colère… Tu as une idée du moment où elle a pu faire ça ?

— Ma belle-sœur dit que les photos étaient encore intactes l'été dernier.

Joseph réfléchit, calcula, soupira.

— Si j'avais su, je serais aller lui parler, j'aurais peut-être pu… Enfin, c'est trop tard, maintenant.

— Depuis quand tu étais au courant, toi ?

— Pour Rose ?

— Oui. Et pour Claire.

Joseph leva les yeux au ciel. Valentine remarqua que ses mains tremblaient un peu, que son regard se brouillait.

— Il faut d'abord que tu saches quelque chose : j'aimais ta mère.

— Je n'en doute pas. Elle a toujours été très entourée par vous tous.

— Non, ce que je veux te dire, c'est que j'ai été amoureux d'elle, Valentine. Vraiment amoureux.

Valentine eut un hoquet, murmura bêtement « ah bon ? » et se sentit toute chose. Joseph avait baissé les yeux. Un sourire flottait sur ses lèvres, à moins qu'il ne soit près de pleurer.

— Tu sembles surprise, mais réfléchis. Ta mère était une sacrée nana et elle s'est retrouvée veuve à 45 ans. Alors j'aime autant te dire que je n'étais pas le seul à lui tourner autour, hélas ! Et Monette était… comment dire ? Libre. À l'époque, elle faisait ce qu'elle voulait.

Troublée, Valentine jeta un coup d'œil à son téléphone pour s'assurer que l'enregistrement se poursuivait. Elle laissa passer un silence. Que Monette ait eu du caractère n'était pas nouveau, loin de là. Pourtant la personne qui commençait à se dessiner à travers les souvenirs de Joseph ne ressemblait déjà plus à celle qu'elle avait toujours appelée maman. Par plaisanterie, elle lança :

— Tu es en train de m'expliquer que maman s'est tapé la moitié du bourg, ou quoi ?

— Peut-être pas la moitié, concéda Joseph avec un sourire entendu.

Valentine ouvrit la bouche, mais rien ne sortit. La jeune serveuse était de retour avec les deux autres verres, une nouvelle ration de cacahuètes et un morceau de papier qu'elle tendit à Valentine.

— Je vous ai noté mon téléphone et mon adresse mail. Si jamais vous avez besoin, je vous mettrai en contact avec mon grand-père. Il aime bien parler du passé. N'hésitez pas, ça lui fera plaisir.

— Ah, fit Valentine. Merci.

— Je vous laisse encore regarder la carte ? Les apéritifs sont offerts par la maison ! ajouta gaiement la jeune fille avant de retourner vers les cuisines.

Valentine plia le morceau de papier qui alla rejoindre dans sa poche la carte de visite d'Ineta Cilinska. Depuis cinq jours, décidément, elle collectionnait les contacts. Ce séjour en Corrèze était au moins aussi efficace qu'un site de rencontres.

— Pardon si j'ai choqué tes chastes oreilles, reprit Joseph. Je vois bien que tu es gênée.

— Ce n'est pas ça, je… Enfin, si. Un peu. On parle de ma *mère*, quand même.

— Et alors ? Vous êtes incroyables, vous, les jeunes ! Antoine et Philippe sont comme toi. Mais vous croyez quoi ? Que vous êtes la première génération à vivre des aventures sentimentales ou sexuelles en dehors du mariage ? Allons, allons. La différence, c'est qu'on divorçait moins, mais pour le reste, heureusement, nous avons vécu.

Il leva son verre encore une fois.

— Trinquons ! À la santé des courageux Portugais et à nos histoires d'amour !

Il avait parlé assez fort pour que les tables voisines l'entendent, et plusieurs personnes se retournèrent. Il s'en rendit compte, adressa à la ronde un hochement de tête faraud auquel répondirent deux ou trois couples, puis siffla son porto cul sec, tandis que Valentine y trempait à peine ses lèvres. Elle voulait rester lucide et être capable de reconduire son invité à bon port.

Elle prit le temps d'examiner le menu, annonça qu'elle choisissait la pizza Vésuvio et Joseph décréta qu'il prendrait la même chose avec un verre de barolo, qui était un vin du Piémont. Après quoi, il cligna des yeux, redevint sérieux et, à son tour, regarda longuement dehors.

— Donc, j'ai été amoureux de ta mère. Pendant des années, et sans grand espoir. C'est la vie. Mais si je te fais cet aveu, Valentine, ce n'est pas pour me plaindre. C'est parce que ça explique en partie mon silence. C'est souvent comme ça que les secrets s'enterrent, tu n'es pas d'accord ? Par amour ? Du moins le croit-on. Jusqu'au jour où ça nous pète à la figure.

Il déplia machinalement sa serviette pour la mettre sur ses genoux.

— Tu n'ignores pas comment ça se passe dans nos villages : tout le monde sait, mais personne n'est au courant. Si bien qu'on en vient parfois à confondre la rumeur avec la vérité, et inversement. Le seul moment où Henri a failli m'avouer sa liaison avec Rose, c'est quand il m'a demandé de trouver une place pour elle à la mairie. Pendant l'hiver 67. Elle était déjà enceinte de quelques mois et il avait peur qu'elle perde son bébé. Parce qu'à l'époque, elle travaillait encore comme femme de chambre au Vieux Chêne. Avec des horaires de nuit, des étages à monter, des charges à soulever, tu vois le genre.

— Le Vieux Chêne, c'était l'ancien hôtel sur la route de Turenne ?

— C'est ça. Le patron avait eu besoin de renfort, il avait embauché Rose sur recommandation d'une de ses connaissances, pour remplacer une autre Portugaise. Elle était arrivée chez nous fin 65. Toute seule, parlant déjà assez bien le français. Elle avait quoi… 22, 23 ans ? Une belle fille, craintive, intelligente. Dès qu'elle avait un jour de congé, elle se forçait à sortir, à rencontrer du monde. Bien entendu, elle venait au cinéma. Elle voyait le film une fois, puis deux fois, trois fois… Ton père l'avait aussitôt remarquée. Mais au début, c'était sans arrière-pensée. Tu comprends, c'était pour des gens comme elle qu'il avait créé le groupe PEC à Seyssac. Pour des gens comme elle qu'il menait son combat, alors forcément…

— Quand j'étais gamine, je ne comprenais pas trop ce que c'était, PEC. Pour moi, c'était juste… des fêtes.

Les yeux de Joseph se mirent à briller.

— C'est vrai qu'on en a fait, des fêtes ! Bon Dieu, tu as raison, qu'est-ce qu'on s'est marrés ! Au milieu des années 70, surtout. Là, c'était vraiment épique. On ne se quittait plus, Roland, les deux Michel, Georges et Odile, Marie-France et Césare, tes parents, Thérèse et moi. Et Sido ? Tu te souviens de Sido ? L'infirmière lesbienne ? Notre égérie féministe ? Ah, là, là ! On campait sur place, à force. Si tu veux mon avis, il y a plus d'un gosse qui a été conçu sur les fauteuils de l'Éden ! Une fois, tiens, rien que pour faire chier l'opposition, j'ai décidé de délocaliser le conseil municipal dans la salle de projection. Tu aurais vu le bordel !

— Tu crois que j'ai été conçue sur un siège du cinéma, moi aussi ?

— C'est bien possible !

— Et Fred ?

— Sans doute !

— Et Claire ?

En voyant la tête que faisait Valentine, Joseph se retint. Il cessa de sourire et, embarrassé, reprit des cacahuètes.

— Je comprends que tu en veuilles à ton père. Mais ne mélangeons pas tout, tu veux ? Henri n'était pas un salaud.

— Ah oui ? Et comment tu appelles un mec qui mène une double vie pendant des années sous le nez de sa femme et de ses enfants ?

Joseph termina son porto. Sa tête dodelina et il soupira plusieurs fois.

— Évidemment. C'est facile de juger les gens et de les condamner en bloc cinquante ans après. Mais si tu ne comprends pas l'époque, tu ne comprends rien. J'étais là quand Henri et Monette se sont rencontrés. Je les ai vus tomber amoureux. Je les ai vus souffrir, se bagarrer, lutter pour leurs idéaux… Quand je t'ai dit que sans ton père j'aurais vécu une jeunesse fade et idiote, je le pense sincèrement. C'est lui qui m'a initié à l'essentiel. À la passion, à la vie ! La grande, la vraie !

Valentine, qui avait davantage connu Henri mort que vivant, fit une moue étonnée.

— Henri était un homme si singulier, continua Joseph avec enthousiasme. Aujourd'hui, on dirait qu'il était un *leader*. Il ferait de la télé, tiens ! Il serait tellement populaire qu'il… qu'il se présenterait aux élections présidentielles, si ça se trouve ! Je parierais même qu'il serait élu !

Cette politique-fiction inattendue arracha un sourire à Valentine et quelque chose se détendit en elle, comme une corde qui lâche. Le matin même, la liste des candidats officiellement engagés dans la course à l'Élysée avait été divulguée par le Conseil constitutionnel. Ils étaient onze. Elle demanda, amusée :

— Henri Cassagne, le douzième candidat ?

— C'est ça !

— Avec son accent, il aurait fait doublon avec Jean Lassalle, alors !

— Cet illuminé ? Sûrement pas !

— Alors avec qui ? Mélenchon ?

— Peut-être, mais en mieux ! Il lui tiendrait la dragée haute, si tu veux mon avis !

— Tu crois ? Eh bien, c'est ma fille qui serait contente…

— Elle s'intéresse à la politique ? Quel âge a-t-elle ? voulut savoir Joseph.

— Bientôt 24 ans.

— Et elle compte voter pour Mélenchon ?

— Apparemment.

— C'est curieux, tous ces jeunes qui se laissent charmer par ce vieux briscard… L'aîné de mon fils Philippe est pareil. Il m'a montré un truc, l'autre jour : des vidéos qu'ils s'échangent entre eux et qui font un tabac sur Internet. Ça leur plaît. Moi, tu vois, j'ai trempé dans la politique locale pendant tellement d'années que je n'arrive plus à les écouter sans rigoler.

— Mais tu iras voter, quand même ?

Subitement, Joseph détourna le regard et se mit à chercher quelque chose autour de lui.

— On devrait commander, dit-il. Mademoiselle !

Interloquée, Valentine se demanda quel genre de ligne jaune elle avait franchie pour qu'il change aussi délibérément de sujet. Elle regarda la serveuse revenir vers eux, puis quand ils eurent commandé leurs pizzas et le verre de barolo, elle se permit de rappeler la règle du jeu à Joseph.

— Tu as dit qu'on devait se parler sans détour. Pourquoi tu ne réponds pas à ma question ? Je t'ai juste demandé si tu irais voter. Je ne t'ai pas demandé pour qui !

Encore une fois, Joseph passa sa main sur son menton. Il prit une respiration.

— Je n'irai sans doute pas, Valentine. Mais ça n'a rien à voir avec un manque d'intérêt. Au contraire, ces élections m'amusent follement et j'aimerais bien tenir jusqu'aux résultats du second tour ! Seulement le toubib n'est pas très optimiste… Écoute, je n'ai rien dit à Antoine. Encore moins à Philippe. Il est si émotif… Cet hiver, on m'a diagnostiqué un cancer du pancréas à un stade très avancé. C'est inopérable, bien sûr.

Valentine se mordit la lèvre. Elle bredouilla qu'elle était désolée, qu'elle…

— C'est moi qui suis désolé, dit Joseph. Il va bien falloir que j'annonce ça aux garçons, de toute façon. Mais c'est d'imaginer leur réaction qui me paralyse. Parce que dans le fond, comme je te l'ai dit, ça m'arrange de savoir que je n'en ai plus pour longtemps. C'est d'ailleurs pour cette raison que j'ai décidé de tout te raconter. Ce sera ma confession. Mon cadeau d'adieu. Bon, fit-il en posant ses mains bien à plat de chaque côté de son assiette, maintenant que je t'ai avoué mon petit secret, on n'en parle plus. D'accord ?

Valentine ne répondit rien. Elle fit glisser son téléphone sur la nappe, au plus près de Joseph, pour être sûre et certaine que sa voix soit bien audible, et quand les pizzas arrivèrent, elle constata qu'elle avait – malgré tout – assez faim.

— Allons à l'essentiel, sourit Joseph en s'emparant de ses couverts. Où en étais-je ?

# Chapitre 30

SAMEDI 18 MARS 2017, 19 H
ACTIVITÉ : VÉLO
DISTANCE : 92 KM
DURÉE : 2 H 53
VITESSE MOYENNE : 31,9 KM/H
FRÉQUENCE CARDIAQUE MOYENNE : 145 BPM

32 de moyenne ! Record battu ! Hyper content, mais bon, je suis dopé au stress depuis hier soir, alors peut-être que ça ne compte pas. Il faudrait que je demande à la fédération si l'adrénaline générée par la perspective d'un divorce entre dans la liste des produits illicites… Homologuée ou pas, ma sortie d'aujourd'hui a eu plusieurs effets : un, j'ai craché toutes les toxines qui ont empoisonné ma nuit, deux, j'ai entrevu un certain nombre d'aspects agréables liés à ma future situation, et trois, après une bonne douche, j'ai réussi à rappeler Laura et à lui parler sans trembler ni m'énerver.

Comme moi, elle n'avait presque pas dormi, mais contrairement à moi, elle n'avait rien expulsé, si bien qu'elle était sur les nerfs. Elle venait d'appeler sa sœur à la rescousse. Les enfants vont aller passer le week-end chez Marjo et Pierre avec leurs cousins, j'ai trouvé que c'était une excellente idée. J'espère juste qu'en leur absence, elle ne va pas tout casser dans la baraque.

Laura a critiqué, je cite, mon attitude de couille molle. D'après elle, je n'ai jamais été à la hauteur, mais là, je suis en dessous du niveau de la mer. Elle m'a annoncé – sans surprise – qu'elle ne lâcherait rien pour le divorce. Il faut que je m'attende à perdre la maison, un paquet de fric, la plupart de nos amis, et naturellement les enfants. Rien que ça. La seule promesse que je suis parvenu à lui arracher, c'est de ne rien dire aux gamins jusqu'à mon retour. Quand j'ai raccroché, j'avoue, j'étais mal.

Valentine n'était pas encore revenue de son expédition à Colnac, alors j'ai tournicoté dans la maison, hagard. J'ai fini par m'asseoir devant la télé. Il y avait France-Pays de Galles sur la 2. Le chat est venu se mettre en boule sur mes genoux, ça m'a calmé. La France a gagné. Quand j'ai entendu la Volvo dans l'allée, je suis sorti sur le perron, trop content de voir Valentine rentrer. Et là, j'ai éclaté en sanglots.

Je ne sais pas ce qui nous arrive, en fait. Hormis la période terrible qui a suivi la mort de papa, j'avais l'impression que ça allait à peu près. Valentine et moi, chacun de son côté, arrivions à bâtir nos vies d'adulte avec tous les accessoires de la panoplie : boulot, conjoint, enfants en bonne santé, cercle d'amis avec qui boire des coups et partir en vacances. Rien d'exceptionnel, mais rien qui cloche non plus. Des vies moyennes pour des gens moyens. Même le divorce de Kostas et Valentine rentrait dans la moyenne.

Mais depuis la mort de maman, j'ai l'impression que ça part complètement en vrille.

En me voyant tout liquide en haut des marches, Valentine a opté pour l'humour.

— Eh ben. Pour quelqu'un qui est venu me remonter le moral…

J'ai reconnu que c'était loupé. Elle m'a demandé ce qui s'était passé, puis s'est inquiétée de savoir si j'avais mangé quelque chose ; je me suis rendu compte que j'avais oublié. Levant un doigt au ciel, elle m'a cité dans le texte :

— La faim est un état dépressif, Fred. Allez, viens. Ce n'est pas le moment de se laisser abattre.

On s'est retrouvés dans la cuisine. Il était 17 h 30, et comme il n'y avait plus grand-chose dans le frigo, Valentine a décidé de faire cuire des lentilles. Elle a descendu le bocal de légumes secs du haut de l'armoire, sorti d'un placard le vieux faitout de maman, et peu à peu, la buée m'enveloppant et se déposant doucement sur les vitres, je me suis senti mieux.

Pendant que je mangeais mon plat de lentilles agrémenté de quatre saucisses sous vide, elle m'a résumé ses aventures chez les vieux avant de poser son téléphone devant moi, sur la table.

— Tout est enregistré. Réflexe professionnel. Je te préviens, ça dure plus d'une heure et c'est sans filtre. Tu crois que ça te changerait les idées ?

Au point où j'en étais, j'ai dit :

— Vas-y, balance.

J'ai ajouté de la moutarde forte sur le rebord de mon assiette et j'ai tendu l'oreille.

## Enregistrement de Joseph

J'ai connu Henri en 56 quand il a entrepris les travaux de transformation du garage. Il avait besoin d'un électricien, j'étais électricien. Ça s'est fait comme ça.

Lui et moi, on avait deux ans d'écart. C'était moi le plus vieux, mais c'était lui le plus intelligent, et de loin. À part ça, on avait pas mal de points communs : la même région de naissance, la même enfance bouleversée par la guerre, les mêmes silences sur nos blessures. Lui, il avait vu mourir sa mère quand il avait une dizaine d'années. En 42, je crois – tu le sais sans doute mieux que moi. Cela dit, il ne parlait jamais d'elle. Sauf quand il était soûl. Après plusieurs verres, il finissait toujours par vociférer son nom : « Eulaliiie ! » Il hurlait aussi le nom de son petit frère, « Juuules ! », qui était mort à l'âge de 2 ans. Il l'accusait d'avoir tué leur mère. « Si t'avais pas chopé cette foutue méningite, Julot, elle t'aurait pas suivi dans la tombe ! J'aurais pas été orphelin de mère, ni orphelin de frère ! » Il ajoutait : « Et papa aurait été moins con ! » Des trucs comme ça. Faut dire qu'à l'époque, la rupture était consommée avec le père Cassagne. Henri, ça le travaillait. Il faisait le fier en répétant que c'était la faute du vieux, mais je pense qu'il se sentait quand même coupable. C'est jamais facile de trahir les rêves de ses parents. Mais selon lui, c'était le prix à payer pour son *émancipation*. Et il vouait aux gémonies la famille chrétienne, les traditions, l'ordre bourgeois qui pesait sur les esprits des paysans du coin autant que sur les puissants de ce monde, bref, c'était un révolté.

Ça lui était venu en Algérie. Quand il était parti pour le service, en 53, ça faisait déjà plusieurs années qu'il travaillait avec Lucien. Le vieux lui avait tout appris en mécanique. C'était la grande époque des Tractions Avant, des Simca 8, des 203 Peugeot... Avec son arthrite galopante, Lucien avait de plus en plus de mal à répondre à la demande, mais il ne s'inquiétait pas : il avait un héritier. Sauf qu'en revenant à Seyssac après vingt-huit mois de service dont seize passés « là-bas », comme on disait, le gamin n'était plus le même. Comme nous tous, il avait dû voir des horreurs. Ça, il le gardait pour lui. En revanche, il racontait volontiers la rencontre qu'il avait faite à Oran, avec un gradé. Un nommé Roger, un instituteur, qui était aussi un des fondateurs du mouvement Peuple et Culture. Ce gars-là l'avait complètement changé. C'est de lui qu'il tenait les idées folles avec lesquelles il allait, par la suite, nous faire rêver.

Ce serait mentir de dire qu'il n'y avait pas un peu de marxisme là-dedans. Il y en avait. Mais pas seulement. Le mouvement PEC s'inspirait surtout de l'esprit libertaire né du Front populaire puis de la Résistance dans les maquis. Par opposition à la propagande nazie, l'idée était de mettre en œuvre une véritable éducation populaire, humaniste, permanente. Henri était tombé sous le charme. Parti militaire, il était revenu militant. Imagine le choc pour le vieux Lucien le jour où il a compris que son fils unique ne mettrait plus jamais les mains dans un moteur ! Mais c'était trop tard : il lui avait légué le garage devant notaire, et Henri était prêt à tout pour réaliser son projet.

Quand l'Éden a ouvert, en 58, on n'était qu'une poignée de jeunes autour de ton père : Michel, Roland, Georges... Les historiques, quoi. Le premier film qu'on a projeté, c'était *La bataille du rail*. Je me souviens même du nombre d'entrées qu'on avait faites ce jour-là : trente-sept ! Sur une jauge de presque quatre cents places, c'était pas bézef, mais on était tellement heureux qu'on a sabré le champagne. Puis Henri a fait un discours. Vibrant, remarquable. Il a été applaudi, on aurait dit un chanteur. Et c'est comme ça que tout a commencé.

La première fois que Monette est venue à l'Éden-Club, c'était pour voir *Douze Hommes en colère*, dont on avait réussi à obtenir une copie. Pendant le débat, après la projection, Monette et Henri sont tombés amoureux. J'y étais. Un coup de foudre intellectuel, évident, magnifique ; deux pièces d'un puzzle qui se complétaient.

Le hic, c'est qu'à l'époque, Monette venait de se fiancer avec un agriculteur de Saint-Bazile qui était, lui aussi, parti faire son service militaire. Henri, ça le rendait fou. Il pensait au gamin, là-bas, en Algérie et il en faisait des cauchemars. Il disait : « Je peux pas piquer la fiancée d'un camarade. » Quant à ta mère, la pauvre, elle était prise en étau : d'un côté son engagement, la promesse faite devant son père, ses frères, ses sœurs, tout le clan Bech, qui comptait sur son mariage pour agrandir la ferme, gagner des terrains, et de l'autre notre Henri, l'idéaliste, l'intellectuel, le pacifiste, l'internationaliste qui voulait changer le monde... Un beatnik du terroir ! Tu imagines la tête du Raymond ? Elle savait que rompre ses fiançailles reviendrait à rompre avec toute sa famille, et c'était au-dessus de ses forces. L'affaire a duré deux ans. Henri et Monette se voyaient, ils se parlaient, ils se dévoraient des yeux, mais à ma connaissance, ils n'ont cédé ni l'un ni l'autre à ce désir qui les aimantait.

Au fil du temps, Monette s'est résignée à l'idée du mariage. Ton père noyait son désespoir dans le travail, dans la lecture, dans l'engagement auprès de PEC, il disait que Monette était la femme de sa vie, et que même mariée à un autre, elle le resterait. Henri avait un tel sens du tragique… C'était shakespearien, je t'assure.

Puis le fiancé en question, Charles, est revenu d'Algérie. Les préparatifs de la noce se sont accélérés, et c'est là que Monette a craqué. Face à ce bonhomme limité et brutal, elle s'est rendu compte à quel point elle avait changé. Elle a compris qu'elle ne pourrait pas supporter cette vie, encore moins les opinions de son futur mari, qui était rentré avec la haine de tout ce qui, de près ou de loin, lui rappelait les Arabes. Un beau jour, elle a tout envoyé balader.

Quand le scandale a éclaté, ça a été terrible. Chassée de la ferme de Saint-Bazile par son père, Monette s'est réfugiée auprès d'Henri, à Lestrade, où le vieux Lucien habitait toujours. Je te laisse imaginer l'ambiance. Mais à partir de là, contre vents et marées, Henri et Monette ont vécu ensemble. Il fallait l'assumer, à l'époque ! On n'était jamais qu'au début des années 60, je te le rappelle, et même si les mœurs commençaient à bouger, notre campagne vivait confite dans les habitudes et les conventions : l'honneur des jeunes filles, l'honneur des familles, c'était quelque chose ! En rigolant, Henri disait qu'un de ces jours, il allait prendre un coup de fusil, une balle perdue, et si tu veux mon avis, c'est un miracle qu'il n'y ait pas eu d'incident. Pour apaiser les esprits, finalement, ils ont décidé de se marier. En 63. Je ne sais pas si c'est ça qui a tué le père Cassagne. Peut-être. Toujours est-il qu'il a été emporté en quelques semaines par une tumeur, et que tes parents se sont retrouvés seuls à la tête du domaine.

De Gaulle était revenu au pouvoir. C'était l'époque des attentats de l'OAS, mais aussi de Malraux, des Maisons de la culture, de Vilar à Avignon, des *Cahiers du Cinéma*, de Langlois et de la Nouvelle Vague. Des batailles d'idées compliquées opposaient les tenants d'une politique culturelle d'État et les militants des réseaux associatifs nés de l'après-guerre, je te passe les détails. Passionnés par tout ça, Monette et Henri suivaient les débats, participaient à des veillées, à des stages, ils étaient abonnés à des revues, adhéraient à la CGT, et peu à peu ils ont diversifié les soirées de l'Éden en faisant venir des conférenciers, des expos itinérantes, des troupes de théâtre, ou en organisant des montages de lectures. Il y en a eu de mémorables. *Des souris des hommes, Jacquou le Croquant, Les Raisins de la colère*... Et le public venait ! Chaque fois plus nombreux. En 65, quand on a projeté *Nuit et Brouillard*, les quatre cents places de la salle étaient occupées et il y avait même des gens sur les strapontins. Certains spectateurs venaient d'Égletons, d'Ussel : Henri et Monette étaient connus partout, jusque dans le nord du département ! Ils pouvaient être fiers de ce qu'ils étaient en train d'accomplir. Alors tu penses que dans tout ça, avoir des enfants, fonder une famille, c'était le cadet de leurs soucis. Le primordial pour eux, c'étaient la diffusion du savoir, la liberté, le partage, l'amitié, la paix dans le monde.

Moi, comme je te l'ai dit, j'étais plus sage, moins idéaliste, plus classique. J'avais rencontré Thérèse, je l'avais épousée presque aussitôt, et Philippe était né neuf mois après notre passage devant le curé. J'avais mon affaire à faire tourner, je travaillais beaucoup, mais je suivais quand même de près les activités de l'Éden-Club et dès que ton père avait besoin d'un coup de main, d'un aménagement, d'une réparation, il pouvait compter sur moi. On était amis. Pas vraiment très proches, mais amis. On discutait politique, souvent. Il me disait : « Joseph, tu devrais penser à te présenter à la mairie. » Je lui répondais : « Non merci ! » Je lui disais : « Vas-y, toi, tu es taillé pour ce boulot ! » Mais rien à faire, il s'obstinait à voir en moi le candidat idéal : l'enfant du pays, jeune mais pas trop, modéré mais quand même progressiste, artisan plus qu'artiste, père de famille… Lui, il traînait dans son sillage un parfum de scandale qui rendait impossible la moindre prise de responsabilité, il le savait. Bref, s'il n'avait pas été là, crois-moi, je n'aurais jamais eu l'idée de me présenter.

À l'Éden, il y avait toujours du mouvement. Monette adorait les fêtes improvisées et ce qui sortait de l'ordinaire. Je te l'ai dit, elle était forte et libre. Elle fumait, elle dansait, elle buvait, et comme tous les passionnés et les écorchés vifs, tes parents se frottaient à leurs propres limites. Parfois, ils se disputaient, mais en général, les fâcheries ne duraient pas. Sauf une fois. Je m'en souviens bien parce que c'était en 66, pendant ma première campagne. Entre les deux tours du scrutin, j'ai vu ton père débarquer chez moi avec une tête de six pieds de long. J'ai d'abord cru qu'il voulait causer politique, mais non, ça n'avait rien à voir.

Bon, ce que je vais te dire là, ça m'ennuie un peu de le dire, mais je crois qu'il faut que je le fasse. C'était une histoire de coucherie. Comme quoi Monette aurait dérapé (c'était le mot d'Henri) avec un type d'une troupe de théâtre qu'ils avaient hébergé pendant quelques jours à Lestrade. Dieu sait comment, il l'avait su. Il était bouleversé. Mais le plus étrange, c'est qu'il n'en voulait pas à Monette. Surtout pas ! Il s'en voulait à lui-même. Pourquoi ? Eh bien, il s'en voulait d'éprouver ce qu'il éprouvait. Si j'ai bien compris, il était humilié par sa propre jalousie – qui était selon lui un sentiment petit-bourgeois par excellence. S'il avait été un véritable humaniste, un grand homme, il n'aurait pas dû souffrir d'une infidélité. Or, il en souffrait, et il était déçu par lui-même. Un truc dans ce goût-là, sacrément tordu. Je lui disais : « Eh ! mon vieux, c'est normal ! Moi, si Thérèse me trompait, j'aurais envie de chialer et ensuite j'aurais envie d'aller casser la gueule à cet enfoiré de comédien ! Tu veux qu'on aille lui casser la gueule ? » Mais rien à faire, Henri préférait souffrir. Il a fallu qu'on descende une bouteille ou deux avant qu'il arrête de se mentir et de se croire au-dessus du commun des mortels : je n'avais jamais vu un homme pleurer autant. Je lui ai demandé : « Et Monette ? Qu'est-ce qu'elle dit ? Qu'est-ce qu'elle veut ? » Il m'a répondu qu'elle ne voulait rien, qu'elle avait fait ça sans réfléchir, qu'elle était désolée. J'ai dit bon, alors ça va. Mais la fâcherie a quand même duré plusieurs semaines. Ensuite, ça s'est tassé doucement et je n'en ai plus entendu parler. Seulement, d'après moi, Henri ne s'en est jamais remis. Cette histoire l'a fragilisé. Tu vois où je veux en venir ? C'est une interprétation personnelle, mais je me demande... Je me demande si en couchant avec Rose, ton père ne s'est pas vengé de Monette, tout simplement. En tout cas, c'est peu de temps après qu'il a commencé à la fréquenter, alors la question mérite d'être posée.

Quand il est venu me parler de Rose, j'étais maire de Seyssac depuis un an et demi. Je savais que Monette et lui avaient pris la petite Portugaise sous leur aile. Ils se souciaient toujours des nouveaux venus, surtout lorsqu'ils avaient fui des régimes autoritaires, comme Felipe et Magdalena quelques années plus tard. Tu te rappelles de Felipe et Magdalena ? Mais cette fois, j'ai senti qu'il y avait autre chose et quand Henri m'a annoncé que Rose était enceinte, je me suis dis bon, pas la peine de me faire un dessin. Mais d'abord, j'ai cru qu'il voulait me demander l'adresse d'une sage-femme. Pour faire passer le gosse, tu comprends. On n'avait guère le choix à l'époque, par ici. « Il y a bien la Mère Bouyssou, je lui ai dit. Tu sais, celle qu'on appelle la Grande. Mais c'est pas garanti. » Et là, j'ai vu Henri devenir blanc comme un linge. Il aurait vu un fantôme, ç'aurait été pareil. Il a crié que je n'y étais pas, que Rose n'avait aucune intention d'avorter, et qu'elle allait garder l'enfant. Il était en colère, j'ai compris que j'avais touché une corde sensible. Peut-être à cause de Jules, peut-être à cause d'Eulalie, va savoir ? Il n'était pas question d'empêcher Rose d'avoir ce bébé. Ce qu'il voulait, c'était qu'elle lâche son boulot de femme de chambre, beaucoup trop fatigant, et qu'on la mette à l'abri du besoin. Au poste où j'étais, je pouvais agir, et je lui devais bien ça ; j'ai accepté. Voilà comment Rose est devenue secrétaire de mairie.

Quand Claire est née, en février 68, personne n'a posé de question sur le père. La rumeur disait que Rose avait fauté avec un des clients du Vieux Chêne, un homme de passage, un représentant de commerce quelconque, et ça suffisait. En tant que fille-mère, les imbéciles la regardaient de travers évidemment, mais elle était sous la protection de Monette et d'Henri, alors personne n'a eu l'audace de s'en prendre ouvertement à elle. De mon côté, j'ai toujours apprécié son travail, et j'ai fini par « oublier » ce que je savais, c'est-à-dire, en somme, rien de concret. Je n'ai…

# Chapitre 31

Un appel vint interrompre l'écoute du témoignage de Joseph. Le nom de l'intrus s'affichait en gros sur l'écran, Valentine fronça les sourcils. Elle s'excusa auprès de Fred et accepta la communication. Toujours *super débordé*, Kostas n'appelait jamais pour rien.

— C'est moi. Je te dérange ?

— Ça va. Qu'est-ce qui se passe ?

— Je viens d'avoir Youri au téléphone. Je suppose que tu n'es pas au courant : il a planté son école.

— Quoi ?

— Il me l'a avoué au bout de vingt minutes de conversation. Je le trouvais bizarre. Il avait la voix pâteuse, il rigolait comme un idiot. Valentine, je pense qu'il était bourré.

— Merde.

Valentine eut envie de s'asseoir alors qu'elle était déjà assise. Elle s'accouda sur la table tandis que Fred la dévisageait avec inquiétude.

— Il n'a pas été en cours depuis quinze jours, poursuivit Kostas. Je ne sais pas ce qu'il a foutu. Et tu crois que le centre de formation nous aurait appelés ?

Évidemment non ! On est juste bons pour payer, comme d'habitude.

— Comment c'est possible ? Je lui ai parlé il y a une semaine, tout avait l'air d'aller bien, il semblait…

— Ben non. Il dit qu'il ne veut plus passer son brevet pro. Il dit qu'il ne veut plus travailler à la montagne, qu'il voudrait faire une formation *dans le social*, bref il ne sait plus ce qu'il veut.

— Il a peut-être des mauvaises fréquentations ?

— Pourquoi tu dis ça ? Tu penses à quelqu'un ?

— Pas précisément. Mais je sens qu'il cherche à s'affirmer, alors peut-être… Il t'a dit qu'il allait voter Mélenchon ?

— Pardon ? s'étrangla Kostas.

— Oui, bon, pas de quoi en faire une jaunisse. C'est générationnel, apparemment. Et il était où, là ?

— Dans son appart, je suppose. Avec des copains, des copines, à faire la bringue, j'en sais rien. J'entendais des voix derrière lui.

— Et qu'est-ce que tu lui as dit ?

— Je l'ai engueulé, qu'est-ce que tu crois ! Mais tu parles, plus je m'énervais, plus il rigolait.

— C'est ce que je craignais, lâcha Valentine. Il a recommencé à fumer.

— Comment ça *recommencé* ?

Valentine se souvint du pacte qu'elle avait scellé avec son fils avant qu'il parte en Haute-Savoie : son silence en échange de l'arrêt du cannabis. Elle avait cru que loin de Paris, dans un environnement sain et sportif, Youri tiendrait sa promesse. Elle, elle avait tenu la sienne.

— Je t'expliquerai, ne t'énerve pas. Qu'est-ce que tu comptes faire ?

— J'ai été intraitable. J'ai dit à Youri qu'on allait le chercher.

— Qui ça « on » ?

— Ben… plutôt toi, en vérité. Écoute, je suis *super débordé*, là. Avec le débat de lundi sur TF1, l'enjeu est capital, tu t'en doutes. Il est hors de question que je m'absente de Paris. Alors que toi…

Valentine faillit lâcher son téléphone. Instantanément, une boule de chaleur se diffusa en elle, irradiant ses organes, pareille à un champignon nucléaire.

— Attends, Kostas. Tu te rends compte de ce que tu me dis ? Tu décides et j'obéis, c'est ça ?

— Valentine…

— Quoi, « Valentine » ? Monsieur a sa campagne, alors la chômeuse est priée de lui éviter les tracas de la vie quotidienne ? Je ne suis pas à ton service. J'ai donné pendant assez longtemps, je te signale. Ça ne marche plus.

— De quoi tu me parles ? Il s'agit de Youri, là. De sa santé et de son avenir !

— Je rêve ou tu cherches à me culpabiliser ?

Kostas poussa un soupir exaspéré à l'autre bout du fil.

— Et comment aurais-je dû m'y prendre, alors ? Vas-y, explique-moi ! J'aurais dû laisser notre fils me rire au nez comme un benêt, lui donner l'absolution et raccrocher ?

— Il a 21 ans. Il est majeur. Tant pis pour lui.

— Ah d'accord, fit Kostas d'une voix pincée. Donc, tu t'en laves les mains, tu le laisses saboter ses études, et advienne que pourra. C'est l'idée ?

— N'exagère pas. Je dis juste que je n'irai pas le chercher. Si toi, tu considères que c'est la solution, vas-y ! Pour l'instant, je suis à Lestrade. Et figure-toi que j'ai des choses importantes à y faire.

— OK, très bien. Tu sais comment on appelle ça ? De la non-assistance à personne en danger.

Valentine allait répliquer, mais Kostas lui avait déjà raccroché au nez. Quand elle posa son téléphone sur la table, la voix de Joseph reprit automatiquement : « ... jamais reparlé de tout ça avec Henri, et lui n'a jamais essayé de m'en reparler non plus. Juste après, les événements de 68 ont tout bouleversé, puis il y a eu ta naissance et... » D'un geste sec, elle coupa l'enregistrement. Elle leva les yeux et tomba sur ceux de Fred. Ronds et fixes.

— Qu'est-ce qui nous arrive, Valentine ?

Il avait l'air d'un enfant perdu. Elle essaya de lui sourire ; ce fut une grimace.

— Youri déconne.

— C'est ce que j'ai cru comprendre.

— Kostas m'a toujours prise pour sa bonniche.

— C'est son côté « de droite », sans doute, se permit d'ironiser Fred.

— Pour une fois, je ne vais pas m'en mêler. Ils vont se débrouiller entre hommes.

— Bien dit.

— Ça m'amuse de laisser Kostas choisir entre son fils et Emmanuel Macron. Lequel des deux a le plus besoin de lui, d'après toi ?

Elle se servit un grand verre d'eau, regarda son téléphone avec tristesse, et poussa un soupir :

— Joseph a un cancer du pancréas. Je ne cesse d'y penser depuis cet après-midi. Qu'est-ce que tu ferais, toi, si tu savais qu'il ne te reste plus que quelques semaines à vivre ?

Fred prit la question au sérieux et réfléchit avant de donner sa réponse :

— Le Tourmalet.

# Chapitre 32

DIMANCHE 19 MARS 2017, 3 H DU MATIN

ACTIVITÉ : INSOMNIE

DISTANCE : 140 X 190 (SUR MATELAS LATEX À RAYURES UN PEU DÉFONCÉ AU MILIEU)

DURÉE : 2 H 15

FRÉQUENCE CARDIAQUE MOYENNE : 80 BPM

Tout à l'heure, FX m'a écrit une de ces phrases dont il a le secret et qui a méchamment fait tilt : « Les difficultés du présent prennent racine dans le passé. » Je lui ai demandé si c'était une maxime de sa grand-mère, comme l'histoire de l'anti-monte-lait. On a rigolé, mais n'empêche : c'est bien vu. FX a toujours été finaud, du genre qui va droit au but. Alors j'ai commencé une liste en deux colonnes. D'un côté mes difficultés actuelles (ma faiblesse de caractère – mon côté couille molle en langage Laura –, le divorce qui s'annonce, mes douleurs aux cervicales, mon émotivité), de l'autre ce que je sais du passé. Peut-être qu'en y regardant de plus près, j'arriverai à faire des ponts entre les éléments des deux colonnes. C'est à dire à relier les racines avec les branches.

Je n'arrête pas de repenser à l'enregistrement. Je n'ai pas osé revenir sur le sujet devant Valentine tout à l'heure parce que après son coup de fil avec Kostas, elle était trop énervée. Peut-être que je débloque à plein tube, mais il faut que j'écrive noir sur blanc ce qui me trotte dans la tête :

1- En admettant que Joseph ait dit la vérité, Monette a donc « dérapé » avec un autre homme en 1966.

2- Je suis né en février 1967.

3- Je ne ressemble pas à papa. Ni à Valentine.

4- Je ressemble au père de maman (Raymond le Muet).

La question logique qui me vient est donc celle-ci : et si j'étais le fruit du « dérapage » de maman avec le comédien ? Au point où nous en sommes, après tout !

Il faudrait que je vérifie si les dates concordent. Pour ça, je dois retrouver celles des élections municipales de 66. Et ensuite, les programmes de l'Éden-Club pour voir quelle troupe de théâtre est passée dans le secteur à cette même période. Je pourrais dégoter ça à la bibliothèque. Je demanderai à Agnès puisqu'elle a décidé de venir faire la balade à vélo avec nous. D'ailleurs, le rendez-vous est à 9 heures, faut que je dorme.

Mais il y a aussi la question de Valentine qui m'obsède.

Si je n'avais plus que quelques semaines à vivre ? Oui, c'est sûr, je voudrais faire le Tourmalet. Mais pas seulement. Ça mérite une autre liste. Après, promis, je dors.

– Inscrire Lila au casting du « Jamel Comedy Kids » (comme elle le réclame depuis des années) même si je trouve ça débile.

– Emmener enfin Ugo et Sam voir un match du PSG au Parc des Princes.

– Trouver un mec valable qui rendrait Valentine heureuse.

– Trouver le remède miracle qui rendrait Laura moins hargneuse.

– Vendre enfin la maison de Mme Legendre.

– Coucher une deuxième fois avec Sandrine Vialle.

– Serrer la main de Giuseppe Saronni.

– Savoir qui je suis.

Je me demande lequel de ces souhaits est le plus difficile à réaliser.

# Chapitre 33

Quand Fred entra dans la cuisine à 7 h 12, il trouva Léon roulé en boule sur une chaise et les restes d'un petit déjeuner qui jonchaient la table. En tendant l'oreille, il entendit couler l'eau dans la salle de bains du bas ; manifestement, Valentine était tombée du lit avant lui. Il fit une caresse au chat, mit de l'eau à chauffer pour son thé, appuya machinalement sur le bouton « on » de la radio, mais au lieu de la voix de Patricia Martin, il fut cueilli par un morceau de musique classique. Au deuxième morceau, il pensa que France Inter était en grève, mais au troisième, il alla vérifier et s'aperçut que l'appareil était calé sur Radio Classique. Contrarié par cette bizarrerie, il descendit le poste du frigo.

Il cherchait la fréquence de la station habituelle, lorsqu'il sentit une présence dans son dos.

— Tu écoutes Radio Classique, toi, maintenant ? fit-il en bougonnant, persuadé que Valentine était sortie de la douche. Tu sais pourtant que maman avait horreur qu'on change ses réglages !

Au milieu des grésillements, il entendit nettement un rire. Il se retourna pour demander à sa frangine ce qu'il y avait de marrant, mais sa question lui resta dans la gorge : hormis le chat, il n'y avait personne dans la cuisine. Cessant de respirer, Fred resta en alerte. La tuyauterie tapait dans les murs, la radio grésillait, rien d'autre. Soupçonneux, il regarda Léon avant de secouer la tête. Décidément, le manque de sommeil ne lui réussissait pas. Il manipula la molette de la radio, orienta l'antenne vers les coteaux et, soulagé, retrouva enfin la voix mutine de Patricia Martin qui égrenait les chiffres du dernier sondage.

Il versa l'eau chaude dans son bol et s'étira. Macron et Le Pen étaient au coude à coude, Fillon baissait tandis qu'Hamon et Mélenchon se retrouvaient à égalité dans les intentions de votes. Suivait un micro-trottoir, puis l'analyse d'un responsable de l'institut de sondage qui mettait en avant l'extrême volatilité de l'opinion.

Volatile, Fred l'était aussi. Selon les jours, selon l'humeur, il envisageait de voter comme ci ou comme ça. À l'agence, la couleur tirait plutôt sur le bleu : FX et Alice restaient à droite contre vents et marées, Swift – à la surprise générale – était tenté par le Front national (alors qu'il était noir et originaire de Sierra Leone, du coup, on n'osait trop rien dire), quant à Denise, la comptable, elle se déclarait simplement abstentionniste.

Il mit trois sucres dans son thé et bâilla. Par la fenêtre, le ciel était couvert mais ça s'éclaircissait ; aucune averse n'était annoncée.

Pensif, il empila trois biscottes qu'il tartina consciencieusement de beurre demi-sel. Par moments, il sentait son cœur se figer, puis battre à tout rompre dans une sorte d'arythmie inquiétante. La nouvelle vie qui l'attendait lui faisait peur. Et envie, aussi. Un peu.

En prononçant six petits mots l'autre soir (« Tu veux qu'on se sépare ? »), il avait l'impression d'avoir mis le doigt dans un vortex. Les sondages étaient volatiles, le mariage était volatile, la vie en général était volatile… Les infos de 7 h 30 lui en apportèrent la confirmation, qui revenaient sur l'hommage de la France aux victimes de l'école Ozar Hatorah, assassinées tout juste cinq ans auparavant. *Voilà*, songea Fred, *tu emmènes tes gamins à l'école un matin, un mec descend de son scooter et leur tire une balle dans la tête, pan*. Il ferma les yeux, imaginant Ugo et Sam dans le viseur de Merah. Les larmes montèrent aussitôt, et débordèrent en ruisselant sur ses joues.

— Oh oh, dit Valentine lorsqu'elle le trouva immobile au-dessus de son bol de thé. C'est la grande forme, à ce que je vois.

Elle venait d'apparaître sur le seuil, propre et parfumée, les cheveux pris dans une serviette nouée en turban.

— C'est les infos, se justifia Fred en essuyant ses larmes.

— Lesquelles ?

— Les enfants juifs…, répondit-il en reniflant. Morts.

— Y a des matins où on n'est pas taillés pour supporter tout ça, tu as raison.

Sans lui demander son avis, elle coupa la radio, puis se servit le reste de thé et vint s'asseoir en face de lui.

— J'ai super mal dormi, dit-elle.

— Pareil. J'ai fait des listes.

— Moi, j'ai envoyé des SMS.

— À Youri ?

— Oui. Et à Guillaume, aussi. Inutile de dire que le premier n'a pas répondu.

— Et le second ?

— Le second a un fils de 18 ans, accro au cannabis. Encore un point commun. On a parlé de ça, entre autres.

— Et il vient rouler avec nous ce matin ?

— Bien sûr. Tu te sens toujours d'attaque pour emmener la fine équipe des Vieux Roulants ?

Fred hocha la tête.

— C'est juste un petit coup de mou. Tout ira bien.

Valentine sourit en le regardant croquer dans ses biscottes. Pour la première fois depuis quarante ans peut-être, elle se sentait sur un pied d'égalité avec son frère, et même si c'était en de sombres circonstances, elle appréciait de voir renaître leur complicité.

— Je vais me sécher les cheveux, déclara-t-elle. Tu ferais bien de t'arranger un peu, toi aussi. Tu ressembles à Freddy dans *Les Griffes de la nuit.*

Quand elle fut sortie de la cuisine, Fred se pencha au-dessus de son bol, cherchant son reflet dans le thé. Toujours tranquille sur sa chaise, Léon semblait le dévisager avec attention. Fred plissa les yeux. Peut-être qu'il se trompait, mais il avait l'impression, parfois, que ce chat se moquait de lui.

À 9 h 05, requinqué, il était en tenue, pompe à la main pour gonfler ses boyaux, tandis que Valentine, dans son costume de joggeuse, exécutait quelques étirements. Anastase arriva, plein d'entrain, sur son Gitane. Il serra la main de Fred et embrassa la joue de Valentine en disant « Mmm, tu sens bon, c'est quoi ton parfum ? », puis il admira ses affaires de sport toutes neuves, mais cette fois-ci, Valentine ne se sentit pas rougir comme une écolière.

— Agnès et Antoine sont derrière moi, annonça le chauffeur de taxi.

— Formidable. Antoine s'est décidé ?

— Non, il se contente de conduire Agnès jusqu'ici. Il a dit qu'il voulait faire la voiture-balai !

L'utilitaire blanc ne tarda pas à surgir en haut de l'allée et vint se garer au pied des marches en faisant crisser le gravier.

— Salut les champions ! lança Antoine en sautant à terre.

Agnès sortit à son tour, vêtue d'un pantalon en toile et chaussée d'une paire de tennis. Antoine fit coulisser la porte latérale de sa camionnette et sortit le vélo de sa femme.

— Voilà l'engin ! Pas mal, hein ?

Fred considéra le VTT. C'était un modèle quelconque, qu'on trouvait dans toutes les grandes surfaces, mais en comparaison de l'hybride qu'il avait bricolé pour Valentine, il avait l'avantage d'être neuf et assez confortable.

— Il ne manque plus que Guillaume ! dit-il en regardant l'heure sur son téléphone.

— Qui est Guillaume ? s'enquit Agnès.

Valentine prit plaisir à lui raconter leur rencontre dans les rayons de l'Hyper Sport, notant au passage une légère contrariété sur le visage d'Anastase.

— Il fait du triathlon, précisa-t-elle avec enthousiasme. Il ne connaît personne dans la région, on lui a proposé de se joindre à nous.

La contrariété de l'ancien prof de français devint plus visible encore au moment où un splendide SUV gris métallisé apparut dans l'allée, provoquant chez Valentine un petit sursaut de surprise.

Guillaume se gara à côté de l'utilitaire d'Antoine, et Fred songea, attendri, à la tête qu'aurait faite Monette en découvrant autant de *véhicules modernes* sous ses fenêtres. Il l'imagina en train de chasser tout le monde, « Allez ouste ! », pendant que Valentine faisait la bise au nouveau venu, puis les présentations.

— Tu connais déjà mon frangin, Fred, voici Agnès et Antoine, avec qui j'étais à l'école communale. Et Anastase, leur voisin.

— Voisin et ami, précisa Anastase en forçant sur sa poignée de main.

Guillaume déballa son vélo de la housse où il l'avait rangé, et là, ce fut Fred qui eut un coup au cœur.

— Un S-Works Venge, murmura-t-il. La vache.

— Cadeau de mon ex-femme, expliqua Guillaume. Avec la voiture, c'est tout ce qui me reste.

— C'est déjà pas mal ! Je peux ?

Guillaume laissa Fred soupeser la merveille dont chaque roue valait au bas mot mille cinq cents balles. Le chauffeur de taxi s'était approché, sceptique.

— Tu es au courant qu'on fait juste une petite balade entre amis, ce matin ? Pour battre le record de l'heure, tu repasseras. Les filles ne sont pas vraiment équipées, comme tu peux le voir…

Agnès baissa le nez sur son pantalon et ses tennis, et Valentine désigna en riant le vieux biclou que Fred avait posé contre la porte du garage.

— Pas de problème, répondit Guillaume en montrant le bas de jogging qu'il s'était contenté d'enfiler. Je suis surtout venu pour la bonne ambiance.

— Moi aussi ! s'exclama Antoine en faisant tinter les clés du camion. J'ai de l'eau, des biscuits et des sièges confortables pour ces dames en cas de besoin !

— Alors c'est parti ! conclut Fred.

Comme prévu, le temps resta sec et relativement doux. Les petites routes départementales sur lesquelles Fred emmena la troupe se révélèrent jolies, peu fréquentées, et en dehors de deux ou trois bosses qui contraignirent Valentine et Agnès à mettre pied à terre, l'ensemble du parcours ne comporta pas de difficulté particulière. Le plus ardu, finalement, fut de nature extra-sportive.

Entre Les Granges et Le Treuil, sur une section plate et rectiligne, Anastase accéléra subitement au cri de « Premier arrivé ! », mais préférant rester avec Agnès et Valentine, Fred et Guillaume le laissèrent partir tout seul. Le chauffeur de taxi cacha tant bien que mal sa déception, mais arrivé au bas de la côte, à l'entrée du Puech, il recommença :

— Eh les mecs, on se fait une pancarte ?

Cette fois, Fred et Guillaume ne purent résister. Ils partirent comme des flèches et au sommet de la bosse, hélas, le résultat fut sans pitié pour Anastase, qui arriva bon dernier. Hors d'haleine, il descendit de vélo, et s'agenouilla pour bricoler quelque chose – son dérailleur se serait bloqué – mais personne ne fut dupe.

Passé le bois Bernoux, alors qu'ils roulaient depuis plus d'une heure, Fred proposa une halte. Pendant qu'Antoine distribuait fruits secs et bouteilles d'eau, Anastase vint se poster face à Guillaume.

— Alors comme ça, c'est ton ex-femme qui t'a payé ce beau vélo ? Elle t'a laissé une sacrée belle bagnole, aussi, dis-moi. Je parie qu'elle ne travaillait pas à l'Éducation nationale, elle ! Tu dois l'avoir mauvaise qu'elle t'ait plaqué, mon vieux !

Un peu surpris par l'agressivité d'Anastase, Guillaume jeta un regard interrogatif à Fred et Valentine avant de répondre simplement que c'était lui le responsable du divorce.

— Aaah, je vois, dit alors le chauffeur de taxi avec un sourire entendu, Monsieur a été mettre sa bite ailleurs, c'est ça ?

La remarque tomba comme un cheveu sur la soupe, provoquant un embarras palpable, et c'est Antoine qui tenta de rattraper le coup.

— Ne prête pas attention aux blagues d'Anastase, dit-il à Guillaume, il aime bien provoquer. Il a vécu en banlieue parisienne, ça a déteint sur son humour.

— Ah oui, quelle banlieue ? voulut savoir Guillaume.

— Rosny-sous-Bois, répondit l'autre, le menton en l'air, tu vois où c'est ? Dans le 9-3, là-haut, chez les Zoulous.

— Je connais, répliqua Guillaume pas vraiment impressionné, j'ai grandi à Bobigny.

Ce qui rabattit le clapet d'Anastase.

Avec sagesse, Fred abrégea la pause, et on repartit de plus belle, vers La Gardelle, puis Les Quatre-Routes. Valentine avait un peu mal aux fesses, Agnès, c'était plutôt aux cuisses, mais chaque fois qu'Antoine leur faisait des appels de phares pour les inviter à monter dans l'utilitaire, elles serraient les dents et redoublaient d'effort. Pour encourager les troupes, Fred lança qu'en guise de récompense, il offrirait cafés et croissants à Beaulieu où il y avait la meilleure boulangerie des environs, si bien qu'à onze heures et quart, ils étaient attablés tous les six entre l'église et la mairie, sur la place du village, devant la fameuse boulangerie.

Un petit marché se tenait autour de la fontaine. Le bourg était plutôt animé, notamment par la présence de militants de tous bords tractant pour leurs candidats. La figure de Jean-Luc Mélenchon flottait sur un kakémono, celle de Benoît Hamon s'affichait sur le vantail d'un food-truck, tandis que, vêtus de T-shirts portant le slogan d'En Marche !, les défenseurs de Macron arpentaient les allées. Plus discrets, les partisans de Fillon campaient sous l'auvent d'un magasin de souvenirs. C'est alors qu'Anastase relança les hostilités.

— Je ne vois pas mon candidat, fit-il en scrutant la place, vous voyez les vôtres, vous ?

Agnès le regarda de travers et s'étouffa à moitié avec son croissant :

— Qu'est-ce que tu racontes ? Ne me dis pas que tu vas voter Marine Le Pen ?

Satisfait, Anastase écarta les jambes façon cow-boy.

— Ah oui, c'est vrai que tu es de gauche, toi ! Du côté des gentils ! se moqua-t-il.

Agnès s'empourpra.

— Alors dis-moi, que prévoit ton candidat pour empêcher des mecs comme Abdeslam de tirer dans le tas à la kalachnikov ? continua Anastase. De la « prévention » ? Du « vivre-ensemble » ? Des cours d'aquarelle ? (Il se tapa sur les cuisses.) Quelle rigolade !

Et on s'étonne qu'ils se foutent de nos gueules, dans les quartiers ! Demandez donc à votre ami Guillaume comment ça se passe à Bobigny, il vous dira comme moi, je parie !

Il se tourna vers Guillaume en attendant sa réponse, mais c'est Agnès qui bondit de sa chaise.

— Mais t'es con ou quoi, Anastase ? Pourquoi tu nous plombes l'ambiance, là ? On est juste en train de passer un bon moment, on n'a rien demandé, OK ? Tu te crois plus malin parce que tu as vécu dans les banlieues difficiles ? Oui, je vais voter PS, et je t'em merde ! Depuis quand avoir un idéal serait-il honteux ?

Autour d'eux, les gens commençaient à se retourner, à froncer les sourcils ou à rigoler, certains se chuchotant des choses à l'oreille, et Antoine se sentit obligé d'intervenir. Pour ramener un peu de calme, il prit Agnès dans ses bras et l'entraîna à l'écart ; elle bouillait.

— Tu vois, dit alors Anastase en s'adressant à Valentine, c'est exactement pour ça que je ne peux plus voter pour les socialos. Je ne supporte plus d'entendre ces gens s'arroger toutes les qualités alors qu'ils sont dénués de la plus essentielle : l'honnêteté intellectuelle.

Là-dessus, Anastase se leva de sa chaise, déclara qu'il n'allait pas salir plus longtemps cette petite réunion proprette, et fit mine d'aller reprendre son vélo. C'était sans compter avec l'opiniâtreté d'Antoine, qui lâcha Agnès et vint le choper par le bras.

— Ah non, c'est trop facile, mon vieux ! Quand on est potes, on a le droit de ne pas être d'accord. Mais à condition d'éviter les attaques personnelles. Tu t'en prends à Agnès, mais depuis tout à l'heure, c'est Guillaume que tu vises. C'est toi qui es malhonnête, là ! Alors tu te rassois, et on discute entre personnes adultes.

Interloqué, Anastase regarda Antoine avec méfiance.

— Qu'est-ce qui te prend, grogna-t-il, tu joues les médiateurs, toi, maintenant ? Qu'est-ce que t'as ? T'as vu la Vierge ?

— Si tu veux, répondit Antoine. Quoi qu'il en soit, je n'ai pas envie qu'on en vienne aux mains entre voisins, c'est dans l'intérêt de personne. Réfléchis deux secondes, tête de nœud. Tu viens d'arriver dans la région, tu vis tout seul, tu essaies de lancer ta petite boîte, tu tombes sur des gens sympas qui peuvent faciliter ton intégration, et toi, tu te fâches avec ? C'est quoi, ça ? Un suicide social ? Je comprends que tu sois un peu énervé par ce beau gosse qui tombe du ciel avec sa voix douce, sa bagnole et son vélocipède à dix mille balles, mais c'est pas une raison pour t'en prendre à ma femme… Elle t'a rien fait, elle !

Les épaules d'Anastase se voûtèrent. Il prit sur lui, reposa son vélo et chercha Agnès du regard. Elle était debout, bras croisés, de l'autre côté de la table, attendant des excuses.

— OK, je suis désolé, lâcha le chauffeur de taxi. Je pète les plombs parfois… Ça va s'arranger, mais c'est vrai que ça me fout les boules, tout ça !

Personne ne lui demanda ce qu'englobait ce « tout ça » qu'il avait presque crié, et chacun se mit à regarder ses pieds, surtout Valentine qui s'en voulait d'avoir attisé la jalousie d'Anastase.

— Quelqu'un veut un autre café ? demanda Fred.

En dépit des efforts de chacun, le cœur n'y était plus et la route du retour parut longue.

Il était presque 14 heures quand l'équipe entra dans Seyssac.

Fred mit pied à terre sur le parking devant la médiathèque, et avant que le groupe se disperse, il demanda à Agnès s'il pourrait trouver les archives du bulletin municipal dans les rayons. Oui, bien sûr, il y avait une section dédiée au patrimoine local au deuxième étage, lui expliqua la bibliothécaire. Certains documents dataient du XIXe siècle ; pour les recherches antérieures, il fallait en revanche prendre rendez-vous.

— Je n'aurai pas besoin de remonter aussi loin, la rassura Fred. Jusqu'en 66, ça ira.

— Toujours votre enquête au sujet de Claire Macieira ? demanda Antoine. Ça avance comme vous voulez ?

— Oui, grâce à ton père on a de nouveaux éléments, répondit Fred.

— Mon père ? Il vous a téléphoné ?

— Ben…, hésita Fred en comprenant qu'il avait peut-être fait une bourde.

Valentine lui jeta un regard noir et dut avouer sa visite à l'EHPAD de Colnac, la veille.

— T'es gonflée, lui reprocha Antoine, tu aurais pu m'en parler avant. Tu t'es pointée comme ça, sans prévenir ?

— Je te rassure, Joseph était content, se justifia Valentine. Et plutôt en forme pour quelqu'un… Enfin, je l'ai trouvé en forme pour son âge. Je l'ai invité à la pizzeria.

— Ben mince, souffla Antoine, je t'avais dit que je retournerai le voir la semaine prochaine, tu aurais pu attendre.

— Oh pardon, fit Valentine, j'ignorais qu'il fallait te demander une autorisation en trois exemplaires !

— J'ai pas dit ça, s'énerva Antoine, mais c'est trop demander d'être traité avec un minimum de respect, dans ce pays ? Oh et puis merde, tiens, j'en ai assez de voir vos gueules.

Il claqua la portière de sa camionnette et démarra. Agnès tenta d'expliquer la mauvaise humeur de son mari, arguant qu'il avait eu une semaine difficile avec certains clients.

— Ne le prends pas pour toi, Valentine, il est un peu à fleur de peau en ce moment.

— Comme nous tous, apparemment, souligna Fred.

Anastase haussa les épaules, annonça qu'il rentrait, et Agnès lui emboîta le pas en direction de l'ancienne boulangerie. Fred, Valentine et Guillaume se retrouvèrent sur le parking, un peu perplexes. Ils avaient encore trois bons kilomètres à faire pour rallier Lestrade ; ils se remirent en selle.

— J'avais oublié à quel point c'est chiant de rouler en groupe, ronchonna Fred.

— Moi, j'ai trouvé ça marrant, dit Guillaume. Vous m'aviez promis de passer un moment entre amis *à la bonne franquette*, c'était très réussi !

Valentine se mit à rire et ils se repassèrent en boucle les meilleurs moments de la journée en imitant les uns et les autres, riant de plus belle, jusqu'à ce que, jambes coupées, Valentine ne fût plus capable d'avancer.

— Je vais marcher avec elle, proposa Guillaume en se libérant des pédales automatiques.

— Très bien, dit aussitôt Fred, alors je pars devant !

Il leur fit un signe complice de la main, et s'élança dans la montée qui serpentait à travers bois jusqu'au domaine.

Un silence reposant tomba sur Guillaume et Valentine ; seules les cales en métal, sous les chaussures de Guillaume, faisait à chaque pas un petit clic sur le revêtement de la route.

— C'est drôle, commenta Valentine, on a l'air de deux rescapés après une tempête.

— Oui, renchérit Guillaume, deux rescapés après l'apocalypse… Ça me rappelle un bouquin que j'ai adoré. *La Route*, de Cormac McCarthy.

— Oh, je l'ai lu ! s'exclama Valentine. Moi aussi, j'ai adoré ! C'est sombre, mais l'écriture est vraiment…

— Magnétique ?

— C'est ça, dit-elle en songeant que l'adjectif qualifiait parfaitement Guillaume.

Les trois kilomètres qu'ils firent à pied en poussant les vélos leur parurent cette fois trop courts.

Lorsqu'ils arrivèrent en vue de la maison, Valentine se faisait une idée plus précise de l'homme qui marchait à ses côtés. Guillaume avait 47 ans. Divorcé depuis deux ans, il avait quitté Bordeaux pour revenir vivre chez son père, à Brive. Le vieux monsieur avait besoin de compagnie, Guillaume d'un endroit paisible où souffler après vingt ans d'un mariage fusionnel et tourmenté. Son ex-femme aimait faire des affaires, conquérir et exercer le pouvoir, tandis que lui, de son propre aveu, non. Il avait trouvé cette place de vendeur à l'Hyper Sport, il se laissait porter et goûtait aux plaisirs d'une routine apaisante. Lire, faire du sport, cuisiner pour son père, l'emmener marcher un peu en forêt ; sa philosophie se résumait en trois mots : « On verra bien. » Il avait un frère beaucoup plus âgé, qu'il ne voyait plus depuis des lustres. Quand son père avait eu cet horrible accident vasculaire, il avait repris contact.

— Bertrand arrive ce soir, conclut-il. J'ai promis d'aller le chercher à la gare.

— Oh, fit Valentine, c'est un jour important, alors.

— Très, confirma Guillaume.

Ils échangèrent un sourire entendu et descendirent jusqu'à la maison. Là, Guillaume démonta les roues de son vélo pour le remettre dans sa housse, puis dans le coffre de sa voiture.

— Tu le connais bien, Anastase ?

— On s'est vus trois ou quatre fois, c'est tout.

— Drôle de type. Il a besoin d'aide, on dirait.

Valentine soupira :

— En ce moment, si on veut se fâcher avec tout le monde, il suffit de parler politique. C'est comme moi, avec ma mère…

Elle se mordit la lèvre, mais Guillaume n'y prêta pas attention : il venait d'apercevoir Léon sur la rambarde du perron.

— Oh, tu as un chat ? Comment il s'appelle ? J'adore les chats.

Fred apparut à cet instant sur la terrasse, rompant le charme. Il avait eu le temps de prendre une douche, de remettre son jean et son pull noir, et il faisait une drôle de tête. Guillaume le remercia encore, ajouta qu'il reviendrait rouler volontiers un de ces jours ou simplement comme ça, pour dîner, par exemple, puis il démarra.

Quand le SUV gris métallisé disparut en haut du chemin, Fred regarda Valentine. D'une voix bizarre, il demanda :

— Dis… c'est toi qui as sorti le Scrabble ?

## Chapitre 34

Le plateau de jeu était ouvert sur la table de la cuisine. Deux réglettes étaient disposées de part et d'autre, et sur chacune se trouvaient les lettres d'un tirage. Un unique mot avait été formé et placé au centre du plateau.

— ASTILBE, lut Valentine.

Le frère et la sœur demeurèrent un long moment interdits et silencieux, aucun ne pouvant envisager de la part de l'autre une blague de si mauvais goût.

— Qu'est-ce que c'est que cette connerie ? finit par grogner Fred. Qui a les clés de la maison en dehors de nous ?

— Ben… Mme Champdavoine, répondit Valentine, incrédule.

— Qui d'autre ?

— À ma connaissance, personne.

— J'appelle Geneviève, décréta Fred en dégainant son téléphone.

Comme pour l'encourager, Valentine alla chercher le sien, qu'elle avait laissé dans sa chambre pendant la balade à vélo. En son absence, elle avait reçu trois SMS. Les deux premiers de Youri (« Tu avais promis de ne rien dire à papa ! », puis « C'est dégueulasse ») et le troisième de Kostas qui disait : « Pour ton information : retour à Paris » accompagné d'une photo de leur fils, à moitié caché derrière sa main, assis à l'avant d'une voiture de location. Paris-Thônes-Paris dans la journée, chapeau ! Valentine avait rudement bien fait de laisser Kostas se débrouiller, et d'ailleurs, elle allait continuer à ne pas s'en mêler ; elle avait d'autres priorités pour l'instant.

Quand elle revint dans la cuisine, Fred raccrochait.

— Alors ?

Il secoua la tête. Mme Champdavoine n'était pas venue à la maison. Elle jurait avoir passé la journée chez son neveu, à Beaulieu. « Vous savez, celui qui a une entreprise de BTP ? »

— Si ce n'est pas elle, alors qui est-ce ? s'interrogea Fred en fixant le plateau de jeu avec des yeux ronds. Et puis… qu'est-ce que ça veut dire « Astilbe » ?

Comme il n'y avait pas moyen d'accéder à Internet, Valentine alla chercher l'*Officiel du Scrabble* dans la bibliothèque du salon. Elle y trouva le mot suivi d'une brève définition et pâlit.

— C'est le nom d'une plante.

Pour elle, cela ne faisait plus de doute : il n'y avait que Monette pour connaître un mot pareil. Mais comment partager cette certitude avec son frère sans l'inquiéter de nouveau quant à sa santé mentale ?

— Y a pas un truc à boire, là ? demanda subitement Fred.

— La Suze de maman.

— Vas-y. J'ai besoin d'oublier cette journée.

Valentine sortit deux petits verres et la bouteille. Puis elle prit place sur une chaise, proposa à Fred de s'installer en face et de réfléchir à son tirage.

— C'est peut-être un message codé ? insista-t-elle.

Les mâchoires serrées, l'œil morne, Fred s'assit et considéra la suite de lettres qu'il avait sous les yeux. La première gorgée de Suze lui arracha une grimace. Comment sa mère pouvait-elle apprécier ce truc ? C'était fort et amer, une vraie purge. Il en but une deuxième gorgée avec l'impression que ça allait lui trouer l'estomac.

— C'est idiot, Valentine. On ne va pas faire une partie, là ? À quoi ça rime ?

— Je n'en sais rien. Je cherche. Je me dis qu'il faut parfois mettre de côté la raison pour accéder à certaines explications. Si on traite tout par la méfiance et le scepticisme, on se ferme des portes…

— C'est-à-dire ?

Elle réfléchit à la meilleure façon d'inhiber l'esprit critique de son frère et finit par demander :

— Tu te souviens du film *Ghost* ?

— Cette romance cucul avec Patrick Swayze et Demi Moore ?

— J'avais bien aimé, moi.

— Bon, et donc ? Tu es en train de me dire que cette partie de Scrabble est un message de l'au-delà ?

Le visage de Fred s'était durci, Valentine rentra légèrement la tête dans les épaules.

— Je ne dis pas exactement ça…

— Mais si, Valentine ! Tu viens *exactement* de dire ça ! explosa Fred. Tu penses que maman est venue pendant qu'on n'était pas là. Tu penses qu'elle a sorti le jeu et préparé cette petite mise en scène pour nous dire quelque chose et que par-dessus le marché, cette chose est… ASTILBE, c'est ça ?

Valentine baissa les yeux à la manière d'une enfant prise en faute. Posée de la sorte, l'hypothèse paraissait en effet saugrenue. Elle murmura :

— Alors qu'est-ce que tu proposes ?

Fred vida son verre et le reposa sur la table.

— Je propose que tu ranges tout ça. (Il se leva, furieux.) Ne compte pas sur moi pour prendre en considération ce genre d'idioties. Je vais regarder la télé.

Il quitta la cuisine, laissant Valentine seule face au mystère. Elle but un peu de Suze et observa les lettres posées devant elle. OTPEUIN. Dans la pièce voisine, Fred avait mis une chaîne de sport. Elle se concentra, inversa et associa les lettres, et après cinq minutes de réflexion, un mot lui apparut qu'elle accrocha au A de ASTILBE : PETUNIA. Ça ne rapportait rien, mais ça restait dans le thème et Valentine se sentit confortée dans son hypothèse. Elle fit glisser la seconde réglette vers elle. EIWLOLS. Un nom de plante avec un W ? À part EDELWEISS, Valentine n'en connaissait pas ; elle plaça cette lettre encombrante sur ce côté et quelques gorgées de Suze plus tard, étreinte par une joie fiévreuse, elle composait le mot OSEILLE en utilisant le E de PETUNIA.

— Mince, souffla-t-elle.

De l'oseille, il y en avait plein le potager. À l'époque où Monette avait encore le goût de cuisiner, elle en faisait des sauces ou des soupes. Cela lui donna envie d'aller en cueillir. Elle traversa le salon et, sans un regard pour Fred qui ruminait sa mauvaise humeur dans le fauteuil à oreilles, elle sortit sur le perron.

En descendant les marches, elle sentit que les muscles de ses cuisses la brûlaient ; il fallait qu'elle se prépare à avoir des courbatures, et puisque Guillaume lui avait conseillé de ne pas courir avant mardi, elle s'y tiendrait.

Elle contourna la maison par l'aile gauche, prit l'allée et entra dans le jardin. Dans ses souvenirs, Henri ne s'en occupait pas, sûrement trop absorbé par son travail au cinéma… et par sa maîtresse. Seule Monette, après la vente de l'Éden, avait consacré du temps à l'entretien du terrain. Elle la revoyait sous son grand chapeau de paille, penchée sur les fraisiers ou hissée sur une échelle en train de tailler les massifs. Valentine ne s'était jamais intéressée à tout ça, préférant, à l'adolescence, écouter de la musique dans sa chambre ou écrire des articles engagés pour le journal du lycée, dans lesquels elle s'indignait de la famine en Éthiopie et de l'emprisonnement de Nelson Mandela. Résultat, elle ne connaissait rien aux légumes et elle se demanda même si elle saurait reconnaître les plants d'oseille au milieu des mauvaises herbes qui proliféraient depuis l'été dernier entre les sillons du potager. Si elle revenait s'installer ici, comme elle en avait formulé le désir, elle s'initierait aux joies du jardinage, elle apprendrait l'art de la bouture et des semis, promis. En slalomant entre les mottes pour ne pas trop salir les semelles de ses baskets neuves, elle fantasma sur une vie au grand air, rythmée par les saisons et les plaisirs de la nature. Elle s'imagina en train de fendre des bûches à la hache, de manœuvrer des brouettes de terre ou simplement s'asseoir là, devant un coucher de soleil. Elle avait la tête pleine de clichés, on se serait cru dans un album de *Martine* : Valentine défriche, Valentine bine, Valentine fait son compost, Valentine sarcle, Valentine récolte… Ça lui faisait un bien fou.

Un portillon de bois marquait l'entrée du potager. Elle fit coulisser tant que bien que mal le loquet rouillé et entra dans son futur paradis – pour l'heure, un rectangle en fouillis où la plupart des plantes avaient succombé aux intempéries.

Elle eut un coup au cœur en découvrant Léon, aplati entre deux rangées de tuteurs. De toute évidence, il était en train de chasser des mulots. Pour ne pas trop le déranger, Valentine alla vers le côté opposé et se mit en quête, priant pour que Monette vienne lui offrir son aide.

— Voyons voyons, dit-elle d'une voix volontairement forte, où sont donc ces plants d'oseille ?

Elle enjamba des touffes grisâtres, des houppes fanées, des agrégats ternis, des îlots terreux au milieu desquels subsistaient de vagues tubercules, et comme elle se retournait finalement pour voir si Léon était toujours là, elle découvrit Monette accoudée au portillon.

— Quelle Parisienne tu fais ! lança la vieille dame, amusée. C'est consternant.

— Je sais, convint Valentine. Je t'attendais pour y voir plus clair.

— Ah, justement, dit Monette, impossible de remettre la main sur mes lunettes. Tu ne les aurais pas vues quelque part ?

Valentine secoua la tête et sentit sa gorge se nouer. C'était exactement par ces mots que Monette l'avait surprise, dans la chambre, le premier soir où elle lui était apparue.

— Je les chercherai tout à l'heure, maman, promis.

— Tu comprends, je n'ose pas aller demander à ton frère.

— Oh non, surtout pas, tu as raison ! Ce soir il n'est pas très…

— Réceptif ?

— C'est ça.

— Laura ?

— Peut-être.

— J'ai toujours pensé qu'elle lui broyait les couilles.

— Maman ! se scandalisa Valentine.

— Quoi, « maman » ? J'ai pas raison, peut-être ?

— Si, sans doute, mais enfin… tu pourrais surveiller ton langage.

— Plus de temps à perdre avec ça, ma cocotte. Il y a des moments où il faut savoir appeler un chat un chat.

Entendant cela, Léon quitta son creux de terre, s'approcha du portillon, y sauta d'un bond agile et vint se blottir contre sa maîtresse qui lui prodigua aussitôt les caresses dont il avait besoin. Un large sourire s'épanouit sur le visage de Monette.

— Je vous trouve courageux, Fred et toi. Si ton père n'était pas mort, tu sais, j'aurais peut-être fini par demander le divorce moi aussi.

Debout au milieu du potager, Valentine laissa un instant de côté ses rêves de soupe à l'oseille. Dans les conversations imaginaires qu'elle entretenait avec sa mère, c'était rarement elle qui imposait les sujets. Même décédée, Monette continuait d'exercer son autorité fantasque et de mener la danse. Elle tenta de reprendre la main :

— Je suis allée voir Joseph dans sa maison de retraite, hier.

— Ce bon Joseph, soupira Monette. Il enterrera tout le monde, à force !

— Il m'a beaucoup parlé de papa, de toi, du groupe PEC, de tout ce que vous avez fait ensemble. Il m'a parlé de Rose, aussi.

Monette ne réagit pas. Elle continuait de caresser le chat.

— Il m'a dit que, si tu n'avais pas couché avec un autre type, papa ne t'aurait peut-être jamais trompée. C'est vrai ?

— Joseph a toujours été un peu jaloux. Il aurait préféré que je couche avec lui. Mais je n'en ai jamais eu envie.

— Alors tu savais pour Rose ? Pour Claire ? Depuis le début ?

— Non, cocotte. Je ne savais pas. Je ne savais rien.

Rembrunie, Monette leva les yeux vers le ciel et accrocha son regard à la cime des peupliers qui bordaient le ruisseau, dans le fond du jardin.

— Alors pourquoi dis-tu que tu aurais fini par demander le divorce ? insista Valentine.

— Il existe une foule de raisons pour lesquelles on peut souhaiter quitter quelqu'un.

— D'accord, mais toi ?

— Je n'ai pas envie d'en parler. Tu traverses une grande crise, je le conçois, mais ne va pas croire que toutes les solutions viendront de moi. Les plants d'oseille sont au fond, là-bas, au pied du pommier.

Valentine fut tentée de tourner son regard dans la direction indiquée, mais elle ne le fit pas, redoutant que Monette profite de son inattention pour disparaître. Elle avait encore tant à lui demander !

— Est-ce que c'est toi, la partie de Scrabble entamée dans la cuisine ?

— Tu trouveras ma recette de soupe à l'oseille dans le gros livre marron, tu vois lequel ? N'oublie pas la crème fraîche, sinon c'est un peu acide.

— Ce type avec qui tu as couché, c'était quand précisément ? J'ai cru comprendre que Fred était un peu troublé par la chronologie…

— N'ajoute pas trop de pommes de terre, ça étoufferait le goût de l'oseille. Et fais attention, tu marches sur mes asperges…

— Tu savais que tu étais supinatrice ? Ça veut dire que… Maman ?

D'un saut, Léon était descendu de son perchoir ; dans le même temps, la silhouette de la vieille dame avait disparu, laissant Valentine seule au milieu des plantations. L'air commençait à fraîchir. Quelque part dans les bois, un oiseau lançait un appel monotone. Tristement, Valentine se dirigea vers le pommier. Pourquoi ne parvenait-elle pas à obtenir ce qu'elle voulait ?

Elle cueillit une bonne quantité de feuilles qu'elle entassa dans un pli de son pull et remonta à petits pas vers la maison. La journée tirait à sa fin, il y avait, dans l'atmosphère, quelque chose d'un peu nostalgique et elle ne fut pas mécontente de retrouver Fred assis dans le salon.

— Je vais faire une soupe à l'oseille, annonça-t-elle.

— Comme tu veux, fit-il avec un haussement d'épaules.

Elle se posta entre lui et l'écran de la télé.

— Pousse-toi, Valentine. Tu m'énerves.

— Je suis contente que tu sois là, vieux grognon. Et merci pour le vélo, c'était super. Dès que possible, j'entreprends les démarches pour te faire citer à l'Ordre national du mérite, comme promis.

Elle souriait. Il lui lança un regard soupçonneux.

— OK, mais tu me promets d'arrêter tes conneries avec les fantômes ?

Valentine haussa les sourcils et répondit :

— Quels fantômes ?

Et contente d'elle, elle s'en alla vers la cuisine. Là, elle rangea le plateau de Scrabble, les lettres et les réglettes, songeant qu'il ne fallait peut-être pas chercher midi à quatorze heures et que, par ce clin d'œil, Monette avait peut-être tout simplement voulu lui suggérer une idée pour le menu du soir. C'était bien son genre, ça, de se mêler – même morte – de l'alimentation de ses enfants !

# Chapitre 35

LUNDI 20 MARS 2017

ACTIVITÉ : VÉLO

DISTANCE : 50 KM

DURÉE : 2 H 09

VITESSE MOYENNE : 23,2 KM/H

FRÉQUENCE CARDIAQUE MOYENNE : 139 BPM

Je m'étais arrêté pour pisser quelque part sur la route de Tulle quand maître Praquin m'a appelé. Lorsqu'il a su qu'on était à Lestrade, Valentine et moi, il m'a proposé un rendez-vous à l'étude pour nous remettre les pièces du dossier en chair et en os. On s'est mis d'accord pour 17 heures. Avant de raccrocher, il a voulu savoir si ma sœur était *rétablie*. J'ai répondu que oui, qu'elle allait très bien, ce qui prouve que je suis un bon menteur, moi aussi. Parce que la vérité, c'est que Valentine est franchement *border line*. Mais je me dis que si elle voit les documents officiels et dûment tamponnés, si elle entend de la bouche d'une personne assermentée des mots comme *feu votre mère* (les notaires parlent toujours comme dans les pièces qu'on voyait dans *Au théâtre, ce soir*), le déclic va peut-être se produire et qu'elle va enfin commencer son travail de deuil.

Ce matin au petit déjeuner, ni elle ni moi n'avons eu le courage de reparler d'hier. On a fait comme si de rien n'était, comme si personne ne s'était introduit ici pour monter un canular avec le Scrabble et on s'en est tenu aux choses pratiques : Valentine doit bosser sur son bouquin, alors j'ai promis d'aller faire les courses – si j'ai le temps, j'en profiterai pour passer à la médiathèque. Je préfère m'occuper, ça m'évite de gamberger sur ce qui se passe à la maison. Le seul message que Laura m'a envoyé date d'hier soir à 21 h 55 : « Les enfants sont rentrés. » Laconique, mais rassurant. Enfin, si on veut. Je n'arrête pas de penser à des faits divers horribles, genre Xavier Dupont de Ligonnès. Je n'ai pas d'exemple en tête, mais je suppose que ça existe aussi, les mères qui zigouillent tous leurs enfants avant de disparaître ? Même si je ne crois pas que Laura pourrait faire un truc aussi dément, j'ai demandé à FX de passer devant chez nous en voiture, discrètement, pour s'assurer que tout a l'air normal.

À part ça, le temps est à la pluie, j'ai un début de torticolis et la soupe à l'oseille de Valentine m'a donné des aigreurs d'estomac. La grande forme, quoi.

# Chapitre 36

Assise devant son ordinateur, Valentine avait entrepris de faire le point sur son travail. En l'espace de dix jours, elle avait rédigé une partie du chapitre 1 et le début du chapitre 3. À ce train-là, inutile de se voiler la face, jamais elle n'arriverait à tenir le délai. Cette pensée déclencha aussitôt une bouffée d'angoisse. Respiration courte, poitrine contractée, douleurs diffuses ; pour éviter l'asphyxie, elle se mit à tapoter le bureau du bout des doigts.

— Un, deux, trois, quatre, cinq…

Lorsqu'elle parvint à cinquante, elle avait retrouvé une respiration quasi normale, mais elle avait très chaud et un peu mal à la tête. Elle se força néanmoins à rester assise, le dos droit, les cuisses soudées au siège. *Par pitié, concentre-toi, Valentine. Cesse de t'inventer des montagnes. Tu sais écrire, tu disposes de la documentation nécessaire, alors vas-y. Empare-toi de ce clavier, ne réfléchis pas et avance ! Ponds des signes ! Ponds des lignes, Valentine !*

Chapitre 4, écrivit-elle d'une main alerte. Vive l'amitié ! Des études scientifiques très sérieuses ont montré que, sans affection, l'être humain ne peut pas s'épanouir harmonieusement. Pour le petit bébé, en général, la famille suffit. Mais en grandissant, nous avons besoin d'élargir notre cercle. C'est là que les amis entrent en scène ! Certaines personnes se lient facilement. Pour d'autres, c'est plus compliqué. Chamailleries, petites jalousies... l'amitié n'est pas toujours un long fleuve tranquille ! Et toi ? Quel genre d'amie es-tu ? Fais ce test pour mieux te connaître !

*Ouf*, se félicita Valentine. *Dix lignes*.

Comme souvent en pareil cas, elle eut envie d'une récompense. Elle se pencha pour attraper la bouteille d'eau posée à ses pieds. Des « études scientifiques très sérieuses » n'avaient-elles pas démontré que boire une grande gorgée d'eau pouvait chasser l'envie de fumer ?

Elle reboucha la bouteille et braqua de nouveau son regard sur l'écran. Dieu que ce travail lui coûtait ! En 2003, quand elle avait pris le risque de quitter la revue où elle était salariée, elle avait encore foi en son avenir. Elle aspirait à écrire de vrais articles, des enquêtes de terrain, des tribunes portant sur des sujets graves et, partant de là, elle avait dressé la liste des tâches qu'elle ne voulait plus accomplir : rédiger des fiches pratiques, des tests de personnalité, des encadrés, des chapeaux pour des articles idiots, des brèves.

Au bout d'un an de recherches infructueuses, elle avait perdu son capital confiance et grâce aux relations de Kostas (une fois de plus), elle avait pu entrer à la rédaction d'un magazine féminin. Là, on lui avait demandé de rédiger... des fiches pratiques, des tests de personnalité, des chapeaux pour des articles idiots et d'inventer des grilles de mots – croisés, fléchés, mêlés. Quatorze ans plus tard, elle en était donc toujours au même point, encore moins bien payée et sans aucune sécurité de l'emploi. Bien joué, Valentine.

Un peu déprimée, elle reprit son clavier.

Test : Quelle amie es-tu ?

Question 1 : Aujourd'hui, c'est l'anniversaire d'Émeline.

Réponse a – Tu le savais ! Tu lui as déjà acheté un cadeau.

Réponse b – Oups, tu avais oublié, mais tu improvises un poème pour elle.

Réponse c – §§§§§§§§§§§§§§§;;;;;;j » » » » » » » » » »

— Léon !

Le chat venait d'atterrir sur son clavier, la faisant sursauter. Elle avait laissé la porte ouverte et elle ne l'avait pas vu entrer. Elle l'attrapa fermement, le déposa par terre et lui fit les gros yeux.

Quelle heure était-il ? Valentine ralluma son téléphone qu'elle avait coupé exprès pour ne pas être dérangée et l'appareil vibra dans sa main, signalant deux messages vocaux. « Salut, Valentine, dit d'abord une voix masculine, j'espère que tu vas bien. Si tu es dispo, rappelle-moi ! Je n'oublie pas que je t'ai promis un resto, hein ? » Etgar75, manquait plus que ça. Le second message était de Bianca : « Décidément, je n'ai pas de chance, c'est le troisième répondeur auquel je parle… Si tu as un peu de temps à perdre, rappelle-moi. Je sais pas si c'est l'air de l'océan, mais j'ai pas le moral. Je remonte à Paris dans deux jours. On se voit vite ! »

Valentine regarda dehors. Les premières gouttes de la pluie annoncée zébraient les carreaux. Elle pensa à Guillaume, à Youri, à Monette, à Joseph dans son fauteuil roulant, à l'appartement de la rue Charles-Nodier.

Elle pensa à Bianca et à la petite bande des filles de la Gaîté – Gladys, Marion, Dorothée, Clémence – et à leurs joyeuses réunions trimestrielles dans les cafés de cette rue de Montparnasse où elles avaient établi leur QG. Quelques mois plus tôt, Bianca avait eu un accident de voiture et des lésions assez graves aux vertèbres cervicales. Sa vie trépidante d'attachée de presse et de célibataire en goguette en avait pris un sacré coup. Pas étonnant qu'elle ait le moral dans les chaussettes. Alors ? Quel genre d'amie es-tu ? se testa Valentine.

Réponse a – Tu la rappelles maintenant.

Réponse b – Tu la rappelleras ce soir car tu as *vraiment* beaucoup de travail.

Réponse c – N'ayant pas tellement le moral non plus, tu préfères attendre quelques jours.

Elle cocha la réponse a.

— Valentine ! Enfin un signe de vie ! soupira Bianca à l'autre bout du fil. À force de tomber sur vos répondeurs, j'ai cru que la fin du monde était arrivée et que Paris avait été rayée de la carte.

— Je ne suis pas à Paris, ça doit être pour ça, répondit Valentine avec un sourire. Comment ça va ?

— Entre très mal et super mal.

Elle écouta son amie lui raconter ses mésaventures biarrotes, agrémentées de détails amusants sur les éclopés de l'institut hélio-marin où elle était en cure, si bien que lorsqu'elles raccrochèrent une heure plus tard, Valentine n'avait pas dit grand-chose mais elle avait éclaté de rire quatre ou cinq fois, récupérant ainsi sa plasticité pulmonaire. Elle se faisait également une idée assez nette de l'anatomie du kiné qui avait tapé dans l'œil de Bianca (elle venait de réaliser qu'il était homo, d'où son coup de blues), et elle avait une mission : programmer au plus vite une réunion avec les autres filles de la Gaîté. « Soit tu rentres dare-dare à Paris, soit tu nous invites toutes chez ta mère ! » avait décrété Bianca quand Valentine lui avait objecté qu'elle était à Lestrade pour une durée indéterminée.

Repensant à la proposition, Valentine pensa tout haut :

— Pourquoi pas ? Ce serait marrant.

— Quoi donc, ma cocotte ? demanda Monette qui, à ce moment-là, passait dans sa chambre.

Valentine avait beau attendre (et souhaiter) les apparitions de sa mère, elle ne put s'empêcher de sursauter.

— J'ai bien dû les poser quelque part, maugréa Monette en contournant le bureau.

Elle cherchait ses lunettes, comme d'habitude. Valentine quitta son siège et entreprit de fouiller la pièce avec elle.

— Tu pourrais quand même faire ton lit, la réprimanda Monette. Tu deviens négligente à force de vivre seule.

— J'ai horreur des draps et des couvertures. Si tu m'avais écoutée, depuis le temps, tous les lits de la maison seraient équipés de couettes.

— Et mes draps ? J'en fais quoi ? Des chiffons ?

Valentine, qui s'était mise à plat ventre pour vérifier si les bésicles n'étaient pas sous le sommier, s'esclaffa :

— Un fantôme qui se demande quoi faire de ses vieux draps ! C'est un comble !

Un silence suivit sa remarque, et lorsqu'elle se redressa, elle constata que Monette avait déserté la pièce. Son trait d'humour sur les draps et les fantômes l'avait-il vexée ? Possible.

Désormais complètement déconcentrée, elle décida d'aller manger quelque chose et s'en alla vers la cuisine. Fred n'était pas encore revenu avec les courses, alors elle accommoda les restes, debout devant la fenêtre, à même le plan de travail, absorbée dans la contemplation de la pluie.

Cela faisait exactement une semaine qu'elle était arrivée ici et elle avait l'impression que ça faisait un mois. Par un phénomène qu'elle ne s'expliquait pas, à Lestrade, le temps se dilatait de façon spectaculaire, un peu comme dans l'enfance. Un peu comme ce jour où elle avait quitté la course de vélo et où une part d'elle s'était arrêtée de grandir. Lorsqu'on a 10 ans, un chagrin d'amour vous crucifie à jamais. Et quand on se sent trahie puis menacée par son propre père alors qu'on était venu chercher du réconfort entre ses bras, quelle porte de sortie trouve-t-on ?

Réponse a - La fureur.

Réponse b - L'oubli.

Réponse c - L'appendicite.

Depuis le début de sa thérapie, Valentine mettait méthodiquement de côté tout ce qui concernait Henri. Marie-Ange attendait sans doute le moment où elle oserait enfin interroger ce mort. Ce moment était-il arrivé ? Valentine allait-elle, en plus du deuil de Monette, devoir affronter celui de ce père imaginaire qu'elle avait si longtemps conservé à l'intérieur d'elle-même, comme une statue dans un musée ?

Quand Fred entra dans la cuisine une heure plus tard avec ses sacs de courses, il la trouva debout devant la fenêtre, en train de pleurer en silence au-dessus d'une boîte de thon vide, tandis que Léon se léchait les babines, assis sur l'évier. Il jeta un œil à la pendule et grimaça. S'ils voulaient arriver à temps chez le notaire, il fallait partir dans dix minutes.

— Tu veux que j'annule ? demanda-t-il avec douceur.

Sa sœur secoua la tête.

— Non, au contraire. Allons-y. Il faut que je grandisse, Fred.

# Chapitre 37

L'étude Praquin et Belhomme était installée dans une maison bourgeoise sur le boulevard qui ceinturait la vieille ville. Fred gara l'encombrante Volvo sur le parking réservé aux visiteurs et quand Valentine claqua sa portière, il lui sourit d'un air encourageant. Le trajet lui avait permis de sécher ses larmes et de retrouver figure humaine.

— Tu ne dis pas ça pour me faire plaisir ?

— Non, je t'assure. Personne ne devinera que tu as pleuré.

En vérité, elle avait une mine atroce, les yeux comme des balles de golf. Il la prit par le bras et la conduisit jusqu'à l'accueil, où on leur indiqua des sièges pour patienter le temps que maître Praquin descende. Avec un soupir, Valentine s'enfonça dans le fauteuil club, puis regarda ses pieds. Elle avait encore chaussé les Pataugas de Monette, au prétexte qu'elles étaient dans le vestibule, pratiques et confortables. Il lui paraissait maintenant évident que cette paire de chaussures usées représentait bien autre chose qu'une simple facilité vestimentaire. Elle était l'illustration même de l'expression « Ne pas quitter quelqu'un d'une semelle ».

— Fred ?

Profitant de la 4G, il avait sorti son téléphone pour consulter ses mails.

— Oui ? demanda-t-il sans lever les yeux de son écran.

— Qu'est-ce que ça te fait, à toi, de savoir que tu as une autre sœur ?

Outch. Fred posa son téléphone sur le siège à côté de lui. Valentine allait-elle se mettre en torche là, maintenant, au pire moment ? Il examina son visage encore bouffi et opta pour la prudence :

— Et toi ?

Elle fit une moue.

— Franchement, je n'arrive pas à considérer Claire comme ma sœur. Elle l'est peut-être sur le papier, mais…

— Pareil pour moi. Avoir une sœur, ce n'est pas qu'une question de génétique. Une sœur, c'est quelqu'un avec qui on grandit. Avec qui on a des souvenirs, avec qui on s'engueule, avec qui on rigole… Ce qui compte, c'est le lien qu'on a construit.

— Mmm. Alors pour elle, c'est sans doute la même chose ?

— Je n'en sais rien.

— Mmm.

Valentine se tut et laissa son regard flotter à travers le hall de l'étude notariale. Une tapisserie était accrochée sur un mur, un tableau moderne représentant des figures géométriques sur un autre, des lampes chromées disposées sur de petits guéridons Art déco. Le jour de l'enterrement de Monette, elle avait suivi le cortège jusqu'au cimetière avec l'impression d'être une figurante sur le tournage d'un film. Elle n'avait qu'un souvenir flou du reste, et strictement aucun de la mise en terre, comme si tout s'était déroulé en son absence.

— J'aimerais qu'on s'arrête au cimetière, tout à l'heure, tu voudras bien ?

Fred leva de nouveau les yeux de son téléphone. Chaque phrase prononcée par Valentine le mettait en apnée.

— Bien sûr. D'accord. On fera un détour.

Un homme élégant et plus jeune que ne l'avait imaginé Valentine venait vers eux en souriant. Il lui tendit d'abord la main :

— Jérôme Praquin, dit-il. Enchanté de vous rencontrer enfin.

Valentine répondit quelque chose comme « de même » tandis que le notaire serrait la main de son frère. Eux se connaissaient déjà ; en décembre, Fred était venu lui apporter les pièces pour ouvrir le dossier.

Il les précéda dans l'escalier avant de les faire entrer dans un vaste bureau au premier étage, dont les fenêtres donnaient sur un jardin tranquille, à l'arrière. Au beau milieu de la pelouse détrempée, un cerisier attirait le regard ; c'était le premier que Valentine voyait en fleur cette année.

— Ça y est, le printemps est là, murmura-t-elle.

— Il a fleuri pendant le week-end, dit le notaire en souriant. Vous aimez les arbres ?

C'était une question simple mais qui appelait de la part de Valentine une réponse complexe étant donné les fantasmes botaniques qui l'avaient assaillie la veille dans le potager. Elle se contenta de hocher la tête.

Maître Praquin s'installa derrière son imposant bureau où s'empilaient les dossiers. Il ouvrit un classeur de couleur crème, déjà volumineux, qui portait l'inscription « succession Cassagne » et l'instant de poésie prit fin.

— Bien, commença-t-il en chaussant des lunettes de presbyte.

Pendant sa longue carrière de journaliste spécialisée dans les fiches, Valentine avait souvent eu à résumer, synthétiser, vulgariser du charabia technique à destination d'un public de néophytes. Combien d'heures passées à éplucher des documentations obscures et jargonneuses dont elle finissait par extraire l'essentiel dans un encadré intitulé « Ce qu'il faut retenir » ou « Trois points clés pour… » ?

Si elle avait fait ce travail à l'issue de l'entretien avec le notaire, voilà ce que cela aurait donné :

• 1994 : Avant ses 28 ans, comme la loi l'y autorise, Claire Macieira entreprend une action en recherche de paternité avec l'aide d'un avocat parisien.
• 1995 : Sur la base des pièces fournies, le tribunal lui donne satisfaction.
• La filiation est rétroactive : Claire est reconnue officiellement comme la fille d'Henri Cassagne, son livret de famille faisant foi.
• Depuis cette date, en conséquence, elle porte le nom de Claire Cassagne-Macieira.
• 2001 : La loi établit l'égalité entre les enfants légitimes, naturels ou adultérins dans leurs droits successoraux.
• Janvier 2017 : Via son propre notaire, Claire se fait connaître de maître Praquin en tant qu'héritière réservataire dans la succession Cassagne.

• Mars 2017 : Claire transmet à maître Praquin un courrier l'informant qu'une fois la consistance du patrimoine établie, elle envisage d'accepter la succession.
• Cette lettre, signée par elle, porte la mention de son adresse : 33, rue Tholozé, Paris 18e.

Maître Praquin remit à Fred et Valentine les feuillets (officiels, dûment tamponnés) de l'acte de notoriété, puis leur proposa un café.

— Ou bien un thé, un verre d'eau ?

Secouée, Valentine opta pour l'eau.

Le notaire s'absenta quelques minutes pour aller chercher lui-même les boissons (le lundi, sa secrétaire partait plus tôt), et Fred et Valentine demeurèrent seuls devant cette liasse de papiers qui bouleversait légalement leur existence. Ils n'échangèrent pas un mot, chacun évaluant en son for intérieur le degré d'inquiétude, de trouble ou de sidération que tout cela engendrait. Pour Valentine, c'était l'adresse. Pour Fred, c'était plutôt le fait que Claire ait accaparé leur nom de famille.

Enfin, maître Praquin revint, les libérant de leur hébétude.

— Et ça arrive souvent, ce genre de cas ? demanda Fred en touillant le sucre dans son café.

— Souvent, non. Mais ça arrive.

— Y compris des coïncidences d'adresses pareilles ? insista Valentine en posant le doigt sur le feuillet. Vous vous rendez compte qu'elle habite à huit cents mètres de chez moi ? Si ça se trouve, je l'ai déjà croisée ! Au supermarché, dans le square, dans un café… Vous ne trouvez pas que c'est dingue ?

— Si, bien entendu, mais vous savez, rien n'est plus mystérieux que les affaires de famille. J'ai déjà vu des hasards plus étonnants. Tenez, dans un dossier, il y a quelques années : trois enfants d'une même femme, tous nés sous X, qui avaient été adoptés séparément et ne s'étaient jamais rencontrés jusqu'au jour où ils avaient entrepris des recherches sur leurs origines. Sans le savoir, ils avaient tous les trois choisi la même profession : opticien. Vous croyez qu'on peut être *génétiquement* programmés pour vendre des lunettes ?

Fred et Valentine ne surent que répondre.

— Et pourquoi Claire a-t-elle pris la peine de vous transmettre cette lettre ? demanda Fred. C'est une démarche classique ?

— Non, répondit le notaire. C'est une initiative personnelle.

— C'est un peu agressif, non ?

— Elle semble en tout cas avoir des intentions précises. Vous êtes dans l'immobilier, n'est-ce pas ? Vous savez comme moi qu'il n'y a pas plus délicat que les dossiers d'indivision. Mais pour l'instant, rien ne nous laisse préjuger que vous ne vous entendrez pas.

Se voulant le plus rassurant possible, maître Praquin sourit à Valentine ; Fred comprit qu'il valait mieux s'en tenir à la procédure pour éviter d'angoisser sa sœur. Il n'insista donc pas et s'informa de la suite. Le notaire leur confia un fascicule selon lui très bien réalisé qui résumait, étape par étape, ce qui allait se passer. L'évaluation de l'actif et du passif, la recherche de dettes, les vérifications auprès du fisc. Sur la couverture en papier glacé, un dessin à caractère humoristique essayait vainement de rendre digeste la somme pesante des actes nécessaires à la transmission d'un patrimoine après le décès d'un proche.

— Je vous laisse potasser tout ça ?

Ce fut comme un signal. Fred se leva de son siège pour mettre fin à l'entrevue, Valentine l'imita, et le notaire les raccompagna jusqu'à l'accueil. Ils échangeaient les dernières banalités sur la pluie (qui était tombé dru et avait maintenant cessé) lorsque Valentine eut une sorte d'intuition.

— J'ai une dernière question, maître.

Alors qu'il pensait en avoir fini, celui-ci la regarda avec l'indulgence du médecin face à une patiente un peu sourde ou un peu sotte.

— Je vous écoute.

— Que se passerait-il si on apprenait que, d'une façon ou d'une autre, Claire avait précipité la mort de notre mère ?

## Chapitre 38

— Non mais franchement, Valentine, tu déconnes ! Tu te rends compte de ce que tu fais ? On passe une heure dans le bureau du notaire, tu parles de tout, de rien, du printemps, tu ne poses pratiquement aucune question, et à la dernière seconde, boum, tu balances un truc énorme qui vient de nulle part ! On n'est pas dans un épisode de *Columbo*, merde ! Déjà que maître Praquin s'inquiétait de ton équilibre psychique, alors là, vraiment chapeau ! Mets-toi à sa place, qu'est-ce que tu voulais qu'il réponde à une question pareille ?

Valentine se ratatinait contre la portière de la Volvo côté passager tandis que Fred roulait par à-coups dans les rues circulaires de la sous-préfecture corrézienne.

— Tu m'inquiètes, Valentine. Il faut vraiment que tu interroges ta psy concernant les médicaments. Je trouve ça léger qu'elle ne te prescrive rien. Les tisanes, la ronron-thérapie et les dilutions homéopathiques, ça va deux minutes. OK je ne suis pas toubib, mais je crois qu'il va falloir passer aux choses sérieuses. Tu t'es demandé quelle impression tu allais laisser au notaire ? Parce que moi aussi je peux te poser une question à mille points : que se passerait-il, d'après toi, si maître

Praquin estimait que tu étais trop fragile pour gérer seule ta part de la succession ? Réponse : il préconiserait de te mettre sous tutelle. C'est ça que tu cherches ?

Valentine se redressa sur son siège.

— Tu ne vas pas un peu trop loin, là ?

— Moi ? Moi je vais trop loin ? C'est la meilleure, celle-là !

— Je parlais de la route, Fred. On a dépassé l'embranchement vers Seyssac.

En réalisant qu'elle avait raison, Fred donna un coup de poing sur le volant et jeta un regard noir dans le rétroviseur. Valentine avait le don de lui mettre les nerfs en pelote. À cause d'elle, voilà, ils étaient bons pour refaire le tour du boulevard. Il pesta tant et plus, s'en prenant verbalement aux autres véhicules, jusqu'à ce qu'il rattrape la route, et à partir de là, il cessa carrément de parler. Dommage que l'autoradio de la Volvo soit mort – au moins il aurait mis de la musique.

Valentine respecta le vœu de silence de son frangin et profita du paysage qui défilait devant ses yeux pour rassembler ses idées.

Elle comprenait que sa question ait mis tout le monde dans l'embarras et sans doute aurait-elle mieux fait de la boucler. Mais c'était sorti tout seul, un éclair, une fulgurance, et à l'inverse de Fred, plus elle y pensait, moins elle se trouvait folle. Plusieurs éléments s'emboîtaient même très bien ! Un scénario plausible commençait à lui apparaître, mais pour l'instant, Fred était trop énervé pour entendre son raisonnement. Elle devait, avant de lui en parler, pousser son enquête un peu plus loin. Oui, ça, c'était raisonnable. Rassembler des preuves et les lui apporter sur un plateau : seul moyen pour qu'il l'écoute et qu'il la prenne au sérieux, sinon il allait encore vouloir l'envoyer à l'HP.

Ils franchirent le carrefour vers Puy-la-Mouche, passèrent devant Le Zig-Zag (la boîte de nuit où Valentine avait pris sa première cuite avec les copines du lycée), laissèrent Lanteuil, Le Planchat, la grosse ferme qui vendait des fromages de chèvre, et pendant tout ce temps Valentine fut confortée dans l'idée qu'elle tenait le fil de quelque chose et qu'elle ne devait le lâcher sous aucun prétexte. Pour bien faire, elle devait jouer la partie en finesse et en solo. Première étape : désamorcer les soupçons de Fred, le rassurer.

— Je te demande pardon, dit-elle alors qu'ils approchaient du bourg. Tu as raison, je débloque. Je ne sais pas ce qui m'est passé par la tête, j'ai dit n'importe quoi. Je crois que je deviens un peu parano. Il faut que je me soigne. Vraiment.

Fred souffla par les narines et elle sentit qu'il se détendait un peu. Elle continua :

— C'est décidé : demain, je remonte à Paris et je vais directement consulter mon généraliste. Il me connaît depuis la naissance d'Olympe, il me trouvera un créneau en urgence. Je vais lui demander de me prescrire quelque chose. (Elle laissa planer un silence.) Un psychotrope bien costaud.

— Oui, se contenta de répondre Fred.

— C'est la bonne solution. Et puis, j'en profiterai pour voir Youri. Je t'ai dit que Kostas est allé le chercher, finalement ?

— Non, je ne savais pas.

— Il me manque, ce petit con ! sourit Valentine.

Elle fouilla dans son sac pour prendre son téléphone et avertir Kostas qu'elle serait chez elle le lendemain soir, et qu'elle voulait voir leur fils.

— Ah tiens, justement, quand on parle du loup, dit-elle en découvrant deux SMS de son ex.

Fred ralentit en passant sur les dos-d'âne installés à l'entrée du bourg et en profita pour regarder sa sœur. Pouvait-il lui faire confiance ? Était-elle sincère lorsqu'elle parlait de se soigner ? Pouvait-il la laisser rentrer à Paris sans se ronger les sangs ?

— Ça, c'est marrant ! s'exclama-t-elle après avoir lu les messages. Tu sais pas ce qu'a fait Kostas ? Il a imposé Youri comme assistant stagiaire dans l'équipe Macron ! Non rémunéré, bien sûr, mais apparemment, c'est sérieux : « Puisque Youri ne veut plus de la montagne, il va voir la campagne ! » Il commence dès ce soir, Kostas lui a trouvé une place dans le public du grand débat sur TF1, tu le crois ?

Cette surprise rendit le sourire à Fred. Enfin une nouvelle réconfortante dans cette journée pourrie.

— J'avoue que j'hésitais à le regarder, ce débat. Mais si mon neveu est à l'antenne, je n'ai plus aucune excuse !

— On s'arrête quand même au cimetière ? Tu avais dit oui.

Fred leva les yeux au ciel, se demandant si c'était une bonne idée d'y aller tout de suite. Il commençait à faire sombre, pourquoi ne pas remettre le détour à plus tard ?

— Mais si je pars demain ? objecta Valentine. Après, je ne sais pas quand je reviendrai. Et toi non plus, d'ailleurs. Il va bien falloir que tu retournes travailler un de ces jours, non ?

Fred eut un début de palpitations en se rendant compte que le retour de Valentine à Paris mettait un terme à cette parenthèse singulière – étonnamment agréable – qu'ils venaient de vivre. Allait-il rester seul à Lestrade quelques jours de plus ? Allait-il trouver le courage de rentrer chez lui ? Finalement, il tourna en direction du nouveau cimetière.

Quand ils arrivèrent, une voiture s'en allait, les laissant absolument seuls sur le parking.

Implanté en bordure du bourg sur la route de Collonge, le nouveau cimetière n'était plus tellement neuf, en vérité. Il était certes plus récent que l'ancien (tassé au pied de l'église), mais son portail avait largement eu le temps de rouiller et ses concessions de se remplir.

— Tu veux bien me tenir la main ? demanda Valentine.

Fred voulut bien, et ils entrèrent côte à côte dans l'enceinte, tandis que les lampadaires à néons du parking s'allumaient en grésillant, donnant à la scène une ambiance un peu étrange de stade un soir de match.

— Tu te rappelles où c'est ?

— Il faut remonter par là, après c'est à gauche.

— Évidemment, plaisanta Valentine, n'osant imaginer la contrariété de Monette si quelqu'un s'était avisé de l'enterrer de l'autre côté.

Ils empruntèrent l'allée centrale, marchant d'un pas solennel, et quand ils parvinrent devant l'emplacement, sept coups sonnaient au clocher de l'église de Seyssac. Valentine se blottit contre son frère. Henri Cassagne

(1932-1980) et Raymonde dite « Monette » Cassagne, née Bech (1935-2016) reposaient désormais ensemble sous la stèle.

L'année qui avait suivi la mort d'Henri, Valentine était venue souvent. Certains soir, à la sortie du collège, au lieu de prendre le car avec les autres, elle traversait le village à pied pour s'échouer, seule, devant cette dalle en granit rose. Elle s'asseyait en tailleur sur son sac US (plus confortable que les graviers de l'allée), et elle s'abîmait dans la contemplation de cette chose inerte qui remplaçait désormais son père. Selon les jours, elle pleurait un peu, beaucoup ou pas du tout, se taisait ou parlait à tort et à travers. Une fois, par provocation, elle avait fumé une cigarette. Une autre fois, elle était venue avec un garçon pour faire son intéressante, mais le pauvre Yannick Paulin (ou bien était-ce Benoît Delpeyrac ?) avait eu la mauvaise idée de commencer à réciter une prière et Valentine l'avait envoyé balader. *Mon père était athée, abruti ! Rentre chez toi, cul-bénit !* Et elle n'avait plus jamais invité personne sur la tombe, pas même Kostas qui – au demeurant – n'en avait jamais manifesté le désir. Elle-même, de toute façon, s'était lassée. Le souvenir de son père s'était logé ailleurs que dans ce cimetière et finalement elle n'y avait pas remis les pieds avant d'y être obligée, le 30 novembre dernier.

— Maman est morte, constata-t-elle.

Fred exerça une pression sur sa main.

— Maman est morte, répéta Valentine un ton au-dessus.

Fred serra un peu plus fort sa main, l'air de dire c'est bien, il était temps que tu t'en rendes compte.

Mais quand elle répéta la phrase pour la troisième fois, il lui écrasa les doigts.

— Arrête, s'il te plaît.

Elle tourna la tête et vit celle de Fred dans la pénombre, qui penchait.

Elle aurait aimé pleurer, elle aussi. Mais elle n'y arrivait pas. Car au fond d'elle, une petite voix murmurait « *Maman est morte... et je sais à cause de qui* », faisant naître un sentiment à mi-chemin entre l'exaltation et la rage, qui reléguait le chagrin à l'arrière-plan.

# Chapitre 39

MARDI 21 MARS 2017
ACTIVITÉ : VÉLO
DISTANCE : 6,9 KM
DURÉE : /
VITESSE MOYENNE : /
FRÉQUENCE CARDIAQUE MOYENNE : /

Anastase est venu chercher Valentine sur le coup de 10 h 30 pour la conduire à la gare de Brive. J'ai bien vu qu'il était encore dans ses petits souliers à cause de dimanche, mais aucun de nous n'a fait d'allusion à ce qui s'était passé, on a partagé un café (en évitant d'évoquer le débat télévisé de la veille), puis il a transporté la valise de Valentine jusqu'au coffre de son taxi et ils sont partis.

Je me suis retrouvé seul, à tourner en rond au milieu du salon. Même le chat, qui est toujours dans nos pattes, m'avait abandonné. Après un quart d'heure, je me suis dis : *Fred, ne reste pas inactif, enfile ta tenue, va rouler !*

Sitôt dit, sitôt fait.

Une fois les fesses sur la selle, je me sens mieux.

Je traverse Seyssac, je prends la petite route en direction de Beaulieu, et là, alors que ça ne m'est pas arrivé depuis un millénaire, je perce ! Un con avait jeté une bouteille de bière par la vitre de sa bagnole. Et moi, encore plus con, qui pars sans boyau de rechange ! Putain, le débutant ! Je commence à tout démonter, pensant rentrer sur la jante, puis je me ravise craignant que ça fausse définitivement ma roue, et je remets le boyau en place. Pas le choix, me voilà en train de marcher sur le bas-côté, bien énervé, mon vélo sur le dos. Un kilomètre, deux kilomètres, trois kilomètres à bousiller les cales de mes Giro (une paire à plus de deux cents balles) sur ce fichu goudron jusqu'à l'entrée du bourg. J'étais vert.

J'arrive au bout de la rue principale et là, automatiquement, je passe devant la coopérative de produits bio. D'habitude, c'est en voiture ou sur mon vélo, en tout cas rapidement, sans m'attarder. Mais cette fois, à pied, je m'arrête. Je lève les yeux vers le fronton sur lequel on devine encore le nom du garage sculpté dans le ciment. Je ne sais pas pourquoi, ça me flanque un coup. Je me dis : *Fred, si tu as percé sur cette route aujourd'hui, ce n'est peut-être pas par hasard. C'est peut-être un signe.*

À ce moment-là, une nana sort de la boutique. Une employée vêtue d'un grand tablier à poches, « La Cueillette du Jardin » brodé dessus, qui prend sa pause cigarette. Elle me regarde, surprise, voire méfiante. Peut-être qu'elle n'a jamais vu de cycliste ? Histoire de la rassurer, je lui souris et je pointe le fronton du doigt :

— Je m'appelle comme ce bâtiment ! Cassagne ! C'est mon grand-père Lucien qui a rajouté le pignon en ciment dans les années 20. Après c'est devenu un cinéma. Et c'est mon père qui…

La fille n'a pas l'air de s'intéresser à l'histoire locale ; elle prend son téléphone dans la poche de son tablier et me zappe comme un mauvais programme.

— Bon, eh bien, bonne journée ! dis-je en continuant.

Mon chemin passe par la médiathèque. Je voulais y aller hier mais c'était fermé au public, et de toute façon, je n'aurais pas eu le temps de faire mes recherches. Alors aujourd'hui, puisque le destin a voulu que je ne roule pas, je m'y arrête.

Je dépose mon vélo le long de la rampe d'accès pour personnes à mobilité réduite et j'entre dans le hall, à la recherche d'Agnès. Un type à l'accueil me renseigne : elle est au prêt, à la section jeunesse, premier étage. Il me regarde de travers. Je devine que je détonne dans le décor, avec mon cuissard et mon maillot de Pantani, mais je m'en fous ; l'intérêt d'un bâtiment public, c'est qu'on y accueille tout le monde sans discrimination, cycliste ou simple citoyen, non ?

L'étage est plus animé que le rez-de-chaussée, je comprends pourquoi en découvrant la classe de collégiens qui occupe l'espace jeunesse. Ils sont une trentaine d'agités, disséminés autour des tables, en train de se disputer feuilles de classeur, stylos et autres ustensiles scolaires. Les garçons, capuches rabattues sur la tête, embêtent les filles qui poussent des cris en direction de la prof : « Madaaame ! Y a Maxime qui m'a gribouillé mon agenda ! » J'aperçois Agnès au milieu d'un groupe, qui tente d'expliquer quelque chose. Ma présence attire soudain tous les regards. Un silence s'en suit.

— Putain, les gars, y a Christopher Froome ! s'esclaffe soudain un petit brun.

Des rires éclatent. Agnès me voit. La prof fait « chut ».

— Hé, m'sieur ! Vous avez pas froid aux genoux ? m'interpelle un autre rigolo.

Je souris aux gamins tandis qu'Agnès se précipite vers moi et m'entraîne à l'écart. Elle fronce les sourcils, me demande si ça va, je dis oui. Elle est contente de me voir, mais là, évidemment, ça tombe mal. Je dis que je comprends, elle m'indique la salle de consultation au deuxième et me promet de me rejoindre après le départ des gosses.

— Hé, madame, c'est votre mari ? provoque encore l'un d'eux. Il est dopé ?

J'entends la prof menacer d'une heure de colle le prochain qui l'ouvre, et je quitte l'espace jeunesse en faisant cloc cloc avec mes chaussures de vélo, ce qui déclenche de nouveaux fous rires. Quand je pense que Lila passe ses journées avec des imbéciles dans leur genre, ça me débecte. Est-ce que j'étais aussi con quand j'avais leur âge ?

La section réservée aux documents patrimoniaux est déserte, seul un ordinateur ronronne dans le fond tandis que des rangées de journaux, de revues et de registres attendent le long des murs que quelqu'un les sorte de leur torpeur centenaire. *Mieux vaudrait me laver les mains avant de consulter ces reliques*, me dis-je. Je trouve les toilettes, et quand je lève les yeux vers le miroir, je comprends mieux pourquoi j'ai fait peur à l'employée du magasin bio : non seulement je me suis barbouillé de cambouis, mais j'ai les yeux super rouges, façon lapin albinos. Pas étonnant que les collégiens se soient foutus de moi.

Je me nettoie autant que possible et je m'inspecte de plus près. La graisse est partie. Reste mes yeux. Allergie ? Conjonctivite ? Bizarre.

Je retourne dans la salle et rassemble sur la table tout ce qui concerne l'année 66. Retrouver la trace des élections se révèle facile : tous les journaux municipaux ont été conservés et classés. Dans le numéro de juin, je découvre les résultats du second tour qui a vu Joseph Genestoux – 36 ans, électricien – l'emporter sur René Lavigne, avec 56 % des voix. L'article mentionne les dates des deux scrutins : 17 et 24 mai. J'en déduis que mon père est venu pleurer chez Joseph aux alentours du 20. Je fais des hypothèses approximatives et je calcule sur mes doigts : mai, juin, juillet, août… Ça y est, ça recommence : mon cœur cogne comme un oiseau qui voudrait s'échapper de sa cage. Des pensées insensées me traversent la tête. Est-ce que je suis en train de basculer dans la dinguerie, moi aussi ?

J'essaie de me calmer. Je me replonge dans les archives, à la recherche cette fois-ci des annonces passées dans la rubrique culturelle. J'épluche tout, les encarts, les programmes, les articles, les photos, et finalement je tombe sur ces quelques lignes : « Du 1er au 13 mai, la compagnie théâtrale La Porte ouverte sera en résidence à l'Éden-Club. Venez rencontrer, débattre et partager la scène avec les comédiens Annette Bloch, Pierre-Jean Deville, Gisèle Marchand et Kristo Bass. Programme disponible au cinéma. »

Je m'arrête sur les noms des deux hommes. Pierre-Jean Deville. Kristo Bass. Est-ce avec l'un d'eux que ma mère a couché *sans réfléchir*, exactement neuf mois avant ma naissance ? Je me lève et je marche dans la salle déserte, comptant mes pas d'un mur à l'autre. Je repense à la phrase de maître Praquin, hier : rien n'est plus mystérieux que les affaires de famille. Parole de notaire. Et si j'étais en train de mettre au jour un autre secret ? *Un secret dans le secret ?* Lorsque Agnès me rejoint, je suis couvert de sueur, le front appuyé contre une étagère. Elle va me chercher un verre d'eau et m'ordonne de m'asseoir.

— Décidément ! Vous faites un concours, ta sœur et toi ? C'est une médiathèque, ici, pas une infirmerie.

Je bois le verre d'eau. La présence d'Agnès m'oblige à redescendre de là où je suis perché. Je la regarde avec mes yeux de lapin. D'une voix d'outre-tombe, je lui dis :

— Je ne suis peut-être pas celui que je croyais, Agnès.

— Pour l'instant, c'est sûr : tu ressembles à Tom Hulce à la fin d'*Amadeus*.

— Quand Mozart est mourant et qu'il dicte son *Requiem* à Salieri ?

— Exactement. Blanc comme cette table. Et qu'est-ce que tu as aux yeux ?

— J'en sais rien.

— Qu'est-ce qui se passe, Fred ? Je n'ai jamais vu personne se mettre dans un tel état à la lecture du bulletin municipal.

— Aide-moi à trouver quelque chose. Je t'expliquerai après.

— Trouver quoi ?

— Des photos. De deux types. Des comédiens qui sont passés par l'Éden-Club dans les années 60.

— Tu as leurs noms ?

— Oui.

Agnès se tourne vers l'ordinateur qui ronronne au fond de la salle.

— Allons-y.

Je n'ai pas le courage de m'emparer du clavier. Je lui dicte les patronymes. Le premier donne des résultats improbables : des hommes trop jeunes, des Jean ou des Pierre Deville (ou Devillier), un curé canadien. Quant au second, c'est pire, on n'obtient que des images de bassistes américains. Agnès se connecte à Facebook et recommence l'opération, sans succès. Elle me suggère que ces deux comédiens aient pu prendre des pseudos, des noms de scène…

— Tu choisirais Pierre-Jean Deville comme nom de scène, toi ?

— Non. Mais Kristo Bass, peut-être.

Après de multiples combinaisons, elle découvre un profil qui mérite notre attention, celui d'un septuagénaire nommé Christian Bassemer. Sur certains clichés, il apparaît costumé et semble avoir fait un peu de figuration dans des vieux téléfilms. Elle navigue de lien en lien, creuse, fouille, recoupe. Sur un site, nous retrouvons la trace de la compagnie théâtrale La Porte ouverte, à laquelle ce Christian (alias Kristo) a bel et bien appartenu. Nous sélectionnons deux ou trois photos parmi les moins floues, puis Agnès les affiche sur l'écran, en grand.

Je suis tendu comme une corde à piano. Elle me regarde avec attention. Puis fixe les photos. Elle soupire :

— Bon. Pas la peine de m'expliquer le problème. Je vois.

# Troisième partie

*« Ils étaient capables de se tenir debout*
*dans un monde en ruine, abandonné, pillé.*
*Ils étaient deux héros. »*

*Sylvia Avallone*
Marina Bellezza

# Chapitre 40

L'Intercités Brive-Paris arriva à Austerlitz avec quinze minutes de retard et recracha sur le quai une Valentine nerveuse et pressée.

Pendant le voyage, elle avait tenté de mettre ses idées au clair dans un nouveau fichier de son ordinateur (intitulé justement « Claire »), dressé la liste des choses qu'elle voulait faire à Paris, envoyé des SMS, consulté son compte en banque, son agenda, et elle en avait conclu que le rendez-vous du lendemain avec Marie-Ange, qu'elle avait d'abord voulu annuler tant qu'elle pensait rester à Lestrade, tombait finalement à pic.

Elle traîna sa grosse valise jusqu'à la bouche du métro, prit la ligne 5, vitupéra contre les escaliers, changea à Stalingrad pour la 2, et lorsqu'elle déboucha enfin à l'air libre boulevard de Rochechouart, il était 17 h 15. Un peu étourdie, elle regarda autour d'elle, les flux d'humains et de véhicules, les mecs un peu louches assis sur les bancs du terre-plein central, les groupes de touristes en chemin vers Montmartre, les gamins qui jouaient au basket dans le city-stade, le kiosque à journaux, la solderie Tout à trois euros, le bruit, la saleté des trottoirs, la beauté des façades, et elle sourit. Elle était rentrée chez elle.

Elle remonta la petite rue vers le square Louise-Michel, perdue dans des pensées nébuleuses. Il faisait doux, elle transpirait dans son manteau. Une chose quand même lui paraissait évidente : elle se sentait beaucoup moins malheureuse que dix jours plus tôt lorsqu'elle marchait dans les mêmes rues.

Devant la porte de l'immeuble, elle composa le code sans réfléchir. Elle traversa la cour, nota qu'en son absence l'arbre en pot installé au milieu s'était couvert d'un feuillage vert tendre, puis elle prit l'ascenseur, ouvrit la porte de l'appartement, ramassa le courrier que la gardienne avait glissé dessous et referma derrière elle, clac.

Le silence la cloua sur place, mais elle secoua la tête : pas question qu'elle se laisse gagner par l'angoisse, elle avait autre chose à faire.

Elle disposait de deux heures et demie avant de rejoindre Youri et Kostas rue des Abbesses pour dîner, c'était parfait. Elle tira sa valise, l'éventra au milieu du salon, y piocha sa paire de baskets et les différents éléments de sa tenue de sport, se dévêtit, les enfila, dénicha une poche dans la doublure du corsaire pour y mettre ses clés, glissa son téléphone dans une autre (c'était bien pensé, leurs trucs) et, évitant de croiser son reflet dans le miroir du couloir, repartit aussi sec.

— Tiens tiens, une courageuse ! rigola sa voisine du dessous lorsqu'elle la croisa dans l'escalier. Faites attention à vous, ils ont annoncé une alerte aux particules fines.

— Merci, répondit Valentine. Je fais juste un petit tour.

Elle dévala gaiement le reste des escaliers, et comme elle traversait la cour dans l'autre sens, elle déclencha sur son téléphone l'appli que Guillaume lui avait conseillée. Se sentant à l'orée d'un monde inconnu, Valentine franchit le porche de l'immeuble, regarda le ciel printanier par-dessus la butte, et s'élança sur le trottoir.

Elle longea la Halle Saint-Pierre et prit sur la droite. Ce qui d'ordinaire faisait le charme de son quartier – les vieux pavés, les ruelles étroites qui montent et descendent, les escaliers, la foule des touristes et des Parisiens en terrasse – devenait, pour qui s'adonne aux joies du *running*, une source d'innombrables inconvénients. Elle remonta néanmoins la rue des Abbesses en slalomant entre les badauds, et s'arrêta essoufflée au croisement de la rue Lepic. Les effluves iodés de la poissonnerie à l'angle lui donnèrent un haut-le-cœur. Elle traversa le carrefour et leva les yeux vers la plaque d'une rue perpendiculaire connue pour abriter l'une des plus anciennes salles de cinéma de la capitale : la rue Tholozé.

Elle sortit son téléphone de sa poche. Selon l'appli, elle venait de parcourir 1,1 km au rythme moyen de 8 minutes et 36 secondes, et comme la rue Tholozé était particulièrement escarpée, elle décida de la prendre en marchant.

En haut de la côte, au pied d'un escalier dominé par le Moulin de la Galette, se trouvait le numéro 33. C'était un immeuble en briques de cinq étages, étroit, plutôt joli. Cœur battant, elle passa devant, puis elle grimpa les marches, fit mine de s'intéresser à la carte du bistrot installé au coin et attendit.

Pendant les quelques minutes où elle osa rester là, une seule personne quitta le numéro 33 : un jeune homme avec une sacoche isotherme Deliveroo, qui récupéra son vélo et s'en alla aussitôt vers d'autres clients à livrer.

Un peu déçue, elle reprit son chemin en petites foulées, mais préférant redescendre la rue Lepic et ses lacets, elle se retrouva bientôt à son point de départ, devant la poissonnerie. Elle hésita un bref instant, se dit qu'après tout elle ne serait pas la première joggeuse à tourner en rond, et elle remonta la rue Tholozé pour la seconde fois.

Elle croisa une dame âgée avec un Caddie à roulettes et deux ouvriers couverts de plâtre qui quittaient un chantier. Elle jeta un coup d'œil à la devanture du Studio 28 qui présentait ce soir, en avant-première, un film italien sélectionné à Cannes pour la Quinzaine des réalisateurs. Le titre était *Fiore*. Cela voulait-il dire fleur en italien ? s'interrogea Valentine. Elle décida que oui, et y vit un signe. *Astilbe. Oseille. Fiore.* Elle était sur la bonne voie.

Revenue devant le numéro 33, elle osa s'approcher de l'immeuble. Il y avait un interphone, c'est tout. Pas de plaque de médecin ni d'avocat ; les volets de l'appartement du rez-de-chaussée étaient fermés. Elle allait s'éloigner quand la porte s'ouvrit sur un garçon d'une dizaine d'années, un étui à guitare sur le dos. Il s'effaça poliment pour lui laisser le passage. Elle murmura « merci » et pénétra dans le hall.

À gauche, la cage d'escalier partait vers les étages. Droit devant, un long couloir desservait l'appartement du rez-de-chaussée puis, au fond, une courette où Valentine alla jeter un coup d'œil. C'était une de ces cours parisiennes enchâssées entre plusieurs immeubles qui faisait office de puits de lumière et de lieu de stockage pour les poubelles. D'une fenêtre ouverte s'échappaient les accords répétitifs d'une autre guitare. Valentine en déduisit que le gamin était sans doute un élève et qu'il venait de terminer sa leçon. Claire était-elle devenue prof de musique ?

Elle retourna dans le couloir et décida de s'aventurer dans les étages.

Au premier, il y avait deux portes. Sur l'une d'elles, une carte de visite indiquait « Famille Simonet », sur l'autre une couronne de Noël oubliée prenait tristement la poussière. Elle continua. C'était du deuxième étage que provenaient les notes de musique. Le prof avait accroché sur sa porte une clé de sol sous laquelle était écrit son nom : N. Kurtz, musicien. À ce moment-là, Valentine entendit quelqu'un descendre les marches quatre à quatre et vit bientôt surgir un autre garçon, en short, un ballon de basket à la main.

— Excuse-moi, l'arrêta Valentine. Je cherche Mme Cassagne. Claire. Tu sais si elle habite bien ici ?

— Oui, répondit le jeune basketteur. C'est ma mère, pourquoi ?

Valentine en eut le souffle coupé. Le garçon fronça les sourcils.

— Vous venez pour l'annonce ?

Complètement troublée, elle recula d'un pas en faisant « non non », puis songea que c'était dommage de laisser passer une occasion pareille.

— Si ! se rattrapa-t-elle. Mais… c'est-à-dire que je ne sais plus ce que je veux, en fait. Tu dois me trouver bête !

Elle essaya de rire. Le basketteur en herbe haussa les épaules.

— C'est à quel étage ? enchaîna Valentine. J'ai oublié de le noter, je suis vraiment…

— Au cinquième, fit le gamin avant de reprendre sa course dans l'escalier.

Valentine s'appuya des deux mains sur la rampe, le temps de faire le point. La veille, lorsqu'elle avait pris la décision de revenir à Paris, elle n'avait pas un tel scénario en tête. Que s'était-elle imaginée, au juste ? Quelque chose de compliqué, voire de dangereux, des jours et des nuits de filature comme dans un film noir ? Elle respira profondément, laissa s'égrener quelques notes de musique, et, cessant toute réflexion, elle monta jusqu'au cinquième.

Là aussi, il y avait deux portes, mais l'une d'elles était condamnée par une grosse malle avec un aquarium vide posé dessus. Elle sonna donc à l'autre, étonnée par son audace, et patienta.

— Oui ? demanda une voix.

— Je viens pour l'annonce, tenta Valentine.

Un bruit de verrou. La porte qui s'ouvre. Dans l'encadrement, une femme vêtue d'une robe bleue, pieds nus. Du même âge qu'elle, mais plus mince. Brune. Belle.

— Bonjour, je…, commença Valentine. Claire ?

La femme porta une main à sa bouche. Ses yeux s'étaient légèrement agrandis sous l'effet de la surprise. Quand elle retira sa main, elle dit tout simplement :

— Valentine ?

# Chapitre 41

*Non mais, qu'est-ce qu'elle fait ?* demandait Youri pour la troisième fois en regardant l'heure. Kostas et lui étaient attablés au Saint-Jean depuis trente bonnes minutes. Ils avaient essayé de joindre Valentine plusieurs fois ; ils avaient fini par commander des bières avec des chips.

Quand Valentine surgit enfin dans la brasserie, Youri faillit s'étrangler avec sa Leffe.

— Ça alors, s'amusa Kostas. Qu'est-ce qui t'arrive ?

— Pas eu le temps de me changer, désolée.

Elle embrassa distraitement Kostas, puis elle attrapa Youri pour le serrer dans ses bras avec effusion, ce qui provoqua un brin d'agacement chez le jeune homme.

— C'est bon, maman, on dirait qu'on ne s'est pas vus depuis dix ans, là… Qu'est-ce que tu faisais ? Tu as l'air bizarre. Tu t'es inscrite dans une salle de fitness ?

— Si je vous raconte, vous n'allez pas me croire.

— Justement !

— Non, ce serait trop long. Et ça n'a rien à voir avec ma tenue. Cela dit, je me suis mise à la course à pied.

— Eh bien, souffla Kostas. Vas-y doucement quand même, hein ? Avec ce temps, les particules fines sont de retour. Qu'est-ce que tu veux boire ?

Valentine commanda une bière et ils optèrent tous les trois pour un burger maison avec des frites fraîches.

— Alors ? Qu'est-ce que tu as pensé du débat ? embraya illico Kostas.

— Mortel, hein ? grimaça Youri.

Valentine sourit à son fils. La veille, Fred et elle avaient passé la soirée à scruter les rangées de spectateurs assis derrière les candidats et à bondir comme des cabris chaque fois que la caméra faisait un plan large. Au bout d'une heure, ils avaient réussi à localiser Youri, assis dans la pénombre, tout en haut des gradins derrière Emmanuel Macron, et à partir de là, Fred n'avait eu qu'une obsession, prendre l'écran en photo, avec son neveu dessus, pour pouvoir montrer ça à Sam, Ugo et Lila : leur cousin à la télé ! Inutile de préciser que le contenu des échanges entre les candidats était un peu passé à la trappe.

— Personnellement, je t'ai trouvé remarquable, plaisanta Valentine. Un peu en retrait, peut-être. Mais très digne.

— Pff, fit Youri en attaquant ses frites.

Pour lui, les trois heures de l'émission avait été un calvaire. L'ennui l'avait littéralement submergé.

— Sauf quand Mélenchon parlait, ajouta-t-il avec un regard provocateur vers son père. Lui, au moins, il était marrant.

Kostas soupira.

— Depuis hier, il me cherche. Il croit dur comme fer que l'extrême gauche va emporter le morceau. J'ai beau lui expliquer que la France est un pays globalement de droite, il croit quand même à sa pseudo-révolution citoyenne.

— Je te signale que tu étais pareil à son âge, lui fit remarquer Valentine.

— Justement. Je n'ai plus son âge !

Valentine regarda son fils et son ex-mari avec tendresse et un peu d'inquiétude. Comment allaient-ils cohabiter, ces deux-là ? Était-ce vraiment judicieux de placer un jeune adulte comme Youri en résidence surveillée chez son père ?

— Alors tu as bien réfléchi ? demanda-t-elle à son fils. Tu arrêtes ta formation pour de bon ?

Youri hocha la tête. Il n'était pas fier, mais il paraissait soulagé que son père soit allé le chercher pour le ramener par la peau des fesses.

— Raconte à ta mère ce qui s'est passé, l'encouragea Kostas.

— Bon, soupira Youri, en fait, j'ai pas voulu t'en parler au téléphone parce que je voulais pas t'inquiéter, mais il y a eu un accident grave au centre de formation. Un copain à moi… On était partis en rando. Il a fait une chute dans un ravin. On a appelé l'hélico et tout, mais…

Valentine avait cessé de manger. Elle écarquilla les yeux, les mains accrochées à la table du bistrot.

— Mais quoi ?

— Ben, c'était trop tard.

— Il est mort ?

— Non. Paraplégique. Tu finis pas ta bière ?

Valentine secoua la tête. Youri lui prit sa pinte.

— Évidemment, le centre de formation ne s'en est pas vanté, grogna Kostas. Ça s'est passé il y a trois semaines. Depuis, il fait des cauchemars, tu parles.

— On est tous traumatisés, acquiesça Youri. Les profs ont essayé de nous remotiver, mais…

— Je comprends, mon cœur ! s'écria Valentine un peu trop fort. Tu aurais dû nous en parler plus tôt !

— Je voulais essayer de finir l'année.

— C'est tout à ton honneur, mais personne ne te demande de mettre ta vie en danger pour un diplôme.

— Je sais. Du coup, quand papa m'a proposé de revenir habiter avec lui et Jeanne, je me suis dit…

— Tu peux revenir à la maison, aussi ! l'interrompit Valentine. Tu as ta chambre !

— D'accord, mais il paraît que tu vas être obligée de quitter l'appart. C'est vrai ?

Valentine se renfrogna et fusilla Kostas du regard. Ce dernier prit un air ennuyé avant d'écarter les mains :

— Tu as vu les sondages, ce matin ?

— Oui.

— Tu as réfléchis à ma proposition ?

— Ton contact en banlieue ? Merci, mais non. J'ai d'autres plans.

— Comme tu veux. Je crois néanmoins qu'il serait perturbant pour Youri de vivre cette période de transition avec une épée de Damoclès au-dessus de la tête. Ça ferait beaucoup, tu n'es pas d'accord ? Je lui ai proposé de prendre mon bureau en attendant mieux. C'est petit, mais ça donne sur l'arrière…

— Oui, sur la cour. C'est très calme, ajouta Youri sur le ton de l'agent immobilier qui abat sa carte maîtresse.

Il semblait sincèrement content ; Valentine n'insista pas. Elle pensa à la conversation qu'elle venait d'avoir avec Claire, aux changements qui s'annonçaient dans sa vie. Si laisser Youri partir à la montagne lui avait déjà coûté beaucoup, le voir retourner chez son père lui coûtait aussi, mais c'était – à l'évidence – la solution la plus raisonnable. Elle éprouva une drôle de sensation autour du nombril et sa gorge se serra.

— Dommage que la réalité ne soit jamais comme on la souhaite.

— Ah, cette fichue réalité ! plaisanta Kostas. Tu as toujours eu du mal à l'accepter.

— Toi aussi, il me semble, se défendit Valentine. Rappelle-toi ! On voulait « changer la vie » ! C'était quand même un beau programme.

— C'est vrai.

— Alors pourquoi tu prends ce petit air moqueur ?

— Qu'on l'aime ou pas, la réalité est comme elle est, Valentine. Ça ne devrait même pas être un sujet.

— Et pourtant, c'en est un.

— L'éternel débat ! soupira Kostas. Moi, c'est bon, j'ai choisi.

— Tu vieillis, Kostas, ironisa gentiment Valentine.

— Mais si tu nies le réel, poursuivit l'ancien rêveur avec conviction, tu travailles sur du vent. Tu restes bloquée au stade des mots, des bonnes intentions, tu crées des illusions. C'est joli, mais…

— C'est comme les fantômes, ça n'existe pas, c'est ça ?

À ce moment-là, Youri leva les yeux du téléphone qu'il avait dégainé pendant que ses parents philosophaient. C'était le mot « fantôme » qui venait de l'alerter. Mine de rien, lui aussi se faisait du souci pour sa mère depuis le décès de Monette.

— Il paraît que tu es retournée à Lestrade, maman ?

— Oui, je te l'ai dit, j'étais avec Fred. Je suis rentrée tout à l'heure.

— C'était bien ?

— J'ai pris l'air. On a fait du vélo, dimanche. J'ai encore des courbatures, d'ailleurs.

— Et… vous avez décidé quoi pour la maison ?

Valentine sentit son cœur se serrer. Youri avait toujours été très attaché au domaine. Quand il était petit, il n'envisageait pas un été sans un séjour d'un mois complet là-bas, avec Monette. Olympe aussi réclamait de longues vacances à Lestrade. C'était sans doute de là-bas que venait son amour pour la nature, la terre, le vin.

— On est allés chez le notaire. Si ça t'intéresse, j'ai rapporté un dépliant très bien fait qui explique toutes les étapes de la succession. (Elle reprit sa pinte et siffla cul sec ce qu'il en restait.) Ça va prendre pas mal de temps. Je pense que tu pourras y aller cet été, si tu en as envie.

— Ça dépend… Tu crois que Fred et Laura viendront avec Lila, Ugo et Sam ?

Prise de court, Valentine émit un borborygme qui pouvait aussi bien être un « oui » qu'un « non ». Son fils la dévisagea, soudain ému.

— Ça doit être triste, là-bas, sans Monette.

— Oui, très, confirma Valentine.

Sa visite chez Claire lui revenait par bribes. Pour l'instant, elle n'arrivait pas à en tirer une quelconque conclusion. Elle piqua une frite dans une flaque de ketchup et sourit en pensant au fantôme qui, là-bas, lui rendait la vie plus supportable.

— Mais il y a toujours Léon ! dit-elle.

## Chapitre 42

MERCREDI 22 MARS 2017

ACTIVITÉ : VÉLO

DISTANCE : 118 KM

DURÉE : 4 H 09

VITESSE MOYENNE : 28, 4 KM/H

FRÉQUENCE CARDIAQUE MOYENNE : 143 BPM

Ce matin, j'ai eu besoin de faire des bornes et de grimper un peu. Je suis allé jusqu'à Auriac en passant par Argentat ; début des monts d'Auvergne, puis le plateau. Jolies routes. Du ciel, du vent. Une averse en rentrant.

Je me suis fait peur à un carrefour. Pas vu le stop. Le gars d'en face a pilé, mais c'était à un cheveu. Il est sorti de sa Toyota et m'a copieusement engueulé. J'ai fait le reste du trajet avec la sensation d'avoir quelqu'un sur le porte-bagage. C'était très bizarre.

Sinon, le collyre que j'ai acheté hier à la pharmacie commence à agir, mais mon torticolis est revenu. On ne peut pas tout avoir, je suppose.

Les enfants me manquent.

Valentine aussi.

Je n'ai pas encore trouvé le courage de l'appeler pour lui raconter ce que j'ai découvert à la médiathèque. Selon Agnès, rien ne presse, il vaut mieux digérer tout ça avant de lui en faire part.

Hier soir, elle et Antoine m'ont « recueilli ». C'est le mot juste parce que j'étais comme un oiseau tombé de sa branche. Ils m'ont mis dans une boîte avec du coton autour pour me tenir chaud, c'est-à-dire que j'ai passé la soirée assis dans leur canapé, à me faire dorloter.

D'après Antoine, aucun doute possible : je ressemble comme deux gouttes d'eau à ce mec, Christian Bassemer. Même nez, même forme de visage, même implantation des cheveux. C'est simple, sur les photos de lui jeune, on dirait mon jumeau. J'en suis malade.

Anastase est passé un peu plus tard dans la soirée, au retour d'une course jusqu'à Tulle qui lui avait rapporté cent balles, il était guilleret. Antoine a dit : « Vas-y, Fred, montre-lui la photo. » Je la lui ai montrée. Il s'est marré.

— Qu'est-ce que tu foutais dans ce costume ? On dirait un méchant dans *Les Brigades du Tigre* !

— C'est pas moi, j'ai dit. C'est un comédien. Qui a joué dans *Les Brigades du Tigre*, justement.

— Mince alors, tu t'es découvert un sosie ? s'est étonné Anastase.

— Pire que ça, j'ai dit.

Et je me suis recroquevillé dans le canapé.

Agnès m'a proposé de rester dormir chez eux. Les enfants d'Antoine ne sont là qu'un week-end sur deux, le reste du temps leurs chambres sont vides. C'était gentil, mais j'ai décliné. J'avais besoin d'être seul, et puis je voulais changer mon boyau percé pour pouvoir rouler le lendemain, si bien qu'un peu avant minuit, Antoine m'a raccompagné en camionnette à Lestrade, avec mon vélo. Sur la route, il m'a dit :

— Je dois retourner déjeuner avec mon père, jeudi. Tu viendrais avec moi ?

Il n'était plus fâché contre Valentine. C'est pas tous les jours qu'on déterre des secrets de famille en forme de poupées russes. Il voulait nous aider. J'ai dit :

— Je ne sais pas si je serai encore là, jeudi.

Il a donné un coup de frein et il m'a regardé de travers.

— Hé, mon pote ! Qu'est-ce que ça veut dire, ça ? Pas de blague, hein !

J'ai rigolé.

— Mais non, t'inquiète, je vais pas aller me jeter dans la Tourmente ! (C'est le nom de la petite rivière qui serpente dans la vallée, pas loin de la maison ; une vieille blague locale qui m'est revenue.) J'ai juste des collègues, une agence, et accessoirement une future ex-femme et des enfants qui m'attendent du côté d'Angoulême. Il va bien falloir que je rentre chez moi un de ces quatre.

Rassuré, Antoine a redémarré. Il réfléchissait.

— Et si on y allait demain ? Je peux déplacer un rendez-vous.

Ça ne m'emballait pas des masses, j'ai soupiré :

— À quoi ça m'avancera ? Joseph a déjà dit tout ce qu'il savait à Valentine. Il ne se rappellera rien de plus. On va le fatiguer avec ces vieilles histoires. Quand on a un cancer, on n'a sûrement pas envie de…

— Quel cancer ? a pouffé Antoine. Papa n'a pas de cancer. Il est paralysé des jambes.

On était dans le noir, mais il y a eu un gros blanc quand j'ai compris que je venais de faire une gaffe. J'ai bafouillé que j'étais fatigué, que j'avais dit ça comme ça, que j'avais *confondu*, bref un rétropédalage foireux qui n'a pas convaincu Antoine. Cette fois, il s'est carrément arrêté au bord de la route, et il est resté immobile, longtemps, les mains sur le volant. Puis, sans me regarder, il a demandé :

— Un cancer de quoi ?

Ces derniers temps, j'entretenais un rapport un peu compliqué avec le mensonge. Alors j'ai murmuré :

— Pancréas.

Antoine a serré les dents. Je crois qu'il a dit « merde ». Les arbres dressaient une sorte de rempart autour de la camionnette ; difficile de savoir s'ils nous protégeaient d'une menace extérieure ou s'ils nous enfermaient à l'intérieur de quelque chose de menaçant.

— C'est Valentine qui te l'a dit ?

— Je pensais que tu le savais.

— Non.

Il a baissé sa vitre pour respirer l'air nocturne. Je sentais sur nos épaules un poids, une gravité.

— Raison de plus pour y aller demain, a fini par dire Antoine avant de remettre le contact et de me déposer à la maison.

Maintenant, on est demain.

On a rendez-vous dans vingt minutes et je ne sais plus lequel de nous deux accompagne l'autre. À 50 ans, je me dis qu'on n'est parfois rien de plus qu'un petit garçon dans un costume de grande personne.

# Chapitre 43

— Et ensuite, elle m'a fait entrer chez elle, continuait Valentine en tripotant un Kleenex, assise sur le fauteuil en rotin du cabinet de Marie-Ange. C'était hyper bizarre, comme situation. Vous imaginez ? Moi, dans ma tenue de joggeuse ridicule et elle, pieds nus, dans cette robe bleue… Je ne sais pas pourquoi, cette robe m'a impressionnée. Ce n'était pas une robe haute couture ni même particulièrement chic, non, mais elle avait une façon de la porter, de se mouvoir avec, qui la rendait belle. Je ne m'étais pas préparée à ça.

— À quoi ?

— À en prendre plein la vue. Sur les photos de classe qu'Antoine m'avait montrées, Claire n'était qu'une petite gamine sans charme, mal fagotée. Et trente ans plus tard, il y a cette femme, mince et gracieuse devant moi… Une danseuse, une princesse ! La fille de mon père. *L'autre* fille de mon père.

La voix de Valentine flancha. Ses yeux se remplirent de larmes. Elle pleura à gros sanglots, se moucha, jeta le Kleenex dans la corbeille et en prit un autre.

Depuis trente minutes qu'elle était là et qu'elle résumait ses découvertes des dix derniers jours, c'étaient les grandes eaux.

— Dans le train, reprit-elle, j'avais noté point par point ce que je comptais lui dire. Je voulais lui montrer qui était la plus forte, la plus légitime. Je voulais surtout qu'elle sache que j'avais des soupçons la concernant. À partir de là, je pensais que ce serait facile de lui faire peur et de l'obliger à renoncer à sa part de l'héritage. Il suffisait de citer le nom d'un avocat, de laisser entendre qu'une action en justice était possible… J'avais tout prévu. Sauf ça.

— Sauf quoi ?

Valentine poussa un soupir. Elle pencha la tête en arrière et regarda le plafond. Après le dîner au Saint-Jean avec Kostas et Youri, elle était rentrée chez elle toute chose, toute seule et toute triste. Elle n'avait pas fermé l'œil de la nuit, tournant en rond dans les quatre-vingts mètres carrés de l'appartement, où chaque objet lui rappelait un souvenir : l'enfance de ses enfants, sa jeunesse. Comme d'habitude, ses émotions suivaient un cheminement alambiqué : elles serpentaient à la façon d'une rivière souterraine, creusant des cavités, des grottes, un lit profond dans ses entrailles, avant de jaillir – beaucoup plus tard – à l'air libre avec la violence d'un geyser. Face à un tel spectacle, on se demandait, interloqué : mais d'où ça sort, toute cette eau ? D'où vient ce grondement puissant ? C'était une eau archaïque, un torrent indomptable et furieux qui venait du centre de la terre.

— Sauf Rose Macieira ! s'écria-t-elle.

— La mère de Claire ? se fit préciser Marie-Ange qui découvrait en bloc toute l'histoire et qui, un peu perdue au milieu des personnages, tentait de s'y retrouver.

— Oui ! Rosalia ! La maîtresse de mon père ! Celle avec qui je l'ai surpris le jour où j'ai quitté la course de vélo, comme je viens de vous le raconter. Sauf que là, bien sûr, c'était devenu une vieille dame. Enfin, pas si vieille que ça – 70 ou 75 ans –, mais comme elle est en mauvaise santé… Donc, je rentre dans l'appartement, prête à affronter Claire, et qui je vois ? Cette petite dame maigre, les cheveux ramenés en chignon, hagarde. Elle est assise près d'une baie vitrée qui donne sur un balcon et plus loin, sur les toits. Elle porte un cardigan en laine. Elle a la bouche ouverte comme quelqu'un qui respire mal. Sa présence est à la fois immatérielle et pesante. Vous voyez ce que je veux dire ? Une personne qui n'est plus vraiment là, mais dont le corps encombre l'espace. J'ai senti ça dès l'instant où je suis entrée. Et j'ai compris que rien ne se déroulerait comme je l'avais imaginé.

Valentine secoua la tête. Elle semblait accablée par elle-même.

— J'avais tout préparé, je… Je me disais : *Valentine, vas-y, sois forte et intraitable. C'est ta vie qui en dépend !* Alors j'ai tenté d'ignorer Rose et j'ai attaqué bille en tête. J'ai dit à Claire : « Il faut qu'on parle. De la maison. De Lestrade. Je sais que tu es allée là-bas. Je sais que tu as vu Monette. » Elle est devenue très pâle et j'ai compris que j'avais marqué le premier point. J'ai bluffé : « Pas la peine de mentir, il y a des témoins. Je sais que tu as harcelé ma mère au téléphone, au point qu'elle en faisait des insomnies. Elle guettait dehors, jamais rassurée. Pourquoi ? Parce qu'elle avait pour que tu reviennes. » Sans protester, Claire s'était reculée jusqu'à la fenêtre. Je me disais que j'avais vu juste, ça me donnait de la force. J'ai continué : « Y a un truc qui m'échappe. En 1995, tu as obtenu ce que tu voulais : la reconnaissance officielle, le nom de mon père. Alors explique-moi pourquoi pendant vingt-deux ans, tu te contentes de ça, et pourquoi d'un seul coup, après vingt-deux ans de silence, tu débarques chez ma mère ? Tu lui mets ton livret de famille sous le nez. Tu lui jettes ta vie à la figure. Qu'est-ce que ça veut dire ? » Claire était pétrifiée. Je n'avais plus qu'à l'achever. Je n'avais plus qu'à énoncer mes soupçons. Tentative de chantage, je suppose que ça ferait tache dans un dossier de succession ! Mais à ce moment-là, Rose a bougé. Ses yeux se sont animés, elle a tourné la tête vers moi, puis vers sa fille et elle a dit : « Nous avons de la visite, tu as vu, Amalia ? Ne reste pas plantée là. Va donc préparer du café. » Décomposée, Claire s'est approchée d'elle pour lui serrer l'épaule. Elle s'est penchée. Avec douceur, elle a dit : « Je ne suis pas Amalia, maman. Je suis Claire, tu sais bien. Mais tu as raison, je manque à tous mes devoirs. » Elle s'est redressée. Son visage s'était durci et dans son regard, j'ai vu que le rapport de force allait basculer. Elle m'a dit : « Maman a toujours eu le sens de l'accueil. Elle m'a élevée comme ça. Alors je vais faire du café. Et après, je vais tout t'expliquer. » Je suis restée debout au milieu de la pièce, désarmée face à Rose qui souriait aux anges. Quand Claire est revenue, je n'étais plus aussi déterminée. J'avais froid, j'étais sonnée. J'ai accepté le café qu'elle me tendait. Elle a désigné le canapé, et je m'y suis assise pendant qu'elle aidait Rose à porter sa tasse à ses lèvres. « Je suppose que tu as croisé Elio, mon fils, dans l'escalier ? » J'ai dit oui, et que c'était lui qui m'avait parlé de l'annonce. Elle a soupiré : « Évidemment. Il a cru bien faire. » Depuis plusieurs jours, Claire recevait des candidates pour l'annonce en question ; Elio m'avait prise pour l'une d'elles. « Je cherche une aide à domicile. Quelqu'un de confiance qui viendrait s'occuper de Rose. Et des enfants, accessoirement. Parce que j'ai aussi une fille, Stella. Elle a 8 ans. » Claire tenait la main de sa mère dans la sienne, je voyais combien elle était bouleversée. « À Noël, maman était encore capable de manger seule, elle arrivait à s'habiller. Maintenant, elle ne peut plus. Pour le moment, je suis en congé, mais ça ne va pas durer. » Elle m'a regardée froidement. Elle m'a dit : « Tu sais combien ça coûte, une place dans une maison de retraite médicalisée ? »

À force de serrer le mouchoir en papier, Valentine l'avait réduit à une petite boule compacte. Elle s'en rendit compte et entreprit de la défaire. Son corps était parcouru de tremblements. Elle regarda sa thérapeute.

— Je ne suis pas dégueulasse.

— Qui vous dit le contraire ? C'est comme ça que vous vous jugez ?

Valentine haussa les épaules.

— Je ne sais plus, Claire m'a embrouillée. J'aurais dû refuser son café, refuser de l'écouter. Mais je suis restée assise sur son canapé, et c'était trop tard.

— Qu'est-ce qui était trop tard ?

— Trop tard pour les détester ! Elle et Rose !

— C'était votre intention ?

— C'était une condition nécessaire ! Maintenant que je connais sa vie, que j'ai vu son visage, entendu sa voix…

— Vous avez été touchée.

— Évidemment.

Marie-Ange poussa un soupir, regarda sa montre et sourit. Le corps de Valentine s'était enfoncé dans les coussins qui garnissaient le fauteuil en rotin. Dans sa main, le Kleenex était en lambeaux.

— Il nous reste quelques minutes, annonça la thérapeute. Je crois que nous avons abordé assez de choses pour aujourd'hui. Nous nous revoyons vendredi, de toute façon. Vous avez fait des rêves dernièrement ?

C'était la règle, ici : respecter l'heure, parler de ses rêves. Valentine essuya ses joues encore humides, fourra le mouchoir déchiqueté dans sa poche et réfléchit.

— Oui…, fit-elle avec une moue hésitante. Il y avait un arbre au milieu d'un paysage d'hiver. Sur la branche la plus haute, il restait une feuille. La dernière. Elle était tremblante et fragile. Je savais qu'elle allait tomber. C'est tout ce dont je me souviens.

Elle consulta Marie-Ange du regard, attendant qu'elle l'aide à décrypter le message envoyé par son inconscient, mais comme d'habitude, la thérapeute lui renvoya la question.

— Et qu'est-ce que vous associez à cet arbre ?

Valentine aurait préféré qu'on lui mâche le travail, qu'on lui fournisse une fois pour toutes un mode d'emploi, une nomenclature précise et méthodique des correspondances entre les images et leur signification symbolique, mais ce n'était pas comme ça que ça marchait.

— La mort, avança-t-elle prudemment. En tout cas, le renoncement. Parce que je me dis que… l'arbre ne peut rien faire pour retenir cette feuille. Il est là, planté dans la terre. Il ne lutte pas. La feuille tombe. C'est fini.

— Et que se passe-t-il ensuite ?

— Ben… il meurt.

Marie-Ange tourna la tête vers la fenêtre de son cabinet. La vue était bouchée par les façades des immeubles environnants, mais pour peu qu'on se penche, on apercevait quand même, par-dessus le mur d'enceinte d'un vieil hôtel, un bouquet de peupliers dont les rameaux commençaient à verdir.

— Ce n'est pas l'arbre qui meurt. Seulement ses feuilles. Et elles repoussent, vous voyez ? demanda-t-elle à Valentine, qui se pencha et vit les arbres. Comment vous sentez-vous, à présent ?

— Fatiguée.

Une fois dehors, comme après chaque séance, Valentine éprouva le besoin de marcher. Elle s'en alla au hasard des rues, dans ce quartier périphérique qui n'était pas le sien et qu'elle apprenait à connaître. Au fil des semaines, elle avait découvert le charme de la promenade aménagée sur les anciennes voies de la petite ceinture, le parc Georges-Brassens et le marché aux livres anciens, la rue de la Convention, la place avec le manège et le cinéma Gaumont, puis les cafés où elle s'arrêtait parfois et les boutiques du quartier Vaugirard.

Plongée dans ses pensées, elle ignora la bouche du métro et remonta la rue Blomet jusqu'au croisement avec Cambronne. Le temps était clément, elle avait chaussé cette paire de bottines plates archi usées dans lesquelles ses pieds étaient à leur aise, elle n'avait pas de rendez-vous, personne qui l'attende, autant continuer, se dit-elle, et elle prit en direction de la Seine.

C'était au printemps dernier que Claire avait commencé à s'inquiéter pour Rose. Il y avait eu les premiers signes : des petits oublis, des trous de mémoire, des moments d'absence, des confusions de dates ou de prénoms, mais rien d'alarmant. Jusqu'à l'apparition des premiers symptômes sérieux : un début d'incendie dans la cuisine à cause d'une casserole oubliée sur le feu, les voisins qui retrouvent la vieille dame à moitié dévêtue dans la cage d'escalier, qui entendent des cris, la nuit, dans l'appartement. À ce moment-là, sa fille avait compris que ça irait de mal en pis, que le temps était compté et qu'elle devait chercher une solution.

Rose n'avait plus de famille depuis longtemps. En fuyant le mariage arrangé par ses parents dans les années 60 avec l'ouvrier de Lissac-sur-Couze, elle avait coupé tous les ponts, si bien que Claire avait grandi sans connaître ni ses grands-parents, ni ses tantes, ni ses cousins et pratiquement rien de son pays d'origine. « Rose n'a que moi. Et moi… j'ai les enfants, mon boulot. Si je le perds, c'est fini. »

« Et le père d'Elio et Stella ? » avait osé questionner Valentine. « Parti à l'étranger. Ça fait trois ans, avait simplement répondu Claire. Il envoie une carte à Noël. Même pas un cadeau. Encore moins un chèque. »

Valentine passa sous le métro aérien, traversa le carrefour et s'engagea dans une rue qui partait en biais vers le Champ-de-Mars. Dans son malheur, avec Kostas, comparée à Claire, elle avait eu de la chance. Lui au moins n'était pas parti s'installer à l'autre bout du monde. Il avait toujours veillé à ce que ses enfants ne manquent de rien, et confronté aux difficultés récentes de Youri, il se révélait ingénieux. C'était bien, finalement. Et cette pensée lui ôta un poids.

D'après ce qu'elle avait compris, Claire occupait un poste administratif important au sein d'un laboratoire de recherches (en agronomie ou en ergonomie, Valentine n'avait pas retenu), elle aimait son boulot et elle gagnait sa vie correctement. Elle assumait seule ses enfants avec une certaine fierté. N'avait-elle pas vu sa propre mère se démener pendant tant d'années pour lui offrir une éducation d'excellence avec un modeste salaire d'employée ? « Rose n'a jamais rien mendié, avait-elle ajouté, farouche. Henri l'a aidée, c'est vrai. Tant que j'étais petite et qu'on habitait à Seyssac, il contribuait à nos dépenses. C'est d'ailleurs une des preuves que j'ai versées au dossier quand j'ai fait ma requête pour l'action en paternité. Et s'il n'était pas mort, il aurait sans doute continué… Mais il est mort. Du jour au lendemain, on a quitté le bourg. Rose est venue s'installer à Paris. Et elle n'a plus compté sur l'aide de personne. Elle ne supportait pas l'idée que Monette sache qui nous étions. Elle a toujours voulu vivre sans faire de mal à personne. Sans faire de bruit. »

Arrivée au bout du Champ-de-Mars, Valentine fit une halte. Elle trouva un banc au soleil et prit le temps de respirer. On était mercredi. En ce milieu d'après-midi, des enfants couraient dans les allées et s'agglutinaient sur les aires de jeux, surveillés par des grappes de nounous. Les propriétaires de chiens arpentaient les allées, et il y avait aussi de nombreux joggeurs – hommes ou femmes – auxquels Valentine prêta une attention particulière, essayant de distinguer supinateurs et pronateurs, débutants et coureurs confirmés. Elle pensa à Guillaume et elle eut envie de l'appeler. Depuis dimanche, ils avaient échangé des SMS, quelques photos. Elle avait envie d'entendre sa voix, même brièvement. Peu de chance qu'il puisse répondre à cette heure-ci, pourtant, des rayons de l'Hyper Sport, mais elle prit quand même son téléphone.

Parmi les actus qui tombaient sur l'écran, une brève l'alerta. « Attaque à Londres. Theresa May exfiltrée du Parlement. »

— Merde, murmura Valentine en sentant son ventre se nouer comme chaque fois qu'un attentat se produisait quelque part en Europe.

Elle lut l'article de France Info. Une voiture avait foncé sur les passants qui se trouvaient sur le Westminster Bridge. Comme à Nice. Comme à Berlin. Le conducteur s'était encastré contre les grilles du Parlement avant de sortir pour poignarder un policier. Il y avait des morts. Des blessés. Des gens avaient sauté dans la Tamise. L'État islamique revendiquait.

Elle ferma les yeux un instant, les rouvrit et regarda autour d'elle. Au bout du Champs-de-Mars, la tour Eiffel enjambait les pelouses. Elle se rappelait être venue la voir, le surlendemain des attentats du 13 novembre, comme pour s'assurer qu'elle était encore debout. C'était un dimanche. Il faisait un temps magnifique sur Paris ; la ville était d'une beauté déchirante et quelque chose de très intime avait bougé à l'intérieur de Valentine.

Elle rangea son téléphone, quitta le banc, rejoignit les berges de la Seine et remonta les quais. Elle passa sous le pont de l'Alma, devant les installations sportives et les péniches amarrées près du pont Alexandre III et, peu à peu, ses pensées revinrent vers Claire et Rose.

« Quand tu étais petite, tu savais qu'Henri était ton père ? » lui avait-elle demandé. Non, bien sûr. Rose avait juré de garder le silence et la petite Claire avait grandi sans poser de questions. Les enfants sages savent très bien s'arrêter aux portes d'un secret. Elle voyait Henri, parfois, à la maison. Il lui apportait des petits cadeaux, il jouait avec elle, il lui parlait gentiment, mais ce n'était qu'un ami, une sorte de bienfaiteur « grâce-à-qui-Rose-avait-pu-obtenir-son-travail-à-la-mairie ». Plus tard, adolescente, Claire avait posé davantage de questions à sa mère, mais celle-ci était restée muette, fidèle à son serment. Jusqu'à ce jour de février 1994. « C'était mon anniversaire. 26 ans. Rose m'a offert une boîte. Dedans, il y avait quelques photos, quelques courriers, des relevés de comptes bancaires et une coupure de journal avec un article sur l'enterrement d'Henri Cassagne. » « Pourquoi maintenant ? » lui avait demandé Claire. Et Rose avait répondu : « Parce que quand je te regarde, je vois un cheval bridé. »

*Un cheval bridé*. Drôle d'expression. Valentine se promit d'en parler à Marie-Ange lors de la prochaine séance, mais pour l'heure, elle commençait à avoir faim et, malgré ses bottines confortables, assez mal aux pieds. Elle prit la passerelle Léopold-Sédar-Senghor pour franchir la Seine avec l'intention de s'offrir une pause dans un des salons de thé du jardin des Tuileries et, lorsque enfin elle fut assise devant sa gaufre au sucre et son espresso, elle se demanda ce qu'elle allait faire maintenant.

La réponse ne tarda pas à venir d'elle-même : le nom de Fred s'affichait sur l'écran de son téléphone. Elle décrocha.

— Devine d'où je t'appelle ! dit une voix qui n'était pas celle de Fred.

## Chapitre 44

MERCREDI 22 MARS 2017 – BIS

ACTIVITÉ : DÉBALLAGE

DISTANCE : LESTRADE-COLNAC-LESTRADE (EN VOITURE)

DURÉE : 2 H 14

Quand on était petits, avec Valentine, on avait un arbre. Un vieux châtaignier coupé en deux par la foudre, planté au milieu d'une petite clairière, pas loin de la Tourmente. D'un côté, il était calciné et parfaitement mort. De l'autre, il était vigoureux et en pleine santé. C'était un arbre facile à escalader, c'est pour ça que nous l'avions choisi. On grimpait au sommet, et une fois perchés dans les branches, on s'inventait des histoires fabuleuses. Des guets-apens d'indiens, des courses-poursuites de Robin des Bois, des attaques de diligences, on pouvait y passer des journées entières sans jamais se disputer. Une année, comme j'avais eu un Opinel à mon anniversaire, j'avais entrepris de graver mes initiales dans l'écorce : FC.

Cet après-midi, au retour de l'EHPAD, j'ai eu envie de retourner voir notre arbre. J'ai dit à Antoine : « Viens, je vais te montrer quelque chose. » Encore sous le choc après la discussion avec Joseph, il s'est laissé faire (il m'avait même confié le volant de la camionnette pour revenir, c'est dire s'il était à côté de ses pompes) et je l'ai guidé à travers les broussailles, jusqu'à la combe.

Je n'y étais pas revenu depuis des lustres, mais j'ai tout de suite reconnu notre arbre. Arrivé au pied, j'ai levé les bras, j'ai sauté en l'air pour m'accrocher à la branche la plus basse, et, en prenant les bons appuis, j'ai eu vite fait de m'asseoir à califourchon là où le tronc forme un V. D'en bas, l'air agacé, Antoine observait mes singeries.

— Compte pas sur moi. J'ai passé l'âge de grimper dans les arbres.

J'ai tendu une main vers lui.

— Fais pas ta chochotte, j'ai dit. Attrape ma main et lève ton cul. Le monde appartient à ceux qui prennent de la hauteur.

Il a soufflé, grogné, mais il a fini par se décider. Quand il m'a rejoint, il a soupiré :

— Putain, Fred, qu'est-ce qu'on fout là ?

Je me suis mis à quatre pattes pour progresser sur la branche.

Quand on était mômes, Valentine et moi, on se mettait debout, on n'avait pas peur. Pourquoi on change autant ? J'ai sali mon pantalon au niveau des genoux, mais j'ai fini par retrouver l'endroit, et je me suis arrêté. Antoine arrivait derrière, prudent, les joues rouges. Je lui ai montré l'écorce gravée.

— FC, a lu Antoine.

— Frédéric Cassagne. Quarante ans que c'est là. Alors je vais te dire un truc : je m'en fous que ma mère ait couché avec l'autre abruti. C'est mon nom.

Antoine s'est assis face à moi, il a repris sa respiration, et il a regardé autour de nous : les arbres touffus de la clairière, les fougères, les ronces, les buissons, l'herbe haute piquée de petites fleurs mauves, le ciel. On entendait les gargouillis de la rivière. Il y avait des abeilles et des moucherons ; mille preuves que la vie – quoi qu'on en pense – continuait.

— Merci de m'avoir fait grimper, a-t-il murmuré. Tu as raison. Quand ça ne va pas, il faut changer de point de vue.

Deux heures plus tôt, quand Joseph nous avait confirmé qu'il était gravement malade et condamné à court terme, Antoine avait eu du mal à retenir ses larmes. Déjà que l'ambiance, à l'EPHAD, n'était pas folichonne… Du coup, j'avais proposé qu'on sorte et nous avions poussé le fauteuil de Joseph jusqu'au parking. Tandis que nous marchions dans les rues du lotissement, je pensais à mes enfants. Ils avaient beau nous voir à couteaux tirés, Laura et moi, depuis des semaines, je savais que le mot « divorce » allait les projeter dans une autre dimension, comme le mot « mort » m'avait moi-même projeté sur orbite, le 26 septembre 1980. Nos vies tenaient à si peu de choses qu'un seul mot pouvait tout changer. Pour Antoine, c'était le mot « pancréas », et pour moi, aujourd'hui, la photo d'un comédien de seconde zone jouant une silhouette dans *Les Brigades du Tigre*.

— Je ne veux pas laisser mon père mourir tout seul, a déclaré Antoine. Il faut que je trouve une solution. Et toi ? Qu'est-ce que tu vas faire ? Tu vas essayer de le contacter ?

Bien entendu, je m'étais posé la question. D'après les infos trouvées à droite à gauche sur Internet, Christian Bassemer était toujours en vie. Il habitait en Bretagne, du côté de Rennes.

— Je ne pense pas, j'ai dit. Je me débrouille sans père depuis bientôt trente ans. Qu'est-ce que ça m'apporterait ?

— Ouais, je comprends. Je peux t'avouer quelque chose ? C'est peut-être réac de dire ça, mais ça me dégoûte un peu, toutes ces histoires de soixante-huitards…

Il faut dire que Joseph ne nous avait rien épargné. Devant ma mine déconfite, cherchant sans doute à excuser le « dérapage » de Monette, il s'était lancé dans l'énumération des coucheries et des infidélités qui avaient défrayé la chronique du bourg au tournant des années 70. « Tu te souviens d'Yvette, la femme de Pierrot ? Eh bien, elle, elle couchait avec Norbert, le mari de Simone. Et le petit Gérard, avec sa gueule de boxeur ? Un vrai tombeur, celui-là. Je l'ai connu avec Marie-Claude, puis avec Jeanine, Monique, Christiane… Sur le lot, il a bien dû en mettre deux ou trois en cloque ! » À l'entendre, la moitié des gosses de Seyssac aurait pu exiger des tests de paternité.

— Un vrai club échangiste, ce patelin, a soupiré Antoine. Si ça se trouve, moi non plus, je ne suis pas le fils de mes parents !

— Arrête. Je suis sûr que ton père a forcé le trait. Tu as bien vu : ça l'amusait de voir nos têtes, chaque fois qu'il lâchait un nom.

Pendant toute la promenade, l'ancien maire avait ricané comme un gamin fier de ses blagues, au point que je m'étais demandé ce qu'il prenait comme traitement pour son cancer. Il paraît qu'on donne du cannabis, maintenant.

— Et mon frère ? a repris Antoine. Comment je vais lui annoncer ça ? Déjà qu'il est sensible…

Ses yeux se sont embués, et j'ai vu couler une grosse larme sur sa joue. Je me suis dit qu'il fallait que ça sorte, alors je n'ai rien fait pour l'obliger à retenir les sanglots qu'il avait ravalés à la maison de retraite. Si quelqu'un était passé par là, je lui aurais demandé : « Ben quoi ? Vous n'avez jamais vu un homme de 50 ans pleurer à califourchon sur la branche d'un châtaignier ? » Mais personne n'est passé, il n'y a eu que moi pour assister à cet étrange spectacle.

Quand il s'est calmé, j'ai suggéré qu'on redescende, mais Antoine ne semblait pas décidé. Et c'est vrai qu'on était bien, perchés dans les airs, tous les deux, au calme. Je lui ai raconté qu'à l'époque, avec Valentine, on avait dessiné des plans pour construire un véritable bivouac suspendu. On rêvait de dormir là, comme dans *Les Robinson suisses*, à la belle étoile.

— Tu vois les deux grosses branches au-dessus de nous ? Il aurait suffi de clouer des planches en travers, de tendre une toile de tente par-dessus…

— Pourquoi vous ne l'avez pas fait ?

J'ai haussé les épaules. Parfois, rêver est aussi fort que de faire vraiment les choses. Mais Antoine a continué d'examiner les branches et un sourire a changé son visage.

— Passe-moi ton téléphone, j'ai plus de batterie.

J'en avais, je le lui ai passé. Il a cherché un numéro dans mon répertoire et quand la personne a décroché, tout content, il a lancé :

— Devine d'où je t'appelle !

## Chapitre 45

Après le coup de fil, Valentine était rentrée chez elle en métro, lourde de nostalgie. L'enthousiasme d'Antoine pour la cabane des *Robinson suisses* l'avait émue et, en l'écoutant, elle s'était demandé ce qui avait pu les empêcher, Fred et elle, de réaliser leur rêve. « Si ça t'amuse, vas-y, c'est une chouette idée, Antoine », l'avait-elle encouragé. Il venait de lui annoncer qu'il était au courant pour le pancréas de Joseph ; tout ce qui pourrait l'aider à passer ce moment douloureux était bon à prendre, et ce n'était sûrement pas Valentine qui le blâmerait de s'atteler à une tâche absurde, comme clouer des planches dans un châtaignier. Chacun sa bouée de sauvetage.

Après, elle avait eu Fred au bout du fil.

Il avait décidé de rentrer à Angoulême le lendemain. Les nouvelles de Laura n'étaient pas réjouissantes ; depuis lundi, elle était en arrêt maladie. Les enfants lui manquaient. Il ne se sentait pas prêt à affronter ce tsunami, les cris, les questions, les regards des petits, mais comment y échapper ?

— Je ne suis pas le premier à divorcer, pas vrai ?

— Quand ça t'arrive à toi, c'est toujours la première fois, avait soupiré Valentine. Mais je te rassure, on survit.

— Si tu le dis, avait murmuré Fred.

Et Valentine, pour le protéger, avait préféré lui cacher sa rencontre avec Claire et Rose. Elle avait terminé la conversation en précisant qu'elle avait vu sa psy et qu'elle avait un autre rendez-vous avec son toubib pour les médicaments.

— Tu lui demandes quelque chose de fort, hein ? avait encore insisté Fred.

— Promis, avait encore menti Valentine.

Lorsqu'elle arriva en bas de l'immeuble, la gardienne balayait la cour. Valentine la salua et s'arrêta un instant pour bavarder (Mme Kordic avait toujours un mot gentil pour les locataires et des anecdotes à raconter sur sa nombreuse famille serbe) avant de remonter à l'appartement.

À peine déchaussée, elle alluma la télé pour voir ce qui se passait à Londres (trois morts, des blessés), puis elle appela Olympe, tomba sur sa messagerie, ouvrit toutes les fenêtres pour aérer, sortit le linge sale de sa valise, lança une machine, s'aperçut qu'elle avait laissé un filtre plein dans la cafetière et qu'il avait moisi. Comme son moral tendait à fléchir, elle se servit un Martini et se demanda avec qui elle pourrait bien dîner. Bianca n'étant pas encore rentrée, la soirée avec la bande de la Gaîté avait été programmée pour le lendemain soir ; restaient Etgar75 et Hélène.

— Alors tu es rentrée, finalement ? s'étonna Hélène. Ça tombe bien, on fait un apéro à la maison. Il y aura tout le monde. Tu apportes une bouteille ?

À 19 h 30, Valentine posa une bouteille de côtes-du-rhône sur le comptoir en zinc du bar seventies que Simon avait chiné aux Puces de Saint-Ouen et qui donnait une allure chaleureuse et décontractée à la pièce de vie de leur appartement. Elle s'approcha des canapés, où elle trouva les autres invités, tous plus ou moins issus du syndicat étudiant où elle avait rencontré Kostas dans les années 90 et qui, depuis, avaient connu les hauts et les bas de la carrière politique.

— Valentine ! s'exclama Vincent. On ne t'a pas vue depuis un siècle ! Où est-ce que tu te cachais ?

— Voilà notre célibataire ! la taquina Dédé en lui ouvrant grands les bras. Viens par ici, ma poule, que je te roule une pelle !

— Célibataire, c'est vite dit ! commenta Hélène. Maintenant que Madame a un *coach*...

— T'as un nouveau jules, c'est vrai ? Raconte ! C'est qui ? On le connaît ?

— Tu connais beaucoup de monde en Corrèze, Dédé ? se moqua Hélène.

— À part Chirac et Hollande, je ne vois pas. Valentine, me dis pas que...

— La vache ! Val se tape Hollande ! s'esclaffa Yves.

Valentine se contenta de secouer la tête en souriant. Elle connaissait trop bien le cérémonial et les codes du groupe pour répondre aux provocations. Elle prit le verre qu'on lui tendait, termina sa tournée de bises et trouva une place à côté de Farid et Ludmila.

— Ça fait plaisir de te voir, dit Farid en lui pressant l'épaule. Tu as l'air en forme. En tout cas, plus que nous !

Sa femme et lui étaient dans l'équipe de com', aux avant-postes de la campagne pour La France Insoumise. Cernes bleutés et mines grisâtres, ils suivaient les meetings et passaient leurs nuits au service de la cause commune.

— Regarde ça, ajouta Farid en désignant les trois téléphones posés sur la table entre les ramequins de tapenade et les bols de légumes crus.

Chacun des appareils vibrait à tour de rôle, signalant toutes les dix secondes des tweets, des news, des posts, qu'il fallait lire, classer, faire suivre, ou démentir.

— Veille technologique. C'est notre force. Tu as vu les derniers sondages ? Ça y est, on est devant le PS !

— On sera au second tour, les gars ! prophétisa Simon d'une voix tonitruante. Je ne sais pas vous, mais moi, je vois bien Yves en ministre de l'Éducation !

Des « oui ! » fusèrent ; Yves se leva pour saluer ses supporters tandis qu'Hélène faisait passer les petits-fours tout juste sortis du micro-ondes. Depuis toujours, Valentine admirait la décontraction avec laquelle sa vieille amie accueillait et nourrissait la troupe.

— Alors il paraît que Kostas lèche le cul de Macron ? lança Vincent installé à l'autre bout du canapé. Qu'est-ce qu'il espère de ce guignol, franchement ?

Valentine comprit que la question ne lui était pas spécialement adressée, elle se contenta de hausser les épaules. Rien ne fédérait autant que critiquer un ancien membre du clan, et personne ne s'en priva ; c'était de bonne guerre. Elle trempa un bout de chou-fleur dans un bol de tsaziki et but une gorgée de vin, contente d'être là et un peu à côté de la plaque. À la fenêtre, Juliette et Carine fumaient un joint en se chuchotant des confidences. Simon avait mis de la musique. Hélène alla ouvrir à de nouveaux invités et on se tassa un peu plus dans les canapés.

Peu à peu, la nuit tomba. Hélène fit circuler des tranches de pain frais et un plateau de charcuterie. Carine vint s'asseoir à côté de Valentine. Son haleine sentait l'herbe. Elle était en plein chagrin d'amour – un peintre, avec qui elle avait vécu trois mois d'une idylle explosive –, elle en avait marre de tomber toujours sur des mecs insaisissables. Elle passa le joint à Valentine, qui refusa poliment, commençant à expliquer qu'elle ne fumait plus et Carine retourna tristement à la fenêtre.

Quelqu'un parla de l'attentat de Londres.

— Quand est-ce qu'on va comprendre qu'on récolte ce qu'on sème ? s'énerva Vincent. Il faut absolument se retirer du conflit syrien, stopper les ventes d'armes et faire la paix.

— Évidemment ! Tant que dix personnes sur Terre détiendront autant de richesses que quatre milliards d'autres, il y aura des attentats, renchérit Yves. On veut nous faire croire que le danger vient de l'Islam, mais on sait bien où ils sont, les mecs dangereux : ils se réunissent à Davos, une fois par an !

Cette saillie provoqua des rires et l'adhésion générale ; on trinqua en souhaitant la chute des puissants. Envahie par une douce torpeur, Valentine les écoutait parler, le sourire aux lèvres. Elle les aimait bien, tous. Elle savait que malgré leurs grandes gueules, leurs grands gestes, aucun de ses camarades ne ferait de mal à une mouche et qu'au fond, c'était du jeu, tout ça, un petit théâtre rassurant où chacun tenait son rôle. Elle, bizarrement, ne connaissait plus son texte. Comment l'avait-elle oublié ?

Il était 2 heures du matin quand elle décida de rentrer.

— Je t'appelle un Uber, lui proposa Hélène.

— Merci, je préfère marcher.

— Mais tu en as au moins pour une demi-heure !

Exactement le temps nécessaire pour dessoûler.

— À cette heure-ci, évite quand même de passer par Barbès, lui recommanda Simon en la raccompagnant jusqu'à la porte.

Sur le palier, il se pencha et voulut l'embrasser sur les lèvres. Valentine le repoussa avec gentillesse, Simon rigola en protestant qu'il l'avait connue moins farouche.

— Allez, juste un bisou, Val. En souvenir du bon temps.

— T'es bourré, Simon. Va te coucher.

— Avec toi, alors ?

Valentine lui fit un signe de la main et s'engouffra dans l'escalier.

Une fois dehors, elle prit une grande respiration avant de s'engager d'un bon pas dans la rue des Petites-Écuries. L'air était frais, elle boutonna son manteau et enfonça les mains dans ses poches. Elle avait trop bu elle aussi, mais pas au point de se sentir mal. Elle longea le square de Montholon, puis remonta la rue de Rochechouart, submergée par une puissante nostalgie. Elle repensait aux amphis de la fac où elle avait connu ses amis, aux projets qu'elle avait autrefois, aux fêtes, mais aussi aux sorties d'école où elle bavardait avec les autres mamans, à ses dimanches au square, à la piscine de quartier où Olympe et Youri avaient appris à nager. Avenue Trudaine, elle passa devant le lycée. Elle revit Olympe, jaillissant du porche, ravie et fière d'avoir décroché son bac. Sa gorge se serra un peu quand elle calcula que cela faisait déjà six ans.

Elle pencha la tête en arrière, aperçut le croissant de la lune entre les toits, et elle sortit son téléphone. « Je reviens ce week-end, écrivit-elle à Guillaume. Si tu es libre dimanche et que tu as envie d'une balade, d'un resto, d'un ciné… je suis partante. »

Elle appuya sur « envoyer », puis, balayant ses scrupules de l'après-midi, elle décida d'écrire aussi à Fred.

« J'ai vu Claire. Je t'expliquerai. Elle a besoin de fric, elle veut vendre la maison. Questions pour un champion :

1- À combien tu évaluerais sa part ?

2- Tu serais prêt à te mettre avec moi pour la lui racheter ? »

Elle se relut et envoya.

Presque aussitôt, une réponse arriva qui disait simplement : « Oui. » Elle sentit son cœur exécuter un salto dans sa poitrine.

Autour d'elle, Paris était presque silencieuse. La nostalgie l'avait quittée.

## Chapitre 46

JEUDI 23 MARS 2017

ACTIVITÉ : VÉLO

DISTANCE : 157 KM

DURÉE : 7 H 15

VITESSE MOYENNE : 21, 6 KM/H

FRÉQUENCE CARDIAQUE MOYENNE : 145 BPM

Je crois que j'ai mis le doigt sur mon problème : les gonzesses me les brisent. Je m'en fous de passer pour un connard, je le dis haut et fort : toutes des hystériques.

Sur la troisième marche du podium, médaille de bronze, Valentine. Au réveil, je trouve un SMS (envoyé à 2 h 43 du matin, passons) où elle m'apprend qu'elle a rencontré Claire (merci de prévenir) et que cette dernière veut vendre la maison et récupérer sa part en argent frais. Ça, il fallait s'y attendre. Mais que Valentine soit en train d'imaginer je ne sais quel montage financier avec moi pour racheter sa part, les bras m'en sont tombés. Hé ! Atterri, petite sœur ! Tu es locataire d'un logement social, au chômage depuis bientôt un an, divorcée, tu crois que les banques vont te prêter plusieurs dizaines de milliers d'euros sur ta bonne bouille ? Quant à moi… « mdr », comme diraient les enfants. C'est là que la deuxième hystérique de la journée monte sur le podium, à savoir Laura – médaille d'argent, on l'applaudit bien fort.

Après sept heures à me tanner le cul sur ma selle, quand je suis enfin arrivé à la maison, j'étais cuit et recuit. Autant à l'aller, j'avais du jus, autant là, rien, nada. Les jambes en chiffon. Bref, je titube jusqu'au garage pour ranger mon vélo, je prends mon courage à deux mains, et j'entre en faisant tinter les clés et en appelant les enfants : « Lila ! Sam ! Ugo ! C'est papa ! »

La Clio de Laura était dans l'allée, les trottinettes des garçons rangées sous l'auvent, et vue l'heure, je pensais trouver tout le monde. Mais personne ne se précipite à ma rencontre. Je dépose mes chaussures dans l'entrée, je passe une tête dans le salon, toujours personne. J'appelle encore. « Ouhou ! C'est moi ! » Pas de réponse. Je sens une odeur de soupe qui vient de la cuisine, alors j'y vais, et c'est là que je les trouve. Tous les quatre. Assis autour de la table, silencieux, le nez dans leurs assiettes. On aurait dit qu'ils posaient pour un tableau. Ou qu'ils attendaient le bénédicité, comme dans les films américains. Je m'arrête sur le seuil. Presque intimidé, je dis :

— Ben, bonsoir… C'est moi.

Sans m'accorder un regard, Laura verse de l'eau dans le verre de Sam. Elle ordonne :

— Continuez de manger les enfants.

Lila me tourne le dos, mais je vois les garçons. En pyjama, têtes d'enterrement, regards de biches traquées. Bêtement, je demande :

— Qu'est-ce qui se passe ? Tu les as punis ?

Laura m'ignore. Elle a les lèvres serrées. J'insiste :

— Il s'est passé quelque chose de grave ?

Je vois le dos de Lila s'arrondir, se voûter. Le silence s'épaissit encore. La cuisine semble traversée par une ligne à haute tension. Plus personne ne mange. Et moi, je suis là, en chaussettes sur ce carrelage qu'on avait choisi ensemble à Leroy-Merlin en avril 2003 quand on faisait les travaux juste avant la naissance de Lila. Le raccourci me cloue sur place. Je murmure :

— Lila… retourne-toi, s'il te plaît.

Je vois la main de Laura esquisser un geste pour empêcher notre fille de se retourner, mais c'est inutile. Lila reste figée sur sa chaise. Seules ses épaules bougent, tressautant sous l'effet des premiers sanglots. Je me décompose. Je ne peux pas croire que ma femme ait fait une chose pareille. Mais à l'évidence, si. Elle l'a fait.

— Qu'est-ce que tu leur as dit ? dis-je. Tu avais promis…

Enfin, Laura me dévisage. Là encore, il se produit un télescopage dans mon cerveau fatigué. Je la revois, en 1998, le soir de ce concert de Depeche Mode à Bercy où FX et moi avions tellement hâte d'aller. « Ça t'embête pas si je prends aussi des places pour ma sœur ? m'avait-il demandé. Elle viendra avec une amie à elle. » J'avais dit oui. J'ignorais que ma vie en serait changée à tout jamais. Puis, Laura était arrivée – je me souviens qu'elle portait un pull à col bateau qui laissait voir une bretelle de son soutien-gorge – et je l'avais tout de suite trouvée à mon goût. Vingt ans plus tard, ma femme est toujours belle, mais tellement froide, tellement en colère qu'on ne voit plus son visage, enfoui sous des couches et des couches de frustration.

— Je ne sais pas ce que maman vous a dit, les enfants, mais…

Lila quitte brutalement sa chaise. Elle se retourne. Elle explose :

— Pourquoi tu veux divorcer ?

La chaise est tombée et au passage, l'assiette de soupe s'est renversée sur la table. C'est ce détail qui déclenche les pleurs d'Ugo et Sam.

Je m'accroupis pour ne pas tomber. Ma fille me terrasse de son regard inondé de larmes. Je bafouille :

— Mais… ma puce… non, je…

— Pourquoi tu dis non ? crie Lila. Maman a dit que tu voulais divorcer ! C'est vrai ou c'est pas vrai ?

Les garçons sautent par terre et se jettent sur moi. On dirait deux ballons shootés simultanément par Neymar. Je les intercepte, je les bloque, façon Hugo Lloris. Mes petits loups, mes amours, j'aurais tellement voulu que ça se passe autrement. J'aurais tellement voulu qu'on s'aime toute la vie et que rien ne vienne enlaidir votre enfance. J'aurais tellement voulu vous mettre à l'abri des vilaines choses et du temps qui abîme. Oh non, pitié, ne pleurez pas aussi fort dans mon cou. Et toi, ma Lila, ma fleur, mon arbrisseau, ne me juge pas de cet air sévère, j'ai l'impression de voir ta mère. Je te demande mille fois pardon de te déchirer le cœur, de faire tomber tes rêves, de crever ta bulle.

Tu te souviens, quand on allait jouer au bac à sable ? Il y avait toujours un petit con pour écraser ton pâté d'un coup de pied. Je le maudissais, ce méchant môme qui prenait plaisir à détruire ton chef-d'œuvre. Mais je te consolais, je te disais : « Viens, on va aller là-bas et on fera un pâté encore plus beau, encore plus parfait. On en fera même deux, trois, quatre ou cent, et on empêchera les imbéciles de s'approcher, tu veux ? » Tu reniflais, tu glissais ta petite main dans la mienne, confiante, et j'étais si fier d'avoir su consoler ta peine. Mais comment vais-je pouvoir te calmer à présent que tu m'as vu piétiner ton château de sable ?

Tout le monde pleure contre moi, maintenant. Nous ne sommes plus qu'une boule de larmes, un amas de chagrin entassé sur le carrelage de Leroy-Merlin.

Après un long moment, Lila s'écarte, s'assied par terre, épuisée, tandis que ses frères hoquettent dans mon cou. Et là, sans crier gare, elle se met à rire. Je la regarde, surpris.

— Qu'est-ce qui te fait rire ?

— Ben, c'est toi ! dit-elle en riant encore plus. Tu pues trop, papa !

Ugo et Sam se redressent, soudain amusés, et confirment.

— C'est ton maillot, dit Sam.

— Il chlingue carrément, précise Ugo en se pinçant le nez.

Lila part en fou rire, recroquevillée par terre, et c'est tellement déconcertant que je commence à rire aussi. Je lève un bras, renifle mon aisselle et, devant les garçons ébaubis, je grimace et mime un évanouissement digne d'un cartoon.

— Bon sang, vous avez raison ! Je pue comme un âne mort !

Sam et Ugo se roulent par terre et se tiennent les côtes tandis que leur sœur gigote en criant « Ah, pitié, ça fait mal au ventre ! » et le fou rire général dure pas loin d'un quart d'heure.

Je finis par me calmer le premier. Laura a déserté la cuisine sans même ramasser la chaise ou éponger la soupe. Je ramasse et j'éponge, le sourire aux lèvres. Les enfants sont encore secoués de spasmes, les yeux brillants, chavirés. Je leur demande s'ils ont encore faim. Ils n'ont plus faim. Je débarrasse et je dis :

— Vous savez quoi ? Je vous aime encore plus qu'hier. Et demain, je vous aimerai encore plus qu'aujourd'hui. Ça, ça ne changera jamais. C'est exponentiel.

Les visages s'allongent. Les mines redeviennent graves. Personne ne me demande ce que signifie exponentiel. Je m'assieds sur une chaise. Ils viennent près de moi.

— Qu'est-ce que tu vas faire, papa ?

Je prends mon air le plus sérieux, je frotte mon menton et je déclare :

— Premièrement… je vais aller prendre une bonne douche.

Les sourires renaissent.

— Décision approuvée à l'unanimité ! annonce Lila.

— Ça veut dire quoi « unamité » ? s'inquiète Sam.

— Ça veut dire que personne n'a envie de fréquenter un animal mort toute la soirée, dis-je.

— Et après ? m'interroge Lila.

— Eh bien, après, je vais venir vous voir dans vos chambres et on va lire une histoire.

— On peut choisir celle qu'on veut ? demande Ugo.

— Oui, bien sûr.

— Et après ? insiste Lila.

— Après, ma puce, je pense qu'il faudra que je parle avec…

Mais je ne finis pas ma phrase. La porte de l'entrée vient de claquer. Nous restons tous les trois immobiles, aux aguets. Deux minutes plus tard, nous entendons la Clio démarrer dans l'allée. Je serre les lèvres. Je pense : *Ça y est, on est dans* Kramer contre Kramer. J'essaie de garder le cap. Je dis :

— Changement de programme : après, j'irai me coucher. Et vous aussi. Y a école demain.

Lila hoche la tête. Elle me sourit. Elle propose à ses frères :

— Venez, on va se brosser les dents pendant que papa prend sa douche.

Elle leur tend une main à chacun, et les emmène vers la salle de bains. Avant de franchir la porte de la cuisine, elle se tourne vers moi et ajoute :

— Je suis contente que tu sois rentré, papa.

Je lui fais un clin d'œil.

Lila est la seule gonzesse que je supporte, aujourd'hui. Elle n'a pas sa place sur le podium des emmerdeuses et des hystériques. Je reviendrai demain sur mon palmarès parce que là, il est tard et que je veux dormir. J'écrirai sur la championne en titre, celle à qui revient la médaille d'or. Après la performance de Laura, il fallait la vouloir, cette place… Mais s'il n'y en avait qu'une pour la décrocher, évidemment, c'était ma mère.

## Chapitre 47

En se réveillant à 8 h 12, Valentine se jura que la seconde moitié de sa vie serait plus saine. Elle avait passé l'âge de finir sur le toit. Et dans la mesure où elle comptait vivre assez longtemps pour voir ses enfants devenir eux-mêmes parents, elle avait intérêt à prendre soin de son foie.

— Allô ? grogna-t-elle en répondant à l'appel qui l'avait tirée du sommeil.

C'était un numéro inconnu, pourquoi avait-elle décroché ?

— Maman, c'est moi ! fit la voix d'Olympe. Ouf ! J'avais peur que tu répondes pas ! C'est Félicie qui m'a prêté son téléphone. Le mien est HS… Je suis désolée, je l'ai fait tomber dans l'eau. Je l'ai démonté, je l'ai laissé sécher, j'ai fait tout comme il faut, j'ai regardé sur Internet, je l'ai mis dans un bol de riz pendant vingt-quatre heures, c'est censé absorber l'humidité, mais ça n'a pas marché, il s'allume plus du tout… Tu m'écoutes, maman ?

— Oui.

— Je te réveille ?

— Oui.

— Ah pardon, excuse-moi. Mais j'avais peur que t'aies essayé de me joindre et que tu t'inquiètes.

— J'ai essayé de te joindre. Hier soir.

— Tu voulais me dire un truc en particulier ?

— Non, rien de spécial. Je t'ai envoyé le virement. Les trois cents euros, pour ton stage.

— Oh merci ! Je t'adore ! Mais du coup… je vais devoir me racheter un téléphone, alors peut-être que le stage va passer à l'as. C'est trop con, je m'en veux.

Valentine bâilla et s'assit sur son lit. L'anxiété d'Olympe était une maladie chronique. D'où le yoga. Mais apparemment, cette discipline ancestrale ne pouvait pas grand-chose contre la perte d'un téléphone portable.

— Je ne peux rien de plus pour toi en ce moment, ma grande. Ça ira mieux quand j'aurai rendu le texte à mon éditeur, mais là, les finances ne sont pas au beau fixe.

— Ça avance bien, ton guide ?

— Doucement. J'avoue que je ne suis pas très inspirée.

— Tu es toujours à Lestrade ?

— Non, je suis rentrée.

— Ah ! C'est bien. Peut-être que tu travailleras mieux à la maison ? Tu enregistres le numéro de Félicie en attendant que j'aie un nouveau téléphone ? Faut que je raccroche, là, on a cours.

Valentine se frotta le visage, embrassa sa fille, mit le numéro en mémoire et reposa l'appareil. Elle resta sans bouger sur le bord du matelas, nauséeuse et mécontente. À cet instant, elle aurait donné beaucoup pour « avoir cours » comme Olympe. Ou pour avoir un travail quelconque qui l'oblige à s'habiller, à s'arranger, à sortir, à prendre le métro avec tout le monde. Une véritable fonction sociale : voilà ce qui lui manquait. Est-ce qu'écrire un guide pour les filles de 9 à 13 ans avait du sens ? Ce genre d'ouvrage participait-il à la construction d'un monde meilleur ?

Elle enfila ses chaussons (le parquet était plein d'échardes) puis s'en alla vers la cuisine pour préparer du café.

Elle trouva le filtre en train de tremper dans une bassine remplie de mousse et se rappela qu'il avait moisi. Elle frotta et rinça abondamment la pièce de plastique avant de lancer la machine, et pendant que le café passait, elle reprit son téléphone. Chaque matin, il fallait qu'elle consulte son compte en banque, mais en général il n'y avait pas de surprise, sauf des mauvaises. C'est là qu'elle vit le SMS laissé par Fred à 6 h 56, en réponse au sien. Le message était sobre, il disait simplement : « Non. »

Valentine grimaça. Puis sourit en songeant qu'au moins Guillaume lui avait dit oui. Un sur deux, ce n'était pas si mal.

Le site de sa banque était bien fait : en deux clics, on savait qu'on était dans la mouise. Son compte courant affichait à ce jour un découvert de 188 euros : même en comptant sur l'allocation à la fin du mois, il devenait vraiment urgent qu'elle termine ce boulot d'écriture pour toucher l'autre moitié de l'avance…

Elle alluma la radio. D'après France Info, la pluie arrivait par l'ouest, l'assaillant de Londres était identifié et la carte de transport mensuelle augmenterait de 8 euros à la rentrée prochaine.

Elle ferma le site de sa banque, et s'en alla naviguer sur seloger.com. Puisque Fred refusait de faire son travail d'agent immobilier, elle allait se débrouiller sans lui. « Vous vendez ? » l'interrogea Seloger. Elle cocha « Oui », remplit les champs obligatoires, renseigna son adresse mail, évalua à la louche la surface de la maison (350 $m^2$), l'état de la plomberie (à rénover), de l'électricité (à rénover), de la toiture (à rénover), et obtint une fourchette de prix entre 273 520 et 320 610 euros. Elle coupa la poire en deux et divisa 300 000 euros par trois. En supposant qu'elle puisse convaincre Fred de verser l'autre moitié, il lui fallait donc trouver, à elle seule, 50 000 euros pour racheter la part de Claire. Impossible.

Elle poussa un soupir, se servit un bol de café, y décela un arrière-goût de moisi assez prononcé et jeta tout le contenu. Allait-elle devoir, en plus, remplacer sa machine à café ?

« Qu'est-ce que tu fais quand ta journée commence particulièrement mal ? » écrivit-elle à Guillaume.

La réponse ne tarda pas : « Je mets mes baskets et je vais courir. »

— Encore ? s'exclama la voisine du dessous en croisant Valentine dans sa tenue moulante au même endroit que la veille. Vous êtes drôlement mordue, vous !

— En fait, hier, je n'ai pas vraiment couru, se justifia Valentine.

— Faites attention quand même, ils annoncent de la pluie.

— Merci, fit Valentine. Bonne journée !

Elle traversa la cour en priant pour que personne d'autre ne cherche à la couper dans son élan, et cette fois, au lieu de partir vers la place des Abbesses, elle descendit à petits pas jusqu'au boulevard de Rochechouart. La promenade centrale jusqu'aux Batignolles avait l'avantage d'être large et relativement plate. Elle déclencha son GPS et s'élança en faisant abstraction des types qui zonaient sur les bancs avec des bières ; Paris était à tout le monde.

Après ses abus de la veille et sa nuit trop courte, elle se sentit effroyablement lourde, mais elle décida que ça n'avait pas d'importance. Dans son cas, le style était secondaire ; elle cherchait uniquement à se faire du bien et pour ça, elle le savait depuis l'enfance, il fallait d'abord accepter d'avoir un peu mal. Elle remonta donc le boulevard en serrant les dents, profita des pauses obligatoires aux passages piétons pour détendre ses cuisses, continua vers la place de Clichy et s'engagea enfin sous les arbres du boulevard des Batignolles avec la sensation que ses muscles commençaient à s'assouplir. Elle ralentit, pensa à relâcher ses épaules, évita *in extremis* un dingue à Vélib, joua des coudes pour traverser un troupeau de collégiens qui la sifflèrent (« Hé, madame, vous êtes trop sportive, ah ah ah ! »), ignora leurs sarcasmes, s'étonna d'arriver déjà sur les hauteurs de la gare Saint-Lazare et considéra qu'elle pouvait courir encore.

Boulevard de Courcelles, elle sourit : le parc Monceau n'était plus qu'à quelques foulées, et cinq minutes plus tard, rayonnante, elle franchit les grilles.

D'après son GPS, elle venait de courir trois kilomètres en vingt-trois minutes. Elle transpirait, elle était contente, et comme il ne pleuvait pas encore, elle décida de faire le tour du parc en marchant.

Ce qui l'avait accablée au réveil ne l'accablait plus. Sa machine à café était fichue ? Pas grave, elle boirait du thé. Olympe ne pourrait pas aller à son stage ? Ça lui apprendrait à faire attention à ses affaires. Elle était à découvert ? Il ne tenait qu'à elle de bosser plus vite. D'ailleurs, elle projetait de s'y mettre sitôt rentrée et d'avancer sans lever le nez jusqu'à 19 heures. Ensuite, elle n'aurait plus qu'à rejoindre sa bande de copines rue de la Gaîté, c'était une perspective agréable. Elle pourrait même y aller à Vélib, tiens ! Pas de doute, les endorphines générées par la course étaient en train de sauver sa journée.

Avant de quitter le parc, Valentine s'appuya contre un banc pour étirer ses jambes. Comme elle regardait devant elle, elle aperçut son reflet dans la vitre du cabanon qui abritait les toilettes publiques. La surface vitrée était sans doute un peu déformante, mais quand même… Cette personne épaisse, boudinée dans sa tenue de sport, c'était elle ? Sentant revenir ses complexes au grand galop, elle fit de son mieux pour oublier l'image et se fier uniquement à ce qu'elle ressentait, c'est-à-dire du plaisir et de la fierté.

Son moral en avait quand même pris un coup et le chemin du retour lui parut plus difficile. Elle eut une crampe au mollet droit et s'inquiéta des prémices d'une ampoule au petit orteil de son pied gauche, mais quand la première ondée dégringola brusquement sur les trottoirs, elle oublia qu'elle avait mal et se remit à courir.

Elle cavala sous les trombes d'eau qui noyaient la place de Clichy, accéléra encore jusqu'à Blanche, et c'est là, sous cette pluie battante qui faisait fuir les passants vers les bouches de métro qu'elle eut un déclic. L'idée qui allait résoudre à coup sûr ses problèmes venait de lui apparaître, évidente, et elle termina sa course dans une telle euphorie qu'elle en riait toute seule. Elle arriva chez elle trempée, hors d'haleine, définitivement lavée de sa mauvaise humeur, persuadée de tenir là, enfin, un projet solide.

# Chapitre 48

— Mais vous vous rendez compte que le premier tour est *pile* dans un mois ? répétait Gladys, l'air anxieux. J'en fais des insomnies, les filles. C'est peut-être la dernière fois que vous me voyez ici !

La tablée protesta. Gladys avait toujours tendance à exagérer, même si dans son cas, en tant que femme, noire, de nationalité anglaise et à la tête d'une start-up encore fragile, on comprenait qu'elle se fasse du souci. Le pays traversait une crise grave, l'incertitude était à son maximum, tout le monde s'accordait là-dessus, mais de là à croire qu'on puisse basculer dans le grand n'importe quoi, il y avait une marge. Marion rappela que les sondages n'étaient pas fiables, et Dorothée tempéra le risque de sortie de l'Union européenne en cas de victoire de Mélenchon.

— S'il est élu, il reviendra à la raison.

— Mais si c'est Marine Le Pen ? piailla Gladys. J'en ai discuté avec Gab, les marchés vont plonger. On n'aura pas le choix. On n'aura plus qu'à fermer la boîte et à plier bagage.

— Mais pour aller où ? demanda Clémence.

— Sûrement pas en Grande-Bretagne. Le Brexit va entrer en vigueur sous peu, c'est la cata. On pense à l'Australie.

L'annonce fit un certain effet et les filles se lancèrent des regards atterrés. L'Australie… c'était loin, quand même. Sûr qu'on aurait du mal à se réunir au complet avant un moment.

— Avec mon salaire de prof, comptez pas sur moi pour payer le billet d'avion, se désola Marion.

— Et moi donc, dit Valentine.

— On se cotisera, les filles ! lança Dorothée, qui n'aimait pas renoncer à des projets pour de bêtes questions d'argent.

— Ça, ce serait génial, s'enthousiasma Bianca, les yeux brillants. Y a plein de beaux surfeurs, là-bas !

— Toi, tu vendrais ton âme pour un mec…, grogna Gladys en levant les yeux au ciel.

— Mon âme, non. Mais la France, faut voir !

La passe d'armes tourna court quand Dorothée commanda une seconde bouteille de blanc et entreprit de leur raconter sa nuit d'amour torride entre les bras d'une chercheuse en physique nucléaire qu'elle avait rencontrée à un congrès, en Suisse. Elle se répandit en détails croustillants jusqu'à ce que Bianca pousse des cris de dégoût en la suppliant de se taire, mais personne ne prit la supplique au sérieux, et Dorothée acheva son récit pornographique sous un déluge de remarques grivoises. Puis, sans qu'on sache comment, l'attention bifurqua sur Marion. Une des élèves de son lycée était partie pour la Syrie, une vidéo avait circulé parmi ses camarades, plongeant le corps enseignant dans un grand désarroi.

— Autrefois, pour faire chier le monde, on piquait des mobylettes ou on entrait au Parti communiste, soupira Dorothée, fataliste. Ça leur passera.

— Mais ça n'a rien à voir ! réagit Clémence. Tout est piloté du Moyen-Orient. Les Frères musulmans, les wahhabites, tous ces mecs-là. Leur obsession, c'est d'importer le djihad dans les têtes de nos gamins. J'ai vu une émission là-dessus, c'était super flippant.

— Tu regardes trop BFM, toi ! se moqua Dorothée.

— Pas du tout, c'était sur Arte.

— Cherchez pas, intervint Bianca. Les mecs, tout ce qu'ils veulent, c'est se taper des gonzesses et tirer dans le tas comme dans les jeux vidéos. Et les nanas… ben, elles cherchent des mecs, c'est aussi simple que ça.

— En tout cas, au lycée, bonjour l'angoisse, soupira Marion. Entre ceux qui dorment en cours, ceux qui sèchent, et les parents qui veulent nous traduire en justice dès qu'on met une heure de colle, je ne sais pas si je tiendrai jusqu'à la retraite.

— Combien d'années il te reste ?

— Dix-sept.

— La vache, dit Gladys, songeuse. Et si tu plaquais tout pour venir t'installer avec nous en Australie ?

La proposition fit renaître les fantasmes et les rires, Clémence en profita pour annoncer qu'elle avait enfin créé son site de vente en ligne (en plus de son boulot dans une société de courtage, elle fabriquait des bijoux artisanaux magnifiques) et la soirée prit un nouveau virage, moins politique. « Montre-moi les boucles d'oreilles ! Et ce petit collier, là, de toutes les couleurs, il est trop mignon ! Moi, je t'achète la série de bracelets en capsules recyclées ! » En bout de table, Valentine se taisait et les écoutait, de plus en plus émue. Combien de soirées avaient-elles passées ensemble, toutes les six, à rire comme des baleines ou à pleurer comme des Madeleine, à refaire le monde, à décortiquer leurs histoires d'amour, à encourager une liaison, une rupture, une vengeance, un pardon ? Combien d'heures à consoler celle qui venait de perdre un amant, un boulot, un frère ou un vieux parent ? Combien de précieux conseils prodigués à celle qui n'en pouvait plus de ses mômes en bas âge, de ses ados glandeurs, de son mari négligent ? Au gré des hauts et des bas de l'existence, chacune avait pu, à tour de rôle, compter sur le soutien inconditionnel des autres ; rien n'était plus précieux.

— Vous allez me manquer, les filles, dit soudain Valentine.

Comme un seul homme, la tablée se tourna vers elle. Qu'est-ce que tu racontes ? Pourquoi on te manquerait ? Tu pars, toi aussi ? Tu vas où ? C'est une blague ? T'as trouvé du boulot à Singapour ? T'as rencontré quelqu'un ?

— Oui, c'est ça. J'ai rencontré quelqu'un. Elle s'appelle Claire, expliqua Valentine.

— Génial, ma chérie ! s'emballa Dorothée. Bienvenue au club !

Valentine pouffa et secoua la tête.

— Non, ça n'a rien à voir. Elle s'appelle Claire Cassagne. C'est ma sœur cachée.

Les filles de la Gaîté n'étaient pas d'accord sur tout, elles avaient leurs caractères, leurs convictions, leurs sensibilités bien à elles, leurs différences faisaient parfois des étincelles, mais il y avait un point sur lequel elles se retrouvaient toujours : elles adoraient qu'on leur raconte des histoires. Alors comme leurs plats arrivaient, elles prirent leurs fourchettes, le silence tomba, et elles ouvrirent grandes leurs oreilles pour écouter celle de Valentine.

# Chapitre 49

VENDREDI 24 MARS 2017
ACTIVITÉ : RIEN
FRÉQUENCE CARDIAQUE : EN DENTS DE SCIE

Laura n'est pas rentrée de la nuit. Ce matin, je lui ai laissé quelques messages, elle n'a pas répondu, et finalement, j'ai trouvé que c'était mieux comme ça. J'ai dit aux enfants qu'elle était partie plus tôt pour son travail, j'ai préparé les petits déj', Lila m'a fait signer un mot qu'elle a eu dans son cahier de correspondance à cause d'un bavardage, puis j'ai emmené les garçons à l'école avec la Mégane et j'ai pris le chemin de l'agence. Après l'antiquité de maman, j'étais content de retrouver du confort, du silence, un embrayage souple et une radio qui fonctionne ; j'ai choisi l'itinéraire le plus long, par les petites routes. Et comme je n'avais pas envie d'entendre la plainte du monde extérieur, j'ai mis de la musique.

En roulant, je pensais à ma vie. Je me disais : *Imaginons que je meure aujourd'hui, qu'est-ce qui me manquerait le plus ? Quels seraient mes plus grands regrets ?* J'ai fait une liste. Elle était plus longue que je ne l'aurais cru, du coup, je me suis concentré sur ma conduite.

Je me suis garé sur les remparts. Il ne faisait pas beau, mais quel que soit le temps, la vue plongeante sur les méandres de la Charente est renversante. J'avais des réactions hyper étranges, je ressentais presque physiquement le paysage, chaque détail, chaque nuance, chaque nuage ; j'aurais pu rester là pendant des heures, comme un enfant devant une maquette géante.

Un SMS de FX m'a tiré de cette rêverie. Je l'avais prévenu que j'arrivais, il s'était arrangé pour décaler un rendez-vous, et il commençait à s'impatienter.

Quand je l'ai vu assis derrière son ordi à travers la vitrine de l'agence, avec sa veste bleue et la cravate nounours qu'on lui avait offerte pour blaguer à la naissance de son fils, j'ai senti ma gorge se nouer. Si j'ai retenu mes larmes, c'est uniquement parce que Denise était là. C'est pas sa faute, la pauvre, elle m'a toujours rappelé une prof d'anglais que j'ai eue en sixième et qui me terrorisait.

— Bonjour, monsieur Cassagne, a dit notre comptable. Comment allez-vous ?

J'ai dit bonjour, FX a levé les yeux de son écran et son sourire m'est allé droit au cœur. Il s'est approché, il m'a attrapé par la main et il m'a tiré contre sa poitrine. Dans son accolade, il y avait trente ans d'amitié. Alors quand il m'a dit : « On a rendez-vous dans une heure avec Mme Legendre. Pour signer ! Cette fois, c'est sûr, on fait la vente », j'ai carrément éclaté en sanglots. Par chance, il n'y avait pas de client, et Alice et Swift étaient en visites.

— C'est vrai que c'est une sacrée nouvelle ! a rigolé FX. Viens, je t'offre un café.

Il a fait signe à Denise de s'occuper de ses fesses et il a refermé la porte de son bureau.

On a parlé vingt minutes à huis clos (j'ai pleuré trois fois), et à la fin de l'entretien, FX m'a ordonné de rentrer chez moi.

— Franchement, Fred, ça ne sert à rien que tu viennes dans cet état.

— Quel état ?

— Tu veux que je te fasse un dessin ? Reviens mardi. Reste avec tes enfants. Essaie de dormir. Si tu veux, passe nous voir à la maison dimanche. Isa fera son tagine.

Il avait raison.

J'ai dit au revoir à Denise, j'ai fait un tour en ville comme un touriste déboussolé, puis j'ai repris la route en sens inverse. Et me revoilà chez moi. Seul, devant mon carnet, en train d'essayer de faire le point.

Il faut que j'écrive ce qui s'est passé mercredi soir parce que c'est ça qui me rend bizarre et que je ne peux en parler à personne. Sauf à Valentine, bien sûr, mais pour le moment, je préfère qu'elle ne sache rien.

Alors j'y vais.

Après notre grimpette dans les branches du châtaignier, Antoine m'a laissé. J'ai appelé Geneviève Champdavoine pour lui dire que je comptais partir le lendemain, que ma sœur était rentrée à Paris et que par conséquent la maison serait fermée jusqu'à nouvel ordre. Elle m'a promis de passer voir Léon régulièrement, de faire le ménage, de veiller sur tout, je l'ai remerciée, puis j'ai entrepris de rassembler mes affaires et de ranger un peu.

Maman n'était pas maniaque de la poussière, loin s'en faut, mais elle avait d'autres manies et ça l'aurait beaucoup contrariée que certains objets ne soient plus « à leur place » quand bien même ces places n'ont jamais rien eu de logique ou de pratique. Par exemple, le fauteuil anglais ne devait – selon une norme esthétique toute personnelle – jamais se trouver face à la télé, mais dans le coin de la cheminée, près du guéridon. Ce ne sont que des détails, mais la vie n'est souvent qu'une suite de détails, surtout lorsqu'on vieillit, et je trouve qu'on doit respecter ça. Alors j'ai fait le tour des pièces du bas pour m'assurer que tout était rangé selon les règles, et quand je suis arrivé dans le vestibule, j'ai éprouvé une sensation étrange. J'ai levé les yeux vers l'escalier : il n'y avait pas de bruit, mais je sentais *une présence* là-haut.

Mon cœur s'est mis à palpiter. J'ai appelé Léon. Je ne l'avais pas vu en bas, c'était sûrement lui qui était monté. J'ai repensé au jour où nous étions entrés dans la chambre de maman, Valentine et moi, pour retrouver les vieux programmes de l'Éden. C'était la semaine dernière, mais j'avais l'impression que ça faisait beaucoup plus longtemps, comme si cette journée appartenait à une époque antique, révolue.

Je suis resté au pied de l'escalier je ne sais combien de temps, à me demander : *Je monte ou je ne monte pas ?* Je me faisais penser à Winona Rider dans *Beetlejuice*, quand elle hésite à entrer dans le grenier. Finalement, comme dans le film, je suis monté.

Je suis arrivé sur le palier, puis dans le couloir, là où le papier peint est gondolé depuis vingt ans, suite à un dégât des eaux. J'ai songé : *Si on doit vendre, ce serait bien d'arranger ça* – rien n'inquiète tant les acquéreurs que l'humidité et les problèmes de toiture.

Les portes des différentes pièces étaient restées ouvertes, y compris celle de la salle d'eau où Valentine avait vomi après son malaise vagal, et j'ai aperçu Léon dans la buanderie, couché dans le panier à linge. J'ai souri, et rassuré, je me suis dirigé vers le fond du couloir avec l'intention de le faire décamper de là. Mais en passant devant la chambre de maman, quelque chose a bougé dans mon champ de vision. Je me suis figé. Par réflexe, j'ai d'abord fermé les yeux avant d'oser les rouvrir et de tourner la tête.

J'ai crié, je crois.

Non, j'en suis certain : j'ai crié.

Et j'ai fait un bond, aussi. Je devais avoir les yeux exorbités, la mâchoire pendante, le teint blême, bref j'aurais pu décrocher un oscar dans un film expressionniste allemand d'avant-guerre dans la catégorie « meilleur acteur qui mime la terreur ».

— Ben dis donc, a dit Monette, je ne pensais pas pouvoir te faire aussi peur que le fameux soir où je t'ai surpris dans le cabanon avec Sandrine Vialle !

Là, mon cerveau a buggé. Je suis parti en mode *rewind* et j'ai revu la scène, le soir de mon anniversaire. Mes 17 ans. La musique dans le salon, les vodkas orange, les copains, les copines, Valentine qui fait la gueule parce que je danse un peu trop souvent avec son amie Sandrine, puis la fin de soirée sur les tapis, chavirés par les mélanges, Monette qui raccompagne les uns et les autres jusqu'au bourg avec la Volvo, et Sandrine qui surgit soudain de nulle part, dans l'obscurité. Mon étonnement : « Ben… t'es pas partie avec les autres ? » Son sourire magique dans la nuit froide. « J'allais pas partir sans t'offrir mon cadeau. » Sa main qui prend la mienne et qui la promène entre ses seins nus, sous son pull. Cette érection-là, c'était le sommet de l'Everest. Nos bouches qui se trouvent, nos gestes impérieux et désordonnés, mon idée stupide d'aller nous cacher dans le cabanon…

— Elle était drôlement jolie, cette fille, a repris Monette. Tu sais ce qu'elle est devenue ?

Je suis revenu au présent, sens dessus dessous. J'ai bêtement secoué la tête, pris en étau entre le délice de ce souvenir et la sidération absolue d'entendre ma mère me parler comme si elle n'avait jamais cessé de le faire.

— C'est dommage que tu ne l'aies pas épousée, a-t-elle continué. Avec une fille comme elle, tu n'en serais sans doute pas là aujourd'hui. Enfin… Tu vas divorcer, c'est déjà une bonne chose.

J'étais incapable d'émettre le moindre son. Monette a souri, et elle a continué ce qu'elle était en train de faire.

— Tu me connais, je n'ai jamais été la reine du rangement, mais je pense qu'il est temps de mettre un peu d'ordre dans tout ce fatras. Viens près de moi, Fred.

Fantôme ou pas, maman n'avait rien perdu de son autorité naturelle ; j'ai obéi. Les jambes molles, je suis entré dans sa chambre et je suis venu m'asseoir sur le lit. Elle avait étalé le contenu des deux tables de nuit sur l'édredon et installé la corbeille à papier à ses pieds.

— Je ne sais pas pourquoi je garde tout ça, a-t-elle soupiré. Ça n'intéresse plus personne.

Elle a jeté un gros tas de paperasses dans la corbeille. Puis, elle a saisi le cadre dans lequel il y avait la photo d'elle avec Henri, devant la façade de l'Éden-Club, en 1961 ou 1962. Lui en veste et pantalon à pinces, elle dans cette robe à boutons, serrée à la taille, qui la rendait si belle. Elle a dit :

— C'est mystérieux, la mort.

Si j'ouvrais la bouche, j'avais peur que la vision s'en aille. Je suis donc resté muet, simple spectateur de ce film qui se déroulait en 3D devant moi.

— Tu vois, pendant des années, je me suis demandé si Henri avait eu le temps de comprendre qu'il était en train de mourir. Je ne pouvais pas vous parler de ça, à Valentine et toi. Vous étiez trop jeunes. Trop tristes, trop fragiles. Moi, j'aurais voulu connaître ses dernières pensées, savoir pour qui elles avaient été.

Elle a fait tomber le cadre dans la corbeille. Elle m'a regardé. Elle m'a souri.

— C'est fou ce que tu ressembles à ton père, Fred.

J'ai ouvert la bouche. J'aurais voulu crier quelque chose comme « Tu te fous de moi ? », mais rien n'est sorti. À ce moment-là, Léon est venu s'asseoir sur le seuil de la pièce. Il a enroulé sa queue autour de ses pattes, il m'a fixé de ses yeux impassibles, l'air de dire : « Allons, fais un effort. Tu es sûr que tu n'as pas une question à lui poser ? »

J'ai avalé ma salive. Une question ? Si, bien sûr, plein ! Mais par où commencer ? Je n'arrivais pas à faire le tri. D'une voix enrouée, j'ai réussi à articuler :

— Maman ?

Mais à côté de moi, sur le lit, il n'y avait plus personne.

Je me suis relevé d'un bond, comme si je venais de m'apercevoir que j'étais assis sur un cactus, et Léon s'est carapaté vers l'escalier. J'ai refermé la porte, complètement oppressé et j'ai suivi le chat.

Je suis resté longtemps, hébété, sur les marches du perron. La nuit commençait à tomber, je me sentais de plus en plus mal, j'ai décidé que je ne pouvais pas rester là. J'ai fermé les volets des pièces du bas, pris mes affaires, mon vélo et j'ai décampé.

Je suis descendu à Seyssac. Agnès et Antoine m'ont accueilli sans poser de question. J'ai dormi dans la chambre d'un des gosses, par tranches de cinq minutes. Inutile de dire qu'au petit matin, quand j'ai lu le SMS de Valentine me proposant de racheter la part de Claire pour garder Lestrade, j'ai bien rigolé. J'ai répondu par un seul mot : « Non. »

# Chapitre 50

Valentine se leva tôt, et pour une fois, fit l'effort de se mettre à son avantage. Maquillée, parfumée, vêtue de sa plus jolie veste de tailleur, d'un pantalon noir et de bottines à talons, elle sortit de chez elle en même temps que n'importe quelle employée de bureau pressée, sauf qu'au lieu de se diriger vers le métro, elle entra au Saint-Jean pour commander un café allongé et un croissant.

Elle but son café en lisant *Le Parisien* au comptoir, sans rien retenir des nouvelles du jour et toucha à peine au croissant. Ce qu'elle s'apprêtait à faire s'apparentait à un entretien d'embauche : pas étonnant que son estomac fasse des nœuds.

Tant bien que mal, elle attendit huit heures et demie, puis jugeant l'heure décente, elle paya sa consommation et quitta la brasserie. Dix minutes plus tard, sous une pluie fine, elle se présenta devant l'immeuble de la rue Tholozé et appela Claire au numéro qu'elle lui avait donné.

— Je suis en bas de chez toi, lui annonça-t-elle. J'ai une proposition à te faire. Je peux monter ?

D'abord surprise, Claire manifesta une certaine réticence, mais Valentine connaissait son point faible.

— C'est à propos de Rose. Tu as trouvé quelqu'un depuis l'autre soir ?

Elle l'entendit soupirer, avouer que non, et céder :

— OK, monte. Mais je te préviens, je ne suis pas douchée et Stella est malade. 56B77.

— Je ne resterai pas longtemps, promit Valentine en composant le code.

Elle gravit les cinq étages, pensant que l'absence d'ascenseur devait poser un problème supplémentaire à Claire, et pas des moindres. Même si Rose tenait encore sur ses jambes, il semblait difficile de lui imposer autant de marches ; au besoin, elle en ferait un argument pour plaider en sa faveur.

Même au saut du lit, Claire lui parut gracieuse, dans l'embrasure de la porte. Mais cette fois, rassurée par sa jolie veste et son maquillage, Valentine réussit à ne pas se sentir trop cloche et elle entra crânement, pour la deuxième fois de la semaine, dans l'appartement de cette femme qui était sa sœur.

Rose était assise à la même place, près de la fenêtre. En chemise de nuit, les cheveux défaits, le regard absent, elle occupait l'espace – c'en était presque suffocant et Valentine fut assaillie par le doute. Ne devrait-elle pas réfléchir encore un peu ? Ne risquait-elle pas de regretter sa proposition sitôt qu'elle l'aurait faite ? Ses amies, hier soir, n'avaient-elles pas eu raison de la mettre en garde contre un coup de tête ?

— Qui c'est ? demanda une voix fluette.

Valentine remarqua la gamine, enroulée sur le canapé ; seul son museau pâlot dépassait des couvertures.

— Je m'appelle Valentine. Et toi ?

— Stella Cassagne-Macieira.

— C'est très joli. Et pourquoi tu n'es pas à l'école ?

— J'ai 38°6, expliqua la petite avec autant de fierté que s'il s'agissait d'une bonne note. Maman dit que j'ai la grippe.

Claire hocha la tête, fataliste. On lisait une grande lassitude sur ses traits, et Valentine, qui se souvenait parfaitement de cette fatigue-là, en profita pour aller droit au but.

— J'ai beaucoup réfléchi, depuis mardi, et j'ai eu une idée : tu me confies Rose et je m'en occupe à plein temps. Sans rémunération. Tout ce que tu auras à payer, ce seront les frais médicaux et les frais de nourriture, bref le minimum pour le quotidien. Rien de plus.

Stupéfaite, Claire ouvrit des yeux comme des soucoupes, mais Valentine ne lui laissa pas le temps de poser une seule question.

— Tu n'auras aucun frais de logement, puisque je prendrai Rose chez moi, continua-t-elle. La nouveauté, c'est que, d'ici quelques jours, je n'habiterai plus à Paris, mais à Lestrade.

— Pardon ? fit Claire.

— Je déménage, affirma Valentine. Je retourne m'installer dans la maison où j'ai grandi. Tu connais les lieux, n'est-ce pas ? C'est calme, c'est vaste. Et c'est beau. Rose aura sa chambre personnelle et un accès aux sanitaires du rez-de-chaussée. Si besoin, je ferai aménager une rampe sur le perron. Je pourrais l'emmener en promenade facilement. Il paraît que les personnes atteintes de troubles de la mémoire se souviennent davantage de leur passé : elle reconnaîtra peut-être le village, même s'il a beaucoup changé. Ce serait un peu… comme des vacances. Bien sûr, je me chargerai de ses repas, de sa toilette, je lui tiendrai compagnie. Je vais être franche avec toi : je suis au chômage depuis bientôt un an, et il est temps que je regarde les choses en face. Le métier que je rêvais d'exercer est mort. Alors soit je m'accroche à mes illusions et je m'épuise à gagner des clopinettes en faisant des piges idiotes, soit je passe à autre chose.

Incrédule, Claire se tourna vers Rose, puis revint à Valentine.

— Tu es sérieuse ?

— Très. Et toi, tu es pressée. Alors si tu es d'accord, voilà ce qu'on peut faire : dès demain, je retourne à Lestrade et je prépare la maison pour accueillir ta mère au plus vite. Si tu peux, tu l'accompagnes en train et tu viens voir sur place. Mais si c'est trop compliqué, j'ai une connaissance qui viendra la chercher. Il est artisan taxi à Seyssac. Il nous fera un prix d'ami. Voilà. Si je me débrouille bien, Rose peut s'installer dès la semaine prochaine. Tu m'expliqueras ce qu'il faut faire, les soins éventuels… Je n'ai aucune compétence en matière d'aide aux personnes âgées, bien sûr, mais je peux apprendre les bases rapidement. Au village, il y a le docteur Jacquet, c'est un bon toubib, et si besoin, je peux faire venir une infirmière. J'ai la voiture de ma mère ; en cas de pépin, on est à Brive en trente minutes. Et bien sûr, chaque fois que tu en auras envie, tu pourras venir passer quelques jours près d'elle, avec Elio et Stella. Ce ne sont pas les chambres qui manquent. Sinon, je compte me mettre au jardinage. Tu crois que ça plairait à Rose de planter des bulbes ou de biner le potager ?

Un silence d'église suivit la tirade de Valentine. Debout sur ses deux pieds chaussés de bottines à talons hauts, elle scrutait le visage indéchiffrable de Claire. Elle avait joué son va-tout. La suite ne dépendait plus vraiment d'elle.

— Tu vas partir en vacances, Mamie Rose ? demanda Stella de sous la couverture.

La vieille dame, les mains sur ses genoux, parut réagir à la voix de sa petite-fille. Ses yeux s'animèrent, un sourire passa sur ses lèvres, puis elle retourna dans son monde.

— Et ton frère ? demanda Claire, abasourdie. Qu'est-ce qu'il en pense ?

— Là encore, je vais être franche : il n'est pas au courant.

— Il faut qu'il soit d'accord, sinon ça ne marchera pas.

— Je me charge de le convaincre. Il me semblait plus important de te faire la proposition en premier. Si tu préfères te débrouiller autrement, inutile que j'embête Fred avec tout ça. Il est en plein divorce.

Chamboulée, Claire se mit à marcher dans la pièce nerveusement, en bougeant les lèvres. Est-ce qu'elle débattait avec elle-même ? Est-ce qu'elle priait ? Au bout d'un moment, elle s'arrêta et fixa Valentine. Elle avait les yeux noirs, un regard perçant malgré la fatigue.

— Si j'accepte, plus question de vendre la maison, évidemment.

— Évidemment, dit Valentine.

Claire accusa le coup et recommença à arpenter la pièce. Elle alla ouvrir la baie vitrée pour prendre l'air un instant, puis se retourna encore.

— Je comprends le marché que tu me proposes. Mais… imaginons que maman…

Elle se mordit la lèvre et n'osa pas finir sa phrase. Valentine s'était posé la question : imaginons que Rose meure rapidement – au bout de six mois, au bout d'un an – le marché resterait-il valable ? Pour aider Claire à se décider, elle prit la question à l'envers :

— Rose perd la boule et son autonomie, mais d'après ce que tu m'as dit, elle n'est pas en mauvaise santé. Alors imaginons qu'elle vive encore dix ou quinze ans… (Elle laissa Claire s'imprégner de cette idée.) C'est un pari, bien sûr, et ni toi ni moi ne pouvons savoir ce qu'il va se passer. Mais si je peux m'engager sur une seule chose, c'est la traiter avec le plus grand respect. (Elle prit une grande inspiration.) Comme ma propre mère.

Claire reçut ces derniers mots avec la violence d'un coup de poing. Chancelante, elle chercha à tâtons l'accoudoir du canapé pour s'y asseoir. Les larmes aux yeux, elle toucha l'épaule de la vieille dame, puis Valentine, qui redoutait de se laisser déborder par ses propres émotions, coupa court.

— Je dois partir, j'ai un rendez-vous. Je ne te demande pas une réponse immédiate, mais… Disons ce soir ?

Soulagée par ce délai, Claire la remercia d'un hochement de tête.

— Appelle ton notaire, si ça te rassure, ajouta Valentine en gage de bonne foi.

Elle regarda Stella, lui sourit, songeant que cette gamine était, au même titre qu'Olympe et Youri, la petite-fille de son père, puis se dirigea vers la porte de l'appartement. Avant de sortir, la main sur la poignée, elle joua encore une fois à l'inspecteur Columbo.

— Une dernière chose… Combien t'a donné Monette quand tu es allée la voir ?

Toujours assise sur l'accoudoir du canapé, Claire sursauta.

— Mais rien ! se défendit-elle. Elle ne m'a rien donné du tout !

— Tant mieux, répondit Valentine. Je craignais que maître Praquin ne découvre des anomalies dans les comptes. Il aurait fallu mentir, et j'ai horreur de ça.

Avant de refermer la porte, elle lança :

— À ce soir, alors.

# Chapitre 51

— En vérité, je suis dégueulasse, commenta Valentine, à peine assise dans le fauteuil en rotin du cabinet de Marie-Ange.

— Vraiment ?

— Oui. D'ailleurs, j'ai la nausée depuis une heure. Vous croyez qu'on peut avoir envie de se vomir soi-même ?

— Je vous écoute, dit la thérapeute.

Valentine soupira, cala son dos contre les coussins, et raconta en détail son entrevue matinale avec Claire.

— Je me suis servie de sa situation pour en tirer avantage. C'est ça qui est dégueulasse, vous comprenez ?

— Dans certains arts martiaux, on dit qu'il faut utiliser l'énergie de l'adversaire pour la retourner contre lui. C'est de l'autodéfense.

— On peut voir ça comme ça. Mais je m'en veux d'avoir laisser planer cette menace juste avant de partir. Claire sait qu'elle a mal agi envers ma mère. Mais là, j'ai voulu lui faire peur.

— Et vous pensez que ça a marché ?

— Je n'en sais rien. Le ton de sa voix semblait sincère quand elle a dit que Monette ne lui avait pas donné d'argent. De toute façon, ce sera facile à vérifier.

— Si elle est sincère, elle n'a aucune raison d'avoir peur. Elle saura ce que vous pensez, c'est plutôt bien. Ça vous permet de rester dans un rapport de force équilibré.

— Hmm, grogna Valentine.

— Vous pensez que Claire est responsable du stress qui a affaibli votre mère et lui a été fatal. C'est bien ça ?

— Hmm, répéta Valentine.

Elle avait les mâchoires tellement crispées qu'on pouvait l'entendre grincer des dents. La nausée était de plus en plus forte. Elle sentit sa bouche se remplir d'une salive aigre.

— Vous voulez passer aux toilettes ? s'inquiéta Marie-Ange.

Pâle comme un cachet, Valentine secoua la tête. Elle respirait vite. Elle luttait. Elle sentait qu'elle allait faire un malaise, mais elle refusait d'y céder.

— J'en ai marre de ça, gémit-elle.

— De quoi ?

— Mais de ça ! De tout ! De vomir et de… de tomber dans les vapes ! s'énerva-t-elle.

— Revenez aux sensations de votre corps, proposa calmement la thérapeute. Ne rejetez pas vos émotions. Laissez-les vous traverser.

Subitement, Valentine se leva et c'est elle qui traversa la pièce, en courant, vers la salle d'eau qui était dans l'entrée. Elle se pencha au-dessus de la cuvette, sentit son estomac se soulever, cracha plusieurs fois, mais elle ne vomit pas. Les spasmes s'espacèrent. Elle resta à genoux sur le carrelage, haletante, sans penser à rien, jusqu'à ce que le malaise se dissipe.

Lorsqu'elle revint, Marie-Ange n'avait pas bougé. Elle lui tendit un Kleenex.

— Que s'est-il passé ?

— J'ai pensé à mon père. Le jour où je l'ai surpris avec Rose, au-dessus de la salle de projection.

Étourdie, un peu vide, Valentine reprit sa place dans le fauteuil en rotin.

— À l'époque, ça m'a dégoûtée, c'est sûr. Mais ce n'est pas ce qui m'a rendue malade. Le pire, c'était après.

— Dans le hall du cinéma ? Quand votre père vous a menacée ?

— Oui. Le souvenir qui m'est revenu. Avec l'affiche de *Diabolo menthe*. L'image s'est imprimée. Comme un tatouage psychique. Ça existe, ça ?

— Bien sûr. C'est le principe du traumatisme.

— C'est cette terreur-là que j'essaie de vomir.

— Et vous croyez qu'en vous occupant de cette vieille dame impotente, vous allez y parvenir ?

Contrariée, Valentine leva les yeux au plafond. Elle sentait, dans cette question, un peu de sarcasme et beaucoup de doutes. Elle eut envie d'envoyer balader Marie-Ange, mais elle était trop polie pour lui dire merde et trop honnête avec elle-même pour juger la question malvenue. La veille au soir, apprenant ses projets et craignant qu'elle ne commette une erreur, ses amies de la Gaîté l'avaient poussée à reconsidérer sa décision. « Franchement, Valentine, tu es sûre que c'est une bonne idée ? Tu n'as pas mieux à faire durant les années qui viennent que changer les couches d'une vieille dame incontinente ? Qu'est-ce que tu cherches à payer ? Qu'est-ce que c'est que ce sacrifice ? En tout cas, si tu veux te trouver un mec, pardon de te le dire, mais c'est pas gagné ! » Valentine avait balayé toutes les objections d'un revers de main. Elle voulait retourner vivre à Lestrade. D'ailleurs, un mec l'attendait là-bas. Un mec bien. Et un chat, aussi. Elle sentait que cette vie lui correspondrait profondément.

— Je ne sais pas, répondit-elle prudemment à Marie-Ange. J'ai juste… l'intuition que c'est bien pour moi.

— Alors allez-y, dit Marie-Ange en souriant.

Valentine la dévisagea, un peu surprise de s'entendre accorder une autorisation aussi franche.

— Vous êtes sincère ?

— Bien sûr. Qu'avez-vous à perdre ?

Valentine éprouva une sorte de joie mêlée à un fort soulagement. Ce qu'elle avait à perdre, elle y avait réfléchi, ne pesait plus si lourd dans la balance. Les filles de la Gaîté, bien sûr, seraient loin d'elle mais, la voyant si déterminée, elles s'étaient toutes déclarées candidates pour des séjours réguliers en Corrèze – région beaucoup moins lointaine que l'Australie, ça allait sans dire. « Et quand tu voudras venir à Paris, avait ajouté Dorothée avec un clin d'œil, tu pourras dormir chez moi ! Je te montrerai des trucs ! » « Chiche ! » avait rigolé Valentine. Et la soirée s'était achevée joyeusement sur mille promesses.

— J'ai la trouille, c'est sûr, reconnut Valentine. Mais j'ai tout à gagner, au contraire.

## Chapitre 52

SAMEDI 25 MARS 2017
ACTIVITÉ : VÉLO
DISTANCE : 46 KM
DURÉE : 2 H 05
VITESSE MOYENNE : 22 KM/H
FRÉQUENCE CARDIAQUE MOYENNE : 140 BPM

Hier soir, j'ai fini par appeler chez Marjo et Pierre. Comme je le soupçonnais, c'est chez eux que Laura a trouvé refuge depuis deux jours. Elle refuse de me parler. D'après ma belle-sœur, elle serait *en dépression*. D'ailleurs son médecin a prolongé son arrêt maladie d'une semaine. Laura ? En dépression ? J'aimerais bien voir ça.

Ce matin, j'ai collé les enfants devant des dessins animés et je suis parti sur mon vélo. Il faisait beau, juste un peu frais, j'étais content. J'ai roulé en direction du parc naturel, vers Saint-Sulpice, Saint-Front, ces coins-là, et sur le coup de 11 heures, je me suis arrêté pour boire un café dans un petit bar. La terrasse était au soleil. Deux gros chiens placides dormaient entre les tables et des buis en pots. Les rayons du soleil me chauffaient le dos. Après la coupure d'hier, j'avais les pattes reposées. Plus de problème aux yeux, et même mes cervicales me laissaient en paix ; ça faisait longtemps.

À l'intérieur du bar, la télé diffusait les infos en continu. Je dois dire que je m'en fichais royalement.

La patronne m'a apporté un croissant. Je n'en avais pas demandé. Elle m'a dit : « Je vous l'offre, c'est le dernier, on va pas le laisser perdre. Et puis, il vaut mieux que vous le mangiez avant que mon mari tombe dessus, vous avez vu son gros ventre ? » J'ai regardé le mari qui passait la serpillière dans la salle, et j'ai souri. La dame m'a fait un clin d'œil. Parfois, la vie est chouette. Simple. Pleine de petites surprises. Je me suis promis de prêter attention à ces détails-là et d'accorder moins de place au reste. Sinon, à quoi ça sert ?

Quand j'avais 15 ans, je voyais les choses en grand. Je voulais être un champion. Comme Guiseppe Saronni, qui a remporté deux fois le Tour d'Italie, le championnat du monde et des classiques magnifiques : Milan-San Remo, la Flèche Wallonne. J'étais un bon sprinter-puncher, moi aussi. Je m'identifiais. C'est important, les rêves. Personne n'a le droit de vous les enlever ou de s'en moquer.

À 20 ans, quand j'ai commencé à avoir des problèmes de dos, j'ai dû ralentir les entraînements. Avec le recul, je vois bien que je n'étais pas taillé pour être professionnel, mais pendant quelques années encore, j'ai continué d'y croire. De prétendre que les petits boulots qui me faisaient vivre n'étaient que temporaires, que mes vertèbres allaient se remettre en place, qu'un jour ou l'autre, mes espoirs allaient se concrétiser.

Les saisons se sont écoulées, et d'une certaine façon, la désillusion s'est installée en douceur. Quand FX m'a proposé de monter l'agence avec lui, j'étais encore célibataire, libre et léger, alors j'ai foncé, et c'est quand la boîte a commencé à fructifier que j'ai véritablement compris que j'abandonnais la course. En fin de compte, ça ne m'a pas rendu si malheureux. C'était un virage, je l'ai pris. Après, j'ai rencontré Laura, on a eu des projets, le mariage, les enfants, la maison… Je me suis laissé glisser sur la pente et c'était confortable.

Quand maman est tombée dans la salle de bains, je suis tombé avec elle, boum, le crâne sur le lavabo. Sauf que moi, le choc ne m'a pas tué. Il m'a réveillé.

C'est difficile de vivre réveillé. C'est comme sortir d'une anesthésie. Ça fait un mal de chien, au début.

Ces derniers mois, toutes les certitudes que j'avais ont sauté, les unes après les autres. Maintenant, je ne sais plus où j'en suis. Je flotte. Et manifestement, je suis comme Valentine : assez dingo pour voir une morte et l'entendre me rappeler mes amours d'adolescent avec Sandrine Vialle.

En pensant à tout ça, et à force de rouler sur les petites routes, je me suis retrouvé devant le panneau à l'entrée de Dignac, là où habitent Marjorie et Pierre. Je me suis dit : *Fred, si tu es arrivé jusqu'ici sans t'en rendre compte, c'est un signe. Alors vas-y, sois un grand garçon, n'aie pas peur : affronte ton destin.*

Quand je suis parvenu devant la maison de ma belle-sœur et de mon beau-frère, j'ai vu la Clio garée le long du trottoir. J'ai posé mon Look contre la haie de thuyas, et je suis allé sonner à la porte.

C'est Pierre qui m'a ouvert. Il a fait une de ces têtes !

— Merde, qu'est-ce que tu fous là ?

— Je veux voir Laura. Il faut qu'on se parle.

— C'est qui ? a demandé la voix de Marjorie à l'intérieur.

— C'est rien ! a dit Pierre. Une erreur !

— C'est pas vrai, Marjo ! C'est moi ! Je veux parler à Laura !

Il y a eu des bruits, du remue-ménage, des chuchotis. Pierre était tellement emmerdé qu'il avait des plaques rouges sur le cou, genre érythème – mon beau-frère a toujours été très émotif. Quand j'ai vu qu'il hésitait à me claquer la porte au nez, je l'ai coincée avec ma chaussure.

— Déconne pas, Pierrot. On est des adultes, oui ou non ?

Marjorie s'est pointée dans l'entrée, la bouche en fleur. Elle m'a dit :

— Laura n'est pas là, elle est sortie faire une course. On va l'attendre ensemble, si tu veux. Tu prendras bien un café ?

Quelque chose sonnait faux dans sa voix et dans son attitude trop mielleuses, j'aurais dû me méfier, mais je me suis laissé convaincre et j'ai fini par entrer.

— Tu veux bien enlever tes chaussures ? m'a demandé Pierre. J'ai peur que ça fasse des marques sur le lino.

J'ai retiré mes chaussures. Et c'est à ce moment-là que j'ai entendu le moteur de la Clio. Mon sang n'a fait qu'un tour, j'ai rouvert la porte, et je me suis précipité dehors, en chaussettes et en criant : « Laura ! »

Elle s'était éclipsée par le garage. Quand elle m'a vu arriver, une grimace a déformé son visage. Elle a démarré en trombe, et avant que je comprenne ce qui se passait, je l'ai vue grimper sur le trottoir, traverser la pelouse, et emboutir la haie de thuyas, juste à l'endroit où j'avais posé mon vélo.

Je me suis figé à dix mètres du drame, médusé.

L'avant de la voiture était enfoncé dans la haie jusqu'à la garde.

Laura a fait marche arrière, il y a eu des craquements, le moteur a vrombi, elle a braqué vers la rue, et elle s'est enfuie, laissant derrière elle des branches cassées et mon Look à cinq mille balles complètement défoncé. J'en chiale encore à l'heure qu'il est.

Écrire tout ça m'a épuisé, mais je dois poser des mots sur la situation. On n'est plus seulement dans *Kramer contre Kramer*, on est dans *La Guerre des Rose*, et j'ai honte pour nous.

Pierre m'a raccompagné jusqu'ici, avec ce qui restait de mon vélo dans son coffre. Quand il est reparti, je ne lui ai pas dit merci, ni à bientôt, ni rien. Qu'il aille se faire foutre, ce con.

J'ai retrouvé les enfants à l'endroit où je les avais laissés, c'est-à-dire devant la télé. Ils avaient mangé la boîte de céréales au chocolat en entier ; je n'ai rien dit. J'ai pensé : le plus important, ce sont eux, et j'ai pris une décision nette, rapide, évidente.

— Faites vos sacs, j'ai dit. On part en week-end.

Ugo et Sam ont sauté de joie.

— On prend nos affaires de foot, papa ?

— Évidemment !

Lila, en revanche, n'était pas emballée. J'ai décidé de jouer franc jeu avec elle. Je l'ai prise à part, et je lui ai expliqué ce qui venait de se passer.

— Mais tu nous emmènes où ?

— Je ne sais pas encore. Tout ce que je sais, c'est que j'ai besoin de prendre le large. Je ne peux pas réfléchir calmement ici.

— Moi non plus, a-t-elle admis.

— Qu'est-ce que tu as comme cours, lundi ?

Déconcertée, elle a haussé les sourcils.

— Deux heures d'histoire-géo, deux heures de maths. Un contrôle d'anglais.

— OK. C'est très gênant si tu loupes ?

Elle a réprimé un sourire, on s'est tapé dans la main, et elle est montée fissa faire son sac.

Il était 14 heures. En deux heures, on pouvait être au bord de la mer aussi bien qu'à Lestrade. J'essayais d'évaluer l'avantage de chaque possibilité, mais comme je n'y arrivais pas, j'ai décidé d'appeler Valentine. C'est comme ça que j'ai su qu'elle était dans le train.

# Chapitre 53

Valentine retrouva Anastase qui l'attendait, à la sortie de la gare, sur le parvis. Plus émue qu'elle ne l'aurait voulu, elle lui fit deux grosses bises sur chaque joue et lui confia son énorme valise bleue.

— C'est marrant, j'ai comme une impression de déjà-vu, dit-il en la mettant dans le coffre. Vous ne seriez pas venue dans le coin il y a peu de temps, chère madame ?

Il lui ouvrit cérémonieusement la portière, mais pas à l'arrière : à l'avant, comme avec une amie.

— Tu sais ce que j'ai cru, la première fois que tu m'as conduit à Lestrade ? osa lui avouer Valentine. Que tu allais m'enlever pour me découper en morceaux et jeter mes restes dans les taillis comme un psychopathe.

— Vraiment ? répondit Anastase, amusé. Et dans ton scénario, est-ce que je te violais, au moins, avant de te couper en rondelles ?

Valentine fronça le nez, eut un frisson, chassa ces pensées d'un geste de la main et monta dans le taxi.

— Pardon pour mon humour à la con, fit Anastase en prenant place derrière le volant. Je suis vraiment un imbécile.

— Ça va, le rassura Valentine. Arrête de te déprécier tout le temps.

— C'est bizarre que tu me dises ça ! C'est exactement ce que m'a demandé la prof de chant. Tu sais, celle dont tu m'as donné les coordonnées, l'autre jour ?

Ça s'était fait le mardi précédent, pendant le trajet en sens inverse. Comme Anastase était dans ses petits souliers à cause de son attitude pendant la balade à vélo du dimanche, il n'avait pas cessé de vouloir se rattraper et Valentine avait senti que c'était le moment : elle avait sorti de sa poche la carte de visite d'Ineta Cilinska. « Elle utilise les techniques du chant de façon thérapeutique. Elle propose des cours individuels. Ça te ferait peut-être du bien ? » Elle n'en revenait pas qu'Anastase ait saisi si vite la balle au bond.

— J'ai eu ma première leçon hier soir, dit-il, fier de lui. Je te remercie beaucoup de m'avoir donné ses coordonnées. Non seulement elle est charmante, mais je suis sûr qu'elle va pouvoir m'aider à surmonter mon stress. C'est fou ce que ça détend quand une jolie fille pose sa main là !

Il désigna son sternum, puis raconta avec passion ce qu'Ineta lui avait appris concernant les différents chakras et la façon dont elle comptait les lui faire ouvrir. Valentine n'eut aucun mal à croire qu'Anastase puisse se montrer très assidu à ses prochains cours.

— En plus, elle ne connaît personne dans la région, ajouta-t-il. Je lui ai proposé de lui faire découvrir les châteaux et les grottes.

— Les châteaux et les grottes, hum… Tu élargis ton domaine d'activité, à ce que je vois.

— Pas autant que toi, lui fit remarquer Anastase. Raconte. Qu'est-ce que c'est que cette histoire de vieille dame et d'aménagement de la maison à Lestrade ? C'est vraiment ton nouveau boulot ?

Quand Valentine l'avait appelé pour réserver son taxi, tout à son excitation, elle lui avait lancé deux ou trois phrases énigmatiques pour justifier son retour rapide dans la région. Elle profita de la demi-heure de trajet pour lui en dire plus.

— Et Fred est d'accord ? s'inquiéta Anastase.

— Il n'est pas encore au parfum, avoua Valentine. Il m'a appelée tout à l'heure, pendant que j'étais dans le train. Il débarque pour le week-end avec ses enfants. Il est un peu en vrac… Je préfère lui parler de tout ça sur place.

— Autrement dit, tu préfères le mettre devant le fait accompli.

— Un peu, acquiesça Valentine.

Anastase rit et secoua la tête.

— Et elle débarque quand, ta vénérable pensionnaire ?

— Le plus tôt possible.

— Il faudra aller la chercher à la gare ?

— Sans doute. Je te préviendrai.

— En tout cas, je suis content que tu viennes te réinstaller ici. On se verra souvent !

Valentine hocha la tête, faillit dire quelque chose et Anastase lui jeta une œillade chargée de sous-entendus.

— J'ai compris, soupira-t-il. Je me montrerai gentil avec ton Guillaume.

— Ce n'est pas « mon » Guillaume.

— Ah ? Tu l'as pas encore imaginé en train de te découper en morceaux, lui ?

— Très drôle.

Anastase mit de la musique, et ils firent un bout de chemin en chantonnant des vieux tubes. Des nuages moutonnaient dans le ciel. Dans les vergers, les oiseaux pépiaient et les arbres fruitiers explosaient de fleurs, on se serait cru dans une chanson de Charles Trenet. Lorsqu'ils passèrent devant Le Zig-Zag, Valentine raconta à Anastase sa première cuite avec les copines, à l'époque du lycée.

— J'avais menti sur mon âge pour entrer dans la boîte. J'avais 16 ans. Bon sang, tu te rends compte que ça fait… trente-deux ans ? calcula-t-elle, affolée.

— Personnellement, je préfère ne plus compter. J'ai bloqué mon compteur à 39 ans.

— Et tu as quel âge, en vrai ?

— Je viens de te le dire : 39.

— Pas bête. Je devrais faire la même chose.

— Eh bien, vas-y, qu'est-ce que tu attends ? Bloque le compteur ! Là, tout de suite !

— C'est fait ! s'écria en Valentine en tapant sur le tableau de bord du taxi. À partir de maintenant, j'aurai 48 ans et demi pour toute ma vie !

— Bon anniversaire ! scanda Anastase en donnant deux coups de Klaxon.

Valentine rit, puis elle regarda par la fenêtre et poussa un soupir.

— C'est un bel âge, finalement.

Quand ils arrivèrent en haut du chemin, ils aperçurent deux véhicules devant la maison : l'utilitaire d'Antoine avec la marque Écorrèze sur la portière, et la voiturette électrique de Mme Champdavoine arborant le logo du conseil général.

Il s'avéra que la brave Geneviève était passée pour nourrir le chat et qu'elle avait surpris Antoine en train de décharger ses outils, des planches, tout un matériel qu'il entreposait sur le perron. Elle s'était inquiétée de savoir ce qu'il fabriquait, Antoine lui avait affirmé que Fred et Valentine étaient au courant, mais la responsable du portage de repas à domicile ne s'en laissait pas conter : d'après elle, il n'était pas question de faire des travaux à Lestrade tant que la succession n'était pas bouclée, et, très investie dans sa mission de maintien de l'ordre, elle essayait de convaincre Antoine de remballer ses planches lorsque le taxi avait surgi en haut de l'allée.

— C'est très gentil à vous, Geneviève, mais je suis au courant, en effet, la calma Valentine.

— Ah ! Vous voyez, triompha Antoine en recouvrant ses planches d'une bâche.

Un peu vexée, Mme Champdavoine haussa les épaules avant de se tourner vers Valentine.

— Et vous ? Qu'est-ce que vous faites là ? Il y a deux jours, votre frère m'a demandé de m'occuper de tout et voilà que vous débarquez ?

— Désolée de ne pas vous avoir prévenue, souffla Valentine en déposant sa valise au pied des marches. En ce moment, on improvise. D'ailleurs, Fred ne va pas tarder à arriver, lui aussi. Il est sur la route. Avec ses enfants.

— Je croyais qu'il devait reprendre le boulot, s'étonna Antoine. Qu'est-ce qui se passe ?

Anastase aida Valentine à hisser son bagage jusqu'à la porte, et ils se retrouvèrent tous les quatre sous la marquise.

— Il se passe que cette vieille baraque est comme nous : elle reprend vie ! annonça gaiement Valentine en ouvrant la porte en grand.

Si Fred avait été témoin de la scène, il aurait sans doute écrit dans son carnet qu'on était en plein tournage d'*Autant en emporte le vent* et que, telle Scarlett O'Hara, Valentine était de retour à Tara.

# Chapitre 54

Fred gara la Mégane derrière le cabanon, s'assurant ainsi que, tout fantôme qu'elle soit, sa mère ne puisse lui faire aucun reproche, puis il se tourna vers Lila. Elle était assise à côté de lui, le dos droit, étrangement immobile. Sur la banquette arrière, Ugo et Sam dormaient depuis une demi-heure, le ballon de foot bien calé entre eux.

— Ça va être bizarre sans Monette, murmura la jeune fille.

C'était la première fois que les enfants revenaient à Lestrade depuis le décès de leur grand-mère, d'où l'hésitation de Fred à les y emmener. Ce qui l'avait décidé, c'était le ton exalté de Valentine lorsqu'elle lui avait annoncé qu'elle était dans l'Intercités et qu'elle avait « plein de trucs à lui dire ». *Alerte maximum*, avait-il pensé, et reléguant aux oubliettes le trouble qui l'obsédait depuis son hallucination du mercredi, il avait mis le cap sur Seyssac.

— Regarde qui est là, dit-il à Lila en désignant la fenêtre du rez-de-chaussée.

Valentine apparut dans le cadre, juchée sur un escabeau, un chiffon à la main. Un soulagement joyeux se peignit sur le visage de Lila. Elle avait toujours adoré sa tante. Elle ouvrit sa portière et Fred vit sa fille courir vers la maison en faisant de grands signes. Il réveilla les garçons, les fit sortir de la voiture, et déchargea les sacs du coffre. Dans la housse, son Look amoché patienterait, mais il comptait employer une partie du week-end à essayer de le retaper.

Lorsqu'il arriva au pied du perron, ses fils avaient déjà entamé une partie de foot. Lila caressait Léon qui se prélassait au soleil.

— J'ai failli me faire engueuler par Mme Champdavoine ! lui raconta Valentine du haut de son escabeau. Elle est gentille, mais elle commence à m'emmerder. Bientôt, il va falloir lui envoyer un bristol pour lui dire qu'on vient chez nous !

— Elle est consciencieuse, objecta Fred. Qu'est-ce que tu fabriques ?

— Tu vois, je fais les vitres.

— C'est bien ce qui m'inquiète. Tu peux m'expliquer ce que tu…

À ce moment-là, Sam envoya d'un shoot magistral le ballon dans les pots de géraniums, cassant plusieurs tiges et faisant bondir Léon loin des caresses de Lila qui protesta vertement.

— Hé ! Mollo, Ronaldo ! grogna Fred. Et toi, Lila, surveille ton langage, s'il te plaît.

Il envoya les garçons jouer plus loin tandis que Lila l'aidait à monter les sacs.

— Maman les aurait punis, lui fit-elle remarquer.

— Sans doute. Mais elle n'est pas là.

Lila comprit ce qu'il voulait dire. Elle hocha gravement la tête et Fred n'eut pas besoin de plus pour voir qu'elle était triste. Il changea de sujet.

— Qu'est-ce que c'est, toutes ces planches sous la bâche ?

— C'est Antoine qui les a déposées, lui expliqua Valentine. Il a dit qu'il voulait commencer la cabane dès demain ! Du coup, je l'ai invité à dîner. Ce soir, avec Agnès et les enfants. Anastase vient aussi. Et Guillaume !

— Eh bien, ça en fait, du monde ! souffla Fred, impressionné. Et... tu es sûre que faire les vitres est une priorité ?

Valentine se pencha à la fenêtre, lui fit une grimace qui signifiait « tout est sous contrôle » et continua son nettoyage.

— C'est qui ces gens ? voulut savoir Lila. Et quelle cabane ?

Depuis combien d'années Fred n'était-il pas allé avec ses enfants jusqu'à la clairière ? Depuis combien d'années n'avait-il pas pris le temps d'une vraie discussion avec sa grande fille ? Il déposa les sacs dans le vestibule et proposa à Lila une balade jusqu'au vieux chêne.

— Tout de suite ?

— Pourquoi pas ?

Lila accepta, et tandis qu'ils descendaient le chemin en enjambant les ronces et les orties, Fred lui raconta comment Valentine, au hasard d'un passage à la médiathèque, avait retrouvé Agnès puis Antoine, avec qui elle était à l'école autrefois. Il lui expliqua aussi qui étaient Anastase et Guillaume, précisant que les deux hommes se disputaient les faveurs de sa tante, mais que le second semblait en bien meilleure position.

— Depuis qu'elle n'est plus avec Kostas, je n'ai jamais vu Valentine avec un amoureux, nota l'adolescente.

— Elle en a eu quelques-uns, pourtant, affirma Fred. Mais aucun n'est jamais venu ici.

— Oh, fit Lila un peu pensive.

Elle réfléchit un moment, chassant les nuées de moucherons qui voltigeaient autour d'eux.

— Je détesterais voir maman avec quelqu'un d'autre que toi. Et vice versa, s'empressa-t-elle d'ajouter.

— Personne ne te demande une chose pareille, Lila.

— Pour l'instant, soupira l'adolescente. Je ne suis pas aveugle, je vois bien comment ça se passe pour mes copines qui ont des parents divorcés.

— Et comment ça se passe ?

— Ben… généralement, c'est nul.

Fred déglutit, devinant l'ampleur des bouleversements à venir. Aurait-il la force suffisante pour contenir – en plus de ses propres émotions – les larmes, les reproches, le désarroi de ses enfants ? Et en se projetant plus loin encore, saurait-il, un jour, retomber amoureux ? Pour l'heure, malgré son vague fantasme autour du souvenir de Sandrine Vialle, cette probabilité lui paraissait en effet… nulle.

— J'ai pensé à un truc, reprit-il. Et si on t'inscrivait au prochain casting du « Jamel Comedy Club » ?

Lila s'arrêta net au milieu du chemin et fit une moue désolée.

— Mais papa… c'est pour les petits, ce truc-là !

— Ah ? Je croyais que tu rêvais d'y participer.

— Ben, tu retardes ! Je ne suis plus en primaire, je te signale !

Devant la mine désappointée de son père, elle éclata de rire et se hissa sur la pointe des pieds pour lui poser une bise sur la joue.

— Merci quand même. Alors il est où, ton arbre à cabane ?

Quand ils revinrent, Valentine avait achevé le nettoyage des vitres ; elle passait l'aspirateur, et ce grand ménage de printemps sembla de plus en plus suspect aux yeux de Fred. Il appuya du bout du pied sur la pédale « *off* » de l'aspirateur.

— On peut savoir ce que tu mijotes ?

La grande chambre, où Valentine avait dormi la semaine précédente, était sens dessus dessous : tapis roulé dans un coin, bureau déplacé, literie retournée, même les rideaux étaient descendus de leur tringle.

— C'est un vrai nid à poussière, ici, se justifia Valentine. Quelle heure est-il ?

Quand elle sut qu'il était presque 18 heures, elle s'affola. Elle devait absolument faire des courses au Super U.

— Tu m'accompagnes ? proposa-t-elle à Lila.

— Toi, tu fais exprès de ne pas répondre à ma question, grogna Fred.

— J'en parlerai à tout le monde, ce soir, au dîner ! Tu me prêtes ta voiture ? Ça m'évitera de sortir le tracteur de maman.

Fred soupira en voyant les deux femmes (car de loin, Lila avait presque la silhouette d'une adulte) courir jusqu'à la Mégane. Il pensa qu'il y avait laissé son vélo déglingué, soupira encore, et s'en alla rejoindre les garçons à l'arrière de la maison. Eux avaient peut-être besoin de lui. Au moins comme goal ?

# Chapitre 55

Guillaume Kaufman se demandait comment les choses allaient évoluer, mais puisqu'il avait décidé d'appliquer sa philosophie (« on verra bien ») à tous les aspects de son existence, il s'y tenait. Avec Valentine, il l'avait déjà compris, mieux valait faire preuve de souplesse et accepter l'inattendu ; en cela, elle était à l'opposé de son ex-femme – c'était un bon point de départ.

Lorsqu'il arriva à Lestrade, il faisait déjà nuit et toutes les fenêtres de la grande maison étaient éclairées. Sur le perron, il fut accueilli par deux jeunes garçons identiques, dos collés contre un renfoncement de la façade, qui lui firent « Chut ! » en mettant un doigt impérieux sur leurs bouches.

— Vous jouez à cache-cache ?

Ugo et Sam opinèrent. Complice, Guillaume mima une fermeture Éclair devant ses propres lèvres, et entra. Trois autres enfants débraillés surgirent au même moment dans le vestibule, deux filles d'une dizaine d'années et un garçon plus jeune qui pleurnichait parce qu'il avait peur d'aller à la cave.

— Bonsoir, leur sourit Guillaume.

— T'as pas vu des jumeaux ? l'interrogea une des filles.

— Pour l'instant, je vois des jumelles, répondit Guillaume, un peu dérouté.

— Venez, ils doivent être là-haut ! s'écria la deuxième gamine en entraînant les autres dans l'escalier.

Guillaume laissa prudemment passer la horde, puis s'avança vers le salon d'où s'échappaient de la musique et des bribes de conversation.

— Guillaume ! s'exclama Fred en le voyant le premier.

Les autres visages se tournèrent vers lui, amicaux, y compris celui d'Anastase. Guillaume serra des mains avant d'embrasser les joues d'Agnès, qui s'inquiéta de savoir s'il avait croisé une bande d'enfants déchaînés.

— Oui. Je suis tombé sur une paire de jumeaux, puis sur une paire de jumelles. Je me suis demandé si j'avais la berlue.

On lui expliqua la coïncidence qui voulait que Fred ait des jumeaux, et Antoine, des jumelles – qui plus est du même âge – ce qui promettait une soirée animée.

— Et toi, tu n'as pas ton alter ego ? demanda Guillaume en saluant Lila.

L'adolescente haussa les épaules d'un air déçu. L'autre enfant « seul » de la troupe, le petit dernier d'Antoine, était à peine en âge d'apprendre à lire.

— Toute façon, c'est chiant d'avoir 14 ans, résuma Lila avec lucidité.

— J'aurais dû venir avec mon fils, regretta Guillaume.

— Il a 14 ans, lui aussi ?

— Non, 18.

Lila se montra intéressée, elle demanda où il était, Guillaume lui expliqua qu'il vivait à Bordeaux avec sa mère, et la jeune fille se rembrunit :

— Alors, il n'y a que des divorcés, ici ?

— Non, répondit une voix féminine. Moi, je n'ai jamais été mariée !

Guillaume se retourna et découvrit une jeune inconnue, très blonde, qui arrivait de la cuisine avec une bouteille de vin.

— Et moi non plus ! ajouta aussitôt Anastase en attrapant la jeune femme par le bras.

Pas peu fier, il présenta Ineta Cilinska à Guillaume, lui expliquant au passage qu'elle était son professeur de chant.

— Depuis hier, précisa-t-il avec modestie. Mais comme Ineta ne connaît personne dans la région, je lui ai proposé de se joindre à nous.

— Bonne idée. C'est vrai que nous sommes bien loin de Riga ! commenta Guillaume.

La cantatrice en resta bouche bée. Personne, jamais, n'était capable de deviner son origine ! La plupart des gens n'avaient même jamais entendu parler de la Lettonie, quant à connaître le nom de sa capitale… Du coin de l'œil, Guillaume vit la tête d'Anastase.

— Je triche, avoua-t-il. C'est Valentine qui m'a parlé de vous. Elle était encore sous le choc : il paraît que votre voix lui a donné envie de croire en Dieu.

— Et je n'exagère pas ! confirma Valentine en sortant à son tour de la cuisine munie d'un pince-plat.

Puis elle alla droit vers Guillaume et le prit par la main en disant :

— J'ai besoin d'un homme en cuisine. Vous nous excusez ?

— Tu as notre bénédiction ! plaisanta Fred.

— Amen ! ajouta Antoine.

Valentine les ignora et referma la porte derrière Guillaume.

Pour la première fois depuis qu'ils avaient marché côte à côte sur la route avec leurs vélos, ils se retrouvèrent seul à seul. Sauf que entre-temps, ils s'étaient écrit beaucoup de SMS et s'étaient même un peu manqué. Valentine posa la pince sur la table. Guillaume sourit. Il la prit dans ses bras pour l'embrasser enfin, comme il avait rêvé de le faire dès l'instant où ils s'étaient parlé au rayon *running* de l'Hyper Sport. Ce fut un long baiser, très doux, très prometteur, qui laissa Valentine complètement électrisée, le dos contre le plan de travail. Ils se regardèrent, essoufflés, ravis, recommencèrent, mais comme les commentaires fusaient dans la pièce voisine, ils décidèrent qu'ils pouvaient patienter encore et profiter de la soirée avant de tirer parti de leur première nuit.

— Alors, tu avais besoin d'aide ? demanda Guillaume.

— Oui, c'était pour découper le poulet.

Valentine désigna le ventre dodu du piano de cuisson où rôtissaient deux beaux bestiaux et Guillaume s'agenouilla devant avec dévotion.

— Sublimes, dit-il. Tu me passes la pince ?

Quand Valentine se retourna, elle aperçut le chat assis sous la table de la cuisine. Témoin silencieux de leur baiser, il clignait des yeux en signe d'approbation.

La dernière fois qu'il y avait eu autant de monde dans la salle à manger, c'était début décembre, le soir de l'enterrement de Monette. Fred n'eut pas besoin de formuler cette pensée pour que Valentine la devine ; elle-même se sentit très émue lorsqu'ils se mirent à table.

— Merci à tous d'être là, dit-elle en guise de toast. Merci en particulier à mon frère d'avoir eu l'excellente idée de revenir passer quelques jours ici avec ses enfants.

— Nous aussi, on est contents d'être là, affirma Lila.

— Moi, je trouve qu'il manque quelqu'un, intervint Sam, boudeur.

— Oui ! Il manque maman ! compléta Ugo.

— C'est vrai, se dépêcha de répondre Fred. Alors je propose qu'on boive à la santé… de ceux qui nous manquent.

La proposition rencontra l'adhésion générale car chacun, autour de la table, quel que soit son âge, connaissait ce vertige, cette impression d'avoir à la place du cœur un vide que rien ne comble. Pendant quelques secondes silencieuses, les morts, les séparations, le mal du pays et les amours perdues se frayèrent une place parmi eux et une onde triste souleva les poitrines, puis Antoine se leva et dit : « Qui veut une cuisse ? » Un chaos de voix affamées lui répondit et la vie reprit ses droits. On se passa le plat de pommes de terre, la moutarde, le sel, le vin, quelqu'un affirma qu'il n'avait jamais mangé un poulet aussi bien rôti, les jumelles se plaignirent que les jumeaux ne leur laissent pas le ketchup, Lila demanda à Antoine si elle pourrait l'aider, le lendemain, à construire la cabane, Antoine accepta à condition que Fred soit de la partie, Ineta raconta une histoire du folklore letton où il était question d'un enfant et d'une cigogne qui habitaient dans un arbre, on lui réclama une chanson, elle promit d'en chanter une à la fin du repas, on apporta le fromage, les enfants demandèrent à sortir de table, et lorsque enfin le calme fut revenu, Valentine sentit que le moment était venu de faire son annonce. Mais comme elle avait l'esprit d'escalier, elle commença en disant :

— Il ne vous a pas échappé que nous sommes en pleine période électorale…

— Ah non, Valentine ! Pitié, pas de politique ! l'interrompit aussitôt Agnès.

— Pas de panique, je ne vais pas vous demander pour qui vous allez voter, la rassura Valentine.

— Dommage ! intervint Ineta. J'adore écouter les Français se disputer à cause des élections ! Vous avez tellement d'opinions… Vous êtes capables de vous engueuler sur tous les sujets !

— C'est bien ça qui nous fatigue, soupira Agnès. Rien qu'aujourd'hui, à la médiathèque, j'ai assisté à trois brouilles définitives entre collègues. Je n'avais jamais vu ça.

— J'aimerais bien voir la courbe des statistiques de divorces d'ici le mois de mai ! ironisa Antoine.

Valentine s'en voulut d'avoir commencé par là. C'était trop compliqué d'expliquer pourquoi, à cause de Kostas, d'Emmanuel Macron et de l'appartement de la rue Charles-Nodier, elle en était arrivée à imaginer, pour elle-même, un nouveau départ. Elle ferait mieux d'aller droit au but.

— Oublions le sujet pour l'instant, proposa-t-elle. Ce que je veux vous dire, c'est que j'ai pris une décision.

Elle croisa le regard d'Anastase (encourageant), celui de Fred (beaucoup plus méfiant) et celui de Guillaume (simplement patient). Elle raconta comment elle avait – lors d'un footing sous la pluie – trouvé l'idée lumineuse qu'elle souhaitait leur exposer. Elle raconta sa rencontre avec Claire. Elle raconta Rose. Elle raconta l'accord qu'elles avaient passé ensemble. Et à mesure qu'elle donnait des détails, qu'elle s'enthousiasmait et décrivait les futurs aménagements de sa vie à Lestrade, elle voyait le visage de Fred changer de couleur.

— Si je comprends bien, finit par résumer Antoine, tu vas ouvrir une sorte de maison de retraite, mais avec une seule pensionnaire et… sans toucher de salaire ?

— J'ai encore mon chômage pendant quatorze mois, s'empressa de préciser Valentine. Je n'aurai pas de loyer, et si je me débrouille bien avec le potager, je ne dépenserai presque rien. Après… on verra bien.

— C'est une très jolie idée, affirma Agnès. Je trouve que ça correspond bien à l'air du temps. La solidarité, la décroissance, le retour à la ruralité, l'intergénérationnel… c'est carrément moderne. Moi, ça me plaît !

— Moi aussi, dit Valentine, et j'aimerais beaucoup que mon frère soit d'accord.

Tout le monde se tourna vers Fred qui, entre-temps, avait sorti son téléphone. Les yeux braqués sur son écran, il semblait se désintéresser du sujet. Lila lui envoya un coup de coude.

— Papa ! (Fred leva le nez.) Valentine t'a posé une question et tu n'écoutes même pas !

— Si, j'écoute, ma puce. Mais je ne crois pas que ta tante m'ait vraiment posé une question. Elle n'en fait qu'à sa tête, comme souvent, et elle veut juste que j'approuve ce qu'elle a déjà décrété.

Embarrassée, Valentine tenta de désamorcer le conflit.

— J'admets que j'aurais dû t'en parler avant, mais ça s'est enchaîné vite et du coup…

— Du coup, tu as tout arrangé avec Claire, tu as commencé à récurer la grande chambre du rez-de-chaussée, et moi je n'ai pas mon mot à dire. Où dois-je signer ?

Un silence consterné tomba. Pendant un instant, Valentine se demanda si elle ne ferait pas mieux de renoncer. Il suffisait d'appeler Claire, et on reviendrait au point de départ.

— D'accord, reprit-elle. Alors il va falloir vendre la maison. C'est ce que tu veux ?

Furieux, Fred jeta son téléphone au milieu des assiettes.

— Mais je ne sais pas, Valentine ! Tu m'embrouilles avec tes lubies ! Ce que je veux, moi, pour le moment, c'est du calme ! Je veux m'occuper de mes enfants, je veux faire du vélo, et surtout je veux qu'on arrête de me pomper l'air ! Je veux qu'on me foute la paix !

Il se leva, les narines frémissantes, et dévisagea les uns et les autres.

— Je vois bien que vous êtes de son côté ! « Oh, quelle belle idée ! Comme c'est touchant ! S'occuper d'une vieille dame *gratis*, mais quelle générosité ! Quelle bonté d'âme, Valentine ! Surtout quand on sait que cette femme a été la maîtresse cachée de son père ! Non seulement elle lui pardonne, mais en plus, elle va lui talquer les fesses ! » On se croirait dans la Bible tellement c'est beau !

Le point de rupture n'était pas loin, Valentine se mit à réfléchir à toute allure. À côté d'elle, Guillaume semblait observer les positions à la manière d'un joueur d'échecs. S'il ne partait pas en courant après ça, elle aurait de la chance. Alors, bien qu'elle soit assez orgueilleuse et qu'elle n'ait franchement pas la bonté d'âme que Fred venait de lui prêter, elle opta pour la seule issue possible.

— Je te demande pardon, Fred. Tu as entièrement raison, j'ai déconné. Sans ton soutien, ces derniers jours, je ne sais pas comment j'aurais fait pour encaisser tout ça, et moi, au lieu de te remercier, je fais n'importe quoi. C'est normal que tu m'en veuilles. Ce que je voulais, c'était sauver notre héritage. Ça m'a obsédée. J'ai cru avoir trouvé la solution, je me suis précipitée, mais ce n'est pas le plus important.

Elle se leva de sa chaise et s'approcha de son frère qui, debout, menaçait de quitter la pièce.

— La maison, ce n'est pas grave, continua Valentine. Dans le fond, je m'en fiche. Et je m'en fiche de Claire, je m'en fiche de Rose. Mais de toi, non. Tu es la seule famille qui me reste, Fred.

Elle ouvrit les bras, Fred poussa un soupir résigné et il laissa Valentine l'enlacer. Dans sa tête, ça se bousculait. Il repensait au visage haineux de Laura, il repensait à FX et à son amitié formidable, il repensait à Monette assise sur son lit, à Sandrine Vialle, à ses rêves qu'il avait semés derrière lui comme un pauvre Petit Poucet, il fut même tenté de dire à Valentine qu'il n'était pas son frère, mais il tint sa langue. Génétiquement, il n'était peut-être que son demi-frère, mais son amour pour elle demeurait entier. N'était-ce pas ce qui l'avait poussé à débarquer ici même dix jours plus tôt, quitte à mettre son propre couple entre parenthèses ? Quand elle desserra son étreinte, il se sentit suffisamment apaisé pour se tourner vers les autres et leur présenter ses excuses.

— Je suis un peu à cran, désolé. Ça n'a rien à voir avec vous.

— Maman a écrasé son vélo, lâcha Lila en guise d'explication.

— Quoi ? sursauta Guillaume. Ton Look tout neuf ?

Fred soupira et hocha la tête, dépité.

— Il est très abîmé ? voulut savoir Guillaume.

— Je n'ai pas encore oser l'examiner en détail. Il est dans le coffre de ma voiture.

— Tu me le montres ?

— Maintenant ?

— Oui, allez-y ! les encouragea Agnès. On va débarrasser avant de servir le dessert. J'ai apporté des tartes aux pommes.

Soulagé, Fred disparut avec Guillaume, et l'atmosphère redevint respirable.

— Je ne sais pas si j'ai bien fait d'en parler, s'inquiéta Lila. Tu en penses quoi ?

— Je crois que oui, répondit Valentine en déposant un baiser sur son front. C'était même une idée de génie, ma puce !

Rouge de plaisir, Lila accompagna les adultes qui empilaient les assiettes sales dans la cuisine. Elle avait saisi au vol l'histoire de la maîtresse cachée à qui on allait talquer les fesses, et elle se demandait ce que ça pouvait bien signifier. Y avait-il des secrets dans la famille ?

Pendant qu'Anastase s'emparait d'une éponge et du liquide vaisselle, Ineta trouva les torchons et Agnès sortit les tartes du frigo pour découper les parts. Pensif, Antoine examina la pièce d'un œil professionnel.

— Il faudra que tu installes un lave-vaisselle, dit-il à Valentine. Il suffirait d'enlever ce meuble pour récupérer l'emplacement. Si tu veux, je t'aiderai.

— C'est gentil, Antoine, mais je crois que je vais devoir changer mes plans. Tu as bien vu…

Antoine secoua la tête et balaya les scrupules de Valentine d'un revers de main.

— Fred va changer d'avis, crois-moi. Et tu sais pourquoi ? Parce que ton idée tient la route.

— Tu trouves ?

— Bien sûr. Je vais lui parler, tu verras.

— Non, grimaça Valentine, je crois qu'il vaut mieux laisser tomber…

— Mais non ! Il avait juste besoin d'exploser un bon coup, c'est normal. Maintenant que c'est fait, on va pouvoir réfléchir. Écoute, Valentine, ce que je veux te dire…

Antoine appuya sa main sur l'épaule d'Agnès, qui délaissa les tartes.

— Depuis mercredi, je me sens super mal à cause de mon père. Agnès te le dira : je n'en dors plus. Le savoir là-bas, tout seul, avec cette saloperie qui lui bouffe les organes, c'est insupportable. Je t'assure que si je n'avais pas ma boîte à faire tourner, avec les salaires de quatre mecs à payer, mes fournisseurs et le reste, j'arrêterais tout et j'irais le chercher pour l'installer à la maison. Alors quand je t'ai entendue tout à l'heure... (Il avala sa salive.) Tu sais ce qui serait formidable ? Ce serait que tu acceptes de prendre Joseph ici, en plus de ta vieille dame. Je te verserai les mêmes mensualités qu'à l'EHPAD, ça, ça ne changerait rien et ça compléterait ton chômage. Ce qui changerait tout, c'est que papa pourrait finir ses jours ici. Un peu comme en famille. Un peu comme chez lui. Je pourrais venir le voir chaque jour, je pourrais l'accompagner, ce serait...

Les larmes aux yeux, Antoine se tut. Anastase et Ineta avaient cessé de laver la vaisselle. Lila s'était assise pour écouter, trouvant cette soirée presque aussi passionnante qu'un épisode de *Gossip Girl*. Tous les regards étaient accrochés au visage de Valentine qui, bras ballants sous la pendule qui affichait déjà 23 h 17, ne savait plus quoi dire.

— Et moi aussi, je pourrais venir, suggéra Ineta. Pour chanter avec eux !

Valentine n'eut pas le temps de répondre. Guillaume et Fred venaient de faire irruption dans la cuisine.

— Bonne nouvelle, annonça Guillaume. C'est réparable !

Fred souriait. Il s'approcha de Valentine, posa une main sur son bras et murmura :

— Dans la vie, presque tout est réparable, finalement.

## Chapitre 56

Au réveil, ce dimanche-là, Valentine se tourna vers Guillaume. Il dormait encore, ou bien il faisait semblant. Son visage était posé sur l'oreiller à quelques centimètres du sien et Valentine passa un long moment à en contempler chaque détail, depuis la courbure du menton jusqu'à la petite cicatrice au coin de l'œil droit.

— Qu'est-ce que tu fais quand ta journée commence particulièrement bien ? murmura-t-elle.

La réponse ne tarda pas :

— Je mets mes baskets et je vais courir.

Elle sursauta.

— Sérieusement ?

— Absolument.

— Même avec une débutante ?

— Même avec une débutante.

Durant sa vie entière, Valentine avait fait l'amour avec une vingtaine – en tout cas moins d'une trentaine – d'hommes différents ; ces dix dernières années, elle avait un peu oublié de compter. Certaines de ses expériences lui avaient laissé de très bons souvenirs, d'autres des souvenirs amers ou simplement flous, mais une chose était sûre : jamais elle ne s'était réveillée à côté d'un homme qui avait envie d'aller courir avec elle.

Nu, Guillaume lui plaisait beaucoup ; il lui plut aussi dans sa tenue de running.

— Attends de me voir en cycliste, dit-il. Je te plairai encore plus !

— Impossible. Tu ne seras jamais aussi beau que Bruno Bevilacqua dans son maillot arc-en-ciel d'Eddy Merckx avec les lettres C&A par-dessus.

— Tu mets la barre vachement haut ! plaisanta Guillaume. Qui c'est, ce Bruno ?

— Mon premier chagrin d'amour. J'avais 10 ans.

À son tour, Valentine enfila ses vêtements de sport. Maintenant que Guillaume avait pu à loisir découvrir ses défauts et ses bourrelets, elle n'avait plus beaucoup de raisons de faire des manières et, une fois équipée, elle se sentit presque belle et pleine d'énergie.

Guillaume poussa les volets. Le soleil entra, inondant cette petite chambre du premier étage où ils s'étaient réfugiés, laissant Fred et les enfants au rez-de-chaussée.

— Viens voir, dit-il.

Valentine se pencha à la fenêtre et découvrit un étrange spectacle : une procession d'enfants, encadrée par Antoine et Fred, qui s'en allait sur le chemin plein de ronces en transportant des planches, une échelle et une grosse boîte à outils. Dépassant à peine des broussailles, on apercevait les têtes d'Ugo et de Sam ainsi que les nattes brunes des jumelles. Seule Lila était bien visible, qui avançait fièrement en tête du cortège.

— Quelle heure est-il ? s'étonna Valentine.

— Neuf heures et demie. Tu penses pouvoir courir jusqu'au bourg ?

— Avec toi, oui.

— Ce n'est pas toujours recommandé de partir à jeun, mais essayons.

— On verra bien, dit Valentine avec un large sourire.

Ils montèrent en marchant jusqu'à la route, escortés par Léon, puis ils se mirent à courir lentement. Valentine se concentra sur ses sensations, curieuse de savoir si leur gymnastique nocturne avait pu modifier quelque chose, quelque part dans son corps. Bien entendu les kilos en trop étaient toujours là, il lui fallait produire toujours autant d'efforts pour les mouvoir, et bien entendu son cœur s'emballait dans sa poitrine, mais elle décela une légère différence dans sa façon de bouger. Peut-être un peu plus de fluidité. Peut-être un peu plus de confiance en elle.

— Ça va ? lui demanda Guillaume lorsqu'ils furent dans le creux de la route.

Valentine lui fit signe que oui. Il ne fallait pas aller plus vite, mais elle se sentait bien. Ils attaquèrent la portion montante et, à la demande de Valentine, Guillaume passa devant. Elle accrocha son regard à ses épaules, imitant le mouvement de balancier qu'il imprimait à ses bras. Lorsqu'ils atteignirent le replat, elle revint se placer à sa hauteur. Les lilas et les aubépines embaumaient. Une petite brise agitait les feuilles aux branches des hêtres et des châtaigniers. On entendait, au loin, quelqu'un tondre une pelouse et plus loin encore, les aboiements d'un chien. Tout dans l'atmosphère indiquait qu'on était dimanche et que la belle saison avait commencé.

Ils franchirent le premier virage, puis le second et Valentine découvrit, ravie, le point de vue sur le clocher et les toits d'ardoise du bourg. C'était là qu'elle s'était arrêtée dix jours plus tôt. Aujourd'hui elle se sentait capable de continuer. Quinze minutes plus tard, quand ils franchirent le panneau à l'entrée de Seyssac, elle eut l'impression extraordinaire d'avoir gagné quelque chose. Ni gloire ni médaille, bien entendu, mais une nouvelle forme de liberté.

— Il y a un bistrot, ici ? demanda Guillaume.

— La Civette ! ahana Valentine. Je n'y ai pas mis les pieds… depuis des années… mais ça doit être ouvert ! C'est par là !

Elle accéléra.

Ils passèrent devant l'ancien cinéma Cassagne, près de la médiathèque, devant la mairie, devant l'église, près de la fontaine où Valentine se rinçait jadis la bouche après avoir fumé ses premières cigarettes, et ils ne s'arrêtèrent qu'une fois sur la terrasse de La Civette où les quelques clients attablés au soleil les applaudirent. Ils les saluèrent avec panache, puis entrèrent dans le bar, assoiffés, affamés, exaltés, transpirant, heureux comme des jeunes mariés.

# Chapitre 57

DIMANCHE 26 MARS 2017

ACTIVITÉ : BRICOLAGE

DURÉE : 6 H

FRÉQUENCE CARDIAQUE MOYENNE : CALME

Ça y est, les enfants sont couchés. Ouf. Étant donné que Valentine a commencé à réorganiser les pièces, je les ai installés sur des matelas dans l'ancienne chambre de ce grand-père que je n'ai pas connu, Lucien. Et en guise d'histoire du soir, je leur ai raconté ce que je savais de leur ancêtre. Les garçons se sont montrés intéressés par le garage, mais c'est Lila qui, une fois encore, m'a épaté. Quand elle a su que son arrière-grand-père était le roi de la mécanique, le virtuose de la clé à molette, le chirurgien du moteur à explosion, elle a tendu ses paumes devant moi en disant :

— Alors tu crois que j'ai hérité de lui ?

J'ai contemplé ses mains pleines de coupures et encore vertes (malgré le récurage au savon de Marseille) d'avoir passé la journée dans le vieux chêne. J'ai dit : « Sans doute » et j'ai vu le visage de ma fille s'illuminer, comme si cette filiation lointaine donnait une valeur nouvelle à ce goût qu'elle a toujours eu pour fabriquer, démonter ou assembler les choses.

— En plus, j'ai les mêmes initiales que lui, a-t-elle ajouté. Lila Cassagne slash Lucien Cassagne ! C'est cool, non ?

En la voyant si fière, j'ai compris qu'on n'est jamais plus fort qu'en prenant appui sur des modèles, des tuteurs, en s'érigeant des totems. Je l'ai embrassée et je lui ai dit :

— J'ai loupé le coche pour ton inscription au « Jamel Comedy Club », mais je promets de ne pas louper le prochain défi : c'est d'accord pour ton orientation en CAP.

J'y avais pensé toute la journée, mais Lila, logiquement, n'en est pas revenue. Depuis deux ans qu'on la bassine, sa mère et moi, pour qu'elle remonte sa moyenne afin qu'elle puisse entrer au lycée et accéder à la sacro-sainte seconde générale ! Tant d'engueulades alors qu'elle nous répète qu'elle n'aime pas l'école et qu'elle veut apprendre un métier… Que de temps perdu !

— Le CAP menuiserie ? T'es sérieux, papa ?

Je l'étais. Plus que jamais.

— Et maman ?

— Il va falloir la convaincre. Peut-être que si tu lui envoies des photos de la cabane, elle comprendra.

Les garçons dormaient déjà quand j'ai refermé la porte de la chambre, mais dans la pénombre, j'ai vu briller les yeux de Lila. Rien ne nous rend plus heureux que lorsqu'on se sent enfin écouté, enfin compris. Je le sais bien. Et pourtant, malgré l'amour qu'on leur porte, ce sont souvent nos propres enfants que nous avons le plus de mal à comprendre. Pourquoi ? Mon père est mort sans avoir compris ma passion pour le vélo. C'était si loin de ses centres d'intérêt, si loin de son *esthétique*… Maman non plus n'y a jamais rien compris, mais au moins, elle était là, elle m'accompagnait aux courses, elle donnait le change. Henri, lui, ne faisait même pas semblant : il s'en foutait.

Ce matin, quand j'ai vu ma fille se concentrer sur les consignes d'Antoine, s'appliquer comme jamais pour scier, percer, visser ces satanées planches, quand j'ai mesuré le bonheur qu'elle avait à assembler les pièces de bois, perchée à deux mètres du sol dans notre chêne, j'ai arrêté de vouloir à sa place. Lila m'est apparue dans sa splendide singularité. Non plus comme une émanation ou un prolongement de moi-même, mais comme une personne parfaitement autonome. C'est sans doute bête, mais ça a été une révélation.

Il s'est passé beaucoup de choses, dans cet arbre.

Pendant qu'on entamait la construction de la toiture, le marteau à la main, Antoine m'a parlé de Joseph. Quand il m'a dit qu'il avait demandé à Valentine de le prendre ici auprès d'elle, je me suis énervé :

— Mais vous êtes tous inconscients ou quoi ? Valentine a fait une école de journalisme, pas une école d'infirmière ! Elle tombe dans les vapes dès qu'elle a une émotion forte ! Elle sait tout juste prendre sa température ! Quand on a un cancer du pancréas, on va à l'hôpital !

— Moi, si je devais crever bientôt, je préférerais rester là, pas toi ? a dit Antoine en ouvrant les bras devant le paysage.

J'ai bougonné : « Oui bon, peut-être », mais que ça ne marchait pas comme ça. Que Joseph aurait besoin de soins, de traitements antidouleur, de je ne sais quel matériel pour…

— On s'arrangera, m'a assuré Antoine très calmement. Tout ce que je sais, c'est que je vais aller chercher mon père et qu'il va être le plus heureux du monde quand je vais lui dire que je le ramène à Seyssac. Tu te rends compte ? C'est son territoire, ici. Sa commune. Sa vie.

Que pouvais-je répondre ? Joseph et Antoine sont comme Lila : des êtres différents de moi, autonomes, capables de décider ce qu'il y a de mieux pour eux-mêmes. Et Valentine, eh bien… c'est pareil. Valentine est Valentine. Et pour dire les choses franchement : elle va mieux.

Claire arrive demain avec Rose par le train de 14 h 39.

Je serai là.

## Chapitre 58

Valentine fut la première à entendre le bruit du moteur. Elle se pencha à la fenêtre pour avertir Fred et Guillaume qui, au soleil devant le garage, avaient entrepris de ressusciter le vélo écrabouillé.

— Ça y est, elles arrivent !

Les deux hommes levèrent les yeux vers l'entrée du domaine. Là-haut, au bout du chemin, le taxi d'Anastase venait d'apparaître. Fébrile, Valentine jeta un dernier regard à la chambre. Tout était archi propre, impeccablement rangé, agréable à l'œil. Sur le petit bureau, un bouquet de fleurs sauvages coupées le matin même donnait à la pièce une touche printanière et accueillante ; Valentine en arrangea une dernière fois les tiges. Elle s'apprêtait à sortir, quand elle avisa Léon, aplati sous le lit.

— Désolée, mon vieux, tu ne peux pas rester là. On ne sait pas si Rose aime les chats. Je l'espère. Mais en attendant, ouste !

L'animal, bien entendu, recula un peu plus sous le sommier et Valentine dut se mettre à quatre pattes pour essayer de le déloger de sa cachette.

— Alors ? Tu les as enfin retrouvées ? dit la voix de Monette quelque part derrière elle.

Valentine eut un coup au cœur et se retourna. Monette était debout devant la fenêtre, sa silhouette frêle se découpant en contre-jour sur les voilages propres, tout juste réinstallés.

— Maman ! Tu m'as fait peur, dit-elle.

Ces derniers jours, entre son retour à Paris, les grands changements, la présence lumineuse de Guillaume et l'intense activité qui régnait dans la maison, elle en avait presque oublié son fantôme.

— Tu en fait, une tête ! se moqua la vieille dame. Mais c'est bien : je vois que tu t'es enfin décidée à faire ton lit. J'ai toujours pensé qu'il fallait te bousculer un peu pour obtenir des résultats. C'est curieux comme les tempéraments des enfants peuvent être différents dans une même famille. Tu as remarqué comme Fred a toujours été méticuleux et pragmatique ? Alors que toi…

Valentine se releva et fit face à Monette, poings fermés.

— Arrête de me regarder comme ça, gronda la vieille dame. On dirait que tu vas me mordre. Ce que tu peux être susceptible, quand même !

Ça marchait à tous les coups : il suffisait d'une remarque, d'une comparaison malheureuse, et Valentine retrouvait sa colère d'adolescente. Mais ce n'était pas le moment, alors au lieu de rentrer dans le chou de Monette, elle se domina.

— Je suis contente que tu apprécies mes efforts, maman. J'en profite pour t'annoncer que nous avons une invitée.

— Tiens donc ?

— Je ne suis pas certaine que ça te plaise.

— Pourquoi ? Marine Le Pen vient dormir à la maison ?

— Non. C'est Rose.

— Rose ?

— Macieira. La femme qui couchait avec papa. La mère de Claire.

— Oh, fit Monette d'une petite voix.

Valentine s'en voulut d'avoir été si directe. Monette l'avait cherchée, après tout, mais enfin… Comment rattraper ça ?

— Tu sais, elle est vieille maintenant. Et elle n'est plus très vaillante, contrairement à toi.

Par la fenêtre entrouverte, elle entendit crisser les graviers de la cour sous les pneus du taxi d'Anastase. Valentine regarda sa mère qui s'estompait doucement. Elle sourit.

— Je crois qu'il est temps de faire la paix, non ?

Dehors, les portières claquèrent. Valentine entendit Fred l'appeler, elle cria : « J'arrive ! », prit une grande bouffée d'air et quitta la chambre.

Elle s'était préparée à trouver étrange d'accueillir Claire et Rose comme des membres à part entière de la famille, mais la réalité est parfois plus simple qu'on ne l'imagine, et les questions qui se posent, moins métaphysiques. Où doit-on poser cette valise ? Suspendre ce manteau ? Va-t-on se faire la bise ou se serrer la main ? Et comment présenter la maison ? Dire à Rose qu'elle est ici *chez elle* ? Lui faire croire qu'elle est en vacances ? Lui proposer de faire le tour du jardin ou se contenter de lui montrer sa chambre ? Et sinon, qu'aime-t-elle manger ? A-t-elle besoin d'un oreiller pour dormir ou plutôt d'un traversin ? À quelle heure a-t-elle l'habitude de se réveiller ? Prend-elle un traitement quelconque ? A-t-elle des émissions favorites à la télévision ? Une musique qui lui rappelle de bons souvenirs ? Apprécie-t-elle qu'on lui fasse la lecture ?

La liste des questions et les préoccupations d'ordre pratique (papiers importants à conserver, numéros à enregistrer, petits objets familiers à installer) occupèrent Claire et Valentine tout le reste de l'après-midi. Anastase repartit vers d'autres clients, Guillaume rangea les outils étalés devant le garage et annonça qu'il rentrait chez lui en promettant toutefois de revenir bientôt pour voir comment s'en sortait Valentine, Fred s'occupa des enfants, les fit dîner, les mit au lit. Rose finit par s'endormir aussi, et à 22 heures, Valentine, Fred et Claire se retrouvèrent dans la cuisine pour grignoter quelques restes.

C'est là que l'étrangeté leur tomba dessus, pareille à un vêtement qui gratte.

Fred proposa d'ouvrir une bouteille de vin, Claire accepta, Valentine se racla la gorge. Par la fenêtre, on apercevait les lumières des hameaux disséminés sur les coteaux, qui faisaient penser à des feux de camp d'indiens dans le désert.

— Je ne sais pas trop quoi dire, murmura Claire. C'est tellement… Enfin, je crois que maman va être bien, ici.

Épuisée et un peu inquiète, Valentine se contenta de hocher la tête. Fred la regarda du coin de l'œil.

— De toute façon, si jamais ça n'allait pas…, commença-t-il.

— Ça ira, l'interrompit Valentine. Si maman avait vécu plus longtemps, c'est sans doute ce que j'aurais fait : je serais revenue m'installer ici, pour l'aider. Parce que, avec le temps, je suppose que même Monette Cassagne née Bech aurait perdu de sa superbe…

Attendri, Fred eut un sourire.

— C'est vrai que maman était superbe. Tu l'aurais vue ! dit-il à Claire. Toujours énergique, toujours battante !

— Mais enfin, Fred…, lui rappela Valentine, tu sais bien que Claire l'a vue. Elle est venue, ici même. Pourquoi crois-tu que maman a barbouillé les photos de classe ? Il a bien fallu qu'il se passe quelque chose, non ?

Un silence embarrassé se fit. Fred se dandina sur sa chaise, puis il demanda si quelqu'un voulait terminer le poulet, mais ni Claire ni Valentine n'avaient d'appétit.

— C'est vrai que j'ai vu Monette, finit par dire Claire. Et c'est vrai qu'il s'est passé quelque chose.

Elle laissa un temps avant d'ajouter :

— Alors… je vous dois encore quelques explications, je suppose. Ça vous ennuie si j'allume une cigarette ?

Valentine eut envie de lui en demander une, mais elle se ravisa, et comme il faisait encore doux, Fred proposa qu'on aille parler dehors. Ils allèrent s'asseoir, tous les trois, sur les marches du perron, et Valentine remercia son frère d'avoir eu cette idée. Dans le noir, les mots semblaient plus faciles à prononcer, et plus faciles à entendre.

— La première fois que je suis revenue à Seyssac, commença Claire, c'était pendant l'été 1995. Juste après avoir obtenu la reconnaissance en paternité.

Assis sur la pierre tiède, Valentine et Fred se prirent par la main et l'écoutèrent.

À l'époque, du haut de ses 28 ans, Claire avait eu besoin de remonter le fil des événements qui avaient précédé sa naissance, de revoir le bourg, l'école, le cinéma, la maison où elle avait habité pendant les douze premières années de sa vie. Elle s'était évidemment rendue au cimetière, cherchant à éprouver quelque chose devant la tombe d'Henri Cassagne, tristesse, joie ou révolte, mais rien de tel ne s'était produit ; la pierre était restée telle qu'elle était, inerte et morte. Enfin, elle était venue rôder autour de Lestrade, mais respectant la promesse faite à sa mère de ne jamais tenter d'entrer en contact avec l'autre famille de son père – la « vraie », comme l'appelait Rose –, elle ne s'était pas montrée. Ensuite, pendant plus de vingt ans, elle avait tenu sa promesse. Libérée en grande partie de ce qui la bridait, elle avait bâti sa vie, se satisfaisant de ce qu'elle avait : un nom, un père, une histoire, la sienne, dont elle ne parlait à personne, pas même à Rose qui, depuis le fameux jour où elle lui avait remis la boîte contenant ses souvenirs, refusait obstinément d'y revenir.

— Et puis, l'année dernière, quand maman a commencé à perdre la tête, les verrous ont brusquement sauté. Je me sentais seule, rattrapée par des émotions longtemps enfouies, complètement paniquée par la situation, et peu à peu, l'idée a fait son chemin.

En juin 2016, Claire avait confié ses enfants à une amie pour quelques jours et elle avait réservé une chambre d'hôtes dans les environs. Après avoir longuement hésité, elle s'était présentée à Lestrade. Monette était assise sur un transat dans le jardin ;

elle lisait, à l'ombre d'un arbre. Claire avait prétexté être de passage dans la région, « une vieille amie de Valentine », ce qui n'était qu'un demi-mensonge, pour se faire accepter par la vieille dame. « Entrez, lui avait proposé Monette. On va bavarder. » Elle lui avait servi un rafraîchissement, puis apprenant que Claire avait été à l'école du bourg, elle lui avait demandé de grimper sur une chaise pour attraper la boîte à chapeau rangée en haut de la bibliothèque. « C'est là que je conserve les photos de classe des enfants. Vous y serez sûrement ! » Claire les avait étalées sur la table de la cuisine. Et c'est là, en pointant du doigt la silhouette de l'enfant discrète debout au dernier rang, la petite Portugaise à qui personne ne faisait attention, qu'elle lui avait dévoilé qui elle était.

— Alors… maman ne savait vraiment rien ? osa l'interrompre Fred.

Claire secoua la tête.

Monette ignorait la double vie de son mari. Mais en écoutant le récit que lui faisait Claire, elle avait soudain semblé comprendre quelque chose. Comme si un épais brouillard se déchirait devant ses yeux pour faire apparaître un paysage aux contours nets. Bouleversée, elle avait prié Claire de la laisser tranquille, de s'en aller.

— Alors je suis partie, dit Claire. C'est peut-être là que Monette, sous le coup de l'émotion, a eu envie de m'effacer des photos ? Mais je n'ai pas assisté à la scène… J'ai laissé passer deux jours, et finalement je suis revenue. Il fallait que j'aille jusqu'au bout. Que j'obtienne ce que j'étais venue chercher.

— De l'argent ? demanda Fred.

— Oui. Ma part. La part de Rose.

Valentine tremblait un peu, Fred serra sa main et ils laissèrent Claire poursuivre.

— Je pensais qu'elle allait mal me recevoir. Voire me fermer la porte au nez, mais à ma grande surprise, de nouveau, elle m'a laissée entrer. En l'espace de deux jours, elle avait eu le temps de réfléchir. Elle voulait parler. Après coup, j'ai compris pourquoi. Elle avait besoin, elle aussi, de se libérer d'un poids qu'elle portait depuis plus de trente ans.

La cigarette de Claire s'était consumée. Elle l'écrasa contre une des marches, et de petites cendres rouges voletèrent dans l'obscurité.

« Est-ce que vous faisiez de la danse, quand vous étiez enfant ? » lui avait demandé Monette. La question avait dérouté Claire, mais la réponse était oui. Pendant des années, Claire s'était rendue deux fois par semaine à son cours de danse classique. Il n'était pas possible d'en suivre à Seyssac, mais Rose, qui s'était toujours donné du mal pour lui faire plaisir, l'emmenait en voiture chaque mercredi et chaque samedi à Turenne. « Henri venait-il vous chercher là-bas, quelquefois ? » En effet, c'était arrivé. En dépannage, lorsque Rose ne le pouvait pas, elle demandait à son ami, ce monsieur toujours gentil, son « bienfaiteur », d'aller récupérer la petite à la sortie.

Un jour de septembre 1980, Monette – pour une raison qu'elle avait depuis oubliée – avait eu besoin de se rendre à Turenne. Henri ayant pris la voiture familiale, elle avait emprunté celle d'un ami, Roland ou Georges, peu importe, et tout à fait par hasard, elle s'était garée sur un parking en bordure du centre-ville. Elle allait quitter le véhicule, quand soudain, elle avait reconnu son mari. Il n'était pas censé être là, mais ce n'était pas le plus étrange. Le plus étrange, c'était qu'il se trouvait en compagnie d'une gamine fluette, brunette, vêtue d'un collant et d'un tutu. Ils étaient assis tous les deux sur un banc, au bout de ce parking, face au panorama. Manifestement, Henri avait offert un goûter à la petite, il lui parlait en riant, et en posant sur elle des yeux… Impossible de décrire ce que Monette avait lu dans ce regard.

Profondément troublée, elle s'était ratatinée sur le siège de sa voiture pour continuer de les observer. Volubile, Henri faisait de grands gestes. On aurait dit un paon en pleine parade, et la petite, dont les jambes fines touchaient à peine le sol, semblait charmée. Au bout d'un moment, Henri s'était levé du banc. La petite, ne semblant guère disposée à le suivre, avait fait « non » de la tête, et Henri l'avait alors prise dans ses bras pour la soulever. Ses mains, sur les cuisses de la minuscule danseuse, faisaient penser aux pognes d'un ogre. Comme le duo s'approchait, Monette s'était cachée sous le tableau de bord, faisant mine de chercher quelque chose qui aurait glissé à ses pieds. Lorsqu'elle avait enfin osé relever la tête, elle avait aperçu Henri au volant de la voiture familiale, en train de quitter le parking. À côté de lui, assise sur le siège passager, la gamine se tenait bien droite, sage et résignée.

Monette était restée de longues minutes, hébétée, avant de trouver la force de rentrer à Lestrade.

Le soir, Henri n'avait pas l'air différent des autres soirs. Monette, en revanche, n'était plus la même.

Elle avait laissé passer quelques jours, guettant sur le visage ou dans les attitudes de son mari un signe, un indice qui lui permette de donner un sens à la scène dont elle avait été témoin. Jusqu'au moment où, n'en pouvant plus, elle avait explosé. C'était le 25 septembre, à l'Éden. Entrant dans le bureau où Henri était en train de faire la comptabilité du cinéma, elle avait refermé la porte, et elle lui avait dit : « Il faut qu'on parle. » L'engueulade avait été terrible, violente. Henri, manifestement terrorisé, n'avait trouvé qu'une seule ligne de défense : « Tu te trompes, Monette. Ce n'est pas moi que tu as vu à Turenne. C'est impossible. » Elle avait eu beau lui donner tous les détails, cette veste en velours qu'il portait ce jour-là, leur voiture, rien n'y faisait, Henri s'était enfermé dans ses dénégations. Folle de rage et de dégoût, Monette avait menacé son mari. « Comment tu appelles ça, lorsqu'un homme de ton âge tripote une gamine de 10 ans ? » En vérité, Claire en avait 12, mais elle était si fine qu'elle paraissait plus jeune. Elle avait quitté l'Éden en interdisant à Henri de remettre les pieds chez eux tant qu'il ne se serait pas expliqué. Cette nuit-là, pris au piège de ses mensonges, obligé d'avouer à Monette sa double vie au risque d'être pris pour le pervers qu'il n'était pas, Henri avait succombé à un infarctus.

Rose n'était pas venue à l'enterrement. Elle avait quitté Seyssac avec sa fille, laissant derrière elle une famille dévastée, mais sans la moindre idée du soupçon terrible avec lequel Monette allait devoir vivre, sans jamais pouvoir en parler à quiconque. Trente-six ans plus tard, en allant la trouver, Claire venait de lui offrir la vérité. Cette vérité n'avait certes pas été facile à accepter, loin de là, mais le soulagement de Monette avait été néanmoins visible ; le poison qui l'avait si longtemps empêchée de faire le deuil de son mari avait trouvé son antidote.

Claire alluma une deuxième cigarette.

Muets, Fred et Valentine ne s'étaient pas lâché la main. Ils étaient, assis côte à côte sur cette marche du perron, comme deux oiseaux sur un fil. Une bourrasque les aurait fait tomber.

— J'ai renoncé à demander de l'argent à Monette, ce jour-là, dit Claire. Je ne suis pas un monstre.

Le jardin bruissait autour d'eux, une brise s'était levée en même temps que la lune et il commençait à faire plus frais. Valentine frissonna. Fred passa un bras autour de ses épaules.

— Et après ? eut-il la force de demander.

— Je ne suis pas revenue voir Monette. Je lui ai téléphoné trois ou quatre fois, c'est vrai. La seule chose que je me suis permis de faire, c'est de lui expliquer dans quelle situation nous étions, ma mère et moi. Mais je ne lui ai pas directement réclamé d'argent, je vous le jure. Si elle avait voulu, il était facile de comprendre que les aides sociales ne suffisaient pas à mettre maman à l'abri… et que nous aussi, nous avions droit à une forme de réparation.

— C'est nous qui devrions nous mettre à l'abri, l'interrompit soudain Valentine. J'ai froid. Je tombe de fatigue.

Ils rentrèrent dans la maison endormie et, en passant dans le vestibule, Valentine manqua écraser la queue du chat qui s'était endormi là, roulé en boule contre la porte, comme pour écouter leurs confidences. Il fila se réfugier sur son rebord de fenêtre favori, tandis que Fred, Claire et Valentine regagnaient la cuisine sur la pointe des pieds pour débarrasser la table. Aucun d'eux n'eut la force de reprendre la conversation.

Pour cette nuit, il était convenu que Claire dormirait avec sa mère, dans la grande chambre ; Valentine lui avait installé un matelas au pied du lit.

— Et toi ? Tu veux venir dormir avec moi ? lui proposa Fred en la voyant hésiter à monter vers la petite chambre du premier étage qui, en l'absence de Guillaume, risquait de lui paraître moins romantique.

La main sur la rampe de l'escalier, Valentine sourit.

— Comme quand on était petits ?

— Oui, dit Fred. Comme quand on était petits et que tu avais peur des fantômes.

Ils traversèrent le couloir jusqu'à la chambre de Fred. Avant d'y entrer, ils entrebâillèrent doucement la porte de la chambre voisine, celle où Ugo, Sam et Lila dormaient à poings fermés. À voix basse, Valentine demanda :

— Tu as des nouvelles de Laura ?

— Elle va rester chez sa sœur pour l'instant. J'ai négocié qu'elle me laisse les enfants.

— Ils sont chouettes, tes mômes, Fred.

— C'est vrai.

Ils refermèrent la porte, et Valentine, le cœur gros, pensa à Olympe, à Youri, à toutes les fois où, sans qu'ils s'en rendent compte, elle était venue les embrasser sur le front au milieu de la nuit.

— Comment on va faire, Fred ?

— Pour faire quoi ?

— Pour vivre avec ça… avec toutes ces choses moches qui abîment nos rêves de gosse.

Fred regarda le visage de sa sœur dans la pénombre. Il comprenait parfaitement ce qu'elle voulait dire. Il chuchota :

— Viens, je sais.

Il entra dans la chambre, retira les draps et les couvertures de son lit, les fourra entre les bras de Valentine, s'empara des oreillers, et lui ordonna de le suivre.

Riant sous cape, ils traversèrent le couloir en sens inverse, ressortirent de la maison, et à la lueur de la lune, ils enjambèrent les ronces le long du petit chemin.

Ils arrivèrent au pied de l'arbre, le front moite, un peu essoufflés. Sans un mot, Fred grimpa en haut de l'échelle puis, riant aux éclats, Valentine lui passa un à un les oreillers, les draps et les couvertures.

La cabane n'était pas terminée – il manquait le toit – mais le plancher reposait à présent, solide, entre les deux grosses branches, à trois mètres du sol. Quand ils s'allongèrent dessus, Fred et Valentine riaient encore. Puis ils se calmèrent. Les battements de leurs cœurs ralentirent et bientôt, ils se laissèrent gagner par l'émotion, subjugués par la beauté du ciel nocturne qui coiffait la clairière.

S'ils n'avaient pas cédé à la fatigue, ils auraient pu voir, au beau milieu de la nuit, Léon s'approcher du vieux chêne. Le félin fit le tour du tronc, y déposa un jet d'urine, puis s'en alla, libre et léger, poursuivre ses chimères dans les taillis touffus.

# Chapitre 59

# Épilogue

DIMANCHE 23 AVRIL 2017
ACTIVITÉ : JOUR DE VOTE
DISTANCE : 170 KM
DURÉE : 2 H 10
VITESSE MOYENNE : 80 KM/H
FRÉQUENCE CARDIAQUE MOYENNE : BONNE

Je me suis levé au point du jour, j'ai mis mon vélo rafistolé dans sa housse, je l'ai flanqué dans le coffre de la Mégane, et j'ai réveillé les enfants.

À 8 h 10, j'étais devant la mairie. Bien qu'il soit encore très tôt, je n'étais pas le seul à vouloir déposer mon bulletin dans l'urne ; j'ai même dû faire la queue. On sentait ici, comme à travers tout le pays, l'atmosphère électrique des grands jours.

Quand je suis remonté dans la bagnole, Lila a voulu savoir pour qui j'avais voté.

— Pour le pape, j'ai dit.

Depuis des semaines, elle me tanne pour connaître mon choix. Selon elle, Laura lui aurait confié le sien : raison de plus pour que je ne lui dise rien.

Ensuite, imitant ses frères, Lila s'est rendormie et j'ai fait la route en silence, seul avec mes pensées et le soleil qui m'éblouissait par intermittence.

J'ai pris les départementales jusqu'à Périgueux avant de récupérer une portion de l'A89, et quand je suis entré dans Seyssac, j'ai baissé ma vitre. 11 heures sonnaient au clocher de l'église, il faisait presque chaud, je me suis arrêté devant la boulangerie et dans le rétroviseur j'ai vu Ugo et Sam ouvrir enfin les yeux.

La veille, quand Valentine m'avait chargé d'apporter le pain, je lui avais demandé combien nous serions. Elle avait commencé à énumérer tous ceux qu'elle comptait réunir pour cette journée particulière (Guillaume, Anastase et Ineta, Antoine et Agnès, Olympe, qui avait annulé un stage en Espagne, le frère d'Antoine et sa femme...) puis, se perdant dans son compte, elle m'avait simplement répondu : « Nombreux. » J'ai donc acheté de *nombreuses* baguettes, puis j'ai remis les gaz jusqu'à la maison.

Quatre semaines s'étaient écoulées depuis notre nuit à la belle étoile. En garant la voiture à l'écart, la première chose qui m'a sauté aux yeux, c'est le chemin menant vers la clairière : plus une seule ronce ! Plus aucune broussaille ! À la place, un vrai petit sentier, propret, bordé de fleurs à longs plumeaux, rouges, roses, blanches, bleues, mauves. Et la seconde chose que j'ai vue, c'est Mme Champdavoine qui venait vers moi avec son sécateur.

— Bonjour, Geneviève ! ai-je lancé. Comment allez-vous ?

La fonctionnaire territoriale s'est approchée. Elle a embrassé les enfants avant de répondre à ma question :

— Bof bof, a-t-elle grimacé en pliant son genou gauche. C'est le ménisque, cette fois.

— Mince, ai-je dit. Une nouvelle opération ?

— Y a des chances, a-t-elle soupiré. Mais bon, ne gâchons pas cette belle journée ! Votre sœur m'a demandé un coup de main, alors j'ai répondu présente. Nous attendons du monde ce midi, elle vous a prévenu ? Vous la trouverez à l'intérieur. Elle doit avoir terminé la toilette de Mme Macieira, maintenant. Heureusement, M. Genestoux est là pour s'occuper de son papa. Pauvre Joseph… Il ne dit rien, mais il n'est pas au mieux de sa forme. Enfin. Si vous n'avez rien à faire, il faudrait aller cueillir trois ou quatre salades. Elles sont dans le fond du potager, entre les asperges et les carottes, vous saurez ?

— Je pense que oui, madame Champdavoine.

— Bon, a repris Geneviève, alors je vais faire les bouquets. Ce sera ma contribution à cette fête démocratique : une petite touche personnelle pour décorer le buffet aux couleurs du pays !

Elle a désigné les fleurs à plumeaux.

— Vous avez vu comme elles sont belles, mes astilbes ?

J'ai tiqué en me rappelant le plateau du Scrabble, l'autre jour, dans la cuisine, et perplexe, j'ai regardé Mme Champdavoine se pencher sur les fleurs avec son sécateur. Pendant quelques secondes, je me suis demandé quoi faire, puis j'ai entendu la voix de Valentine qui m'appelait et j'ai levé les yeux.

Elle était à la fenêtre de l'ancienne chambre de maman, au premier étage. Radieuse, elle agitait la main dans ma direction. Alors j'ai chassé de mon esprit les humeurs négatives, les pensées sceptiques, les soupçons raisonnables, j'ai souri à Valentine et j'ai décidé de lui faire confiance.

**(fin)**

Composition et mise en pages
Nord Compo à Villeneuve-d'Ascq

Imprimé en Espagne par
Liberdúplex
à Sant Llorenç d'Hortons (Barcelone)
en septembre 2019

S29546/01